目　录

第五章 新中国形象与国家工业化
——50—70年代文学中的上海想象 / 195

前　言

————◀◆▶————

本书的论题是，文学中的上海，究竟是经验中的，还是被想象意义所赋予的？如果也有后一种情况的话，那么，它为什么被赋予意义，被赋予什么样的意义，又是怎样被赋予意义的？

本书认为，文学中的上海，并不完全来自于经验叙述。在很大程度上，它是一个被赋予意义的城市，也即文本上海。在 20 世纪，它表现为一种现代性意义的堆积，甚至表现出某种现代性修辞策略，并主要体现为近代国家意义与现代化意义，以此构成了"文学中的上海"强大的现代性身份。此间的主要原因在于，上海，作为中国的首位城市，其本身现代性逻辑的强大，导致人们对上海现代性夸大想象的叙述。这一动机源于世界主义背景下整体的对"中国现代性与中国现代化"这一民族"想象的共同体"的向往。上海充当了民族国家建构中有关独立与现代化意义的最大载体。这是一个文本的上海，与作为地域的实际的上海城市是有差异的。文学中，在人们认识上海现代性意义的同时，往往将上海城市形态及其历史理解为超越其自身与超越其特定区域的，城市逻辑也往往被等同于国家逻辑与现代化逻辑了。由于受制于不同时期国家中心性意识形态的要求，对上海的想象性叙述也呈现出阶段性特征。一般来说，每一次想象性叙述的内容可能有所不同，但想象的基本逻辑没有变化。因而，整体的现代性叙述代替了特定的、多元的上海叙述，它冲淡甚至瓦解了作为实际地域城市的上海的复杂、混融、多元的特性。

各章的内容大致如下：

第一章总体梳理了新时期以来关于上海文学研究的历程，并指出这种研究日益从"城市文学"的反映论式的研究转向"文学中的城市"这一注重城市意义表述的研究范式，并讨论了"想象"概念在国内外城市文化研究界使用的最新动态，以及用想象性表述这一角度来研究"文学中的上海"的可能性。针对当下学界对于上海研究的不足，初步提出了本书的总体观点，并说明了我个人研究的阐释空间与限度。

第二章主要梳理百年来上海想象性叙述的大致历程。首先，本章剖析了近代以来关于上海形象塑造的两大谱系：一是从现代性中有关民族国家意识的观点出发，去认识旧上海作为世界主义殖民体系中的边缘性，和关于它的消费性、工业破产、堕落、畸形等派生特点，以及摆脱殖民体系从而获得解放的国家元叙事；二是作为中国现代化的中心地位，其包含的现代性普遍价值，如物质乌托邦、大工业的和非传统的。其次，本章讨论了这一形象构筑的上海现代性身份存在有相当的现代性权力因素。它将一个在文化特征上不统一的、未完成的、非逻辑的、有差异的上海统一了起来，排斥了城市其他"非现代性"的内容。其三，本章讨论了晚清时代"文学中的上海"所表现出的国家想象与现代化想象互动的初步状况。其中以王韬、梁启超与谴责小说为例，指出"洋场"与"欢场"模式业已呈现初步的上海形象。其四，本章讨论了从"五四"到20世纪30年代，开始全面确立的"文学中的上海"的两大形象谱系：旧上海的殖民性与物质乌托邦。其五，本章讨论了自20世纪30年代开始的"文学中的上海"民族性与国家性想象叙述的流变。最后，集中探讨了上海想象的特点。

第三章主要论述茅盾的小说《子夜》对上海的想象性叙述。首先论述茅盾理论中关于动态与本质的现实主义理论产生出中心性表现模式，并在其创作实践中与对上海的想象性叙述相关联，它构成了茅盾以上海表述国家问题的基础；其次讨论茅盾怎样从国家意义上转喻上海，在西方中心/东方边缘格局下，上海被当作殖民地国家文本，以民族资本主义工业的破产来表现其在全球资本主义格局中的边缘性；其三，由于茅盾采用中心性理解，在城市（中心）/乡村（边缘）的格局中又从潜在层面上对上海作了充分资本主义化的想象描述，在以吴荪甫、吴老太爷为中心的表现中，对上海作了现代性的憧憬与非中国化的想象；其四，由于中心性观念的要求，乡村也呈现出城市性的叙述。概言之，为达到以现代性为中心的叙述要求，茅盾以不断缩小表现领域为代价，将中国缩小至沿海，将沿海缩小至城市，将城市缩小至经济领域，进而最终缩小至对资本主义经济形态的意识形态图解。

第四章讨论海派特别是早期海派的上海想象。早期海派力图突出上海在物质消费意义上的西方意义，它摒弃了传统／现代的线形时间线索，于共时性的空间结构中构筑起西方－上海的对应图景。它或者直接展开上海的异域想象；或者将人群的各种差异以文本的方式完全弥合，以获取普遍的西方性；或者使空间在瞬间呈现，从而达到祛除上海本身历史感的目的。在对人物的想象中，人物身体与属性表现出某种虚构的、无东方内容的西方性。在对待乡土中国方面，多数海派对中国乡土作了西方式想象。即便是施蛰存，也仅仅是将乡土外化于上海，即上海的非中国化；只有张爱玲才将乡土中国理解为上海自身逻辑的一种。概而言之，早期海派采用"去"东方、"去"乡土、"去"历史的创作策略，突出了上海彼时的国际性和西方性意义。

第五章讨论20世纪50—70年代文学中的上海想象。新中国斩断了上海与旧中国资本主义的关系，却留存了其形象谱系中的工业化逻辑，并强化、扩张为整个国家的意义。因此，对于上海的理解，首先是血统论，即突出新旧上海的左翼特性，以使工业化获得意识形态的合法性；其次是断裂论，即对上海资本主义终结式的理解。进而，新上海被作为社会主义公共空间加以展现，而这种公共性在中国其实是一种国家性。这里采用的辅助方法是将各种与国家生活无关的日常的社会形态、私性生活加以"资产阶级"的想象性"罪名"而完全排除掉。而且，为了突出国家工业化逻辑，工业题材作品被巨量生产出来。此类作品以想象性方式表述了国家工业对日常生活、人的属性的全面控制，表现出极端的大工业现代性编码。在叙事策略上，这类作品在时间、空间关系的处理中大量排斥旧上海遗存，或者将私性生活与公共性、工业性逻辑建立起必然关联。这样一来，上海被高度抽象为公共的工业逻辑。它具备了推广意义上的新中国国家特质，从而完全丧失了其"本地"的意义。

第六章探讨了 20 世纪 90 年代文学中的上海想象。20 世纪 80 年代，上海被城市文学，特别是"改革文学"当作了旧有国家体制的最大代表而遭否定性叙述。但自 1993 年浦东开发之后，随着全球化浪潮席卷中国，上海首当其冲，被当作全球化想象的首选题材。这其中，一部分作品属于"上海怀旧"的范畴，即以旧上海的想象来完成新时期对全球化的向往，另一部分作品则干脆直接表达现实中的全球化想象。

综上所述，本书认为，在世界主义、全球化、民族国家等现代性意义上，上海本身具有的现代性意义一次次被夸张地加以想象性表现，而与现代性不符的上海特性就这样一次次被排除或减弱。原本复杂、多元、不统一、有差异、非逻辑的上海性在现代性意义上被统一化、普遍化了。"上海性"中包含了过多的世界性、国家性因素，而本地特性反倒较任何一个中国城市都弱。也许，这就是上海在中国的命运，或者说是"文学中的上海"的命运。可以说，尽管"文本的上海"地位至高无上，而实际的城市（上海）却总被各种各样"非上海"的意义所表述着。

序

◀ 陈思和 ▶

我在十年前著文讨论海派文学的美学传统时，曾经提出过这样一个看法：自《海上花列传》以来，海派文学逐渐形成了两种传统：一种是以繁华与糜烂同体并生的特点描述出复杂的都市现代性图像，姑且称其为现代性的传统；另一种是以左翼文化立场揭示出现代都市的阶级分野及其社会批判，姑且称其为批判性的传统。[①] 第一个传统来自上海开埠以来的殖民地文化特性，西方列强既要在殖民地维护宗主国向内地掠夺资源和争夺市场的需要，就必然会建设一个或者几个口岸城市的现代化实施，保障其利益的流通；同时又必然使殖民地变成一个殖民者即使在本国也不便过于放纵的情欲乐土，在殖民体制中容纳了本土畸形的文化糟粕，使之成为一个西方冒险家的情欲排泄口。至于被殖民的弱势文化，首先被消灭的是其精英部分，而其糟粕部分则非但不会被消灭，反而顺理成章地融入强势文化的情欲体系。这就构成了繁华与糜烂同体并生的海派文化传统。海派文学的另一个传统来自上海作为一个工业城市迅速发展以后形成的阶级分野以及左翼思潮，出现了以表达下层社会、尤其是描写工人生活的社会批判传统。这两个传统的区别不在描写对象而在于描写态度，前一个传统也有描写下层社会的疾苦，后一个传统也有描写现代都市的繁华与糜烂，

---

① 参考拙作《海派文学的传统》，初刊《上海文化》2001 年第 1 期，收《草心集》，广东教育出版社 2004 年版，第 63 页。

但是作家们的写作立场与写作态度是不同的，由此构成了两者相生相克的辩证关系。

我们今天的所谓海派怀旧情绪，弘扬了旧上海繁华与糜烂的特点，并且给以无度的褒扬和追怀，却有意无意地忽视了左翼文化对海派文化构成的建设和参与，海派文化被渲染成一派纸醉金迷、光怪陆离，从而遮蔽了五卅、工人武装起义、左翼文化、孤岛谍战、以及抗战后的民主运动等等一条硬派传统。在文学上相应的是，郁达夫的《春风沉醉的晚上》、蒋光慈《短裤党》和《丽莎的哀怨》、茅盾的《虹》和《子夜》、巴金的《灭亡》和《新生》、丁玲的《韦护》、夏衍的《上海屋檐下》、以及陈独秀、鲁迅、瞿秋白、郭沫若等文化大家在上海期间创作的大量杂文也被相应地排除在海派文学之外。这样认识海派文学无疑是片面的，既不能真正凸现出海派的历史传统，也不能连接1949年以后海派文学的发展与演变，对于当下上海的文化与文学建设未必有益。正是基于这样认识，我读了张鸿声教授的论著《文学中的上海想象》，有一种深获我心的感受。

这部论著首先指出："文学中的上海，并不完全来自于经验叙述。在很大程度上，它是一个被赋予意义的城市，也即文本上海。在20世纪，它表现为一种现代性意义的堆积，甚至表现出某种现代性修辞策略，并主要体现为近代国家意义与现代化意义，以此构成了'文学中的上海'强大的现代性身份。"这是一个新的视角，我们过去对于"文学上海"的认识，多半是基于"历史上海"，或者说"经验上海"，即用"老上海"的视角来说上海的历史掌故和文化积累，但这样一来，好像惟有土生土长的"上海人"才有资格研究上海和描写上海似的。上海是一个流动、开放、与国际接轨的大都市，人们对于上海的想象远远超出了上海的本土经验。我过去在这个问题上比较保守，曾经对有的学者把香港文学与上海文学联系起来考察，让"海派"包含了"港味"的做法不以为然，而张鸿声教授走得更远，他干脆要求"文学上海"摆脱了上海经验，成为一个现代性都市的想象空间。各个不同时代和社会阶层，基于对现代化都市的不同想象，他们在文学作品中对上海的描述是不一样的，充满了变幻。由此推理，一个没有来过上海的人（世界上任何一个国家地区的人），他在创作中也完全可以把上海作为一个象征性符号，与纽约、巴黎、伦敦等世界性城市一样，成为艺术虚构的一个空间。同样，研究者对于"文学上海"的构成也不限于上海经验，他们提出问题和讨论问题的关注点不在于这"是不是一个真实的上海"，而是"这是否符合你想象中的上海"，这样，就可以把上海从上海人的狭隘视域中解放出来，使之成为一个现代化进程中的共同的社会想象。

然后，这部论著讨论了有关上海的"文学想象"中两大形象谱系："基于国人的现代性想象，渐渐产生了关于上海的两大形象谱系，即一是从现代性中关于民族国家的意识出发，去认知旧上海作为世界主义殖民体系中的边缘性，和与其相伴随的消费性、工业破产、畸形堕落等特点以及它最终摆脱了殖民体系，获得民族解放，并成功消除资产阶级国家遗存的国家元叙事；二是作为中国现代化进程中的中心地位所包含的现代性普适价值，其与西方的同步，引领着中国现代化的进程，表现为物质的扩张与物质乌托邦、大工业的、组织化的与摧毁传统力量的种种情形。两种形象谱系造成了近代以来关于上海文学的总体风貌与主流，并构成在文学中表现上海的中心性。"这两大"形象谱系"相比我对海派文学所勾勒的两大传统，更加突出了上海想象的正面意义。由此结构中，1949 年到 1979 年这一期间的有关上海的文学创作作为对一种现代工业化的想象，列入了研究者的视域。虽然这一阶段的文学创作在我看来实在是乏善可陈，不过是当时上海市委的最高领导人伙同张春桥之流倡议"大写十三年"以及后来"文革"中写作班子搞阴谋文艺的产物，但如果换一个角度，讨论人们即使在一种专制体制的压力下仍然怀有对现代工业化的向往和热情，那么，这些所谓的"工业题材"创作仍然可以从非文学角度体会到"上海"这一含义的丰富性和复杂性。这部论著把这一阶段的文学列入有关文学中"上海想象"的谱系，并进行了讨论，我觉得是一个颇有启发的尝试。讨论上海文学，绕过这一阶段的"创作"（姑且称这也是创作）也是不够全面的。

对于上海文学（或者称海派文学），我以为是由两个层面的含义所构成的：一是有关上海的艺术想象和描述；二是居住在上海的作家的创作。我前些时候参与了上海作家协会策划编辑的一套大型文库《海上百家丛书》，就是包含了两个层面的内涵。但是从实际创作来考量，这两个含义都有偏颇。从第一个层面的创作来看，假如作家从未来过上海，只是把上海作为一种符号来描写，要列入上海文学（海派文学）显然是不妥当的；从第二个层面的创作来看，假如一个居住在上海的作家所创作的作品与上海毫无关系，如萧军和叶紫，沙汀与艾芜，等等，他们曾经居住在上海，但要把他们称作为海派作家也有点不靠谱。所以，海派文学的概念不仅含混，还有明显的局限。现在好了，"海上百家"这个概念弥补了后者的偏颇，"海上百家"，自然包括了所有的居住在或居住过上海的作家的创作，并不以上海题材为限；而张鸿声教授提出的"上海想象"又弥合了前者的偏颇，即不管作家是否在上海居住，只要他的创作是有关上海的描写，就能列入"想象"的谱系，呈现出"文学上海"的面貌。我想，海派文化及文学，正是在研究者不断拓展概念中丰富内涵与扩大外延的。

2010 年 5 月 20 日

作者为复旦大学人文学院教授，中国现代文学研究会副会长，著名中国现当代文学史家。

第一章

研究范式："文学中的上海"

第一节 "城市文学"与"文学中的城市"

上世纪 80 年代以来，关于中国现当代，特别是现代城市文学的研究渐成热点。由于上海城市文学在现代文学中的显赫地位，对于上海现代城市文学的研究，既是城市文学研究的开创领域，同时也是最高成就的体现。严家炎先生的《新感觉派和心理分析小说》一文，可看作是这种研究的创始性论文之一。这篇论文还作为了"中国现当代文学流派创作选"选本之一的《新感觉派小说选》的前言，既是对这个流派研究的开启，同时又借助于对流派作品选集的阅读倡导而将研究的兴趣推诸众人。其实，在更早些时候，吴福辉先生对于新感觉派中坚人物施蛰存作品的阅读，余凤高对新感觉派艺术体式的论析，以及应国靖对施蛰存创作的综合性研究，分别以作品论、流派论、作家论的研究面貌出现，也都是新时期以来城市文学研究的最初成果。

之后，城市文学研究便以新感觉派研究为切入点，迅即弥漫开来。随着夏志清等人对于张爱玲的发现，这种研究波及至整个 20 世纪 30、40 年代的海派。其中，吴福辉所著《都市漩流中的海派小说》为其大者，基本上造就了以上海城市文化参透城市文学文本研究范式的高峰。尔后，李今的博士论文（一部分单篇论文在《文学评论》、《中国现代文学研究丛刊》上刊出）《海派小说与现代都市文化》在承续吴福辉的研究中又增添若干新质。与严家炎不同，吴福辉与李今的研究已经突破了流派研究的性质，而是将整个海派作为一个自足的文学形态去认知，对造成海派城市文学的社会形态、海派作家队伍构成、文本表现形态以及体式技法，均能从一种独立的文学形态出发，从而使城市文学研究与"五四"以来的新文学、左翼文学、解放区文学、乡土文学研究取得同等重要的位置。

至此，对于现代城市文学（特别是上海城市文学）的研究已经蔚然大观。这中间还有许道明著《海派文学论》（复旦大学出版社 1999 年版）、李嵘明著《浮世代代传》（华文出版社 1997 年版）以及晚近李俊国著《中国都市文化与都市小说》（中国社会科学出版社 2003 年版）等等。笔者也曾出版《都市文化与中国现代都市小说》（河南大学出版社 1997 年初版，2009 年再版）。论及海派重要作家的学术性书籍（如关于张爱玲）已蔚为大观，至于讨论海派文学的单篇论文，更难以计数。

对于海派城市文学的研究已经造成了现代文学史叙述总体格局的变化。首先，各种权威的文学史著作（或个人、或集体编写）都将城市文学作为重要的文学史形态纳入文学史脉络。比如在 1987 年出版后一时洛阳纸贵而后又风行多年的《中国现代文学三十年》（钱理群、温儒敏、吴福辉合著）一书，在 1998 年的修订本中，将"文学的现代化"作为现代文学的主流。而其中"现代化进程中的城与乡、沿海与内地的不平衡，所出现的'现代都市与乡土中国'的对峙与互渗"[①] 已成为其文学史考察的基本标尺。不仅海派小说被作为了文学史的重要环节，而且，与上海城市文化相应的研究范式也作为了对其他文学史现象的立论基础。比如该书在谈到 20 世纪 30、40 年代话剧创作时，便分别采用了"职业化、营业性剧场戏剧"、"大后方、上海孤岛：'剧场戏剧'再度兴起"

---

① 钱理群、温儒敏、吴福辉：《中国现代文学三十年》（前言），北京大学出版社 1998 年版，第 1 页。

与"沦陷区：职业化、商业化的'剧场戏剧'的繁荣"等论述框架。在多数以"20世纪"为标题的现代文学史中，城市文学也成为独具形态的重要论述对象，如孔范今主编《20世纪中国文学史》中，为京派和海派专设一章。进而，海派文学进入了通史类的文学史著作，如张炯、邓绍基、樊骏主编之《中华文学通史》。① 其次，由于城市文学，特别是海派研究的成果灿然，进而改变了部分或全部文学史叙述的方式。在20世纪80年代以前，文学史叙述角度基本上是左翼的。在关于"社会革命"的历史元叙事中，不仅没有新感觉派、张爱玲等人的位置，即便是茅盾《子夜》这一类的作品，也成为以阶级斗争来完成民族国家使命的政治文本。20世纪80年代以后，启蒙成为文学史叙述的主流，城市文学仍没有应有的位置，而且，《子夜》式的左翼城市文学甚至也被"清出"了文学史。随着城市文学特别是海派文学研究成果的丰富，特别是李欧梵、王德威等域外研究力量的推动，由海派文学研究中抽取的"日常性"、"晚清现代性"等概念不仅为现代文学史事实中的个体性、私人性、消费性提供了合法依据，而且已成为新的重要的文学史整体阐述原则，甚至可能是最重要的原则。

更重要的是，对于海派等城市文学的研究，由于得到了来自意识形态减弱、市民社会兴起的社会转型时期各种社会思潮的支持，更进而以极强的社会参与性出现。它几乎与史学研究中所谓"新史学"，特别是法国年鉴学派方法理念中的注重民间社会形态、"公共领域"、行会、商会、社团研究相吻合，构成了某种近代中国整体史观的一种。因此，关于海派等城市文学与媒体舆论、大众传播、经济制度、学校教育、出版机构、流行生活等公共社会领域的关联，又成为了新的热点。同时，左翼文学史叙述与启蒙文学史叙述的相继退位，几乎使来自城市文学（特别是上海城市文学）研究中的日常性叙述一枝独秀。而我们当下热衷的"市民"、"市民社会"、"公共领域"的探讨，以及20世纪90年代后期被神话了的"市场意识形态"，更是为其提供了社会的政治与经济依据。20世纪90年代之后，整个世界因政治格局中左翼力量削弱这一

---

① 张炯、邓绍基、樊骏主编：《中国文学通史》，华艺出版社1999年版。

"历史的终结"（福山语），造成左翼话语在整个文学史叙述中的被放逐，而正在建立中的市场经济体制与大众文化的兴起，也使"启蒙"话语在文学史叙述中逐渐趋于弱化。在文学史叙述的等级因素中，源自城市文学的现代性，特别是日常性现代性文学史叙述几乎要成为霸权。

在此，笔者不打算全面评价这一现象（关于对此的评述，参见拙文）①，而只是力图梳理新时期以来城市文学研究的历程，以及城市文学研究的动态。从中我们可以看出，现代城市文学研究大致经历了作家作品论——流派论——形态论——文学史论——近代中国史观等各个阶段，其重要性越来越突出。从某种角度说，已经登峰造极了。

那么，我们还能够进行城市文学研究吗？如果回答是肯定的话，那么，我们还要进行什么样的城市文学研究？

事实上，迄今为止，多数的城市文学研究大体采用了"反映论"式的研究模式，即认为城市文学以某种表现方式表现了城市社会与城市文化形态。这种研究方法大都以坚定的社会学、历史学理论为基础，认为城市文学作品是客观的城市生活的再现，因而特别适用于在表现方法上属于传统写实主义的文学作品。但问题在于：首先，在现代的城市文学作品中（尤其是上海文学），即使是对同一时期城市社会的表现，也会因作家流派的不同而表现出巨大的差异性。比如左翼城市文学与海派的创作；其次，中国现代最典型的城市文学恰恰并非经典意义上的写实作品，反而以现代主义创作居多。比如新感觉派，对城市外在形态的展现似乎并不比对城市作用于作家内心领域感受的描摹更多。通常意义上，他们以自我强烈的主观性透入都市生活，感觉成分明显多于"经验"成分。这种注重对城市的心理感觉的表述，使我们很难全然以反映论式的研究去面对它。

传统的城市文学研究，大都认为城市文学应具有两大要素，即：首先，从地域特征、创作题材、空间景观等方面来说，它必须描写城市中的人文生态

---

① 张鸿声：《现代文学史叙述中的记忆与遗忘》，载《文艺报》2004年12月28日。

与心态，诸如生活流向、价值理念与社会心理；其次，城市文学的创作者，必须以城市意识——只有城市人才具有的价值观念、思维方式与审美准则——去描述城市生活。说到底，这种研究大多是以题材为最终限定。这固然带来了对城市文学在社会学、历史学意义上的深入，但在一定程度上却忽略了城市生活作为人类基本生存方式对人类精神的影响能力，而这种影响能力往往是超出了城市地域、心理、情感与认知的。它给予人们以不同的精神塑造，进而影响甚至改变着人们对城市的知识与叙述，并表现在非城市文学类的其他各种文学形态中，如乡土文学、知识分子文学，等等。换句话说，在传统研究范式当中，"城市意识"并没有被给予强调和关注。所以，从城市给予人类的精神影响这一角度来说，"文学中的城市"这一概念，要比"城市的文学"能够揭示更多城市对文学的作用及其两者的关联。后者立足于文学形态自身，揭示城市文学形态的发生、发展、流变过程以及其内在的构成规律，基本上属于传统的文学研究或文学史研究；而前者更关心城市所造成于人的精神状态及带来的对城市的不同认识方式，以印证于某一阶段、某一地域的文学精神世界。从方法论的角度来说，它更接近文化研究。

第二节　"文学中的城市"：经验、记忆抑或想象

传统的城市文学研究，强调城市之于作家的经验性。但既然是"文学中的城市"研究，那么在这一研究中，文学与城市的关系，便不仅是一种经验，还应包括思潮、文体、传播与受众阅读等等因素。因此，城市的历史与形态和城市文学文本之间便构成了非对应的极其复杂的关系。这一切，可能会以对城市的不同表述体现出来。

从欧洲经典的城市文学文本历程来说，巴尔扎克时期的现实主义作品主要描述法国 19 世纪初叶商业社会建立时的社会状况，而左拉的自然主义文学则主要表现法国的工业时代。就表现的手法而言，都属于对巴黎城市社会形态

的正面描述，但仅就此点而言，两者已经表现出差异。这种差异，恰恰是表述方式以及造成表述方式的社会认知的不同。卢卡契曾指出现实主义与自然主义手法在巴尔扎克、左拉描绘城市时的不同：巴尔扎克小说中"法庭不像在一八四八年以后写的作品里那样只是具有某种社会职能的一种组织，它是多种社会斗争的战场，对嫌疑犯的每一次审问，每一个文件的起草，每一次法庭的判决，都是我们请来作证的它的每一个阶段的错综复杂的社会拉锯战的结果"，换言之，作家也好，作品中的人物也好，是城市社会的直接参与者；而左拉呢，不管他写交易所、剧场还是赛马场，"这些事物跟人物的命运是完全无关的。它们构成了一个巨大的却对人的命运漠不关心的背景，它们跟人的命运没有真正的关系。"①

Richard Lehan 出版于 1998 年的 *The city in the Literature* 一书（加利福尼亚大学出版社）明确提出"文学中的城市"这一概念，而这一概念在其书中主要被认为是对城市不同的表现模式。它着重考察了欧美城市不同发展阶段文学的表现方式，除了现实主义与自然主义之外，"对高度发展和机构复杂的城市的逃避和拒斥，构成了现代主义（印象主义、唯美主义、象征主义）的源泉。现代主义转而表现城市压力的主观印象和内心现实"。有人曾这样概括其描述的城市表现模式与过程："现代主义的这些主题基本上对城市持否定的态度，这里也表现出作者的立场：城市从早期的神圣城市到启蒙时期的城市，最后到现代大都市，基本上处在一个不断'堕落'的过程中。与此相对应的是，城市中的人从较早时候（如巴尔扎克笔下）的活跃的、积极的参与性的力量逐渐退化为受城市控制、对城市无能为力而退缩到内心领域中的漫游者和旁观者。"② 该书将商业城市、工业城市与后工业城市分别与现实主义（自然主义）、现代主义与后现代主义相对应，事实上也是在找寻文学中对于城市的不同表述问题。

关于对城市的表述，德国评论家克劳斯·谢尔普（Klaus Scherpe）将其

---

① 卢卡契：《托尔斯泰和现实主义的发展》，见《卢卡契文学论文集》（2），中国社会科学出版社 1981 年版，第 347、338 页。

② 季剑青：《体例与方法》，见《现代中国》第五辑，湖北教育出版社 2004 年版。

分为四类模式。① 美籍华裔学者张英进对其概括如下:

　　"第一类模式来源于德国 18、19 世纪小说中描写的那种'乡村乌托邦'和'城市梦魇'的直接对立。在这一模式中,一种早期的、据信是平静和安宁的主观主体受到新兴的工业文明的威胁"。第二类模式见于"19 世纪批判社会的自然主义小说,其中乡村与城市的对立退位于阶级斗争。……城市的生活和经验被缩小为个人和群体的对立。"第三种模式见于现代的作品,其中"巴黎流荡子的沉思姿态"表明"城市经验的潜在的想象力",其"审美主体自然而然地观察审美客体,用凝视的目光捕捉和把握这客体"。第四类模式是"功能性的结构叙述",通过这种叙述,"城市因其商品和人的剧烈流动而被重新构造为'第二自然',这一新构造据其在时间和空间上的自给自足,相辅相成的方式而产生。"换言之,在第四类模式中,城市成为自己的代理人,在文本中自由地展开自我叙述。②

　　克劳斯·谢尔普对城市叙述的描述与 Richard Lehan 有相似之处,他们不仅都相当重视城市的表述问题,而且都勾勒出了城市表述的历史发展,并且都认为在城市表述中流贯着从现实主义到现代主义的线索。所不同者在于,克劳斯·谢尔普把"乡村乌托邦与梦魇的直接对立"这一浪漫主义倾向也归之于城市表述,无疑是更加扩大了"文学中的城市"的含义。

　　注重城市表述研究的学者们认为,城市不单是一个拥有街道、建筑等物理意义的空间和社会性呈现,也是一种文学或文化上的结构体。它存在于文本本身的创作、阅读过程与解析之中。如果说传统的城市文学研究较多地存在

---

　　① 原文见克劳斯·谢尔普:《作为叙述者的城市:阿尔弗雷德·多布林的〈亚历山大广场〉》,见安德雷斯·于森、戴维·巴斯里克编《现代性和文本:德国现代主义的修正》,哥伦比亚大学出版社 1989 年版,第 162—179 页。未有中译本。
　　② 张英进:《都市的线条:三十年代中国现代派笔下的上海》,载《中国现代文学研究丛刊》1997 年第 3 期。

于前者中的话，那么"文学中的城市"则思索城市文学的文本性与文本的文学性，以及怎样把城市的物理层面、社会层面与文学文本有效地结合起来。像新历史主义所说的，既需探索"文学文本周围的社会存在"，也要探求文学文本中的社会存在。①

在对城市表述的研究中，"想象"或"想象性"成为一个极其重要的概念与方法。在 Richard Lehan 的 *The city in the Literature* 中，作者一方面承认城市文本的变化是因城市的变化而来，另一方面又强调"文学赋予城市一种想象性的现实"。陈平原曾评述说，"该书将'文学想像'作为城市存在的利弊得失之编年史来阅读。从'启蒙时代的伦敦'，一直说到'后现代的洛杉矶'，既涉及物质城市的发展，更注意文学表现的变迁。"② 张英进在谈及他对中国城市文学的研究方法时也说：

> 我将不拘泥于某一作品所表现的城市如何写实传真，而只探讨在这种文本创作的过程中，城市是如何通过想象性的描写和叙述而被"制作"成为一个可读的作品。……我说的制作是符号性的，指的是将城市表现为符号系统，其多层面的意义需要解析破译，我将重点放在制作的过程而不是其最终的产品——作为文本的城市（或称城市文本）。③

作为心理学名词，想象一词的含义为："在原有感性形象的基础上创造出新形象的心理过程……这些新形象是已积累的知觉材料经过加工改造所形成的。人类能想象出从未感知过的或实际上不存在的事物的形象，但想象内容总来源于客观现实。"④ 在谈到民族的"想象的共同体"时，汪晖指出："正

① 张京媛主编：《新历史主义与文学批评》，北京大学出版社 1993 年版，第 5 页。
② 陈平原：《"五方杂处"说北京》，见陈平原、王德威主编《北京：都市想像与文化记忆》，北京大学出版社 2005 年版，第 546 页。
③ 张英进：《都市的线条：三十年代中国现代派笔下的上海》，载《中国现代文学研究丛刊》1997 年第 3 期。
④ 《辞海》，上海辞书出版社 1980 年版，第 1596 页。

如‘想像的共同体’不是‘虚构的共同体’一样，‘想像’这一概念绝不等同于‘虚假意识’或毫无根据的幻想，它仅仅表明了共同体的形成与人们的认同、意愿、意志和想像关系以及支撑这些认同和想像的物质条件有着密切的关系。”① 因此，在“文学中的城市”研究中，关于想象性概念的介入，并非完全摒斥文学文本的社会客观性与创作者的经验性，而事实上，它是联结创作者的城市生活经验与文学文本经由创作而造成的生活呈现的一个中介，即：任何关于城市的文本都不可避免地来自城市经验，但城市文本却绝不等同于经验，因为它经过了由经验到文本的过程，这个过程其实也是想象性城市叙述的过程，城市想象其实就是一种城市表述。

在西方学界，运用想象性城市叙述理念来研究城市与城市文本已不鲜见。除了 Richard Lehan 的 *The City in the Literature* 之外，卡尔·休斯的《世纪末的维也纳》② 也大致使用这一方法，将维也纳看成是由于具体的社会生活与文化情境而成为了奥地利国家的寓言。在对中国现代文学、现代城市文学的研究中，张英进出版有《中国现代文学和电影中的城市：空间、时间和性别构形》③（已有中译本）。在国内，赵稀方讨论香港文学的《小说香港》，是运用这种方法探索文学与城市之间互动关系的学术著作。作者认为，关于香港的文学文本大致存在着三种叙述：即英国人的殖民叙述、大陆的国族叙述以及香港人的香港叙述。在英国人的殖民叙述中，香港充当了西方人“东方主义”的一个想象范本，以此印证欧洲白人文化的“启蒙”事业；而大陆的国族叙事则以中原心态的中心/边缘构架出发，进行“母亲！我要回来”式的香港想象。两者都忽略了香港在文化意义上的主体性。直至20世纪70年代，一种源于大陆价值观却又与之不同的香港意识开始出现，才逐渐产生了文学中香港的香港叙述。④

香港的情形也许特殊。对于国内城市与文学关系的研究，较早的应是赵

---

① 汪晖：《现代中国思想的兴起》第一部上卷，生活·读书·新知三联书店2004年版，第74页。
② 中译本为黄文译，台湾麦田出版社2002年版。
③ 美国斯坦福大学出版社1996年版。
④ 赵稀方：《小说香港》，生活·读书·新知三联书店2003年版，第3—7页。

园的《北京：城与人》。① 这部著作并不是一部关于北京的现代城市文学史，而是以确定北京在中国作家心理中的位置入手，事实上，是在为"文学中的北京"进行定位。在整体的 20 世纪中国现代化不可逆转的进程中，北京其实替代了乡土中国的国家与文化地位，成为了中国文人的精神故乡。从这一角度出发，北京也是一个想象中的城市。它既负载着真实的物理空间，同时又被文学建构成一种形象。由于创作时间较早，这一著作太过局限于文学形态，而对于文学又较集中于"京味"风格的分析，使其相当程度上仍保留着城市文学形态研究的痕迹，未能获得某种讨论北京想象的广泛的可能性。

有意识地倡导以"记忆与想象"来对北京城市与关于北京文学进行研究的，是陈平原先生。2005 年 10 月，北京大学二十世纪中国文化研究中心、中文系与哥伦比亚大学东亚语言文化系联合主办"北京：都市想像与文化记忆"国际研讨会，会议刊发的以及后来收入论文集的研究论文来自各个学科，其中有数篇是关于北京与文学之关系的。其中，梅家玲的《女性小说的都市想象与文化记忆》、董玥的《国家视角与本土化》与贺桂梅的《时空流转现代》大体也属于类似角度的研究。在谈及"作为研究方法的北京"时，陈平原也以"文学中的城市"为切入点。他说："借用城市考古的眼光，谈论'文学北京'乃是基于沟通时间与空间、物质文化与精神文化、口头传统与书面记载、历史地理与文学想象，在某种程度上重现八百年古都风韵的设想"，"谈论中国的'都市文学'，学界一般倾向于从 20 世纪说起，可假如着眼点是'文学中的都市'，则又当别论"。而在谈到"文学中的北京"这一概念时，陈平原径用"想像"一词去表述。在《"五方杂处"说北京》一文中，陈平原说："略微了解北京作为都市研究的各个侧面，最后还是希望落实在'历史记忆'与'文学想像'上。……因此，阅读历代关于北京的诗文，乃是借文学想像建构都市历史的一种有效手段"。②

如果说从"文学中的城市"与"城市想象"角度研究北京与北京文学还处于倡导与成果初显时期的话，那么，在域外以及国内，从这一角度研究上

---

① 赵园：《北京：城与人》，上海人民出版社 1991 年版。

② 陈平原、王德威主编：《北京：都市想像与文化记忆》，北京大学出版社 2005 年版，第 544 页。

海与上海文学，可以说已经取得一些成果。大体来说，这种研究集中于两个方面，即一是对上海 20 世纪 30、40 年代的文学与城市研究、二是对上海 20 世纪 90 年代的文学与城市研究。

前者主要来自域外，并首推李欧梵先生的《上海摩登》。该书在总体思路上受到了本尼迪克特·安德森关于"想象的共同体"观念影响，即民族国家的兴起往往伴随着公开化、社群化的过程，并认定上海 20 世纪 30、40 年代的都市性正是中国国家现代性的一种，因此，"摩登上海"的想象，也正是对于中国现代性的建构。对于国家社会的社群化进程，李欧梵借用哈贝马斯"公共空间"的理论，对于印刷文化、媒介文化的生产、消费、传播以及再生产等城市文化生成与发展进行描述，并特别以刊物、电影、流行生活为主要表现领域，叙述城市对现代性的共同心理认同，从而剖析出上海城市现代性的特质。吴福辉先生近来的研究，如论文《小报世界中的日常上海》、《老中国土地上的新兴神话》也带有类似特征。

另一种"文学中的上海"研究则立足于 20 世纪 90 年代。由 20 世纪 80 年代末开启的关于旧上海的怀旧，至 90 年代已经成为一种世界性文化景观，并伴随着港、台、大陆三地的热播影视作品，以及各种关于旧上海的书籍、画册、影视等，渐至峰巅。"上海怀旧"无疑是文学中上海想象在全球化语境中的一种现代性诉求，其所表现出的对于上海城市文化身份的想象性认知，乃是探讨此一问题的关键。在这方面，陈惠芬的《"文学上海"与城市文化身份建构》①、郜元宝的《一种新的上海文学的产生——以〈慢船去中国〉为例》②，还有王晓明等人对于 20 世纪 90 年代王安忆上海题材创作与对程乃珊、陈丹燕的同题材跨文体写作研究等等③，大都遵循同一思路。在这些研究中，有论者指出，20 世纪 90 年代的上海题材文学，"为读者提供的是一个精确的关于上海的公共想象，而不是个体性的对上海、对时代和世界的体验"，"当

---

① 陈惠芬：《文学上海与城市文化身份建构》，载《文学评论》2003 年第 3 期。

② 郜元宝：《一种新的上海文学的产生——以〈慢船去中国〉为例》，载《文艺争鸣》2004 年第 1 期。

③ 比如王晓明：《从"淮海路"到"梅家桥"——从王安忆小说创作的转变谈起》，载《文学评论》2002 年第 3 期。

一个作家的写作涉及上海时，他对上海的历史和现状很有可能并没有达到历史领域或现实调查所追求的那种熟悉程度，但他完全有理由从某种制度性想象直接契入，而构筑他们关于上海的想象性叙事。比如，现在流行的一些概念，像'三四十年代的摩登上海'、'国际大都市'、'日常生活'、'欲望'、'时尚'、'消费文化'、'白领'、'小资'、'中西文化交往'、'高速发展'等等"①，论者认为，这构成了90年代上海题材文学或"文学上海"的制度性因素。

由此可以看出，关于对"文学中的上海"的研究中，"上海想象"已经渐成热点。并且，其研究思路是循"现代性想象"出发，构筑由上海城市文学而引发的关于中国社会、中国文学的现代性问题。应当说，这种研究恰当地解决了以往在城市文学形态、文学史框架下研究之不足，触及了城市文学更深层次的问题，并从现代性问题上扩大了人们对文学史叙述的认知。但是，这些研究又存在着明显不足。其最大问题在于，在论述现代性为线索的上海想象时，把日常性、现代性作为主要线索，而将中国现代性中的关于"国家"、"革命"的现代性搁置一边，因而，在研究对象上，20世纪30年代左翼上海与50、60年代上海及其文学基本上不被纳入视野。有人认为："李欧梵在《上海摩登》中重构了旧上海物质文化生活和消费主义的精神时尚地图。……《上海摩登》重绘了一幅夜晚的地图、消费的地图、寻欢作乐的地图，同时却遮蔽了白天的地图、生产劳动的地图、贫困破产的地图，从根本上来说，也就是用一幅资产阶级的地图遮蔽了无产阶级的地图，用资产阶级的消费娱乐遮蔽了无产阶级的劳动创造"②。事实上，虽然李欧梵在其他一些文章中多次谈到关于"革命"的现代性问题，并认为"《新青年》思潮背后的一个新的意识形态和历史观"，"导致了一场惊天动地的——也影响深远的——社会主义革命。我认为这些都是中国人对于'现代性'追求的表现"③，但在对具体的上海文学的论述中，恰恰又以日常性现代性遮蔽了

① 郜元宝：《一种新的上海文学的产生——以〈慢船去中国〉为例》，载《文艺争鸣》2004年第1期。
② 旷新年：《另一种"上海摩登"》，载《中国现代文学研究丛刊》2004年第1期。
③ 李欧梵：《漫谈中国现代文学中的"颓废"》，见《中国现代文学与现代性十讲》，复旦大学出版社2002年版，第52—53页。

其他，表现出文学史叙述中刻意追求"中心性"的弊病。因而，立足于 20 世纪 30、40 年代上海资产阶级的摩登文化的上海想象，便构成了左翼角度的"上海遗忘"。对于 20 世纪 50、60 年代上海文学与城市的研究，除了张旭东在文章中偶有提及，几乎不被人看作研究对象。其间的原因，仍是以日常性城市叙事代替了多元现代性叙事，不能被日常性现代性所叙说的 50、60 年代上海文学当然也就没有了研究的价值与可能。

可以看出，在对 20 世纪 30、40 年代上海与 90 年代对上海以及其文化的研究当中，研究者倒是犯了一个与其研究对象（即这两个时代的文学文本）同样的错误。文学创作者基于中国全球化的想象构筑了"文学中的上海"，而研究者同样也如此。因为，只有 20 世纪 30、40 年代的海派文学与 90 年代关于上海的文学，是充分意义上的全球化想象的产物。① 两者构成互文关系，其实是不同时期对同一问题的表现而已。另外的几种中国现代性如"启蒙的现代性"与"革命的现代性"，既不被这两个时期的文学表现所重，也不被纳入到研究者视野。因此，研究界事实上也无法跃出被批评者的窠臼，因而，对所谓"上海想象"的研究仍不是一种完整的"文学中的上海想象"。

第三节　文学中的上海想象：研究的观点、意义与策略

本书所要进行的研究，既承继了当下关于上海与上海文学的研究成果，又试图避免某些研究成果所出现的阙失。

首先，我的研究仍将以城市文化与文学表现出的现代性想象为契入点，以期印证文学与城市、"文学中的现代城市"在现代文学中所包蕴的内涵。本研究认为，文学中的"上海"在很大程度上也是一个不断被赋予意义的城市，在 20

---

① 较能克服这种弊病的是吴福辉先生，他一系列讨论海派文学乡土特征的论文很值得注意。比如《老中国土地上的新兴神话》、《新市民传奇：海派小说文体与大众文化姿态》、《洋泾浜文化·吴越文化·新兴文化》都包含了从中国本土性看待海派的视角，见出他的智慧之处。

世纪主要表现为一种现代性意义的赋予，甚至表现为某种修辞策略。在我的研究中，文学中其实存在两个"上海"，一个是文本意义上，或被各种文本意义所堆积起的"上海"；一个是实际的、作为地域存在的上海。在文学中，上海不断被赋予各种现代性意义，如殖民与独立的国家意义、传统形态向现代形态过渡的现代文化意义等等，并以此构筑了上海文学或"文学中的上海"的强大的现代性身份，它可能冲淡乃至瓦解了作为实存的"上海"多元、复杂的东方城市特性。此间的原因在于，上海作为一个近代中国极为特殊的城市，其本身的现代性逻辑之强大，以及由此导致的人们对上海现代性的夸大性想象，其动机在于对世界主义背景下整体的所谓"中国现代性与中国现代化"的向往这一民族的"想象的共同体"。在这里，上海实际上充当了现代中国民族国家主体性建构的最大载体。因此，供人阅读的文本的"上海"与作为城市的上海是有较大差异的。也因此，使得"文学中的上海"与关于上海的文学表现出区别于其他地域文学的特质：通常来说，在形式与文体上排斥地域性，以突出其国家意义与现代性意义。

其次，遵循这一主旨，本书大体注意了以下方面：

首先是梳理近代以来人们对上海城市文化身份的厘定与对其城市特征的认知。城市的文化身份是多元的、不统一的，甚至是非逻辑的，而在人们对上海的认知中，却往往将它整体化、中心化、逻辑性起来，从而导引出对上海的公共性认知，并在此基础上，表达上海的城市"经验"。而事实上，根据这样的认知表达出的，往往已经不再是"经验"，而是"想象"。基于国人的现代性想象，渐渐产生了关于上海的两大形象谱系，即一是从现代性中关于民族国家的意识出发，去认知旧上海作为世界主义殖民体系中的边缘性和与其相伴随的消费性、工业破产、畸形堕落等特点，以及它最终摆脱了殖民体系，获得民族解放，并成功消除资产阶级国家遗存的国家元叙事；二是作为中国现代化进程中的中心地位所包含的现代性普适价值，其与西方的同步，引领着中国现代化的进程，表现为物质的扩张与物质乌托邦、大工业的、组织化的与摧毁传统力量的种种情形。两种形象谱系造成了近代以来关于上海文学的总体风貌与主流，并构成在文学中表现上海的中心性。本书将描述这一超越经验的文学写作的意识形态特性以及意识形态化过程，以及如何推广成全国性的普遍化的城市知识，乃至一部关于近代以来中国国家寓言的过程。同时，基于两种形象谱系，本书将厘清关于上海想象的几种形式，如国家意义的想象、大工业想象、组织化社会想象、物质乌托邦想象、道德想象、中产阶级生活想象以及种种上海想象所造成的各种上海叙事，并试图将这种想象与上海特性、上海"经验"剥离出来。由于本书并非对上海文学某时期的断代研究，而是整体描述，因而，关于左翼上海文学的研究，以及对20世纪50、60年代的上海文学作品的描述将成为重点的论述对象。本书力图在研究的对象上，也在文学史形态的完整意义上体现出新意，试图构成对"上海想象"的较全面的认识。鉴于自己的认知局限以及学界对20世纪90年代上海文学研究已成热点，本书暂不将90年代的文学作为重点论述，只在余论中加以探讨。

由于在近现代中国，现代性不仅成为共时性的存在，也会因时代中心任务的变迁给出历史断裂的标志而呈现出阶段性，因而，所谓"上海想象"也会在不同的时期呈现出不同叙述特性。比如，晚清时代的国家想象、左翼文学的殖民地国家意义与"社会革命"发生地的想象、海派的物质乌托邦想象、20世纪50—70年代社会主义新中国与国家工业化想象、80年代国家僵化体制下的想象以及90年代全球化图景下的想象，等等。从中亦可看出，越是历史上上海的繁荣时期，对其的想象性构建程度越烈；而越是其处于衰落时期，对其的想象性程度反而会趋于平和。本书一方面描述各种上海想象的内涵与特质，一方面又大略描述出其不同时段的状态。总体来说，在本书的写作中，以纵向描述为线，以对重要的上海文学现象的考察为点，以期大致构成对其的整体性认知。

其三，本书的研究将力避"中心性"心态。

所谓"中心性"，被认为是世界一体化后产生的一种世界观，即认为所有世界政治、经济、文化格局都处于"中心"支配之下，所有边缘不断向中心靠拢的状态。在此情形下，世界的全部历史都被本质化、结构化了。史学研究（包括文学史研究）都以寻找到唯一性的历史本质、规律为己任，从而排斥了对世界对历史的多元认知。一般而言，"中心性"不仅是一种价值观，更是一种工具论。"中心性"的心态会将原本属于边缘的文学脉流与现象变成新的中心，原本以边缘身份出现的文学史或文化阐释可能会成为新的中心阐释，甚至形成霸权。比如，在20世纪90年代现代文学最重要的域外推动力量中，李欧梵、王德威等人的日常性文学史叙述与晚清现代性文学叙述，最初都是以反抗左翼与启蒙一元性中心叙述面目出现的。它们仅仅为现代文学史事实中的个体性、私人性、消费性现象提供了合法性，具有边缘特征。虽然具有巨大的阐释空间，但也只能作为对文学或文学史一个侧面的揭示。而国内的追随者却有足够的力量使其成为全能阐释。于是，在将原有的中心驱逐后，建立了新的中心，原本文学史叙述中的反线性思维却又变成了新的线性思维。而在新的"中心"建立过程当中，对于文学史的强行记忆与强行遗忘是其重要手段。研究者往往排斥多元文学状态中的许多研究对象，以期符合研究描述的理论预设。

对于笔者所进行的研究来说，由于上海近代城市文化身份的复杂与多元，事实上，关于上海的文学也处于一种非中心的、多元的、不统一的和非逻辑的状态。本书在论述"上海想象"时，力图以此为前提，避免使本书的论述由于本人的立场而呈现出一种中心化。笔者认为，本书所持的观点与所使用的方法，在整体的上海现代文学研究中具有某种边缘性，其本意在于抗拒关于上海文学的现代性中心叙事。虽然本书所采用的研究范式具有一定的新意，但只能作为对上海以及上海文学的一个侧面揭示。因此，在研究对象的选择上，本书还将选取非"上海想象"的流派或文本，诸如张爱玲、施蛰存、苏青等人的创作，试图说明关于"文学中的上海"其本身的复杂性和多元状态，避免使本研究成为一种新的文学历史化、本质化过程，更避免在或记忆或遗忘的情形下强行对文学或文学史进行理解。笔者始终注意到"上海想象"这一研究范式对于文学阐释的有限性，与以往的上海文学研究并不是（也无法做到）彼此的替代关系，而是与以往的研究相互借鉴，相互补充。我的任务是揭示"上海想象"作为复杂、多元、不统一的上海文学状态当中的一种情形，而绝不是以此作为上海文学或文学史阐释的新标尺。如果本书能使人们认识到百年来关于上海的文学中确实存有"上海想象"这一情形，本书的目的与任务也就完成了。

第二章

文学中的上海想象

第一节　民族、现代化与上海想象

一、民族国家想象与近代上海

本尼迪克特·安德森的《想象的共同体——民族主义的起源与散布》是讨论民族主义问题最重要的理论著作之一，特别是其"想象的共同体"概念的提出，在阐释民族与民族主义方面具有极大的空间。他认为，在社会学意义上，民族是"想象的共同体"，由一系列文化符号所构成。之所以是想象的、"虚幻"的共同体，是由于它没有类似于国家的组织结构与原则，也无需履行任何组织手续，而是由全民族成员的某种文化认同和共同的情感构成。安德森认为，民族作为共同体现象，是借助想象来实现文化认同的，比如民族的神话，民族的历史，都是根据共同体认同的需要而想象出来的，即民族的共同体现象，并进而产生关于民族祖先、民族发展的谱系。想象中的民族史，往往被认为是真实地发生过的。民族，"它是一种想象的政治共同体，并且它是被想象为本质上是有限的，同时也享有主权的共同体"，各民族"区别不同的共同体的基础，并非是他们的虚假 / 真实，而是他们被想象的方式"①。安德森指出，"民族"本质上是一种现代的 (modern) 想象形式，它源于人类意识在步入现代性（modernity）过程当中的深刻的变化。②

在近代，民族国家运动使"想象的共同体"得以完成。有人认为，由于民族国家这种政治力量的出现，民族主义作为历史潮流应运而生，民族国家与民族主义是现代化国家的衍生物。因为工业社会存在的基础之一，是人们以抽象方式交往和沟通的能力，所以一个工业社会必须有普遍接受的文化以满足这一条件。这种文化不仅取决于人们共同拥有的语言，也取决于一套文化规则。同时，工业化、现代化是一项大规模的社会工程，都是在民族国家的框架下进行的。一个社会的工业化与现代化，要求民族国家在意识形态上、文化的一致性上以及全民的政治文化认同上承担这种社会动员。因此，民族国家的现代化与工业化过程同样伴随着文化上的"想象的共同体"的形成③。

本尼迪克特·安德森还认为，伴随着民族国家的兴起，想象的过程也是一个公开化、社群化的过程，并主要依靠两种媒体——小说与报刊，"为'重现'（representing）民族这种想象的共同体提供了技术手段"④，而且"民族"这个"想象的共同体"，最初而且最主要是通过文字阅读来进行的。藉此，王德威提出了他的文学"想象中国"的说法：

> 我更是借此书强调小说之类的虚构模式，往往是我们想像叙述"中国"的开端。国家的建立与成长，少不了鲜血兵戎或常态的政治律动。但谈到国魂的召唤、国体的凝聚、国格的塑造，乃至国史的编纂，我们不能不说叙述之必要，想像之必要，小说（虚构！）之必要……然而我们

---

① 本尼迪克特·安德森：《想象的共同体——民族主义的起源与散布》，吴叡人译，上海世纪出版集团 2005 年版，第 6 页。

② 本尼迪克特·安德森：《想象的共同体——民族主义的起源与散布》，吴叡人译，上海世纪出版集团 2005 年版，第 8 页。

③ 徐迅：《民族主义》，中国社会科学出版社 1998 年版，第 42 页。

④ 本尼迪克特·安德森：《想象的共同体——民族主义的起源与散布》，吴叡人译，上海世纪出版集团 2005 年版，第 8—9 页。

如果不能正视包含于国与史的内在想像层面，缺乏以虚击实的雅量，我们依然难以跳出传统文学观或政治史观的局限。一反以往中国小说的主从关系，我因此要说"小说中国"是我们未来思考文学与国家、神话与史话互动的起点之一。

　　……小说不构建中国，小说虚构中国。①

　　一个现代化国家究竟是否凭借印刷媒体想象而构成，或者说，现代民族国家的中国究竟是否出自印刷媒体想象而来的文化认同，这属于另外的问题。② 我所感兴趣的在于究竟有没有一个国家的想象？这种想象如何立足于城市，以及这种想象是怎样在城市知识中完成的？

　　王德威与李欧梵都认为，晚清小说已经开始现代民族国家意义上的"想象"。王德威宣称："称小说为彼时最重要的公共想象领域，应不为过。借着阅读与写作小说，有限的知识人口虚拟家国过去及未来的种种——而非一种——版图，放肆个人欲望的多重出路"。③ 据此，他将晚清小说分为四个文类：即狎邪、侠义公案、丑怪谴责和科幻奇谭。四种文类分别从各个方面开始了近代中国人对未来关于现代性的公共性想象，并开启了启蒙、革命、理性等主题，甚至至今仍不断浮出水面。他认为，在晚清狎邪小说中，已然僭越情色、感伤的老套语，确定了新的爱欲、情感范畴，开拓了中国情欲主体的想象，并影响了以后新文学的颓废美学。特别是《孽海花》，以艳史为经，以国史为纬，赛金花以淫邪之身而扭转国运，成为当时中国的政治神话；侠义公案小说则重塑传统对法律正义（legal justice）与诗学正义（poetic justice）的论述，也已改变传统的寄望于清官豪侠扭转乾坤的幻想，而多少为世纪初抱有革

---

　　① 王德威：《小说中国》，见《想像中国的方法——历史、小说、叙事》，生活·读书·新知三联书店1998年版，第1—2页。
　　② 杜赞奇认为中国人的民族与民族认同在前现代就已存在，是印刷媒体与口头语言构成的混合体，而不是印刷资本主义构成了中国民族想象的载体："促使汉族中国人在与其他群体相遇时强烈地意识到'他者'并相应地认识到自己的群体的，并不仅仅是，或主要不是印刷媒体。"见杜赞奇：《从民族国家拯救历史》，王宪明译，社会科学文献出版社2003年版，第41页。
　　③ 王德威：《被压抑的现代性——晚清小说新论》，北京大学出版社2005年版，第2页。

命情怀的志士造像。而科幻类小说则更为国家想象的产物。一方面，乌托邦小说（如《新中国未来记》、《月球殖民地小说》、《乌托邦游记》、《新石头记》）开始试图设计国家未来图景，想象理想家园，另一方面，则以西方科幻小说"未来完成时"的叙述，倒叙今后可能会发生的事情。《新中国未来记》以1962年为坐标；《新纪元》则想象2000年大中华民主战胜英、法、德等欧洲列强，收复匈牙利，各国向中国赔款，改黄帝历的成就世界霸权的盛况。[①]李欧梵认为近代中国的所谓浪漫建国小说，是从梁启超的《新中国未来记》开始的。他认为梁启超试图以小说中的故事展现其雄才大略，"梁启超将之定名为政治小说，是试图以之影响中国读者，而其想像也最终借以完成"，"它第一次为中国塑造了一个政治形体"。[②] 他认为，对于习惯于阅读旧小说的中国读者来说，梁启超式的国家未来的伟大想象，不一定能够达到他所构想的对普通读者的作用。事实上，梁氏有关表述国家想象的各体文字，只是借助于晚清公共空间的报纸、杂志这种公共领域来完成的。[③]

　　所谓"公共领域"又称"公共空间"。霍尔曾把空间分为四种：即密切空间、人身空间、社交空间与公共空间。在社会学中，它并非指被政府和官方单方面制造和强加的所谓"公共利益"，而是指以个人为信念基础，以民间团体为决策主体的新型公共社区。在哈贝马斯看来，它应当是一种民主政治生活中的"公共领域"（public sphere）和民间社会。它原则上向所有人开放，不隶属于国家官僚机构的法律规章，且人们无明确的责任去服从它们。

　　在近代中国，公共领域首先形成于上海，与社团、报刊的兴起有关。一方面是初步的以科学与法理统治的"技术结构"开始出现，造成了广大的中等人群，使众多财产、阶级、职业不同的上海人形成所谓"上海势力"，并产生

---

① 王德威：《导论：没有晚清，何来"五四"》，见《被压抑的现代性——晚清小说新论》，北京大学出版社2005年版。

② 李欧梵：《中国现代文学与现代性十讲》，复旦大学出版社2002年版，第11页。

③ 这里表现出李的矛盾之处：一方面他认为梁启超的国家想象并未在公众中完成："当胆识过人者如梁启超，开始要对一种新的民族想象作大叙述的时候，他并未预料到中国读者群将会不合作"；另一方面，他又认为至少初步的民族想象业已完成。参见李欧梵《中国现代文学与现代性十讲》，复旦大学出版社2002年版。

了以王韬、郑观应、冯桂芬等为代表的公共知识分子。一方面，民间团体如雨后春笋般出现。据1913年的统计数字，上海的民间团体已超过了350个，以致当时《申报》称之为"各处会所如林，党员如鲫"，"乡曲措大，市井鄙夫，或则滥竽工会，或则侧身政党"，"甚至电车卖票者，学校看门人，亦多自附于社团之列"。广泛加入的中等人群，其生活方式开始脱离乡民式的工作与闲暇时间不分的状态。上海在19世纪末出现周六与八小时工作制，闲暇处理方式开始社会化，要求社会化的文化产品给予满足。同时，近代科技带来了大众新闻出版事业以及印刷术的进步，恰恰满足了广大中等人群的这一需求。于是，日报、月刊、周报这种工业时代的媒体开始出现并迅速风行，这构成了晚清以来上海社会的公共空间。但是，中国或上海早期的公共空间，有着强烈的中国语境，并不与哈贝马斯所讲的完全类同。所以，美国的罗威廉和兰金等人通过对晚清汉口与浙江地区的研究，认为中国的公共空间并非是哈贝马斯理论话语意义上的，而恰是中国士绅社会的结果。黄宗智等人干脆提出另一概念："第三领域"，即国家权力和宗法社会之间的以城市绅商为主体的组织场域①。与哈贝马斯所说欧洲"公共空间"不同的是，中国的公共领域，有着较多对国家事务的参与，如赈灾、兴修水利、救火会等等，同时也得到了国家的高度认可。它的国家性是一目了然的，或者说，是国家政治的一个补充。当然，对于民族国家的现代性想象是借助于公共空间才能完成的，但以当时中国的贫穷困陋与公共事业的普遍缺乏，事实上能够存有公共空间的只有上海等极少数口岸城市，而其中又以上海为突出。也就是说，只有上海等口岸城市才会在公共领域中发生现代性想象，而这种想象的国家色彩非常明显。

　　因此，一方面，有关民族国家的现代性想象存在于上海城市，而另一方面，这种想象又与上海城市的近代形态有关，这势必导致这种想象较多地来自特定的上海都市生活经验，甚至发生于具体的上海这座城市中。笔者认为，有关民族国家现代性想象很可能并非具有全国性，而是区域性的。这来自于上海

---

　　① 参见罗威廉：《晚清帝国的"市民社会问题"》、玛丽·兰金：《中国公共领域观察》、黄宗智：《中国的"公共领域"与"市民社会"》、魏斐德：《市民社会和公共领域的论争》等。见黄宗智主编《中国研究的范式问题讨论》，杨念群等译，中央编译出版社2003年版。

这座率先领受欧风美雨的城市特性，而民族国家的想象与完成也与上海有密切关联。也就是说，中国国家现代性与上海城市现代性密切相关。它可以容纳这种想象，也同时造成了这种想象。

二、关于上海的两大形象谱系

民族国家的想象究竟赋予上海什么意义呢？这是一个极其复杂的问题，为简便起见，不妨从近代以来关于上海的形象谱系入手。

我们首先来看中国官方对于上海最权威的城市知识。

在 1979 年版《辞海》中，专设"上海市"词条，除了地理特征与物产的说明之外，大略如下：

> 唐属华亭县，宋始设上海镇，元至元二十九年（1292 年）设上海县。鸦片战争后帝国主义强迫清政府辟为商埠。1928 年设上海特别市，1930 年改上海市。有光荣的革命历史：1927 年 7 月 1 日中国共产党在此诞生，1925 年爆发"五卅运动"，1926—1927 年先后三次举行工人武装起义，以及解放前夕进行反饥饿反迫害、反内战的革命斗争等。解放前，工业产品以消费原料为主，原料大部分依赖进口。解放后已改建成重、轻工业各个门类比较齐全的综合性工业基地，钢铁、机械、造船、仪表、电子、化学、石油化工、纺织、医药、印刷等工业都占全国重要地位。它是我国沿海南北航线的中枢和对外贸易港，是长江流域出海的门户，万吨轮可常年通航，并有国际航线和航空线通往国外。铁路经沪宁、沪杭等线，联系全国各地。全国科学技术和文化中心之一……有中国共产党第一次全国代表大会会址，中共中央驻上海办事处旧址（"周公馆"）等，虹口公园内建有鲁迅纪念馆、鲁迅墓。解放后，逐步改善市区原有工业的生产条件，并在郊区陆续修建了若干新工业区。①

---

① 《辞海》，上海辞书出版社 1980 年版，第 171 页。

在《简明不列颠百科全书》关于"上海"的词条中，对上海的地理、气候、水文、土壤以及城治沿革、新中国成立后的经济发展介绍都更加详尽。需要说明的是，在《简明不列颠百科全书》中，中方负责撰写纯属中国的条目，因此这一词条可以认为代表中国官方的观点。其在涉及上海近、现代化城市状况时有如下文字：

> 外国资本和中国买办资本在"租界"开工厂、设银行。缫丝、纺织、日用轻工、印刷等近代工业兴起，导致原有的手工棉纺织业等的衰落。船舶修造和打包业已开始建立，以适应外国资本从这里大量输出原料和初级产品的需要。上海从此逐步沦为半殖民地性质的城市。为了掌握自己的命运，上海人民在20世纪初期曾奋起抗争，血染南京路，并举行了三次武装起义。1945年收回"租界"，但仍处于外国资本和官僚资本的双重控制下，城市性质并未改变，民族工商业发展艰难。[①]

如此繁琐地引述这样的文字，是试图从中梳理出关于上海的形象谱系。从词条叙述的顺序来看，我发现依人们所认为的重要程度，上海被作了以下几种认知：

首先是其体现的革命历史，即左翼史。这是《辞海》最为强调的。《辞海》用最简约的文字叙述其开埠这一最为重要的事件，但用了大量篇幅讲述关于建党、起义与反内战等左翼角度的政治事件。甚至于在介绍上海名胜时，《辞海》也仍然表现出左翼的政治视角，选取了中共第一次代表大会旧址与周公馆以及与鲁迅相关的胜迹；其二，附带的，《辞海》对旧上海的经济只是在殖民性角度作了"消费性"等简单判断。《简明不列颠百科全书》对旧上海的经济介绍文字稍多，也有一些中性文字涉及上海经济的全球化问题，但两者都最终归之于"半殖民地"城市的经济依附于西方的殖民性与边缘性。在介绍新

---

① 《简明不列颠百科全书》第7卷，中国大百科全书出版社1986年版，第97页。

上海的经济状况时，则强调经济的国家成分以及中心地位，不断使用"齐全"、"重要"、"改善"、"中心"、"中枢"等词汇。由以上分析可以看见，其对于上海的主导性阐述线索为：旧上海的半殖民地性造成了经济的畸形与在全球资本主义世界的边缘性与政治上的不断革命，而革命的成功使上海成为国家经济中心。这种从"边缘"到"中心"的阐释线索发生于政治学上的意义，其考察背景从世界性的转向国内的，经济角度的上海资本主义史是完全被否定的。

与滞重呆板的词典词条的政治性解析不同，新时期以来国内学界则着眼于上海特别是旧上海在现代化进程中表现出的发达状况，考察线索转向了世界主义背景，上海的资本主义史在经济角度又被给予了充分肯定。权威的上海史专家唐振常先生在其表述中溢美之状毕现："与上海同辟为通商口岸的尚有四埠，惟只有上海日新月异，变化迅速，独耀其辉煌"[①]，"上海之所以成为上海，之所以成为名誉世界的城市，其飞跃的发展，无疑是在一八四三年开埠之后"。他甚至不无感叹地认为，1949 年以后的上海"锁闭则死则衰"[②]。1988 年，伴随着旧上海怀旧热的初步兴起，上海古籍出版社编辑《上海滩与上海人》丛书。编者在出版说明中说："从荒凉偏僻的滨海小县，到五光十色的国际大都会；从苇荻萧萧的渔歌晚唱到声光化电的频率节奏，……上海滩与上海人所经历的这一个多世纪的历史，是近代中国由闭关自锁到走向世界过程的缩影"。《上海的发端》前言说："鸦片战争后，上海向世界开放，跨出了近代化的步伐"[③]。还有学者将上海百年历史总结为"从闭锁到开放"这一第三世界融入全球的图景，"通过这一切试图告诉读者：开放是历史的选择；开放，只能是主动地开放，别无他途"[④]。由以上表述我们可以看出，对上海的另一认知线索的阐释建立于上海城市的现代化的强大逻辑基础之上，不仅肯定上海在近代

---

① 唐振常：《文化上海》序，上海教育出版社 1998 年版，第 1 页。

② 唐振常：《沪城沧桑七百年》，见上海研究中心、上海人民出版社编著《上海 700 年》，上海人民出版社 1991 年版，第 3—4 页。

③ 叶亚廉、夏林根主编：《上海的发端》，上海翻译公司 1992 年版，第 1 页。

④ 于醒民、唐继无：《从闭锁到开放》，学林出版社 1991 年版，封底。

▲ 早期的上海海关——江海关，其址在今上海海关。选自《点石斋画报》，明甫绘。

融入全球化（主要是西方）的过程，而且将其视为上海城市的最基本逻辑。

　　之所以大量引述有关词典与书籍的序言，在于这些文字的平易简短，最能代表国人对上海的一般性认知。由于近代以来，表达对上海特性看法的文字汗牛充栋，仅列名人文字，亦可汇成百万字巨册，本书只作简略引述。上海史学者熊月之曾对近代以来关于上海特性的讨论分为两个较集中的时期：一是清末民初，一是 20 世纪 30 年代。就讨论的内容上，熊月之分为"从奇妙洋场、东方巴黎到大染缸"、"西学窗口"、"天堂地狱"三种，[①]并作了详细引述。在他看来，第一种认知比较集中于对繁华上海的道德厌恶的主题上，旧中

————————————
　　① 熊月之：《近代上海形象的历史变迁》，http://www.wslx.com

国关于上海题材或背景的文字,多种属于黑幕、揭秘、传奇、大观、游骖录一类。但也有对上海繁荣的盛赞。至 1881 年,上海已有"东方巴黎"之称。《申报》社论曾说"人之称誉上海者,以为海外各地惟数法国巴黎斯为第一,今上海之地不啻海外之巴黎斯"[①]。甚至有人赞曰:"自华洋互市,中外通商以后,遂成巨埠,繁华等于巴黎,蕃盛驾于伦敦",甚至"吾谓英之伦敦,未及吾之海上之富有也,法之巴黎,无过吾海上之奢丽也。六十年来,吾海上乃仙都也,吾海上乃乐国也"。[②] 第二种认识则视上海为中国面向西方文明的窗口。自 19 世纪以来,从郭嵩焘、刘光第、康有为、梁启超到 20 世纪初的章太炎、蔡元培、刘师培、张元济、严复、章士钊、陈独秀、马君武等均有此类表述。康有为 1882 年途经上海,看出上海繁荣背后"西人治术之有本",初步领略西方文明,大购西书而回。姚公鹤在 1917 年出版的《上海闲话》中说,"上海者,外人首先来华之根据地,亦西方文化输入之导火线也"。蔡元培把上海看成是"黑暗的"中国的一线希望:"黑暗世界中,有光彩夺目之新世界焉。……此地何?曰上海。"[③] 在于右任主持的《民立报》上,曾有这样的描述:"上海系南北航线之要点,东西洋贸易之枢纽,新学输入,风气之开,较他处先","上海者,新文明之出张所","一有举动,辄影响全国……故一切新事业亦莫不起于上海,推行于内地。斯时之上海,为全国之企望,负有新中国模型之资格。"[④] 由此,关于上海是西方文明的"窗口"这一说法也开始出现。此种看法,隐含着现代化逻辑上的上海知识。至 20 世纪初,关于上海城市的殖民地性以及其与殖民主义、帝国主义的关系开始提出。当时如《警钟日报》、《民立报》、《神州日报》等常有蔡元培等革命党人的文章,并提出上海形象是美丑合一的命题。其"丑",是指白人统治下的主权丧失。至 20 世纪 30 年代,由西人撰写,并有中西版本的上海著作如《上海——冒险家的乐园》(1937)、

---

① 《论上海今昔情形》,原载《申报》1881 年 12 月 10 日。
② 云间天赘生:《商界现形记》序言,商业会社 1911 版。
③ 蔡元培:《新上海》,载《警钟日报》1904 年 6 月 26 日。
④ 田光:《上海之今昔谈》,载《民立报》1911 年 2 月 12 日。

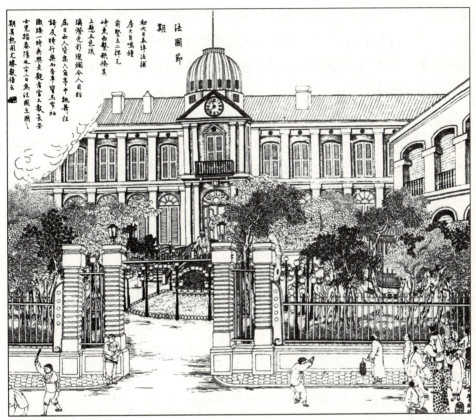

初六日本洋法捕房大自鳴鐘前對立二碑兀峙東西對峙修其上懸上色瓈燈光彩煥煊今人目眩屆日自由人皆集八角亭中競爭往詩及時行樂如車寶馬奔地歟歟一時熱興來觀者車大數千士見踏奉陽之十二日為法國立國期其熱開亢勝數倍云

法國節　期

▲ 上海法租界巡捕房，园内有六角亭，常常举办一些庆祝活动。法租界的管理机构是公董局，是旧上海的殖民政权之一。

《出卖的上海滩》（1940）、《上海——罪恶的城市》（1945），更加深了人们对上海殖民形态的认知。[①] 总括上海开埠后百余年关于对上海的认知可以看出，19世纪末，人们对上海的看法，一方面承认其作为现代文明的渊薮，一方面将上海恶的形象归之于道德方面；至20世纪30年代，上海恶的形象则主要表现在其政治上的殖民性。

由于上海是中国的首位城市，人们对它的理解不可避免地带上了国家思

---

① 参见熊月之：《近代关于上海城市特性的讨论》，http://www.ucs.org.cn；《近代上海形象的历史变迁》，http://www.xslx.com。部分引文来源于此。

维，某些时候甚至是关乎国体的重大事件。① 因为对它的理解，事关独立、殖民、传统、现代等国家问题，上海最大限度地把国家近代历史与国家近代特性凸现出来。于是，国家逻辑不可避免地被移位于上海。这使人们对上海的认识较之其他任何地方都要复杂得多，同时相应的，也要比其他任何城市都清晰。由此我们可以归纳出近代以来关于上海形象的两大谱系：一是从现代性有关民族国家意识出发，去认知旧上海作为世界主义殖民体系中的边缘性，和它的消费性、工业畸形、道德沦丧等派生特点，以及它最脱离殖民体系获得解放，并成功摆脱西方帝国主义、资产阶级经济、文化遗存的国家元叙事；二是上海作为中国近代化、现代化进程中的中心地位所包含的现代性普遍价值，其与西方的同步，引领着中国现代化的进程，表现为物质与文明的扩张与物质乌托邦、大工业的组织化的，以及超越传统的力量。

由上海的两大形象谱系，衍生出对上海城市文化身份的认同。上海被指认为充分具有或代表现代性的一座城市。在表述中，其现代性大致集中于两个方面：一是民族国家的主权丧失与恢复，这一过程伴随着融入世界以及摆脱殖民而获得独立的现代国家形成的意义，并由此开始独立国家意义上的现代化；二是中国现代化进程的中心，发达的经济物质形态以及工业社会所呈现出的组织化特征。两者都共同建立于近代中国世界主义全球性的背景之下，无论是其曾有的殖民史与解放史，还是其发达状况，都无法脱离全球性的视野，或者说都是在世界工业一体化中所得到的结论。因此，在人们认识上海现代性意义之时，往往将上海视为现代中国的中心，将对上海形态与历史的理解上升为超越其自身与超越特定区域（包括国家区域、地域区域与文化区域）的文本性事物，具有了乌托邦的国家意义或世界意义，城市逻辑也被等同于国家的逻辑与世界现代化史的逻辑了。

在谈到现代性时，吉登斯指出，现代性的一个重要特征是"脱域"（disem-bodying）。所谓"脱域"，"指的是社会关系从彼此互动的地域性关联

---

① 比如上海外滩申请"世界文化遗产"而导致的"民族性"风波。

中，从通过对不确定的时间的无限穿越而被重构的关联中'脱离出来的'"，在"现代性条件下，地点逐渐变得模糊不定：即是说，场所完全被远离它们的社会影响所穿透并据其建构而成。建构场所的不单是在场发生的东西，场所的'可见形式'掩藏着那些远距关系，而正是这些关系决定着场所的性质。"① 依据这一理论，文本的上海即是这种现代性结果，它不是地方知识，而是由现代性意义网络建构起来的，进而扩大为普遍意义的产物。在这个过程中，上海自身的"在场性"业已屈居次要了。

就国家意义来说，一个现代民族国家的几种重要特征，上海似乎多少已经具有一些。比如主权问题。上海不是国家，谈不上国家主权，但上海殖民时期国家主权的丧失被视为国家的缩影；而上海的解放，也常常标志着帝国主义势力退出中国，中国主权完全恢复。如话剧《战上海》中军长在庆祝解放上海时的一段话："上海的解放，标志着帝国主义侵略势力在中国的彻底灭亡，标志着中国人民永远获得了独立解放。"其次，上海作为近代中国的一块"飞地"，其功能与结构大大不同于绝大多数的中国城市，因而，上海城市与上海人有着不同于内地城市的共同认同。从满清末年对上海"不为遥制"、"东南互保"、上海势力的产生到上海近代的自治性，包括政治形式、经济制度、生活方式，社会组织等方面，构成了一个与乡土中国不同的"上海共同体"，因而被视为现代中国的代表。其三，上海历史对中国民族国家的重要历史事件和现代民族国家形成、转化构成极其重要的影响，如开埠、解放与浦东开发等等。因此，种种情形，极容易造成人们对上海在国家意义上的认知。

比如，美国学者罗兹·墨菲的上海学名著《上海：现代中国的钥匙》一书，就表明了将上海问题国家化的方法。这本书对1843—1949年的上海进行了各种研究，书中认为："上海，连同在近百年来成长发展的格局，一直是现代中国的缩影"，"上海提供了用以说明中国已经发生和即将发生的事物的钥匙"。② 由此，"钥匙"一词被广泛使用，几乎成为学术界与公众公认的结论，

① 安东尼·吉登斯：《现代性的后果》，译林出版社2000年版，第16页，第18—19页。
② 罗兹·墨菲：《上海：现代中国的钥匙》，上海人民出版社1986年版，第4—5页。

在官修的上海史观念中也大量出现。比如上海研究中心与上海人民出版社共同编著的《上海700年》，由上海市委宣传部部长龚心瀚作序，其中说："上海——近代和现代中国的钥匙，这是史学界的普遍认识。诚然，上海是中国的上海，上海是中国的一个缩影。《上海700年》提供的历史事实和知识，可以帮助人们特别是青年人填补一部分历史知识的明显不足和缺乏，可以帮助他们认识'没有共产党就没有新中国'，'只有社会主义才能救中国'的历史真谛。"① 这一情形说明，上海比任何其他城市都具有在表达现代性意义上的优势。它常常被当作现代中国历史元叙事的文本，因此也就被赋予了民族国家的意义。

在上海形象的谱系当中，明显地具有中心性、统一性的知识特征。也就是说，在两大形象谱系的系统中，人们把上海特性中的一种即现代性特征整体化、中心化和逻辑化了，而上海特性当中的多元性、不统一性和非历史逻辑性被悄悄排除。这一情形来自于人们在上海形象谱系基础上形成的上海想象中的现代性中心心态，上海作为现代性城市的文化身份由此确定。

三、文化身份中的权力与想象叙述

应当引起足够重视的问题是，文化身份可能并不是一个统一的事实。我们不妨细加辨析。按斯图亚特·霍尔的看法："我们先不要把身份看作已经完成的、然后又由新的文化实践加以再现的事实，而应该把身份视作一种'生产'，它永不完结，永远处于过程之中，而且总是在内部而非在外部结构的再现。"② 斯图亚特·霍尔所说的"新的文化实践加以再现"其实就是一种叙述，它来自于话语实践。按照后现代历史观的推衍：没有客观的历史，只有历史的

---

① 龚心瀚：《从历史中汲取教益》，见上海研究中心、上海人民出版社编著《上海700年》，上海人民出版社1999年版，第4页。
② 斯图亚特·霍尔：《文化身份与族裔散居》，见罗钢、刘象愚主编《文化研究读本》，中国社会科学出版社2000年版，第208页。

叙述，而叙述不可能是客观的，因此，历史不可能客观呈现。历史的非客观性主要在于叙述，来自于语言。在海登·怀特看来，"历史与文学，都是一种语言形式，都具有叙事性"，"历史和文学都不同程度地参与了对意识形态问题'想象的'解决。作为叙事，历史使用了想象话语中常见的结构与过程。"① 因此，历史叙述具有文学性，因而历史也是一种叙述文本。他认为："对于历史学家来说，历史事件只是故事的因素，事件通过压制和贬低一些因素，以及提高和重视别的因素，通过个性塑造、主题的重复、声音和观点的变化、可供选择的描写策略，等等——总而言之，通过所有我们一般在小说或戏剧中的情节编织的技巧——才变成了故事"。② "这就促使我考虑到历史叙事不仅是关于过去的事件和过程的模式，历史叙事也是形而上学的陈述（statements），这种说明昔日事件和过程的陈述同我们解释我们生活中的文化意义所使用的故事类型是相似的"。③ 在谈到历史与文学、事实与想象的关系时，海登·怀特还说：

　　人们过去区别虚构与历史的作法是把虚构看成想象力的表述，把历史当作事实的表述。但是这种看法必须得到改变，我们只能把事实和想象相对立或者观察二者的相似性才能了解事实。历史叙事是复杂的结构，经验世界是以两种模式存在：一个编码为"真实"，另一个在叙事过程中被揭示为"虚幻"。历史学家把不同的事件组合成了事件发展的开头、中间和结尾，这并不是"实在"或"真实"，历史学家也不是仅仅由始至终地记录了"到底发生了什么"。所有的开头与结尾都无一例外地是诗歌构筑，依靠使其和谐的比喻语言。所有的叙事不只是简单地记录事件在转

---

① 陈永国：《海登·怀特的历史诗学》，见海登·怀特《后现代历史叙事学》，陈永国、张万娟译，中国社会科学出版社 2003 年版，第 10 页。

② 海登·怀特：《作为文学虚构的历史文本》，见张京媛编《新历史主义与文学批评》，北京大学出版社 1993 年版，第 163 页。

③ 海登·怀特：《作为文学虚构的历史文本》，见张京媛编《新历史主义与文学批评》，北京大学出版社 1993 年版，第 163 页、177 页。

化过程中"发生了什么",而是重新描写事件系列,解构最初语言模式中编码的结构以便在结尾时把事件在另一个模式中重新编码。这才构成了所有叙事的"中间"。

因此,海登·怀特认为历史研究与文学创作在表述历史上有着一致性。他说:

> 坚持主张所有的历史叙事都存有虚构成分的作法一定会使某些历史学家感到不安,他们相信自己的工作与小说家的工作有着本质上的不同,因为历史学家所处理的是"事实",而小说家所对待的则是"想象"的事件。但是叙事模式和阐释力量不是从内容中衍生出来的。事实上,历史——随着时间而进展的真正的世界——是按照诗人或小说家所描写的那样使人理解的,历史把原来看起来似乎是成问题的神秘的东西变成可以理解和令人熟悉的模式,不管我们把世界看成是真实的还是想象的,解释世界的方式都一样。[1]

文化身份是需要通过叙述才能表达出来的。按福柯的说法:"文本叙述是一种话语实践,它植根于社会制度的权力关系中"。也如斯图亚特·霍尔说的,文化身份"它们决不是永恒地固定在某一本质化的过去,而是屈从于历史、文化和权力的不断'嬉戏'"。霍尔认为,只有从这一立场出发,才能发现黑人民族与黑人经验怎样成为白人立场上的一种表述,它"被定位和被屈从于主导再现领域的方式是文化权力的批评实践和规范化的结果"。因此,"在欧洲的想象中,非洲已经被看做'黑暗的大陆'"。[2]霍尔所看到的非洲大陆被西方人所想象,事实上源于西方民族与非西方民族之间殖民与被殖民的权力

---

① 海登·怀特:《作为文学虚构的历史本文》,见张京媛编《新历史主义与文学批评》,北京大学出版社1993年版,第177—178页。

② 斯图亚特·霍尔:《文化身份与族裔散居》,见罗钢、刘象愚主编《文化研究读本》,中国社会科学出版社2000年版,第211、213页。

结构。而一般意义上，历史叙述中的权力因素，按海登·怀特的看法是"意识形态或宣传"的作用。他认为应当使"历史学家避免自己成为意识形态先决条件的俘虏"，"不能把历史编纂学贬低到意识形态或宣传的地位上"，但是，情形恰恰是，"诸多历史学家往往没有认识到这一点，把意识形态先决条件当作评论'真实事件'的'正确'观点。"①

上海是一个城市，也是一个文化文本，既需要被表述也需要被阅读。我们是否也凭藉了文化权力而在史学与文学中对它进行了带有权力因素的叙述呢？我认为是这样的。近代以来，依藉近代中国的国家逻辑，特别是其中由殖民形态到独立民族国家形态、由封建形态到资本主义形态与社会主义形态的"新民主主义论"式的基本思维，以及启蒙角度关于中国现代化是近代以来中国历史基本脉络的认识，关于民族国家"革命解放"的历史逻辑与关于民族国家"现代化"的逻辑构成了对中国近现代历史阐释的两种最大原则。上海现代性文化身份中的多元性、差异性与未完成状态，分别在这两种原则下，由于"革命"与"启蒙"两种意识形态的需要而统一起来。恰如霍尔所说的对于文化身份理解的思维模式，即"把'文化身份'定义为一种共有的文化，集体的'一个真正的自我'，藏身于许多其他的、更加肤浅或人为地强加的'自我'之中"，"按照这个定义，我们的文化身份反映共同的历史经验和共有的文化符码，这种经验和符码给作为'一个民族'的我们提供在实际历史变幻莫测的分化和沉浮之下的一个稳定、不变和连续的指涉和意义框架"。② 对于上海来说，我们对它的理解，总是要寻找到所谓"共有的文化"，这种"共有"，即是与近现代中国国家性一致的"共同体"。不管上海与近代中国有没有不一致性，不管上海有多少与其现代性主导形态不统一的、差异的边缘性特征，我们必然要按照这种模式去理解上海。否则，上海作为中国最大的经济文化

---

① 海登·怀特：《作为文学虚构的历史文本》，见张京媛编《新历史主义与文学批评》，北京大学出版社 1993 年版，第 178 页。

② 斯图亚特·霍尔：《文化身份与族裔散居》，见罗钢、刘象愚主编《文化研究读本》，中国社会科学出版社 2000 年版，第 209 页。

中心，如果对它的阐释不能与国家阐释相吻合，那么这种国家阐释又怎么能成立呢？

比如，从文学的角度来说，我们的现代文学总体阐释原则是基于进化主义原则上的新旧对立这一标尺。按这一标尺，现代文学基本上被等同于中国新文学。这样一来，不仅把现代文学的古典传统渊源一笔抹杀，而且也把旧文学在现代的延续（如旧体文学）部分相应的取消了。上海，既是新文学的中心，又是现代阶段旧文学的中心，这便是文学中上海特性的复杂之处。如果完全抹杀文学中上海特性的多重因素，张爱玲小说的古典渊源（如《海上花列传》）便无法说明。同时，即使按现代性的标准，在西方文化强大的上海，旧文学作为母体中国文化，其对殖民性文化的抗拒，也是中国现代性之一种。不能理解这种文化上的差异与不统一性，我们的"上海文学史"一类著述，不过是"在上海的现代文学史"或"在上海的国家文学史"的各种变体罢了。

说到底，上海的文化身份建构过程，也是一个意识形态阐释从建立到巩固到稳定的过程，一个"稳定的、不变和连续的指涉和意义框架"，一个"共有的文化符码"，一句话，是一个被中心性认知固定下来的意义主体。由于被国家逻辑与现代化逻辑高度规定，对上海文化身份的认知也基本上被限定于其政治、政权体制与经济、物质层面，或者说是以现代性为主导的国家政治、经济层面。而与现代性存有冲突的分裂、不稳定、不成熟状态，大都在理解中被排斥或被减弱了。

柯文曾谈到，在西方汉学界与中国学界，对于中国近代史的研究存在着三种模式：一是费正清等人的"冲击－回应"模式（impact-response model）。此种模式认为，自19世纪以来，中国历史发展的主导因素或主要线索是西方的冲击以及中国被迫的改变，从而夸大了西方冲击的作用；二是列文森等人的"传统－近代"模式（tradition-modernity model），这种模式的前提是认为西方近代社会是当今各国万流归宗的"楷模"（norm），因此将中国近代以来的历史阐释为从传统社会演变为西方近代式社会，而在西方社会进入之前几乎不发生什么变化；第三种是"帝国主义"模式（imperialism model），即认为帝国主义是中国近代以来历史变化的主要动因，也是百年来中国社会崩解、民族灾难和无法发展的祸根。柯文认为，这三种模式，不论是哪一种，对西方进入中国赞许也好，还是批判也好，在本质上同属于"西方中心模式"，因为它们都认为 19、20 世纪中国所经历的一切变化都是西方式的，或者说是由西方带来的，这样，便失去了从中国内部来探索中国近代社会自身变化的途径。①

我们看到，在百余年来关于上海形象的各种认知中，大多数都包含着各式"中心"论（包括西方现代性中心、国家中心、经济与政治现代性中心）的痕迹(trace)。也就是说，把上海自辟口岸而融入西方当作上海史的起点与历史基本线索。这一理解当然不错。但关键在于，在这一理解中，由西方进入中国（或上海）而造成的中西社会文明混杂、融合而呈现出来的复杂图景往往被忽略不计了。从而，一个过分清晰的画面就这样被制造出来。

西方汉学界的上海研究与国内学界稍有不同，在相当程度上，他们看到了上海城市在现代性主体中的多元构成。上海"既非纯粹的现代化又非完全的西方化，"最好把它"看作是思想文化的前线和不同文化冲突的前哨。"② 比如白吉尔与顾德曼都谈到上海资本家在整个经营事务中事实上是按东方的宗族伦理形式展开的；③ 而裴宜理在对上海工人的研究当中也注意到上海熟练工人中的地域性特征乃至中国传统中的帮会性质，有时会大于其阶级集团性质。④ 韩起澜的《姐妹们与陌生人》，则阐释上海女工社会关系的地缘基础大于其阶级身份认同。⑤ 其实，作家张爱玲的那句充满感性的话也许是理解上海与上海人的一把钥匙，她说："上海人是传统的中国人加上近代高压生活的磨炼。新旧文化种种畸形产物的交流，结果也许是不甚健康的，但是这里有一

① 柯文：《在中国发现历史——中国中心观在美国的兴起》，林同齐译，中华书局 2002 年版。
② 柯文：《在传统与现代之间：王韬与晚清政治》，雷颐、罗检秋译，江苏人民出版社 2003 年版，第 166 页。
③ 白吉尔：《中国资产阶级的黄金时代》，张富强、许世芬译，上海人民出版社 1994 年版；顾德曼：《家乡、城市与国家》，上海古籍出版社 2004 年版。
④ 裴宜理：《上海罢工》，刘平译，江苏人民出版社 2001 年版。
⑤ 韩起澜：《姐妹们与陌生人》，上海社会科学出版社 2005 年版。

种奇异的智慧。"① 即使是现代性的获得，也会随不同时间不同区域表现出不同。法国史学家白吉尔曾指出：公共租界与法租界给上海带来的现代性是不同的。前者带来了市场观念、资本运作、科技与企业管理与资本主义发展模式，后者则提供了市政管理、城市建设、保护宗教和公共利益与官僚主义统治样本。② 有人甚至认为，上海是一个"马赛克"城市，英、法、美租界"再加上原来的县城及其背后的传统水乡，上海形成了一个世所罕见的极为不合常规的城市空间"，"由于它们之间的相互渗透，出现了罕见的异文化的越界乃至融合的现象，产生了世界性大都市特有的极其'混沌'的景观"。③ 因此，不论是将上海置于从殖民地形态到社会主义国家首位城市的国家逻辑上，还是置于现代性不断获取并充分巩固的现代化逻辑上，上海城市新旧纠结、分裂、冲突的一面自一开始便被完成形态、完成时态的结论式判断所剥夺，从而为各式的上海想象提供了便利。

柯文在对中国研究的几种模式进行批评之后，提出了几种纠正性的方法，如："动态观点"、"历史描绘的精细化"、"内部取向"（即"中国史境"）、"个人直接经验的历史"、"移情方法的使用"、"对理论框架的戒心"④ 等等。也就是说，西方的介入不是"作为一把足以打开中国百年来全部历史的总钥匙"，而是应当"把它看成是各种各样具体的历史环境中发生作用的几种力量之一"⑤。但这种方法在我们的上海形象谱系构建中是很难见到的。由于普遍的"中心"性模式的拘囿，研究者在论及上海现代性时，使用西方中心思维；在论及上海与中国内陆的关系时，则使用上海中心思维。当然，这种情况并非指涉所有的上海研究成果与结论，而是指一种主导模式。一旦上海形象认知的中

---

① 张爱玲：《到底是上海人》，见《流言》，九州书报社1944年版，第58页。

② 白吉尔：《上海史：走向现代之路》，王菊、赵念国译，上海社会科学出版社2005年版，第4页。

③ 刘建辉：《魔都上海——日本知识人的近代"体验"》，甘慧杰译，上海古籍出版社2003年版，第7—9页。

④ 柯文：《在中国发现历史——中国中心观在美国的兴起》，林同齐译，中华书局2002年版，第11—28页。

⑤ 柯文：《在中国发现历史——中国中心观在美国的兴起》，林同齐译，中华书局2002年版，第128页。

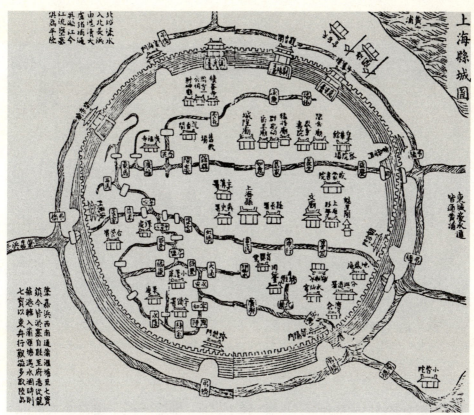

▲ 明清老上海县城地图。老上海城在今南市区。城垣建于 1553 年，为圆形，以泥土板筑，周长 9 华里。城墙高丈五尺，清时增为二丈四尺。图中也可见上海老城的完整水系。

心性产生，想象性描述则不可避免。

那么，在中心性的上海想象当中，人们究竟排除或减弱了哪些上海城市的特性呢？

首先是排除或减弱了上海作为中国城市的东方性。这又表现为两个方面：一方面，是对上海城市史逻辑的"断裂"理解。上海建城虽有 700 年，但通常被看作鸦片战争后开埠的城市，其功能以工商贸易为主，并被纳入到全球资本主义的政治、经济体系之中。由于其起源与功能迥异于传统中国都市，因而被称为"飞地"。应该说，这是中国极少数不太具有古城记忆与城市史逻辑的大都市之一。它的历史起点，通常是在与古代中国的文化断裂中被人们给

▲ 上海城老西门城垣外水关门口。此类水关在上海老城有 4 座，可见典型的江南水乡景象。图为 19 世纪末摄老照片。

予了"历史终结"式的理解，也即上海史只是一部现代史，一部不断获得和已经获得现代性的历史。与此相伴随的另一方面，是忽略东方传统在近代上海的遗留，甚至于传统城市形态几乎不作为上海城市形态的一部分。在多数理解中，人们把上海的近代特征理解为完成状态，而忽略了上海近代形态是在传统与现代性之间冲突、融合之中以不稳定、不成熟的面目出现的。也就是说，上海的近代形态并非是统一和完整的，其传统文化的遗存使上海显得"拖泥带水"。情形恰恰如罗兹·墨菲所说："就在这个城市，胜于其他任何地方，理性的、重视法规的、科学的、工业发达的、效率高的、扩张主义的西方和因袭传统的、全凭直觉的、人文主义的、以农业为主的、效率低的、闭关自守的中国——两种文明走到一起来了。"[1] 在上海，中西文化是以"实用主义的方式

---

① 罗兹·墨菲：《上海：现代中国的钥匙》，上海人民出版社 1986 年版，第 5 页。

▲ 1901 年的南京路。此时醇亲王载沣在赴德访问前路过南京路。中部较大建筑为上海市政厅，在今新雅粤菜馆附近。近处建筑还带有中国江南市镇风格。

来达到平衡的"，它"并没像世界上其他殖民地城市那样丧失自我。她向全中国做出示范，何为洋为中用"。[1] 张旭东认为："上海渴望由普遍现代性来界定自己的本质。然而它只能在有关现代性本质的一系列海市蜃楼般的幻影中去拼凑这座城市起源的神话。与巴黎或纽约的现代社会文化相比，上海的城市文本主要表现为物质、社会和政治意义都处于分裂状态和脆弱的现代性"。[2] 其实，上海近代形态与特征并不表现为现代性的天然主流，而是在中西、传统与现代之间糅合而成的"奇异智慧"，这才是上海特性。如卢汉超博士所说的上海人"择善而从"，[3] 并不以现代性为唯一标尺。由于对上海城市起源与功

---

① 张仲礼：《上海史：走向现代之路序》，见白吉尔《上海史：走向现代之路》，上海社会科学出版社 2005 年版，第 3 页。

② 张旭东：《上海的意象：城市偶像批判与现代神话的消解》，载《文学评论》2000 年第 5 期。

③ 参见卢汉超：《霓虹灯外：二十世纪初日常生活中的上海》，上海社会科学出版社 2005 年版。

能夸张的现代性理解，城市的东方性即使被人注意到，也无法安排在一个"合适"的历史逻辑之中，也即是说，东方文化在上海是以什么形式存在：是在外在层面，还是潜在层面；是精英的形式，还是民间的形式？都不甚了了。

其二，重视上海城市形态中政治、经济层面的现代性主导，而忽略上海社会形态在传统民间形式上的存在。大量上海史或上海文化著作都以政治、经济精英阶层为主导展开。比如，我们经常把上海近代政治理解为工人阶级同具有西方帝国主义背景的资产阶级之间的矛盾斗争。在这里，"阶级"、"党派"与国家占据了主导地位，并构成上海城市的"社会特征"。但顾德曼在《家

▲ 清末的法租界安和里。图面可见中式建筑、早期西式简易建筑和后来的法式高大洋房并置一处。选自《点石斋画报》，张志瀛绘。

乡、城市和国家》一书中认为：在移民占主导地位的上海，由于政府控制力量的弱小，在社会经济与文化领域，同乡会组织扮演了极其重要的角色。在近代上海，一方面同乡组织传统的功能继续存在，另一方面又有类似现代政府的功能（比如慈善会、赈灾会、救火会），有时甚至起了"半个政府"的作用。这与罗威廉、兰金等人指出的绅商社会就是中国的公共领域的观点是契合的。事实上，同乡会集传统乡村与现代城市诸多功能于一身。[①]这提醒人们，即使是上海城市主导性的政治、经济功能，有时也要建立于传统民间形式之中。又比如在劳资冲突、罢工与党派政治方面，宗族的、地域的成分有时要大于阶级成分。裴宜理的《上海罢工》一书认为：有时，上海工人的地域差异要大于其阶层差异，技术工人与半技术、无技术工人都有地域性特征，这与中国内地的教育、社会程度的差异有关；而整个工人阶级，都有行会、帮会背景。因此，经济斗争能否上升到政治层面，存在有复杂原因，而不是阶级性能够全然解释的。[②]事实上，包括同乡会在内的诸多民间形式，由于广泛吸纳政府公务人员、工人加入，基本上实现了国家功能与社会功能的重叠。直到南京国民政府后期，新的社会组织——如劳工组织、政党——才构成了主导性的社会力量。

其三是忽略或减弱了对上海地域性的表述。这或许就是极其稳固的"飞地"意识。尽管也有一些认识涉及到上海文化与苏州、宁波以及上海周边地域文化的联系，但"差异性"总是理解上海与内地城市关系的主流观点。在这种认识中，上海作为资本主义近代城市的特征被当作了与其他地域的重要区别，即现代的中国与古代中国的分野，而相对忽略在地域文化上上海与其他城市或地区的一致与关联。从文学角度来说，上海文学的地域色彩通常不被强调，所谓"上海风味"实乃是"都市风味"的别称。《海上花列传》一类沪语小说，也因使用方言造成阅读障碍而无法普及，"五四"以后便基本消失。更重要的

---

① 熊月之：《海外上海学历程》，见熊月之、周武编《海外上海学》，上海世纪出版集团、上海古籍出版社2004年版，第25页。

② 裴宜理：《上海罢工》，刘平译，江苏人民出版社2001年版。

原因在于，上海文学中的"国际风格"有助于强化读者对上海的现代性、国际化想象，而地域性的存在只会削弱这一点。

美国全球化学者罗伯森在谈到全球化理论时说：

> 存在适用于作为整体的世界的普遍性理论，会自动地导致文明的（或者就此而言，导致社会的）独特性减少吗？我认为，对此问题作肯定回答的诱惑，是由于将理论的普遍性与经验的同质性等同起来而产生的。①

换句话说，我们只是将"同质性"经验推广才得到了"普遍性"认知，却没有认识到异质经验在普遍性中的位置。因此罗伯森认为，全球化既包含了源于西方现代性的"特殊主义"在全球的普遍化，同时也应包括已经成为"普遍主义"的现代性在各个非西方文化中的"特殊化"。遵循这一思路，我们对上海的认知，只注意到它在现代性移植过程中的"普遍化"，而没有注意到世界主义现代性建立时与本土结合的"特殊化"，忽略了上海也是中国母体文化的一个载体。一旦上海成为现代性"普遍主义"的文本，它的地方知识的一面也就变得微不足道了。正是在这一意义上，上海成为了一个"普遍性文本"，而非单纯的地方文本。鉴于此，罗兹·墨菲在70年代修正了他"上海是现代中国钥匙"的说法，而是认为上海是上海，中国是中国，上海的模式仅限于口岸城市，而未能推广到内陆，它未能像加尔各答与孟买改变印度那样改变中国。②墨菲的前后观点变化很大，但仅从方法论上来说，他注重普遍性中的"特殊化"的倾向值得借鉴。

在诸多关于上海城市和上海文化研究中，有三个关键词值得注意，即："钥匙"、"窗口"、"飞地"，三者都是百余年来人们对上海认识的主导性表述语汇。其中"钥匙"、"窗口"两个词汇是对上海形象谱系的比喻性解释。如

---

① 罗伯森：《全球化：社会理论和全球文化》，梁光严译，上海人民出版社2000年版，第186页。
② 罗兹·墨菲：《通商口岸与中国现代化》，密西根大学出版社1971年版，未有中译本。

前所述，"钥匙"一词由罗兹·墨菲首创，并得到中国各界的认同，是对于上海国家意义的最好概括；"窗口"一词，则由"东西贸易之枢纽"、"新文明之出张所"、"文明的渊薮"等描述而来，并得到世界性的认同。在1986年与上海结为友好城市的德国汉堡，其"政治教育中心"（相当于中国的市委宣传部）出版了关于上海的书籍，书名即为《上海：中国对外的窗口》。"飞地"一词，则不仅隐含了上海作为资本主义形态在中国内地的特异存在，而且对于上海与中国内陆地区的文化、政治经济的关系，基本上采用差异性的理解角度。三个关键词大体包含了近代以来中国对上海的基本看法，不断地见诸研究上海的著作中，构成对上海的固定的表述语言。

第二节　百年来文学上海想象的历程

一、晚清的上海叙述

近代以来，文学进行上海书写，应从晚清民初小说开始。其对于上海的观察，基本上在于"维新"与"腐败"两个方面，即写洋场与欢场。两者都不同程度存在着书写者依据不同的理念诉求对上海的想象性叙述。

由"维新"主题所衍发的是对于"进步"的上海融入世界的某种想象。在晚清上海，宣鼎、王韬、邹弢等人已开始将上海生活写进长篇与短篇小说中。王韬的《淞隐漫录》、《淞滨琐话》，虽包含了某种猎奇、艳遇成分，但上海风貌已渐渐展露。《淞隐漫录》中的《媚梨小传》与《海底奇境》描写了中国男子与西洋女郎的恋爱故事，其中部分情节在上海展开。有人认为，在作品中，西洋女郎作为西方科学与财富的化身，唤取的是中国男子渴望进入世界的愿望；西洋女郎对中国男子的爱慕，毋宁说是与当时实际上的东西方关系相反的一种想象，因此，王韬表现出"世界整体化的观念"，一种浪漫的想象与一种愿望的达成，一种对现实中缺乏的事物的补偿，通过写作、想象的方式，描述一种中国与西方实际上不可能的遭遇。① 这可以说是关于上海现代性最初的想象。在晚清民初小说中，上海城市形象进入文学，源于《海上花列传》等狭邪小说。至19世纪90年代，上海方面的章回体小说集中于妓院与妓女生活题材。其中，韩邦庆的《海上花列传》写一对一的嫖客和妓女之间的感情关系。从其空间叙述来说，《海上花列传》把妓院当作近代上海的公共空间符号，虽落脚于妓女生活，但仍涉及诸多只有在上海才能得见的近代都市文化的图景，如行业、团体、阶级等等。在清末上海城市近代形态初现的时期，男女自由交往的空间并不是20

---

① 王晓文：《〈淞隐漫录〉：晚清时期对中国现代性问题的浪漫想象》，载《徐州师范大学学报》2005年第5期。

苏京故宫

余溥游海外将十閲月矣，同治戊辰秋七月，至挨丁濮，得以徧览境中诸名胜，道情京足以豪矣。此行也，盖以出游为销夏计，亦第以阅历河山，访问风俗，择其地士大夫之贤者而交之，雖游历愿而学問寓其中焉。七月初旬，乘马车至邓飞林，车从某山中行，林树鬱茂，翠扑人衣，秋皆作碧色，遥望村落屋宇，高下踈密，正如在圖画中，余不禁於车中叫绝時可理君第三女公子姻梨女士亦同来，因問曰此为勝於江南苦，余曰吾如邓尉芳薆亦有此勝，而车者畧之耳，絶時若理其位置得宜，则不遂也。在邓飞林小住两日，及数十里外旁有古王驻跸之所，日蘇格兰国京，二百年前始併於英今人猶称曰此蘇格兰国故也。此埠丁濮向为蘇格兰国之都，居之辉煌，今不逮矣，然蘇格兰国京二百年前所建之王宫尚未毁焉，距蘇王城也，埠丁濮都城小憩旅舍若干……

（下略）

▶ 清末《点石斋画报》对苏格兰爱丁堡的描绘。图面表现了晚清中国人对于西方的异域想象。只是，对于不曾出洋的中国人来说，这种想象是以上海为蓝本的。图中有东方意味的简易西式洋房，和远山的霭岚、高处的佛塔，有着某种中国性。张志瀛绘。

世纪 30 年代新感觉派笔下的舞厅、咖啡店与跑马场一类，因而描写妓院，实是小说家们找到的上海第一个公共空间。而且，呈完全商业化的娼妓业经营，造成妓女与嫖客之间复杂的社会、阶级关系。韩邦庆在关于上海的叙述中，初步提出了情欲主体的形式与上海资本主义社会初立时阶级、权力因素的相互纠结。即使是以后《海上繁华梦》等单纯描写妓家奸诡、欺诈嫖客的"溢恶"、"媚俗"等小说，欢场也已呈现出包含上海新城市最早的社会性空间想象。

王德威曾评述《海上花列传》说："作者韩邦庆为百年前一群上海妓女作列传，兼亦预言上海行将崛起的都会风貌"，"《海上花列传》凸显上海为一特定地理场所，为有关沪上的故事提供了空间意义"，"《海上花列传》将上海特有的大都市气息与地域色彩熔于一炉，形成一种'都市地方色彩'，当是开启后世所谓'海派'文学先河之作"。① 自此以后，晚清与民初通俗小说中关于"维新"、"新气象"、"新事物"的背景，大都发生于上海。如《海天鸿雪记》（二春居士）、《负曝闲谈》（遽园）、《海上繁华梦》（孙家振）、《上海游骖录》（吴趼人）、《最近社会龌龊史》（吴趼人）、《续海上繁华梦》（孙家振）等长篇，也包括《官场现形记》（李伯元）、《文明小史》（李伯元）、《活地狱》（李伯元）、《二十年目睹之怪现状》（吴趼人）、《孽海花》（曾朴）等著名的谴责小说，还有不计其数的其他作品。在这些作品中，上海作为中国第一都会，以其新文明的渊薮，已经开始被众多文人进行了想象性的描述，从中可以看出国人对近代中国格局的某种理解。二春居士的《海天鸿雪记》对于上海作为中国中心的空间意义认识相当有代表性：

> 上海一埠，自从通商以来，世界繁华，日升月盛，北自杨树浦，南至十六铺，沿着黄浦江，岸上的煤气灯、电灯，夜间望去，竟是一条火龙一般。福州路一带，曲院勾栏，鳞次栉比，一到夜来，酒肉熏天，笙歌匝地。凡是到了这个地方，觉得世界上最要紧的事情，无过于征逐者。

---

① 王德威：《被压抑的现代性——晚清小说新论》，北京大学出版社 2005 年版，第 12—16 页。

正是说不尽的标新炫异，醉纸迷金。

在作者的理解中，所谓上海"繁华"的空间线索被定位于"北自杨树浦，南至十六铺"外滩这一带的工业、商贸、港口区域以及四马路（福州路）的欢场。虽然对福州路欢场的描述语句不无指摘，但它不同于古代勾栏北里之处，正在于其"新"。《歌场冶史》第一回便讲到上海之于全国服装的领导地位："却说上海一埠，自从海通以后，不但成了中国商业的总枢纽，并且上海的风俗习惯，也成了内地的模范。"陆士谔的《新上海》在开头即说出其宗旨：

> 话说上海一埠是中国第一个开通的城市，排场则踵事增华，风气则日新月异。各种新事业都由上海发起，各种新笑话，也都在上海闹出。说他文明，便是文明，人做不出的，上海人都能做得出。上海的文明，比了文明还要文明。说他野蛮，便是野蛮，人做不到的，上海人都会做得到，上海的野蛮，比了野蛮的还要野蛮。

也正因此，自韩邦庆《海上花列传》后，许多通俗小说都以外乡人到上海作为小说开端，范伯群先生认为这是一条当时小说的文字"漫游热线"[①]。如孙玉声《海上繁华梦》、《黑幕中之黑幕》写苏州人与崇明人到上海；包天笑《上海春秋》与严独鹤《人海梦》写苏州人到上海，毕倚虹《人间地狱》写杭州女郎到上海，姚宛雏《恨海孤舟记》写报人从北京到上海等等，不一而足。而这一时期"滑稽小说"中的常见题材也是许多外乡人到上海学时髦。虽然作品所写大都为人们进入上海之后的堕落，但类似巴尔扎克笔下"拉斯蒂涅式"的人物描写与开头综论上海特性的引子，恰恰成为了对于上海作为近代中国中心的预言。

美籍日裔学者酒井直树在谈到"现代性"时曾说，现代性"是与它的历

---

① 范伯群：《论都市乡土小说》，载《文学评论》2002 年第 3 期。

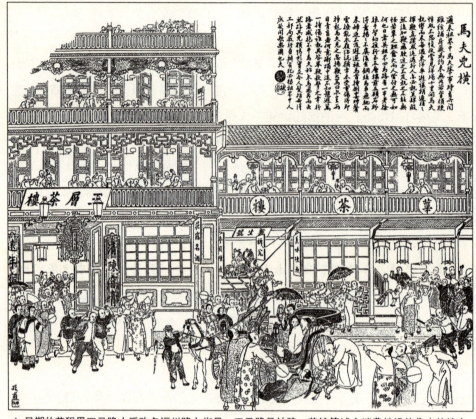

▲ 早期的英租界四马路（后改名福州路）街景，四马路是妓院、茶馆等城市消费性设施集中的地方。
选自《点石斋画报》，明甫绘。

史先行者对立而言的"，也是"与非西方相对照"的，所以"现代的西方与前
现代的非西方这两个不同的范围被区分开来"。① 综观这一时期有关上海的通
俗文学，从其描写题材来说，已渐渐脱离东方的（非西方）、传统的（非现代
的）叙述框架。包天笑学习吴趼人《二十年目睹之怪现状》串联时间材料的
小说写法，把《时报》中本埠新闻写进《上海春秋》，将各种新奇古怪的新生
物悉数包罗。比如外国公堂审判绑架案，"苦主"皆可在公堂旁听；妇女对自
己的婚姻不满，便依商务出版的《离婚问题专号》以法律手续解决；汽车横

---

① 张京媛主编：《后殖民理论与文化批评》，北京大学出版社 1999 年版，第 384 页。

行，被称为"市虎杀人"；新开舞厅，人们趋之若鹜；电影兴起，美校模特成为明星。还有交易所的兴办，康白度（买办）的出现以及这些对社会风尚的影响。① "海上说梦人"（朱瘦菊）的《歇浦潮》中大量描述保险公司的创建、文明新戏的堕落、上海律师业的发生与黑幕、租界里的各种洋规矩、房地产业的繁荣与石库门里弄住宅的兴起；遽园（欧阳巨源）的《负曝闲谈》则大量涉及上海舆论界（办报、译书）与新党维新活动；严独鹤《人海梦》则涉及教育界保守与革新势力的斗争。此外，还有孙玉声《黑幕中之黑幕》写中国新兴律师业，吴趼人《发财秘诀》写中国买办阶级发家史，汪红蕉《交易所现形记》叙述 1921 年交易所的大兴与倒闭等等。这一类通俗小说，在取材上很多来自上海新生活，以致新名词、新语汇俯首皆是。

胡适在评介记述上海各种社会生活知识的《上海小志》说："'贤者识其大者，不贤者识其小者'，这两句话真是中国史学的大敌。什么是大的，什么是小的，很少能正确回答这两个问题。朝代的兴亡，君主的废立，经年的战争，这'大事'在我的眼里渐渐变成了'小事'，或者一句女子'蹑利屣'这种事实，在我们的眼里比整个楚汉战争重要得多了……故一部《二十四史》的绝大部分只是废话而已，将来的史家还得靠那'识小'的不贤者一时高兴记下的一点点材料"②。清末民初通俗小说其实是依据各种对上海新事物、新生活的繁琐介绍与写实性的叙述，来完成其对上海作为现代性城市与西方"窗口"的叙述的，并以此获得了其初步的上海现代性叙述。对此，夏志清曾评述说："他们的长处是对于 Mores（拉丁语：社会、集团等遵循的习俗、惯例——引者）大感兴趣，当时人的服装、生活情形、物价等记录得很详细，可能也很正确"。③

晚清民初小说的另一属类即科幻小说。其实，晚清科幻小说并非完全的

---

① 参见范伯群主编：《中国近现代通俗文学史》（上卷），江苏教育出版社 1999 年版，第 342 页。
② 胡适：《上海小志序》，见胡祥翰《上海小志》，上海古籍出版社 1989 年版。
③ 夏志清：《夏济安对中国俗文学的看法》，见《爱情·社会·小说》，台湾纯文学出版社 1970 年版。

"科学幻想"，亦是一种政治小说，特别是关于国家未来想象的乌托邦文学。这类小说上接王韬的《淞隐漫录》等作品，往往通过对理想世界的想象，不仅戏剧性地介绍各种西方科技文明，而且不断地勾勒出新的国家政治图景，在科学技术与国家政体两个方面，对现实上不曾获得的现代化展开想象性描述。也就是说，把不曾具有的未来的国家图像，投影到虚幻玄妙的理想之中。

1908年，吴趼人作《新石头记》，贾宝玉被写成一个在不同时空中的旅游者。他与焙茗首先来到晚清的上海与北京，不仅见识了各式洋物，还目睹义和团"扶清灭洋"、刀枪不入的神拳法术无力抵御列强的枪炮。自上海到汉口，一路见闻中俄密约的签订以及维新失败等坏消息。然后，宝玉恍惚间来到"文明地界"。这"文明地界"在政治、科技、教育与道德上几乎是一个超级的现代帝国，不仅君主圣明，百姓循理，而且科学昌鼎。在这里，气候可以人工控制，一年可收成四次，各种食品用热气蒸制，提取精华，制成液态食物，使人延年益寿。资讯方面则有"千里仪"和"助聪器"、"助明器"、"透水镜"等先进设备。"飞车"如鸟一般飞翔，而"遁地车"在地下穿梭。宝玉不仅驾飞车在沙漠之上猎禽，还能够乘潜水艇在海底漫游。此外还有水师学堂、新式医院、制造厂、互市场等等新政。在小说结尾，一连串的梦境出现，宝玉在梦中又回到中国。使他大为吃惊的是，在中国长江边上，早已展开了工业化图景。两岸工厂林立，巨形轮船在江上穿梭而行。很显然，吴趼人通过科幻想象了一幅未来国家的图景，而这幅图景就发生于长江边上（上海以及周边土地上），或者说这幅图景就是依托上海而展开的。

梁启超的《新中国未来记》是一幅对未来中国政治的乌托邦图画。小说写1962年正月初一中国举行维新五十年大庆典，在上海开设大博览会，吸引了无数外国游客，其中包括几千位著名的专家权威以及数万名大学生，公推博士三十余人进行分类讲演，并请孔觉民老先生"讲述中国近六十年史"，追述六十年前中国的维新历史。这部政治乌托邦小说并未完成，仅成五回。从其写作框架看，中国的未来政治为预备时代（广东独立）、分治时代（南方各省自

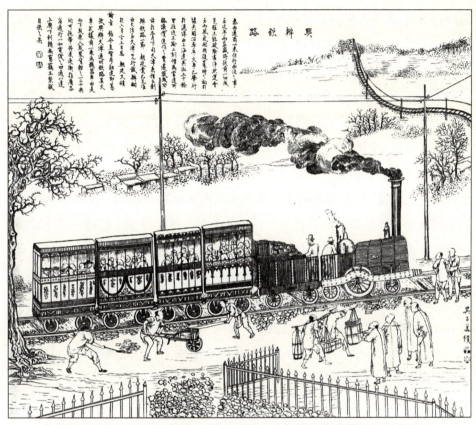

▲《点石斋画报》中的吴淞铁路，长约三十余里。此为中国人最早描述的工业化景象。

治至全国国会开设）、统一时代（成立联邦共和国）、殖民时代（置产兴业，文学、物力丰实，冠绝全球）、外竞时代（战胜俄国，抗衡美、英、法）、雄飞时代（在中国京师召开万国和平会议，中国宰相为议长，奠定全球霸业）。在这部未完成的小说中，中国被赋予了与英、法列强一样的霸主想象，其第一回壮观的讲演场面"使我们想到《妙法莲华经》开始时为释迦宏伟的讲道所安排的场景"。① 显然是对宏大的现代化国家的无限憧憬。在这一想象中，上海充当了未来完成时的落脚点。陈天华的《狮子吼》（1904 年至 1905 年发表在

① 夏志清：《新小说的提倡者：严复与梁启超》，见《人的文学》，辽宁教育出版社 1998 年版，第 79 页。

《民报》），也是一部未完成的作品，手法上基本仿效《新中国未来记》，以"楔子"托言梦境，叙者梦见自己来到繁华都市参加"光复五十周年纪念会"，并在"共和国图书馆"中读到《光复纪事本末》，以此引出从坚拒满洲到拒日、拒俄过程以及议事厅、警局、工厂、学校、医院等新政。在这部作品中，繁华都市仍充当了近代化完成状态的国家象征。两部作品的国家意义甚为突出，以致时人有"作为国民之标本"的称誉。① 无独有偶，陆士谔的《新中国》也以上海为未来中国现代化的完成地。小说叙写梦者来到宣统43年（1952年）的上海，这已经是立宪40年后了。在上海，电车在地下行驶，铁桥横跨浦江，浦东与上海一样繁华；西洋留学生纷纷来留学，不仅英捕、印捕不见了踪影，所有洋人都对中国人非常谦恭。还有工业与海军都列世界之先。上海的这一景象是与中国全球霸主地位相对应的，中国皇帝还作了世界弭兵会会长。还有徐念慈《新法螺先生谭》，叙法螺先生在游历太阳系后回到上海，发明"脑电"并开办了学校，以教授人们促进生产。小说中出现了一些科技术语，如"造人术"、"循环系统"、"卫星"等等。在这些作品中，上海充满了现代化完成状态的国家象征。所有这些，应当说都建立于当时国人对上海的认知之上，也标志着近代以来关于上海的国家想象与现代化想象的开端。

晚清与民初通俗小说上海叙述的另一大方面是关于对上海的道德性憎恶。这个阶段的上海题材小说，各种所谓黑幕、揭秘、大观、游骖录、繁华梦等几乎不可计数，尤其是谴责小说。在作品中，关于上海的各种丑恶，举凡烟、赌、娼、淫戏、淫书、无耻、下流、邪恶、坑、蒙、拐、骗、买官卖官、流氓、拆白党、白相人，无一不涉及到，而所谓崇洋、奢靡、浅薄，也几乎遍地都是。关于这一点，学界论述也已经很多，本书不再赘述。

需要说明的是，近代以来各种文字中，对于上海道德厌恶的想象，其根基在于对上海作为"飞地"的看法，并与上海物质文明的"繁荣"相关。也就是说，上海被作为了"非中国"与高物质的夸张处理，表现出作者们对中国文

---

① 参见阿英编：《晚清文学丛抄：小说戏曲研究卷》，中华书局1960年版，第132页。

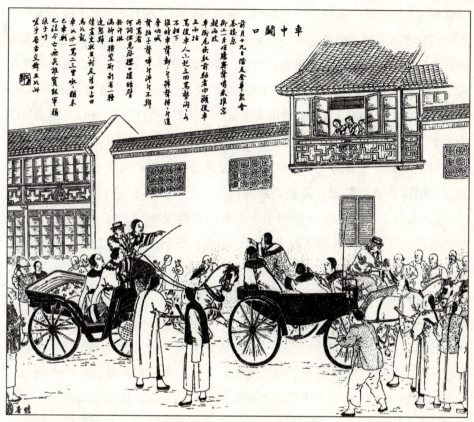

▲ 上海妓女居然当街争吵，是晚清对上海"恶"的非道德化写照。选自《点石斋画报》，金蟾香绘。

化价值被摧毁与西方物质文明建立的一种恐惧。在多数表述中，上海被作为了与内地中国相对立的异己力量，因此这种意义上的道德厌恶，仍带有关于上海想象的意味：内地不可能发生的事情，在上海都可以发生。[①] 病僧在《上海病》（一）中说到："不见夫未饮黄浦水者，规行矩步如故也，一履其地，每多抑华扬洋，风尚所趋，不转瞬间，而受其同化，生存之道未效，而亡国亡种之想象维肖"[②]。看来，这位论者对于上海人堕落原因的分析，主要在于上海人

----

① 对于上海的"非中国化"的恐惧，在英语世界里亦有。在英文俚语里，Shanghai 若作动词，意思就是将某人用酒或者麻醉剂使其失去知觉，将其劫持至盗来的船上作水手，引申为拐骗、胁迫之意。

② 病僧：《上海病》（一），载《民主报》1911 年 6 月 13 日。

价值评判系统中的"抑华扬洋"倾向。类似的论调，基本上不把上海之恶看作中国固有之物，而是强调上海之特异于整个中国的"飞地"状态，与传统文化价值体系在上海全面崩坏的想象。所以，在论及谴责小说时，王德威认定其暴露了"价值系统的危机"；"在这丑怪叙事的核心，是一种价值论（axiological）的放纵狂欢（carnival）。它对价值观（value）进行激烈瓦解，并以'闹剧'作为文学表达形式"。① 直到新文化时期，周作人、陈独秀、林语堂、沈从文等仍以殖民地形态去看待上海的腐烂，试图与传统中国和内陆中国在时间层面和空间层面都划清界限。陈独秀居然写下《上海社会》、《再论上海社会》、《三论上海社会》、《四论上海社会》等篇，在他眼中，上海一无是处。王统照径直认为：上海"各种人民的竞猎，凌乱，繁杂，忙碌，狡诈，是表现帝国主义殖民地的威风派头"。② 梁遇春则直斥"上海是一条狗"。③ 傅斯年将上海看成毫无创造力的地方，"绝大的臭气，便是好摹仿"。④ 周作人虽然辩证一些，认为"上海气是一种风气，或是中国古已有之的，未必一定是有了上海滩以后方才发生的也未可知。因为这上海气的基调即是中国固有的恶化"。但"恶化"之因在哪里呢？他又认为"上海滩本来是一片洋人的殖民地，那里的（姑且说）文化是买办流氓与妓女的文化，压根儿没有一点理性与风致"，因此，这种"恶化"，"总以在上海为最浓重，与上海的空气也最调和。"⑤

因此，在晚清民初表现腐败的小说中，存在着与表述上海"维新"同样的视角，即外乡人到上海如何学坏：男人成为流氓、拆白党、恶棍；女人则沦为妓女。吴趼人在《文明小史》十四回中写到一位老太太坚决反对儿子去上海读书，说："上海不是什么好地方。我虽然没有到过，老辈子的人经常提起，少年子弟一到上海，没有不学坏的，而且那里的混账女人很多，花了钱不

---

① 王德威：《被压抑的现代性——晚清小说新论》，北京大学出版 2005 年版，第 216 页。
② 王统照：《青岛素描》，见《王统照散文选集》，百花文艺出版社 1982 年版，第 71 页。
③ 梁遇春：《猫狗》，载《骆驼草》1930 年 9 月第 17 期。
④ 傅斯年：《致新潮社》，载《新潮》1920 年 1 月第 2 卷第 4 号。
⑤ 周作人：《上海气》，载《语丝》1927 年 1 月第 112 期。

▲ 四马路（后改名福州路）上，上海名妓女陆兰芬追逐另一妓女黄包车，相撞后陆狼狈倒地，众人皆叫好，说是"元宝翻身"。《点石斋画报》的题材皆来当时上海报刊，有着新闻的真实性。当时的绘画热衷于此，说明人们对上海"藏污纳垢"的看法。

算，还要上当。"黄花奴在《扬花梦》中说："沪地人烟既萃密，于是盗贼奸邪，藏形匿迹，胥以斯为安乐窝。光天化日之下，纵容若辈横行，一无顾忌，若好繁华场，随处皆为陷阱。居其地者，仍不留意，尚且堕入百丈深渊，为若辈罗网中物。远方客子，贸然来游，实无异若辈之随口肉馅，颠之倒之，为事更易之。文明云乎哉？繁华云乎哉？直万恶之数耳。"这种指摘，将上海作了"非中国化"的想象，而内中多次出现的"繁华"一词，则将堕落与物质发达相连。物质繁荣产生邪恶，它构成了近代以来关于上海"现代文明窗口"、"殖民形态"之外又一种想象。所以恽铁樵在《工人小史》中说："上海者，不可思议之怪物也。彼都人士，狐裘皇皇，望之，几无一非神仙中人，然贫人流离琐尾而至此者，虽有伍大夫之萧，不许吹也。"对此，张秋虫在小说中表述得更清楚：

> 有钱的想到上海来用钱，没有钱的想到上海来弄钱，这一个"用"字和一个"弄"字就使斗大的上海，平添了无数奇形怪状的人物……高鼻子的骄气、富人的铜臭气、穷人的怨气、买办的洋气、女人的骚气、鸦片烟的毒气，以及洋场才子的酸气。①

综上所述，晚清民初小说已经开始在世界主义的背景下展开对于上海现代性的想象。在梁启超等人的政治乌托邦小说、韩邦庆等人的狭邪小说与李伯元、刘鹗等人的谴责小说以及后来的鸳鸯蝴蝶派小说中，"文学中的上海"分别被赋予了现代民族国家、"文明的出张所"与隔离于内地的"飞地"等想象意义，呈现出近代以来上海想象的初步状态。值得注意的是，几种想象都以上海融入世界作为潜在的框架，而呈现出"去中国化"与"去内陆化"的特征。如《新中国未来记》明显是以欧美特别是英、法、美等列强为国家想象的依据的，源于中国在资本主义世界格局中对边缘文化的焦虑与摆脱焦虑的努力。将中国自列于列强甚至想象出中国在世界上的霸主地位，更表明了对当时世界主导格局的认同，其至不乏"西方主义"式的成分。鸳鸯蝴蝶派描写上海新事物，固然带有写实的经验成分，但作者的"维新是求"的写作风气与对上海繁华的中心地位的认定，也是立足于"新"、"变"、"奇"等现代性基础上的。谴责小说中关于上海腐败、堕落等种种指摘，则初步将上海与乡土中国作了时间与空间意义上的分离。抗拒现代性，是谴责小说叙述丑恶、堕落的"上海"之后的某种反映。

应当说，在总体的世界主义中心/边缘背景下，晚清与民初小说开创了近

---

① 张秋虫：《海市莺花》，春风文艺出版社1997年版，第11页。

代以来上海想象的巨大传统，即国家意义的传统与现代化逻辑传统，创立了企图进入全球性资本主义世界中心而竭力摆脱边缘、附属地位的大叙事。不论是政治上，还是经济物质与社会生活意义上都是如此。事实上，这种现代性并未被"五四"以后的文学压抑，反而被继承与光大，并与"改造国民性"这一世纪主题相连。这一情形又开启了新文学整体上的两大传统：一是中国文化的改造问题，另一则是有关民族解放、爱国主义的文学表现问题。只有另一种现代性，即王德威、李欧梵指出的"日常性现代性"，确如王德威所言"被压抑掉了"。基于市民社会雏形而产生的日常生活的"有限合理性"，即城市社会的"私性"领域，在"五四"以后便很难进入以启蒙现代性为主体的新文学领域，成为一条隐性的线索。由此看来，由晚清民初小说奠定的初步的上海想象，基本上仍可以说是一部关于国家与近代化的宏大叙事传统的雏形。

二、"五四"到 30 年代：从启蒙现代性到城市现代性的表意系统

从晚清到"五四"，是一个多元现代性逐渐定于一尊的过程。由于"五四"进化主义学说与观念的建立，进化论分别以宇宙观与工具论的方式进入文学视野，并逐步转向工具论的实用理性，初步诞生世界主义中心／边缘基本模式，并出现多元现代性向启蒙现代性的过渡。在地域上，则由口岸城市转向北京新文化中心，[①] 文学中的城市现代性有所减弱。

在"五四"新文学启蒙主导表意系统中，新文学的基本形态，属于知识者文学范畴。从题材来说，也大致分为农民题材与知识分子题材，知识者思想状态与整个中国社会的对立构成此期文学的大致框架，也就是说，启蒙的先驱知识分子与旧中国麻木庸众的冲突构成了文学主脉。晚清时代以城市现代性为"进步"的表意体系遭到压制，而被置换为以知识分子启蒙现代性为"进步"的表意系统，城市与乡村间的形态区别大都被漠视，城市（比如北京与上海）

---

① 参见王一川：《晚清：中国文学现代性的发生时段》，载《江苏社会科学》2003 年第 2 期。

之间的形态区别则更是见不到了。

比如，鲁迅在其仅有的数篇城市题材中，城市与乡村在文化形态上并无太多区别。《头发的故事》指出，虽然民国已经建立，但北京市民并没有国民自觉，依旧不过是奴隶而已，与农民无异。作品中的 N 先生激愤地认为：

> 我最佩服北京双十节的情形。早晨，警察到门，吩咐道"挂旗！""是，挂旗！"各家大半懒洋洋的踱出一个国民来，撅起一块斑驳陆离的洋布。这样一直到深夜，——收了旗关门；几家偶尔忘却的，便挂到第二天的上午。

在这儿，鲁迅虽然以北京城市见闻为背景，但这个背景并不表现出特定的城市形态，却与保守、闭塞的乡村无异。另外，《示众》中北京人看杀头的场面与《伤逝》中的会馆胡同与机关，也与乡村并无二致，反而与小说中的乡村世界同构。对于上海，虽则作家们以资本文化去看待，但也仍然与新文化启蒙思想构成对立。如陈独秀所说："什么觉悟，爱国，利群，共和，解放，强国，卫生，改造，自由，新思潮，新文化等一切新流行的名词，一到上海仅仅做了香烟公司、药房、书贾、彩票行的利器。"[1] 或许，这可以算做是"五四"时期的城市想象，城市被赋予了乡村的反启蒙的意义。

"五四"时期的文学中，对感受现代文明的表述，从晚清民初时代的上海转向域外。特别是创造社的大部分人，大都在青少年时代负笈东渡，平均年龄是 17 岁。[2] 他们比先辈们更深切地感受到彼邦现代文明的强烈刺激。在他们笔下，对日本城市文明的羡慕代替了晚清文人对上海的热情。比如郭沫若《笔立山头展望》、《日出》中轮船、烟筒、摩托车的城市文明，显然不是故国能够给予他的。郑伯奇曾指出早期创造社具有"移民文学倾向"，大意便在于，在文明与愚昧对立的大框架中，创造社所采用的是日本与中国之间的比较角度，而非

---

[1] 陈独秀：《再论上海社会》，见《独秀文存》，安徽人民出版社 1987 年版，第 589 页。
[2] 郭沫若 21 岁，郁达夫、田汉 15 岁，陶晶孙仅 10 岁。

通常意义上的上海与内地之间的对比。对于上海，他们也普遍采用了一种否定性的认知。郭沫若曾在诗中说："游闲的尸／淫嚣的肉／长的男袍／短的女袖／满目都是骷髅／满街都是灵柩／乱闯／乱走"，郭沫若遂感到"我从梦中惊醒了，disillusion 的悲哀哟！"于是，在创造社作家早期作品中，几乎都出现一个相似的情节模式，即无法忍受在东洋所受屈辱而不忘故土，回国后又无法忍受中国城市特别是上海之肮脏而返回日本，以致知识者漂流于日本城市与上海之间成为主要的情节构架。在郭沫若《月蚀》、《阳春别》、《漂流三部曲》中，作者把爱牟在上海的生活归之于"失败的一页"，因为"上海的烦嚣不利于他的著述生涯"。上海，或者"看不见一株青草，听不见一句鸟声，生下地来便和自然绝了缘，把天真的性灵斫丧"（《圣者》）；或者如同坟场，像爱牟感到的"他让滚滚的电车把他拖过繁华的洋场，他好像埋没在坟墓一样"（《漂流三部曲》）。

最明显的当属陶晶孙。他十岁随父赴日，在日本完成了小学、中学、大学的教育，在整个大正年间都居留于日本，对日本文化的认同远超出其他作家。日本文化对于他来说，不仅是文化认同，还是对各种日本生活细节的接受，因而觉得祖国"百事都不惯"。《到上海去谋事》批评上海的人情淡薄。主人公"想来想去觉得在此地没有我立脚的余地了，这百鬼夜行的上海毕竟不是我可以住的地方，我想立即辞职，马上回日本去研究"。同样的选择也见于郭沫若。爱牟在上海生计无着时，愤然道："中国哪里容得下我们，我们是在国外太久了。"陈翔鹤将上海定性为一个美国式青年的人生方式：满口的商业英语，"经日除食、眠、经营、谋利、娶妻生子，过着本能生活而外完全不知其他"（《不安宁的灵魂》）。

在"五四"知识文学中，漂泊主题已经成为固定模式。比如成仿吾、郭沫若的人物在东京、上海之间漂泊；郁达夫的人物在上海、东京、北京、安庆、杭州之间漂泊；周全平的人物在上海与沈阳之间漂泊；林如稷、陈翔鹤的人物在上海与北京之间漂泊。在这种模式中，上海仅仅是一个旅行空间，除了与东京在文化上有差别外，与国内其他城市并无区别。林如稷《将过去》中的主人公若水，到北京去是一次失望，而到上海，也觉得在热闹之中的"凄凉冷淡":"荒岛似的上海与沙漠似的北京有什么区别?"石评梅则将上海径直看作沙漠:"上海地方繁华嚣乱,简直一片闹声的沙漠罢了!……我半分的留恋都没有,对于这闹声的沙漠"(《一瞥中的上海》)。

综上所述,晚清基于城市现代性的城市想象至"五四"时代被替换为启蒙现代性之下的新/旧文化的对立模式后,上海想象的传统暂时终止。这一传统的恢复,应该是在20世纪20年代末普罗文学与左翼文学的开端期。

20世纪20至30年代,中国新文学发生巨大动荡。简言之,其背景经由"五四"时期的启蒙思想革命阶段转向20年代末与30年代初的社会革命。"中国社会向何去处"成为这时期的中心意识,"五四"新文学中对知识者个体意义、价值的思考转向对国家、社会性质与发展趋向的探索。比如,从20世纪20年代有关人生观问题的大论战,到这一时期关于中国社会性质的论战,便是这种转向的例证。其背景是20世纪30年代初,以上海为中心的沿海沿江城市日益明显的资本主义化进程以及由此而带来的社会整体变迁,城市开始再次成为国家生活主体。经过数十年的发展,至1930年,上海全市人口已达314万,1933年又增至340万,按国外观察家的话来说,上海达到它由来已久的命运的顶点。作家们也开始以不同形式高度地介入上海城市生活。随着首都南迁,文化中心也从北京转移至上海,以至于20世纪30年代接近百分之七十的作家都寓居上海。作家观察社会生活的视角,也与启蒙时代城乡浑然一体构成的旧文化环境不同,被置换为城乡的高度对立。所以,在抗战爆发之前,纯粹的乡村社会基本上没有大规模进入作家视野。比如由茅盾、郑振铎向全国征集合编的《中国的一日》文集中,绝大多数是记录城市人特别是上海人的生活的。城市文学已开始占据中心地位。以这一时期三大文学流派——左翼、海派与京派而言,其中两支都是上海城市的产物,并且由于对上海的不同理解,而导致其文学中不同的上海图景呈现。

先说左翼。严家炎先生曾谈到普罗与左翼文学的核心问题。他说:"无产阶级单独领导中国革命的新形势,要求新文学从第一个十年'混合型的革命文学'(李初梨语,指"五四"时代的启蒙文学——引者),向前推进到正面倡导‘普罗塔列亚文学’的新阶段”①。也就是说，普罗文学与左翼文学的基础在于对中国国家革命的认识。20世纪30年代初爆发的对中国国家性质的大讨论说明了这一时代的中心兴奋点。而城市，特别是上海，在中国国家革命中的地位，便成为多数作家不得不面对的问题。在上海，如何发动国家革命，成为左翼人士进行想象的绝大空间。

如前所述，熊月之认为，在对上海城市的认知描述中，20世纪30年代前后是一个重要的时期，其主要特点是上海形象开始与殖民主义、帝国主义侵略联系在一起。经由“五四”、“五卅”运动之后，上海作为帝国主义侵略中国的大本营这一形象益发凸现。这大大不同于清末民初国人从“文明”与“堕落”角度对上海的认知。清末民初时期，不管是立足于现代意义上“未来”想象的“维新”题材，还是政治、科幻小说中的国家想象，都基于中国的现代化这一角度。而20世纪20、30年代，上海城市的殖民特征性被广泛地认知。诚如有的学者所说：“上海在刺激现代中国民族主义的兴起中，起到了重要作用。”②除了由沈从文等人发起的京派、海派之争外，另一场较大的对于上海特性的讨论，是由当时的《新中华》杂志发起的。1934年《新中华》杂志以“上海的将来”为题发起了征文，寓居上海教育界、出版界、学术界的名流如茅盾、郁达夫、章乃器、王造时、孙本文、李石岑、林语堂，沈志远等纷纷来应征，其中的79篇文章被辑为一书，同年由中华书局出版。集中文章多半都从国家立场出发，认定上海是帝国主义统治中国、国际资本对中国经济侵略的中心，并大量使用“吸血”、“压榨”、“剥削阶级”、“国际资本帝国主义”、“殖民地”、“畸形”等政治与经济词汇。由此看来，关于国家民族与阶级对立的学说，开始引入上海知识。这是20世纪20、30年代左翼人士表现上海的时代背景。

左翼对上海的认识，当然来源于晚清以来的现代性想象。在民族国家的建构中，这种现代性具有了反对殖民主义与反抗资本主义的双重色彩。由于基于成熟的资本主义社会结构的劳资结构、阶级对立被横向移植为殖民地国家的

① 严家炎：《中国现代小说流派史》，人民文学出版社1989年版，第109页。
② 罗兹·墨菲：《亚洲史》，黄磷译，商务印书馆2005年版，第473页。

社会构建，因此，民族立场又常常被置换为阶级立场，最终成为以城市现代性表述民族国家诉求的混合体。左联成立之后，左翼作家开始抛弃了"五四"以来新文学表现个性主义的传统，在创作题材上，依照1931年11月左联执委通过的决议，开始"注意中国现实社会中广大的题材，尤其是那些最能完成目前新任务的题材"。左联执委甚至还硬性规定了作家必须表现的五种题材：即"反帝国主义的"、"反对军阀地主资本家政权以及军阀混战的"、"抓取苏维埃运动"、"描写白色军队剿共的杀人放火"、"描写农村经济的动摇与变化"。这几乎是国家民族革命与民主革命的全景。在创作方法上，苏联"拉普"于1930年提出的"唯物辩证法的创作方法"，开始为左翼理论界引进。冯雪峰译介的法捷耶夫《创作方法论》指出：辩证法对社会的把握就是"社会不是个人，而是团体"，"不是一个人，而是阶级"[①]。于是，基于知识者思想存在而产生的城市经验，被替代为阶级对立的城市概念，阶级斗争与产业无产阶级的革命学说构成左翼的城市知识。

其实，早在20世纪20年代中期，左翼人士对上海的理解已经开始变化，上海已被指称为工人阶级与资产阶级对立斗争的集合体。在郭沫若集《前茅》中，阶级论观点代替了早期诗集《女神》、《星空》中对上海的泛化指摘，类似"污浊的上海市头／干净的存在／只有那青青的天海"一类诗句不再有了，而是接近工人队伍的一种"进入上海"的过程："我赤着脚，蓬着头，叉着我的两手／在马路旁的树荫下傲慢地行走／赴工的男女工人分外和我相亲"。也由此，上海的图景在劳资对立冲突上展开："马路上，面的不是水门汀，／面的是劳动人的血汗与生命！／血惨的生命呀，血惨的生命，／在富儿的汽车轮下……滚，滚，滚……／兄弟们哟，我相信：／就在静安寺路的马路中央，／终会有剧烈的火山爆喷"（《上海的清晨》）。郭沫若对上海的空间想象发生于静安寺路（即南京西路），这一想象的依据在于这些地区曾发生的罢工浪潮。而20世纪30年代殷夫对上海空间的想象则更具说服力："五卅哟，立起来，在南京路上走"

---

① 载《北斗》1930年第1卷第2期。

（《血字》），直接将城市空间对应于"五卅"意义。由此，从静安寺路到黄浦江口这一段马路，不再是现代中国走向西方文明的时间性想象，而体现了中国新兴工人阶级进行革命、完成革命的空间意义。上海虽然"腐烂"、"颓败"、"有如噩梦"、"万蛆攒动"，但同时也成为了"中国无产阶级的母胎"（殷夫《上海礼赞》）。

左翼反对在普遍的现代性意义上建立上海的合法性。首先是在"飞地"意识中建立的口岸城市对于传统中国的"非正统"观念，即上海的异己性，"非中国化"成为民族国家的一个巨大障碍。有人曾指出左翼电影《马路天使》与《十字街头》所采用的"传达知性观念"的街景蒙太奇手法："摄影机角度或是极端偏左，或是极端偏右，使观众产生一种巨大的水泥建筑行将崩塌的感觉"。① 因此，它必须在"反抗上海"这一线索中建立上海的现代性意义。左翼的"上海"继承了此前人们对于上海的各种想象，如道德主义的，民族主义的，同时，又提供了一个新的上海——社会主义思想上的。

在茅盾《虹》这部作品中，主人公梅有一条对于上海的认识线索，从中我们可以探知，左翼怎样在新的城市空间里形成对上海的认识。初入上海，梅女士对他的引路人—— 一个革命者——梁刚夫说："上海当然是文明的都市，但是太市侩气，你又说是文化的中心。不错，大报馆、大书坊，还有无数的大学都在这里，但这些就是文化吗？一百个不相信！这些还不是代表了大洋钱、小角子，拜金主义就是上海的文化。在这个圈子里的人都有点市侩气……不错，上海人所崇拜的就是利"。显然，这与"五四"时期创造社等人对都市的看法有着共同之处。梅女士目睹了各式各样的上海面貌：这里既有市侩味的都市气，也有浑身国粹味的旧文人、旧式辞赋与旧小说、逊清掌故，既有醒狮派国家主义的运动，也有不新不旧的畸形婚姻，更有徐自强式的虽曰革命，其实堕入腐烂生活方式中的革命者。而她却最终认定了一个"上海"，即她所谓"真正的上海"。她对友人徐绮君说："你没有看见真正的上海的血液在小沙渡、杨树浦、烂泥渡、闸北，这些地方的蜂窝样的矮房子里跳跃"。

---

① 孙绍宜：《都市空间与中国民族主义——解读30年代中国左翼电影》，载《上海文化》1996年第3期。

　　"左翼的波希米亚人常常出没于虹口地形复杂的弄堂、亭子间、小书店和地下咖啡馆，充满了密谋的氛围。"① 在左翼的空间想象中，大略由以下一些典型的图景构成：杨树浦、闸北、工厂、亭子间、灶披间、监狱、沪北贫民窟、外滩、港口等等。借助这一空间，左翼文学要完成一幅关于国家革命的图景。正如同蒋光慈《短裤党》对上海的判断："整个的上海完全陷入反动的潮流里，黑暗势力的铁蹄踏得居民如在地狱中过生活，简直难以呼吸"。蒋光慈要以上海三次工人起义为题，以达成这样的雄心："本书是中国革命史上的一个证据"。从普罗文学到左翼文学，大都进行类似的阶级斗争叙述，如龚冰庐、冯乃超的《阿珍》，左明的《夜之颤动》，楼适夷《活路》及田汉《年夜饭》、《梅雨》、《姊妹》、《顾正红之死》、《月光曲》等。一方面，上海的城市生活被置于雇佣劳动这一典型的资本主义经济制度主导之下，人物的身份大都为制度所限定，如"包身工"、"包饭作"、"买身工"等。人物命运既然与经济制度相关，因此，城市个体的遭际往往上升为制度问题。以田汉《火之跳舞》为例。田汉偶见刊有浦东大火的报道，此事纯属肇事者性格原因所致，但田汉却深究下去："工人阿二因失业不名一文，其妻疑有外遇，岂非因他不拿钱回来？阿二不拿钱是失业的结果，无从得钱。再一问阿二为何失业，这问题就与整个社会问题相结合了"② 。因此，这一幕性格悲剧，被最终写成了工人因失业与资方收租人之间冲突的社会悲剧，倒与个人性格无关了。在这里，作品的主题并不重要，重要的是田汉以社会制度为主体的想象方式，也就是说，与阶级、制度无关的社会生活不可能获得左翼叙述上海的合法性。某些作品也只是在这一层面有局限突破，而不可能完全脱离这一范式，如丁玲的《奔》、魏金枝的《奶妈》等。另一方面，阶级斗争的国家革命被左翼文学认定为必须带有集团政党性质。殷夫的诗歌经常写到工人运动程序化内容，如《一九二九年的五月一日》、《议决》所写的委员会组织、会议表决等等。其使用的第一人称"我们"是典型的公共主体，表明了左翼文学在国家政治

① 许纪霖：《20世纪中国知识分子史论》，新星出版社2005年版，第437页。
② 田汉：《田汉戏曲集》序，上海现代书局1930年版，第2页。

公共空间的存在特性。

在左翼的视野中，上海城市的殖民性与无产阶级政治构成上海表述的两个基石，两者都具有世界主义背景。前者是将上海等城市的经济、政治纳入到全球性经济危机与政治动荡背景之下，结论是在全球资本主义体系中上海的边缘性，于是，大量表现上海经济破产的作品纷纷出现，并以《子夜》为代表，表明了在中国进入世界后对国家殖民性的思考。后者则最终导向有关民族国家的革命叙述。这一线索下，晚清民初的民族主义叙述与"五四"时期改造国民性的启蒙叙述，转换为阶级立场，即以无产阶级的国内斗争完成民族国家。这一思维显然也具有当时全球性的无产阶级国家运动背景，例如德国的无产阶级作家联盟、朝鲜的"高丽无产阶级艺术同盟"与日本的"全日本无产者艺术联盟"都有此倾向。①

左翼的写作模式在 20 世纪 30 年代成为一种时尚，对其他各种形态的文学都有影响。早期海派中也有以经济、政治角度对中国国家公共性的写作文本。新感觉派的穆时英曾计划创作长篇小说《中国一九三一》（又名《中国进行》）。该书并未面世，② 但从其卷首引子《上海的狐步舞》中可以看出"上海，造在地狱上的天堂"一类的路子。赵家璧曾回忆说，穆时英受到帕索斯《美国三部曲》的影响，"准备按多斯·帕索斯的写法写中国"，把时代背景、时代中心人物、作者自身经历和小说故事的叙述，融合在一起写个独特的长篇"。③ 其友人曾谈到他的写作计划："他雄心勃勃地想描绘一幅 1931 年中国的横断面：军阀混战、农村破产，水灾、匪患，在都市里，经济萧条，灯红酒绿、

---

①　无产阶级文学运动在 20、30 年代是全球性的运动。苏联的"拉普"（"俄罗斯无产阶级作家协会"）在全球都有广泛影响。德国于 1928 年成立德国无产阶级作家联盟，日本于 1925 年 12 月成立日本无产阶级文艺同盟，后又于 1928 年 3 月成立"全日本无产者艺术联盟"，简称"纳普"。朝鲜于 1927 年成立"高丽无产阶级艺术同盟"，简称"卡普"。在 1930 年苏联哈尔科夫召开的第二次世界革命作家大会上，还成立了"国际革命作家联盟"。

②　关于这部作品，有人认为没有动笔，有人认为已经排印。但是至少没有出版，也没有任何杂志刊载。

③　严家炎：《穆时英长篇小说追踪记》，载《新文学史料》2001 年第 2 期。

失业、抢劫。"① 《良友》杂志还为其刊登广告，说"写一九三一年大水灾和九·一八前夕中国农村的破落，城市里民族资本主义与国际资本主义的斗争。"这几乎可以说是《子夜》的翻版。"大水灾"也好，"九·一八"也好，都是中国国家问题的标志，而"民族资本主义与国际资本主义的斗争"，更是《子夜》式的内容。当然，这并非说海派有浓重的国家想象之倾向，毋宁说，即使如早期海派这样力图抹去国家内容的派别，也存有以经济、政治主导性表达国家意义的情况。

不过，左翼文学所遵循的是马克思主义政治经济学理论与唯物史观，即从经济入手，发现社会现象的经济动因与阶级斗争的社会主体结构，以此全面阐释中国城市社会政治、道德文化的新动向。而无保留地接受马克思建立于欧洲发达资本主义国家社会分析基础上的社会理论，往往导致在对上海城市的表现上，无可避免地产生以欧洲理论将中国格式化的情形。这种情形反而容易导致对上海城市的资本主义的理解，造成城市现代性中心的问题。比如，工业经济以及相应的社会组织（如商会、工会）对城市的主导，城市经济、政治对乡村中国的主导，城市人属性中的经济性对于伦理性的主导，城市阶级关系对多元社会关系的主导，城市现代性对于乡村社会的摧毁等等。即以经济角度来说，其表现形式大多为"雇佣劳动"这一资本主义最典型的经济形式，而产业工人的斗争也被认为是一种完全集团化的组织活动等等。无疑，这反而导致对上海已经资本主义化与高度现代性的中心性想象，相应的，上海这座中国城市的非现代性与不发达状态反而被忽略。究其原委，在于左翼的上海叙事是一种非个人、非经验的叙述，不仅以国家叙述代替上海叙述，也以经济的政治中心性叙述代替个人的经验的多元性叙述。

在这里，以经济政治为主导，从而判定城市资本、政权权力关系的"国家性"思维可能是一个妨碍。为了清晰地制造一个现代国家的城市文本，必然要将上海本有的混沌状态格式化为一元性主体。有意思的是，日本新感觉派作

---

① 黑婴：《我见到的穆时英》，载《新文学史料》1989 年第 3 期。

家横光利一有一部小说，书名即叫《上海》，其中以 1925 年的"五卅"反日、反英运动为中心事件。横光也要突出上海城市的现代性，并认为它主要体现为"东洋对欧洲的最初战斗"。但同时，他没有忘掉上海作为东方城市的地方性，想描写的"只是一个布满尘埃的不可思议的东方城市"。这部小说被认为对上海的定位有三个向度，即"殖民地城市"、"革命城市"，"贫民窟城市"。"甲谷代表了殖民地资本主义的代理人，阿彬代表了都市风俗的阴暗面，宫子代表了都市上层的风俗，高重代表了日本资本主义及至日本势力，芳秋兰代表了工人运动和革命势力，山口代表了东洋的颓废和亚洲主义者，白俄妓女奥尔加代表了流亡者和娼妓中的世界主义者"，因此，《上海》"把上海这个城市的全体当作了主人公"，并"发现了资本主义和大众这两者真正的关系"，[①] 而不是纯粹的政治、经济意义上的上海。所以，横光利一"也对广为人知的上海的场所加以想象，一边把无名的里弄编织进去，充分表现了当时上海的复杂和深不可测。"[②] 从这一点上，我们看出了其与茅盾等人的区别。自明治维新以来，日本的许多作家都有游历上海的经历。一开始也有基于上海的西方想象，如岸田吟香、谷崎润一郎，但是到 20 世纪初，上海中西混杂的混沌一面开始成为他们对亚洲性思考的来源，如芥川龙之介、井上红梅、村松梢风、金子光晴、吉行幸助以及横光利一。虽然他们对上海"不正宗的西洋"的看法不免日本人心态，但却规避了单纯的现代性视野，其经常使用的"魔都"一词，带上了对上海新旧莫名复杂状态的地方知识色彩。

至 20 世纪 30 年代，自晚清开始的另一种上海城市现代性，即物质与消费现代性前所未有的凸现。美国学者白鲁恂曾说："在两次世界大战之间，上海乃是整个亚洲最繁华的国际化的大都会。上海的显赫不仅在于国际金融和贸易，在艺术和文化领域，上海也远居其他一切亚洲城市之上。当时东京被掌

---

① 刘建辉：《魔都上海——日本知识人的"近代体验"》，甘慧杰译，上海古籍出版社 2003 年版，第 109—110 页。

② 广重友子：《横光利一〈上海〉中的空间表现》，见高瑞泉、山口久和主编《中国现代性与城市知识分子》，上海古籍出版社 2004 年版，第 200 页。

握在迷头迷脑的军国主义者手中；马尼拉像个美国乡村俱乐部；巴达维亚、河内、新加坡和仰光只不过是殖民地行政机构中心；只有加尔各答才有一点文化气息，但却远远落后于上海。"[1] 此时上海，已经成为世界第五大都市，[2] 港口货运量占中国的4/5，吞吐量达到40000万吨，外贸总额达到10亿。作为金融中心，上海集中了世界40多家银行、170多家保险公司，占西方在华金融投资79.2%。至1936年，总行设在上海的西方洋行有771家，工业资本总额占全国的40%，产值占全国一半。其中，上海民族机器工业投资占全国35.3%，产值占全国一半以上。1936年，上海钢铁及其制品输出占全国78.6%，机器及其零件输出占全国的80.2%。[3]

从城市风貌来说，至20世纪30年代，上海城市面貌大致完成。外滩一带建筑的欧化风格尤其突出。从20世纪初至30年代，外滩建筑先后经过晚期文艺复兴式、巴洛克式、折中主义等建筑风格，至20年代末与30年代初进入早期现代派与现代派风格时期，比如外滩的沙逊大楼、中国银行大楼、百老汇大厦和法国航空公司等等。外滩之外，南京路上的四大公司即先施公司（今服装公司）、永安公司（今华联商厦）、新新公司（今食品公司）与大新公司（今第一百货商店）相继建成，其风格由折中主义过渡到早期现代派风格。跑马厅附近的四行（金城、盐业、中南、大陆四行）储蓄会大楼、国际饭店与大光明戏院业已是现代主义风格。24层的国际饭店在当时与此后数十年间，其高度都居远东首位。而整个法租界，则已建成欧式商业住宅区。自霞飞路迤西迤南广阔区域，由于移植了巴黎拉丁式的风格，不仅引发了欧洲人的"乡愁"，也使更多的中国人沉浸在异国生活情致之中。欧洲人的休闲娱乐也开始构成了上海城市文化的一部分。

高大建筑、咖啡馆、西式的马路、影剧院、跑马场、回力球场、舞厅、

---

① 白鲁恂：《中国民族主义与现代化》，载《二十一世纪》1992年第2期。
② 按当时的排名依次是：纽约、伦敦、柏林、芝加哥、上海。而根据楼房的高度，上海仅次于纽约与芝加哥，盖因巴黎、伦敦等古老城市限制楼层高度所致。参见郑祖安《百年上海城》，学林出版社1999年版，第2页。
③ 唐继无、于醒民：《从闭锁到开放》，学林出版社1991年版，第214页。

▲ 1930年代的南京路。依次可见先施公司以及永安公司、新新公司、大新公司的塔楼。此四者为上海四大公司，是文学中最常见到的中国商业机构。

公园等，"一面展现了异国风情，一面也在新建的娱乐场所中呈现了想象力"，[1] 同时也造就了上海一群有着高度西方素养的文人在消费生活方面现代性想象的空间，并通过众多的杂志、小报以及文学作品将这一异域的空间想象延展开来。

　　首先是上海消费与文化生活的欧洲情调，造就了一批生活欧化的文人，而这恰恰是20世纪30年代海派产生的生活基础。创造社后期的张资平在开设乐群书店期间，曾开一间咖啡馆。到1929年，创造社后期的小伙计周全平从关外到上海，在南市区西门中华路开办西门书店与咖啡馆，并仿效北四川路上的"上海咖王非"，取名"西门咖王非"，常常聚集一批文艺界人士，其生活方式已经相当欧化，以致法国人喝咖啡聚友与英国的下午茶等风俗已成

① 　白吉尔：《上海史：走向现代之路》，王菊、赵念国译，上海社会科学出版社2005年版，第281页。

为生活习惯。在南京东路的新雅茶室三楼东厅，经常聚集着像李青崖、叶秋原、邵洵美、刘呐鸥、张资平、叶灵凤、杜衡、施蛰存、穆时英等人，不仅在此地闲话，而且构思写作。^① 当时海派文人经常光顾的咖啡店一类的消闲场所还有沙利文（南京东路）、Federal（联邦咖啡馆，静安寺路）、霞飞路以及 D. D. café。据徐迟回忆，下午四点至六点，在新雅有时竟能聚集 30 多位作家、艺术家。^② "现代主义派文化必定在法国城（指法租界——引者）的咖啡馆聚会，这是作为都市布尔乔亚阶级的空间象征。"^③ 热衷于法国文化的曾朴与儿子曾虚白于 1927 年创办"真善真出版社"（在法租界马斯南路），效仿法国沙龙，成为文学中亲法人士的聚集会所，同仁有徐霞村、张若谷、邵洵美、徐蔚南、田汉、朱应鹏等人。而据施蛰存回忆，后来成为现代派、新感觉派中坚力量的一些人物，其生活也已相当西化：他与朋友"每天上午大家（施蛰存、刘呐鸥、戴望舒——引者）都耽在家里各人写文章、译书。午饭后睡一觉，三点钟到虹口游泳池去游泳，在四川路底一家日本开的店里饮冰，回家晚餐。晚饭后到北四川路一带看电影，看过电影，再进舞场，玩到半夜才回家。这就是当时一天的生活。"^④ 穆时英个人生活之摩登，则更是尽人皆知的。他烫头发，着笔挺的西装，经常出入于舞场或电影院，^⑤ "是个摩登 boy 型，衣服穿得很时髦，懂得享受，烟卷、糖果、香水，举凡近代都市中的各种知识他都具备"^⑥；他经常出入舞场，并追逐一位舞女，甚至最后在香港娶她为妻。^⑦

　　这一情形导致了文学中另一个上海的出现，即茅盾所说的"百货商店的

---

① 林微音：《深夜漫步》，见杨斌华编《上海味道》，时代文艺出版社 2002 年版，第 121 页。

② 李欧梵：《上海摩登——一种新都市文化在中国》，北京大学出版社 2001 年版，第 27 页。

③ 许纪霖：《都市空间视野中的知识分子研究》，载《天津社会科学》2004 年第 3 期。

④ 施蛰存：《我们经营过的三个书店》，载《新文学史料》1985 年第 1 期。

⑤ 参见迅侠：《穆时英》，见杨之华编《文坛史料》，上海中华时报社，第 231 页；刘心皇《抗战沦陷区文学史》，台湾成文出版社 1980 年版，第 81—84 页。

⑥ 卜少夫：《穆时英之死》，见《无梯楼杂笔》，新闻天地出版社 1947 年版。

⑦ 参见黑婴：《我见到的穆时英》，载《新文学史料》1989 年第 3 期；叶灵凤《30 年代文坛上的一颗彗星——叶灵凤先生谈穆时英》，载《四季·香港》1982 年第 1 期。

跳舞场电影院咖啡馆的娱乐的消费上海"①，而且以前所未有的艺术方式呈现出来。30 年代的海派特别是新感觉派将上海锁定于一个街头、跑马场、夜总会、大戏院、富家别墅、特别快车、新式跑车、游乐场的公共性消费场所，展开他们对于上海国际化、欧洲化的想象，就像张若谷坐在俄商复兴馆喝咖啡的感觉一样："坐在此地，我又想起从前在法国巴黎的情形来了，此地有些像是香塞丽色路边个露天咖啡摊"。②

基于这种日常消费性的世界主义国际化风格的想象，新感觉派赋予上海以工业的、暴力的、男性的西方都市色彩。应当说，这与晚清以来将上海看作世界性经济中心的现代化逻辑基本上是一致的。当然，与晚清民初小说中的"维新"叙事不同的是，它建立于物质消费的现代性意义之上，并以某种乌托邦形式展开，将对上海的消费性经验转化为国际资本主义欲望与物质的冒险经历，其大量描写的性征服、竞技、烈酒、恐怖、高大建筑、异国冒险等，带上了西方人的物质经验与冒险经历，一切都在国际性消费生活的意义上符号化。同时，在国际化风格之下，往往采用鸟瞰、漫步、男女聚散、电影蒙太奇与现时当下的时间状态等手法，并伴有语言暴力。他们将上海生活置于一个平面化的瞬间状态，避免对上海城市历史与东方性深度内容的深究，以造成对上海与巴黎、纽约等国际性都会并无差异的理解。这便是新感觉派的上海想象。

当然，正像本书在引论中所说的，本书所讨论的上海想象，只是百年来关于上海文学中的一种情形，而绝非全部。对于海派来说，虽然它常被看作都市文学中最具现代性的流派，但其实也是一个巨大复杂的矛盾体。海派中有刘呐鸥、穆时英这样的以现代消费的公共性想象为主导创作倾向的作家，也有 20 世纪 40 年代张爱玲、苏青这样基于中等阶级或市民阶层个体日常生活经验的创作群体。而且，新感觉派自身也并不统一。施蛰存、杜衡等人立足于乡村立场所表现出的反现代性，又与刘呐鸥、穆时英不同。施蛰存、杜衡等人触及到

---

① 茅盾：《都市文学》，载《申报月刊》第 2 卷第 5 期。

② 张若谷：《俄商复兴馆》，见杨斌华编《上海味道》，时代文艺出版社 2001 年版，第 117 页。

（海上）グンイデルビイエウ ドーロブ爵ドッリブ.ンデーガ
VIEW OF BROAD WAY BUILDING NEAR GARDEN BRIDGE (SHANGHA

▲ 上海百老汇大厦，建于1934年，高22层，其高度仅次于上海四行储蓄会大楼（即"国际饭店"），属早期现代派风格。拍摄角度为外白渡桥南侧。其右侧建筑依次为外白渡桥、礼查饭店和苏联领事馆。图片选用老明信片。

的上海乡土特质的构成，使其作品成为20世纪30年代海派非现代性想象的另一种文学景观。当然，这一种以个人生活经验为主的上海表述在新感觉派中并不占主流。施蛰存对于上海城市自身多元性的表述，应该说开启了另一种非想象性的文学。但由于他将这种表述仅仅以城乡对立来了结，并未触及到上海城市东方性文化作为城市史逻辑的一面，更多程度上是将上海的东方性文化外化了，确切地说，是外化为"非上海"的文化内容了。这种缺陷到了张爱玲的手中得到了克服。张爱玲的文学图景是表述一个东西杂糅、混合、暧昧的所在，她将上海的东方性与西方性看作是一个被糅合后的奇异、混乱的状态。因此，张爱玲将乡土中国的内容化为了上海城市自身的城市史逻辑，并阐释为一种民间形式，终于完成了对上海城市的边缘性表述。张爱玲文学中的上海是非想象的，[①] 但在以国家意义与现代化逻辑为主导的上海身份认知的谱系中，张爱玲的小说并不占有重要地位，只是作为一个小传统。直到 80 年代末，在王安忆、程乃珊的作品中才得到了继承。

三、作为新中国国家意义的体现

20 世纪 30 年代，随着国民党在大陆取得胜利，上海在整个国家政治格局中独立解放的国家意义开始显现。

自上海开埠后，上海已不再是本国封建区域政治的中心。自第二次鸦片战争以及庚子之乱中的"东南互保"之后，上海一直享有高度自治。罗兹·墨菲曾说过："在上海，除本市范围以外，从未行使任何行政职能"[②]。开埠后的上海有三个政权，即公共租界的工部局、法租界的公董局，中国政府只管辖少数不发达地区，如老城、南市、闸北。至 1927 年国民政府成立，上海仍未撤县建市。[③] 1927 年国民政府决定上海为"中华民国特别行政区域"，定名"上海特别市"，"不入省、县行政范围"。蒋介石政府"在上海推行了儒家文化理想和民族现代化规划相融合的城市政策"。[④] 市政府成立时，蒋介石亲临仪式，并从民族国家的意义上评述新上海："上海特别市乃东亚第一特别市，无论中国军事、经济、交通等问题无不以上海特别市为根据"，"上海之进步退步，关系全国盛衰，本党胜败"。[⑤] 1927 年 11 月，中国的上海市政

---

① 张爱玲对城市的想象性叙述存在于其香港题材小说中，即李欧梵先生说的，在上海不可能发生的事情，在香港都可以发生。张爱玲自己也说过，"写它的时候，无时无刻不想到上海人，因为我是试着用上海人的观点来察看的。"参见张爱玲：《到底是上海人》，见《流言》，五洲书报社 1944 年版。

② 罗兹·墨菲：《上海：现代中国的钥匙》，上海社科院历史所编译，上海人民出版社 1988 年版，第 2 页。

③ 辛亥革命之后由李平书等人组成的市政府与上海三次武装起义产生的"上海特别市临时政府"都是临时性组织，基本上只有维持治安的功能。

④ 白吉尔：《上海史：走向现代之路》，王菊、赵念国译，上海社会科学出版社 2005 年版，第 180 页。

⑤ 《国民政府代表蒋总司令训词》，载《申报》1927 年 7 月 8 日。

▲ 国民政府时期的上海特别市政府大楼。此为国民政府"大上海建设计划"的核心建筑，位于"大上海建设计划"中心区域的行政区，带有明显的民族主义风格，由此可以看出"大上海建设计划"的民族主义色彩。

府开始规划新上海建设规划。至第三任市长张群执政，确定《建设上海市市中心区域计划书》，与南京的"首都计划"相伴随，"大上海建设计划"拉开序幕。"大上海建设计划"包括码头、分区、道路、排水、铁路以及各类公共建筑的建设，但主导建设的思想基础是民族主义。市政府大厦摒弃了广为流行的欧式建筑风格，而改以民族特色的红色立柱、斗拱、彩色琉璃瓦顶的古典宫殿建筑。整个建设明显以市政府为区域核心，而在其周围则分布着市体育场、市图书馆、市博物馆、市医院和市卫生检验所五大建筑，"取现代建筑与中国建筑之混合式样，"[①]以同样风格组成庄严的建筑群。以此为中心，建设世界路、大同路、三民路、五权路，四条大道将市中心区分为四个小区，路名首字为"中华民国"、"上海市政"。很显然，这与租界地区以港口、交通为核心并呈

① 1936年《上海市年鉴》1936年（上），中华书局版，第4页。

"同心圆"、"多中心"①的城市地理格局完全不同。后者完全循由经济与商业逻辑，而前者具有鲜明的国家政治色彩。"这些设想与当时的民族主义思潮与关税自主及废除不平等条约以收国权的运动是密切相连的。"②时任上海市市长的吴铁城在市中心区域初步建成之后说："今日市府新屋之落成，小言之固为市中心区建设之起点，大上海计划实施之初步，然自其大者、远者而言，实亦我中华民族固有创造文化能力之复兴以及独立自精神之表现也"③。这种情形，我们在 20 世纪 30 年代的南京与 50 年代以后北京城市的规划、建设中看到了同样的情形。事实上，当一座城市被赋予国家象征意义的时候，这种情形都是会发生的。不过，新北京的建设由于伴随着老北京的拆除而遭到反对，而新南京、新上海由于是在平地拔起而一致获得好评。④

　　将上海建设视为国家独立的新中国民族意义并非政府一厢情愿，它与 30 年代人们对上海殖民地形态的认识一齐构成了国人对于上海的民族想象意义。如果说茅盾《子夜》构成了对"半封建半殖民地"现时上海的认知的话，那么"大上海建设计划"则是对上海代表的未来国家的想象。无独有偶，在《新中华》发起的"上海的未来"征文中，有人设想：所有租界被中国民众收回，公共租界改名为特一区，法租界改名为特二区⑤；所有洋行、银行、报馆都成为中国的办事机关与学校。更有意思的是，有人预料在取得反对帝国主义

---

　　①　美国芝加哥学派的伯吉斯在对美国大城市特别是芝加哥进行研究后，提出了城市结构的"同心圆"说。他认为，从城市中心向外辐射，第一区为中心商业区，多为商业金融建筑，高楼林立；第二区为过渡区，多为贫民窟与舞厅、妓院等娱乐业；第三区为工人住宅；第四区为中产阶级住宅区，多是独立宅院与高等公寓；第五区则是上流社会郊外住宅。霍伊特则认为城市具有多个中心。比如工厂、企业要靠近水源，低收入家庭居住在工厂附近、市区边沿与老城区。哈里斯认为，城市某些活动要求有一定的条件，如商业区要四通八达；工厂区要靠近水源；某些区域要衔接，如工厂与工人住宅；某些活动是冲突的，不宜接近，如高级住宅与工厂等。因此，不同的功能单元分别向不同的中心集合，成为各个中心点。上海依英、法殖民者随意扩张而成，缺少规划。它不完全符合某一种城市地理结构，而大略呈混合型，但"多中心"与"同心圆"式的结构依然可以看得出来。

　　②　忻平：《从上海发现历史——现代化进程中的上海人及其社会生活》，上海人民出版社 1996年版，第 373 页。

　　③　吴铁城：《上海市中心区建设之起点与意义》，载《申报》1933 年 10 月 10 日。

　　④　关于新中国成立后北京城的拆除与梁思成悲壮的努力已成学术界文化界的热点问题。

　　⑤　有趣的是，太平洋战争爆发后的 1943 年 1 月与 6 月，由日本人支持，汪伪政权"收回"租界，并将公共租界易名为特一区，法租界为特八区。

▲ 国民政府时期的上海市图书馆，也是"大上海建设计划"的核心建筑，建筑样式为民族主义风格。

斗争胜利后，跑马厅将建成图书馆，可容两万人，跑马场将被辟为"人民公园"。① 1943 年，汪伪政府"收回"公共租界，汪精卫亲临上海，当时的报刊也是在所谓"民族独立"的立场上加以评论，如"深赖友邦日本协力，结束帝国主义租界制度的丰功伟绩。"②

如果说 20 世纪 30、40 年代上海的新国家意义主要体现在其民族性的话，那么，1949 年以后，上海的国家意义还体现了关于社会制度的意识形态色彩，即上海不仅是"新中国的上海"，还是"社会主义新中国的上海"：左翼政治

---

① 参见熊月之：《近代上海城市特性的讨论》，http//www.uls.org.cn。这一设想在 1949 年后都成为现实。跑马厅办公处成为了上海图书馆，跑马场成为了"人民广场"。90 年代后，上海市政府在此建造政府新厦，成为政治中心。美国社会学家詹森通过比较美、苏城市后指出，美国城市中心区的组合式高层建筑，表明了商业与市场的力量，而苏联城市的市中心多为广场，说明了其政治功能。见詹森：《苏美两国城市比较研究》，见陈一筠主编《城市化与城市社会学》，光明日报出版社 1986 年版。新中国成立后上海中心广场的建立，也可看成城市功能由商业金融向政治转变的标志。

② 焦菊隐：《孤岛见闻——抗战时期的上海》，上海人民出版社 1979 年版，第 247 页。

与阶级意义上的上海。在话剧与电影《战上海》中象征性地出现了美国军舰从黄浦江退至公海的细节，其寓意非常明显。上海再一次被人们作了"历史终结"式的"断裂论"理解，即"旧上海"是半殖民地时代的"冒险家的乐园"，而"新上海"则是劳动人民当家作主的新中国象征，上海城市历史的纵向逻辑再一次被终结。很大程度上，上海作为一座城市被当作了新旧中国的区别。正像剧本《战上海》结尾之处解放军军长与政委的一段对白："上海的解放，标志帝国主义势力在中国彻底灭亡，标志着中国人民永远获得解放。"这里面，既有民族解放意义，也有阶级解放意义。

同样的情形在老舍话剧《龙须沟》中也有反映，却不一样。《龙须沟》是以某个城市社区的变化来展示中国"新旧两重天"的主题的。但我们看到，老舍依然依循了他惯常的小说手法，将这一主题表述置于小型社区、街坊、邻里的私性空间来完成。换句话说，在戏中，除主题表达之外，剧本仍然传达了对北京文化形态与纵向历史的一种热情："通过突出小杂院、街头的声音、地方方言和世俗表演，《龙》剧创造了一个日常都市生活之上的景观"，"将剧本对城市的描写限于日常经验，老舍是在抗拒城市景观的抽象化，避免将龙须沟变成一个失去具体地点特征的符号"。① 描述国家新与旧区别的主题，在以北京为叙事对象时，场景并没有被放在市中心具有象征性的建筑空间里，这与上海题材当中以外滩、南京路、黄浦江等中心空间为背景很不一样。也就是说，同样是表述"国家解放"的认识，上海与其他城市仍然存在着表达权力上的等级差异。

与"断裂论"相应的，是"血统论"，也即上海革命史的城市史逻辑。这也许是当时唯一被认可的城市史逻辑。因此，大量关于上海的文字表述都从中共成立、"五卅"运动、三次工人起义等左翼政治事件中寻找到上海作为左翼城市的线索，接连不断地形成文学上的热潮。现实题材中，也不断出现对于革命历史的回顾，并以阶级教育而出现，如《年青的一代》、《海港》。需要辨

---

① 柏右铭：《城市景观与历史记忆——关于〈龙须沟〉》，见陈平原、王德威主编《北京：都市想像与文化记忆》，北京大学出版社 2005 年版，第 417 页。

析的是，尽管此时强调上海在左翼历史中的历史逻辑性，但"血统论"并不强调旧上海作为新上海的母体意义，而且恰恰相反，20世纪50年代的文学正是通过"血统论"辨析才斩断了旧上海作为母体可能性的。它只是在左翼的历史层面上寻找到一种上海城市的历史线索，并被夸大为整个城市与整个国家的逻辑，或者说，城市的历史形态逻辑被左翼的国家理论代替了。

随之而来的问题就是，上海城市的多元形态被排除，而代之以一元性的政治衡量标准。首先是城市社会形态被简化为政治与经济主导因素，日常性社会形态被置于政治逻辑的考量当中，用以阐发超验的政治意义。城市文学中的日常性原则经由对萧也牧《我们夫妇之间》的批判，以及对"可不可以写小资产阶级"、"人性论"、"写中间人物论"的批判，被归之于社会公共性的敌人，描写城市日常生活形态的传统从此退出文学；其次是人物属性高度单一化，人物的城市情感方式、价值立场以至身体意义都完全消失，而成为政治的社会公共性表达；其三，就表现空间而言，社会公共性空间如厂房、工地、办公室成为人物主要活动背景，居住空间遭到排斥。而在居住空间表现中，传统的上海民居形式如中产阶层的石库门、弄堂与贫困人口的棚户被标准化的工厂、新式宿舍所代替。

自20世纪50年代，经由苏联社会主义建设引进的国家工业化概念是中国经济发展的主导模式，经济重心明显偏向于与国家整体的国际地位相关的城市工业，尤其是重工业。城市重工业的发展不仅是一个经济问题，也是一种意识形态。在这方面，上海百年来有关"现代化"意义的想象在国家工业化这一意义上得到延续。事实上，关于上海作为工业化"先进生产力的代表"的文本表述，既然已经成为一种谱系，并不因城市政治属性的改变而变化，不过是将除了工业化之外的城市现代性排除而已。经由"断裂论"与"血统论"对于上海形象的重新认定，上海城市的多元形态被排除以后，其作为国家政治体现与大工业国家经济核心的认知得到空前的强化。在20世纪50—70年代，就题材而论，城市生活消费性角度的上海想象迅即让位于工业化意义的上海想象，衍发了盛极一时的上海"厂矿文学"。这一领域因为联系着国家现代化的期待，它的重要性更是不言而喻。而且，"这一描写被严格窄化"为所谓"工业题材"。① 其中，关于上海大工业组织社会形态与技术进步是写作的两大内容。作为前者，作品强调的是由国家大工业造成的社会公共性，即由现代工业逻辑而来的组织化，以全面保证社会关系对工业生产体制的服从。个人的消费欲望，不仅在意识形态角度，同时也在社会公共性逻辑上遭到抵制。与此相应的是，工人阶级一方面在意识形态方面得到政治核心地位的强化，同时，其产业性主体也分外突出。作为先进生产力的代表，其身上的生产属性，可以说是第一次，也是最大一次地被发掘出来。到大跃进时期，这一情形达到了空前的程度。在《年青的一代》、《家庭问题》、《海港》中，工人们加班加点，取消作息制度，并非完全是"路线斗争"与抽象的社会主义、共产主义风格的政治表述，也是工业化逻辑对多元生活形态的征服。在多数时候，两者是统一的。综观 20 世纪 50—70 年代的上海题材文学，只有符合国家大工业进程的一面被许可写进作品。从这一点上看，它和新感觉派没有过多的区别，都是一种极端中心的"现代性"文化编码。不同的是，新感觉派的基点是"消费"，而此时文学的基点是生产而已。

　　20 世纪 50—70 年代关于上海的文学，在现代性的想象方面可能是最突出的。它不仅如同新感觉派和茅盾一样，排斥掉了上海城市的东方性与乡土性，而且由于将私人的消费、娱乐等旧上海城市文化遗存视为社会公共性的敌人，上海城市的都市性事实上也被去除掉。上海政治属性的认定，导致对多元生活形态的否定。此时的上海题材文学，不仅没有地域性可言，也没有任何城市性可言，是一种完全意义上的国家文学。当然，新感觉派与茅盾的上海题材文学都有"去乡土"、"去地域"的文体风格，但其文体意义是在"城市性"当中得到展现的，表现出"飞地"意识和"非中国"的倾向。而此时上海题材文学则在"去上海性"、"去城市性"方面，企图构筑一种统一的、新的"国家风格"。上述几种上海题材文学，在文体风格上都有明显的本地特性弱化的状态，但在出发点、内容与构成上又都完全不同。

---

① 洪子诚：《中国当代文学史》，北京大学出版社 1999 年版，第 131 页。

四、从国家想象到全球化想象

经过 30 多年的社会主义阶段，上海已经成为中国计划经济体制的代表性城市。1980 年 10 月 3 日，上海市委机关报《解放日报》曾以整版篇幅刊载了上海社科院经济所沈峻坡的长文《十个第一和五个倒数第一说明了什么——关于上海发展方向的探讨》，"编者按"号召读者"联系实际、回顾历史、分析现状"，"使上海这个经济巨人从病态上迅速康复起来"。此文在遭到了数年的批评后，于 1986 年获得上海市哲学社会科学奖。这一情形似乎成为对 20 世纪 80 年代上海经济文化在全国地位认识的一个注脚：即上海的衰落。上海经济在全国所占比重至 1979 年下落至 1/8，至 1981 年更降至 1/14，而在 1986 年，上海工业破天荒出现负增长，上海经济神话不仅结束，而且已成国家计划体制下最大的牺牲品。在此时的文坛，有《大上海沉没》（俞天白）、《血，总是热的》（宗福先、贺国甫）、《寻找男子汉》（沙叶新）、《大桥》（贺国甫）、《大潮汐》（贺国甫）等话剧、电影剧本，在"改革文学"这一角度将上海定格为僵化、保守、迟钝的老旧国家体制的象征。《大上海沉没》（《大上海人》第一部）将上海城市性格归结为"阿拉文化"与"衰弱巨人综合症"。作者一方面在当代浮动的经济活动中寻找已经失落的"阿拉文化"，一方面通过"小骆驼"现象痛斥上海在计划体制下缺少活力、安于现状的保守性，成为改革文学时期典型的国家表述。正如有的学者所说："80 年代，上海文学创作中，上海，几乎不具有叙述上的独立性"。[①]

上海一百多年来商品经济的城市特质，只是在 90 年代中叶才开始体现出来，比如《大上海人》第二部——《大上海漂浮》以及分别于 1996 年与 1999 年出版的《大上海丛书》，[②] 国家意义的上海想象才稍稍有所改变。

[①] 杜英：《对于 1949 年前后上海的想象与叙述——以 90 年代的上海创作为例》，载《文艺争鸣》2005 年第 2 期。

[②] 《大上海丛书》第一辑包含五部长篇，即俞天白《金环套》、李其纲《股潮》、李春平《上海是个滩》、孙颙《烟斗》、徐惠照《水魔》；第二辑包括五部长篇，即蒋丽萍《水月》、赵长天《肇事者》、陆星儿《我儿我女》、史中兴《暂憩园》、李肇正《躁动的城市》。

可以说，从 20 世纪 80 年代至 90 年代初，上海跌入了它自开埠以来命运的最低谷。但是，对于文学来说，这恰恰成为上海文学立足于地方知识而形成对自我特性审视的绝佳时机。这里似乎表现出一种必须被承认的悖论，即上海愈是发达，其国家意义愈是突出，愈是会将自我的城市性／地域性抹掉；而当其困陋之时，其体现的国家性与现代性含义降低，反而凸现出在国家意义剥去后其自身真实的地方面貌。因此，在 20 世纪 80 年代末出现了城市文学中的一种现象：当广州、深圳等华南城市大兴"商界"文学之时，上海开始悄悄涌动起了中产阶级生活叙事。而这恰恰是上海国家叙事繁盛之时极为匮乏的，它只是在上海沦陷之际在张爱玲、予且等人手中昙花一现。不消说，那也是一个上海开埠以来的凋敝期。

中产阶级书写，最初是程乃珊《蓝屋》、《女儿经》，后有王安忆《"文革"轶事》，叶辛《家教》等等。中产阶级书写具有鲜明的个性特征，所关注者，是将城市个体经验中的城市史逻辑，以潜在状态的民间形式发掘出来。如同张爱玲等人，它发现的即是宏大的国家叙事之外的旧上海历史遗存，而这遗存建立于作家的个体记忆中。即便以重大的国家生活事件为背景的此类作品，也并不以表述国家性为指归。有人认为，这一批作品已经开始"上海怀旧"。此说并不确切。因为按照詹明信的看法，"怀旧"是要模拟现代人的心态，赋予"'过去特性'新的内涵"①，而此时的中产阶级书写尚未意欲模拟 90 年代以后国人的全球化企望。它所涉及的旧上海精神遗存，只是要在其中找寻现代化中心性与国家之外的日常生活逻辑的脉络。旧上海的繁华，在新中国成立后的几十年间，早已磨损成寻常百姓家日常生活的丝丝暗痕，化作了起居中的点点滴滴，当其外去形态消退之后，它们反倒构成了上海内在的精神特质。

但是，上海的宿命就在这里，它注定是中国国家的一个命数。1993 年，上海全方位开放，其标志性事件是浦东的开发。从这一年开始，上海即以不可思议的速度发展，不仅在短时间内再行夺回国家首位城市的尊位，而且迅即卷入全球化的惊涛骇浪之中。当中产阶级书写还未来得及对上海的非国家、非现

① 詹明信：《晚期资本主义的文化逻辑》，张旭东编，陈清侨等译，生活・读书・新知三联书店 1997 年版，第 459 页。

代性身份进行探究的时候，上海再一次必须被放置于全球化以及未来中国的全球化蓝图中去诠释了。由于当下上海的全球化想象尚未完全呈现，因此，它必须借助于旧上海——那是一个被认为是充分全球化的时代——的镜像来完成。新旧上海构成了一个互文性关系，新上海（指20世纪90年代以后）被嫁接在了旧上海的肉身之上，从而引发了文坛铺天盖地的"上海怀旧"潮。其实，在旧上海身上寻找全球化摹本，这本身便暴露出国人对全球化经验的贫乏之处。

在此情形下，全球化的"经验"是20世纪90年代后上海文学的基本内核。在周励的《曼哈顿的中国女人》、陈丹燕的《慢船去中国》，以及不可胜数的涉外题材中，上海，作为地域来说，其等级上的优越地位不言而喻。同时，以上海为背景的文学作品，也日渐脱离"社会主义中国"的叙事方略，创造出了一种"全球化中的中国"的宏大叙事倾向。它似乎已经独立于旧的中国国家文学，但同时又造成了一部新的国家文学。也许，这就是"文学上海"的命运，幸焉不幸？一方面，在国家意识形态中，"文学上海"的地位至高无上，另一方面，"文学上海"却被不断地剥离其自身意义，"本地"的上海几乎是可有可无的。

五、上海想象的几个特点

以上，我们较为粗浅地梳理了百年来文学中上海想象这一现象的大致面貌。由于这一现象连带着中国国家的政治、经济命运与其现代性获得的过程，由此产生出一些与上述因素相伴随的特征。

首先是国家政治、经济等现代性体现出的中心性。自晚清发轫的上海想象，一开始便具有未来国家构想的色彩，这一设想在相当程度上依赖于对政治与经济的现代性认同。从王韬开始，到梁启超、吴趼人，其上海图景表明了意欲获得世界性身份的一种渴求。不管是梁启超的"未来中国"政治小说，还是吴趼人等人关于机械器物的描述，概莫能外。至于茅盾的《子夜》，则更从殖民国家性质与现代工业角度，将这一模式高度稳定化，并导引了直至20世纪

80年代以对上海政治、经济的想象性描述来转喻国家的总体模式。就广义的经济角度而言，早期海派的物质消费性与20世纪90年代以消费的个体经验表达全球化渴慕的文学，也是另一个意义上的经济中心性的体现。对于上海"非中国化"的道德性厌恶想象，也与对政治上的殖民性与消费上的高物质性恐惧有关。比较而言，在市民日常生活领域，这种想象成分大大减少，甚至于从未发生。其原因在于，上海想象的依托点在于国家想象，与国家无关的上海经验，因不能表述国家意义而大致处于失语状态，往往仅限于个体表达。这样一来，因作家个体而异的小叙事，由于其无法抗拒关于上海的宏大叙事传统而长期处于被压抑、被遗忘的状态。

其次，由于上海和中国国家现代化进程相关，不同时期现代性内容的差异，也使上海想象呈现出阶段性特征。晚清时期文学上海的光怪陆离，与近代国人"睁眼看世界"初睹西方现代性的"惊颤"体验相呼应；20世纪20年代普罗文学中对于上海劳资冲突斗争的描述，则与全球性的左翼社会革命浪潮有着密切关联；在30年代民族主义、社会主义的思潮涌动中，茅盾的文学上海便应运而生。而20世纪50—70年代的文学中的上海，则可谓是社会主义意识形态暗影笼罩下的马克思主义政治经济学样本。80年代"改革文学"中的上海面貌，表明了对僵化国家体制的某种反思。90年代以后的上海想象，则毫无疑问地表述了在全球化浪潮中对于国家身份的重新认识。尽管每个时期中心性内容不同，但中心性表述的基本状况没有改变。或许，它已成为一部诠释中国国家意识形态演进历程的编年史。

其三，百年来的文学上海，通常都在形式与文体上排斥地域性，不具备"在场的有效性"（吉登斯语），从而导致上海文学很难说是一种地域文学。比如茅盾《子夜》的艺术特征，特别是小说结构，已经成为表现国家形态的经典形式，以致有人认为，它已经成为史诗性文学的经典模式。[①]新感觉派"巡礼"式的表现模式，也于不同时期反复出现，亦成为大都市文学的经典文体

---

① 陈思和主编：《中国当代文学史教程》，复旦大学出版社1999年版，第76页。

套路。① 20世纪50—70年代上海文学的模式化之严重更是共识，基本上没有本地性可言。究其原委，在于以现代性想象来构筑文本的上海是一种国人的集体行为，并不基于地域经验，因而文体个性确是不易获得，对此，我们可以拿关于北京的文学来加以印证。近代北京，以其传统的遗存，在文学中充当了保守、停滞的老中国代表。由于北京与传统乡土中国礼俗社会形态的一致性，所以，愈是地域性强的文体叙述，愈是能得到"老中国性"。老舍获得文体风格上的成功，其原因即在于此。但对于文学上海来说，过分强调本地性（包括地域性），则会使其在国家与现代性上的"普遍"意义降低。不管是国家意义，还是现代化的意义，可能都要以"去地域化"的手段来完成，即消除区域的文化与地理意义上的某种自然呈现，以得到远远超越其自身的普遍性。假如我们把"文学上海"理解为上海性、普遍的城市性与普遍的国家性的话，则上海的本地性必是一个弱而又弱的因素。

---

① 只需看一下邱华栋《手上的星光》中对90年代北京的感受性书写，便可知这种"巡礼"式写法仍在大规模被沿袭。有学者指出，这"显然还是一幅初期市化的图景"，有一种"外在的现代化向往"。见赵稀方《小说香港》，生活·读书·新知三联书店2003年版，第224页。

第三章

茅盾的上海想象

第一节　理论要求与上海题材

一、对国家本质与动态的追踪

众所周知，茅盾是左翼都市作家的代表，其创作一直与上海社会生活有关。自大革命失败到抗战爆发，除亡命东瀛与回乡省亲的短暂时间外，茅盾的大部分时间都住在上海。作为一个作家，立足于自己生活的环境描写都市生活，本是司空见惯，但若以此来理解茅盾似乎太褊狭了。虽然同样是表现都市生活，老舍、穆时英或张爱玲固守着自己所熟悉的社会阶层与文化圈子，而茅盾却是时时探身自己生活圈子之外，热衷于总体表现上海的政治、经济结构与动态。换句话说，茅盾的上海，并不来自于经验。他对上海的理论把握与全景式的表现方法，与茅盾现实主义文学理论对上海都市社会的认识有关。或者说，茅盾的上海知识更多地来自于理论。

茅盾的现实主义文学理论有一点值得注意，即典型性。在其晚年谈及《子夜》时，茅盾认为他"是以当时所达到的马克思主义水平，尽力去理解、分析所观察到的事物",因而特别强调文学表现的典型性。关于典型性,在茅盾的理解中,首先是"触及生活本质,突破表面现象";第二是对社会发展的动向把握,因为"社会现象、世间事物、本人的世界观、外界现象,无一不在不断发展"①。当然,这二者是相辅相成、互为补充的。依照茅盾的话,就是一为"横"的方向透视,一为"纵"的把握。只有这样,才能"在繁复的社会现象中"恰当地选取最有代表性、典型性的社会现象作为表现对象。显然,茅盾的"典型"理论,包含了对社会生活本质的把握,也即社会性要求;又包蕴了社会生活的动向性追踪,也即时代性要求。

现实主义经常被理解为一种创作方法,但其内核却是一种历史观念,即与资本主义的产生造成的世界格局有关。巴赫金认为,"典型环境中的典型人物"这一经典的现实主义原则,与对时间的理解有关:在现实主义之前,主人公在小说中的时间是常态的,只是环境有所改变,而现实主义出现之后,小说主人公的时间便是"历史时间",主人公的"成长"与"历史"的发展构成必然关系;或者如杰姆逊所说:"'现在'便已经是历史性的。巴尔扎克说,我现在是为 18 世纪 40 年代的你们写小说,但 20 年前的情景却不是这样的,我们必经从那时开始,这样现实主义小说中便糅进了一种以前从来没有过的历史发展过程。历史小说与现实主义密切地联系起来了"。② 资本主义的出现,造成了全球性的中心 / 边缘的总体世界格局,所有边缘都呈现出向中心运动的轨迹,这就构成了现代的时间观念,即发展史观。

对时间"线形"体系的理解是现代性的核心。在中国,梁启超较早将发展观念引入史学与文学领域。而此后,李大钊等人则将马克思主义社会发展史的基本命题引入中国,如生产力决定生产关系与阶级斗争学说。"五四"以来,中国知识界的文化基础是进化主义,而马克思主义对人类历史发生、发展五个阶段的划分,与进化主义有相同之处,这对中国知识分子影响深远。对历

---

① 茅盾:《谈〈子夜〉》,见《茅盾研究资料》中卷,中国社会科学出版社 1983 年版,第 90 页。
② 杰姆逊:《后现代主义与文化理论》,陕西师范大学出版社 1986 年版,第 205 页。

史进行观照时所持的"进步（倒退）- 发展"观念，成为新文化奉行的普通价值，由此也生发出"进步 - 发展"总模式之下的亚模式，诸如进步与落后、革命与反动、改革与保守等等。在这种情形下，时间的状态是事物由低级向高级发展的状态，即渐进状态；时间的演进必然伴随着事物的变化，即体现着社会历史的规律，由此也决定了事物结构的变化，即所谓"事物的本质"。在这一模式中，时间具有了有起点、无终点，渐进的与开放的特征，而且，它通常指向未来，即历史发展的方向性。柯文曾说："城市中的激进知识分子受到历史进程只能单向发展的思想束缚，认为对待过去只能采取克服、摧毁和彻底决裂的态度。和马克思、恩格斯与列宁一样，中国的知识分子（不论是马克思主义者还是自由主义者）坚信一种近代化观念，认为'革命的本质就是变化，而变化越大越好'"。① 因而，茅盾的现实主义理论之所以强调"本质"与"动态"，特别是"动态"，其核心来自于世界资本主义化以来的中心 / 边缘论，这使他的理论带有强烈的"中心性"，即叙写"中心"，排斥边缘，或者叙写边缘向中心的移动。

相当有趣的是，这种旨在表现中国社会外部变迁的现实主义原则，其典型性与时代性要求并没有与"左联"执委硬性规定的五种创作题材完全吻合，倒是执拗地与城市生活题材发生了相当程度的关系。个中意味，颇耐寻思。请看茅盾的两段话。

新文学的提倡差不多成为"五四"的主要口号，然而反映这个伟大时代的文学作品并没有出来。当时最有惊人色彩的鲁迅的小说——后来收进《呐喊》里的，在攻击传统思想这一点上，不能不说是表现了"五四"的精神，然而并没有反映出"五四"当时及以后的刻刻转变着的人心。《呐喊》中间有封建社会崩坍的响声，有黏附着封建社会的老朽废物的迷惑失措和垂死的挣扎，也有那受不着新思潮的冲激，"不知有汉，无论魏

_____

① 柯文：《在中国发现历史——中国中心观在美国的兴起》，林同奇译，中华书局 2002 年版，第 79 页。

晋"的老中国的暗陬的乡村，以及生活在这些暗陬的老中国的儿女们。但是没有都市，没有都市青年的心的跳动……我还是认为《呐喊》所表现者，确是现代中国的人生，不过只是在暗陬的难得变动的中国乡村的人生……

在《彷徨》中，有两篇都市人生的描写：《幸福的家庭》和《伤逝》。这两篇涂着恋爱色彩的作品，暗示的部分要比题目大得多。"五四"以后青年的苦闷，在这里有一个显明的告白。弹奏着"五四"的基调的都市的青年知识分子生活的描写，至少是找到了两个例子。①

可以看出，茅盾虽然肯定鲁迅小说反传统的思想意义，但同时不无偏颇地认为，鲁迅小说较少能体现"五四"以后中国社会的动态发展，也即时代性。隐含在茅盾语句中的潜在意义是：鲁迅并未表达出现代以城市为中心的新的中国历史格局。因为乡村人生，是"在暗陬里的难得变动"的中国社会，而都市与"都市青年的心的跳动"，才是体现时代推进的中国社会。换句话说，乡村题材是中国社会的静态写真，而城市题材才是对中国社会的动态把握——时代性把握。

那么，为什么茅盾偏拗地认为城市社会更体现现代中国的中心性呢？这在茅盾著作中没有直接的表述。但显然，从茅盾对上海进行的近乎专业性的政治经济研究文章可以看出，这一结论来自于现实主义理论所包含的核心理念。按茅盾现实主义理论的要求，中国的城市与城市化的乡村，比之停滞的内地，更能体现出半封建半殖民地社会的中国本质与动向，也即更能体现近代中国社会的典型性与时代性。由此不难理解，为什么茅盾坚执城市题材，而这城市，又常常是中国所有社会问题最为集中的上海。即使是写乡村，也常常描写那些率先承受上海政治、经济振荡的沿海江浙一带。除了茅盾个人居住的原因外，最主要的，是与其现实主义文学理论有关。其中所隐含的观念即是：城市

① 茅盾：《读〈倪焕之〉》，载《文学周报》第8卷第20期，1929年5月。

问题，即是国家问题；上海问题是城市问题，因而上海问题就是国家问题。这样一来，他笔下的"上海"就呈现了强烈的文本特征，与作为城市地域的上海出现了较大差异。

二、中国社会的"麻雀"

茅盾是将上海问题国家化的最典型代表。在他看来，上海是中国社会最复杂、最典型、最有现代性、最能体现中国社会本质与发展动向的城市。解开了上海之谜结，无疑是开启了理解中国的大门。这奠定了茅盾的文学以上海转述国家问题的基础。

那么，这打开中国社会大门的钥匙又是什么呢？

茅盾另一个值得注意的理论要求也与马克思主义理论有关。怎样认识生活本质与社会时代性呢？茅盾仍然表现出强烈的中心性心态。茅盾认为，作家对"社会科学应有较为透彻的知识，并且真能够懂得，并运用那社会科学的生命素——唯物辩证法；并且以这辩证法为工具，去从繁多的社会现象中分析出它的动律与动向"。[①] 在马克思主义理论中，经济是社会发展的杠杆，而社会政治又是经济杠杆的直接体现。这就形成茅盾的文学思想：从经济入手剖析社会，并发现随经济变动后的社会整体变迁——诸如文化、道德、心理诸方面。所以，茅盾不但自己研读上海经济史料，写下大量此类文章，而且一再告诫其他作家注意从经济形式、生产组织方面去考察上海社会。表现时代性的另一要素则是政治。茅盾曾说：

> 一篇小说有无时代性，并不能仅仅以是否描写到时代空气为满足；连时代空气都表现不出的作品，即使写得再华丽，只不过成为资产阶级的玩意儿。所谓时代性，我认为，在表现了时代空气而外，还应该有两

---

① 茅盾：《〈地泉〉读后感》，见《茅盾选集》第 5 卷，四川文艺出版社 1985 年版，第 153 页。

个要义：一是时代给予人们以怎样的影响，二是人们的集团的活力又怎样地将时代推进了新方向，换言之，即是怎样地催促历史进入必然的新时代，再换一句话说，即是怎样地由于人们的集团的活动而及早实现了历史的必然。在这样的意义下，方是现代的新写实派文学所要表现的时代性。①

此处，茅盾转换了几种说法，但仍很晦涩，其意义在于说明阶级、集团的社会政治对于时代的推进作用。由此，茅盾确立了表现中国城市社会的两大要素，一是经济的，二是政治的。经济与政治的动态构成了中国城市社会的方向，当然也就是中国社会的动向。

对于上海的政治与经济，茅盾在其现实主义理论的框架里，再一次表现出中心/边缘的格局观。在世界主义的视野之下，茅盾将上海城市的经济与政治纳入到世界经济、政治背景下去考察。我们看到，在茅盾 20 世纪 30 年代的作品中，其总体背景是 1929 年爆发的世界经济危机，确切地说，是西方经济危机。在此背景下，茅盾认为，在西方资本主义中心之下，处于边缘的中国社会总体上不仅不能进入中心，反而更加边缘化（即他所谓"更加半殖民地化"）。这种判断，虽与晚清民初小说同样具有世界主义背景，但与晚清民初政治小说中希望在新的资本主义格局中重塑中国霸权的"列强"想象完全不同，它表明了茅盾对世界主义本身所包含的殖民性认识，即中国进入世界不可能成为"列强"，而是被"殖民"。因此，茅盾把中国 20 世纪 30 年代的世界主义背景理解为被西方经济侵略的状况。作为中国问题的代表，上海显然表现出了这一点。在《上海》一文中，茅盾指出：全上海工厂资本中，华商只占不到 30%，而日商却占了近 50%，日本人在上海的经济势力超过了中国人的一半。为了"准确"分析上海的经济状况，茅盾不惜花大量时间去做经济学的研究。他写了一系列从社会学、经济学角度考察上海的文章，如《上海》、《交

---

① 茅盾：《读〈倪焕之〉》，载《文学周报》第 8 卷第 20 期，1929 年 5 月。

易所速写》、《"现代化"的话》、《上海大年夜》、《狂欢的解剖》、《上海——大都市之一》、《孤岛见闻》、《都市文学》、《机械的颂赞》等等。其中,《上海——大都市之一》以祖孙三代的对话讲叙上海近代都市发展的源流、现状与将来。可以看一下此文具体的标题:一、六十年前的上海;二、上海的特殊地位如何造成;三、狂热的投机市场和不出烟的烟囱;四、鸽子笼;五、上海之将来。他重点叙述了上海租界的形成、租界特权、上海工业的发展、银行的鼎盛与证券交易、住房状况等。其中准确的史实与数字统计使得他对上海研究达到了专业化深度,实是一部上海发展史话。这使得茅盾眼中的上海,是确凿的史实与数字的实物。同时,茅盾将由经济上得出的"上海在资本主义中心格局下更加边缘化"的结论,最终导向其有关民族国家的表述。在这一点上,茅盾既不同于晚清民初小说的民族主义"想象"传统,也不同于"五四"以来改造国民性的启蒙传统,虽然这两者都是世界主义背景下"边缘"对于"中心"挑战的"回应"。茅盾接受马克思主义阶级斗争学说,并转换为一种阶级的政治表述,即以阶级斗争完成民族国家,这一使命被赋予既能体现工业化现代性特质(世界主义背景),同时又体现了包含中国社会自身结构变动的新的国家力量——产业工人身上。

从创作上看,把上海当作中国社会聚焦点与时代方向,并且从经济、政治角度展示都市动态的倾向,贯穿了茅盾的所有作品。其长篇处女作《蚀》虽然带有个人对世界末情绪的感受,却是北伐失败的现实给予他创作灵感而写成的。在茅盾创作的动机之中,有极强的政治参与感。他说:"国民革命军北伐的第二年,我在上海从事政治活动。大革命时我在汉口作为《民国日报》的总主笔,但其后,我不再作实际政治工作,而开始写小说了。"①《蚀》的背景,正是北伐的高潮与失败、"四·一二"政变与武汉政府右转等连续不断的政治事件。20世纪30年代以后的作品,他没有如新感觉派与张爱玲等人,在一种相对平稳的上海生活中寻求都市特性,而是以极度的热忱追慕、解剖上海

---

① 茅盾:《从牯岭到东京》,载《小说月报》第19卷第10期,1928年10月。

动荡的政治与经济，描写最能体现时代变化的上海。比如《蚀》的后半部，写了"五卅"高潮中的上海革命者，"为中国近十年之壮剧，留一印痕"①。《子夜》展示的是处于世界经济危机与国内战争多重影响下的上海剧烈动荡的状况。《第一阶段的故事》、《锻炼》、《走上岗位》则把上海在中国现代史上最后一个唱主角的时期——抗战前期的社会呈现出来。作者也说，以《锻炼》为开头的未完成的五部长篇，意欲表现抗战八年中国社会的变动。从上海成为中国社会的主角，到上海退出主角地位，茅盾的作品简直是一部上海政治与经济的编年史。茅盾对上海题材的偏嗜，由此可见一斑。

上海沦陷后，国共双方的政治势力大规模退出上海。随着日本与英美交战、租界收回，西方势力也潮流般退出上海。上海作为全国政治、经济中心的地位因此一落千丈。显然，按照茅盾的理论要求，上海已不足成为中国社会发展方向的代表。淞沪抗战是上海作为中国中心的最后一个兴奋期，因此茅盾在写完此题材的小说后，已很少再写上海。可以设想，即使茅盾不离开战时上海，恐怕也不会再将上海作为剖析中国社会的"麻雀"了。茅盾创作后期，曾雄心勃勃地"企图把从抗战开始到'惨胜'前后的八年中的重大政治、经济、民主与反民主、特务活动与反特务活动斗争等等作一个全面的描写"。② 这种《子夜》式的计划，或者会把武汉、重庆、香港、昆明等新的政治中心作为小说的背景。这系列性的五部长篇没有完成，是否与茅盾在抗战后离开上海，而置身于不太熟悉的汉口、桂林、香港等都市有关呢？恐怕有一点。由此可以看出，茅盾的文学理论，固然给他带来了上海题材小说的丰收，同时又局限了他的创作，使他的小说只能表现像上海这样近代型的大都市及受其影响的乡镇。由于这个计划没有实现，我们也无从进一步揣度其深层原因。但从抗战后期以重庆为背景写《腐蚀》这一点来看，上海题材的小说创作基本画上了句号。

从茅盾的文学理论与创作过程来看，他所确立的中心／边缘的框架为：西方（中心）／中国（边缘）、城市（中心）／乡村（边缘）、经济政治（中心）／

---

① 茅盾:《虹》跋，人民文学出版社 1983 年版，第 243 页
② 茅盾:《锻炼》小序，文化艺术出版社 1981 年版，第 1 页。

文化伦理（边缘），并据此依次展开对上海的表述。也就是说，茅盾在共时性空间结构中的中心／边缘结构中看取上海；在西方（中心）／东方（边缘）结构中完成中国国家殖民地的叙事；在城市（中心）／乡村（边缘）结构中完成中国国家现代性叙事。这制造出茅盾（也包括左翼）上海题材的重要现象，即以国家叙述代替城市叙述或上海叙述，上海这座城市除政治、经济之外的其他形态都被视为边缘而悄悄被排除掉。而且仅就经济、政治一方面来说，上海城市的非国家逻辑也被忽略，其"飞地"的一面也不在表现之列，上海被完全等同于国家。换句话说，茅盾是在经济破产与政治上的劳资斗争这一点上，将多元、复杂的上海地方特性在国家意义上统一逻辑化了、普遍化了。这便是茅盾的上海想象，即"半殖民地"中国的国家想象。

第二节　半殖民地中国国家文本
——《子夜》论

一、经济中心性主导的文本格局

《子夜》的创作动机，在于解剖整个中国。起初，茅盾对《子夜》的构思是全面反映上海经济的全貌，设计为三部曲，即《棉纱》、《证券》与《标金》，分别叙述上海纺织业、银行、交易所与买办金融业。三部曲在时间上有顺序性，从"一战"前后直到20世纪30年代。可以想见，茅盾打算将上海作为中国经济编年史去关注。对茅盾来说，上海就是解剖刀下的一只麻雀。茅盾在《〈子夜〉是怎样写成的》一文中说："我那时打算用小说形式写出以下三个方面：（一）民族工业在帝国主义经济侵略的压迫下，在世界经济恐慌的影响下，在农村破产的环境下，为要自保，使用更加残酷的手段加紧对工人阶级的剥削；（二）因此引起了工人阶级的经济的政治斗争；（三）当时南北大战，农村经济破产以及农民暴动又加深了民族工业的恐慌。"小说"所要回答的只是一个问题，即是回答托派：中国并没有走向资本主义发展的道路，中国在帝国主义的压迫下，是更加殖民地化了。"这无疑是对中国社会本质与动向的整体认识。按其典型性原则，只有上海才能成为最合适的描写对象。

茅盾《子夜》对上海经济的认识明显带有"半殖民地化"国家意义的逻辑，即殖民地经济对于宗主国的依附。照这一逻辑，上海的工业破产是一种资本主义世界格局的必然。

《子夜》中的上海，处于20世纪30年代初政治、经济的动荡之中。首先是西方空前严重的经济危机带来一片混乱。在《子夜》第二章，吴老太爷去世后，吊客们齐聚吴府。周仲伟，这个经营火柴业的工厂主懊恼地说："我是吃尽了金贵银贱的亏！制火柴的原料——药品、木梗、盒子壳，全是从外洋来的；金价一高涨，这些原料便跟着涨价，我还有好处么？采购本国的原料罢？好！原料税，子口税，厘捐，一重一重加上去，就比外国原料还要贵了！况且日本火柴和瑞典火柴又是拼命来竞争……"具有讽刺意味的是，在他作"提倡国货"的演说之时，身边的桌子上就放着瑞典凤凰牌火柴。浪漫诗人范博文颇谐此道："本年上海输入的日本人造丝就有一万八千多包，价值九百八十余万大洋呢！"《子夜》所描述的，正是上海的民族工业在帝国主义经济侵略之下的破产经历。而上海作为中国最大的工业中心，它的破产，可以说就是中国工业的破产。

为了最大限度地以上海转喻国家的经济破产，茅盾选择了丝业为表现题材。这不仅是由于丝业为"国脉所系"，也是因为丝的生产，对外联结着国际经济危机问题，对内联结着国内特别是江南一带的农耕经济（这在后一节中有详细讨论）。茅盾在《〈子夜〉是怎样写成的》与《我怎样写〈春蚕〉》中多次指出，日本丝的外销受到本国政府扶持津贴，而中国工业不但无此惠遇，反受苛捐杂税之累，于是，"中国'厂丝'在纽约和里昂受了日本丝的压迫而陷于破产。"即使是缫丝，也遭到日本生丝特别是廉价人造丝的摧毁。这一情形完全符合茅盾所谓"典型性"的要求。之后，茅盾以金融业作为工业的附属，其意图是将上海以工业为主导的经济领域悉数包括进去。原来极其轻视金融投机的吴荪甫凑集所有资金，甚至把府邸押上，投到公债投机之中，而茅盾为这一情形预设的结局是："过剩的资金最终将集中在少数人的手里。"① 种种情况，恰好完成了茅盾的国家想象。在茅盾最初的设计中，《子夜》的结尾是吴荪甫失败之后与赵伯韬和解，这种设计遭到瞿秋白的反对。瞿秋白建议："改变吴荪甫、赵伯韬两大集团最后握手言和的结尾，改为一胜一败，这样更能强烈地突出工业资本家斗不过金融买办资本家，中国民族资产阶级是没有出路的。"②

　　茅盾笔下的上海是一个充满国家逻辑的标本，相应的，他忽略了上海不完全等同于内陆中国的"飞地"特征。因为上海城市情形之复杂，恰恰是国家逻辑难以替代的。作为中国的"飞地"，上海城市的逻辑常常表现在与国家相反的一面，以致有人认为"上海与中国是此消彼长的跷跷板关系，中国内地越凋敝，上海城市越浮华。"③ 在茅盾认定"更加半殖民地化"的中国工业非破产不可的时期，有研究者称之为"上海效应"的奇特现象："上海近代经济的发展自有其独特的规律可循。其中有一点是世人都能感觉到的，即近代中国战乱频仍，而上海却往往由于其独特的政治条件（租界——引者）维持着相对的安定，就是全国大乱的年代里，上海经济也还能得到相应的发展；甚至出现内地战乱愈烈，上海经济发展反而愈快的局面。"④ 其主要原因就是战乱与动荡反而造成了内地与海外人员携资涌入上海，而继续保持着上海的畸形繁荣。从某种意义上说，上海的繁荣与国家整体的破败状况呈鲜明的反比态势。从现有史料看，在中国现代史上的每一个危机时期中，从太平天国、一战前后、30年代、"孤岛"时期到三年内战，上海经济均获得巨大发展，概莫能外。以距茅盾创作《子夜》最近的时代看，1931 年上海海关税务司 H. 劳斯福在《海关报道》中写道："面临着世界经济危机，内战纷扰，工潮迭起等问题"，上海"仍能继续不断发展"，"这确是一件非同寻常的事。"⑤

---

　　① 茅盾：《我怎样写〈春蚕〉》，载《青年知识》第 1 卷第 3 期，1945 年 10 月。

　　② 茅盾：《〈子夜〉写作的前前后后》，见《我走过的道路》（上），人民文学出版社 1997 年版，第 502 页。

　　③ 倪文尖：《再叙述："上海"及其历史》，载《书城》2002 年第 6 期。

　　④ 上海研究中心、上海人民出版社编：《上海 700 年》，上海人民出版社 1991 年版，第 167 页。

　　⑤ 于醒民、唐继无：《从闭锁到开放》，学林出版社 1991 年版，第 308 页。

上海的政治是另一情形下的中国想象。茅盾将20年代末与30年代初的中原大战作为上海经济的一个背景，以阎锡山、冯玉祥、李宗仁为首的非中央军事势力，联合刚从欧洲回国的汪精卫，在陇海、平汉、津浦线上，与蒋介石的中央军展开大战。如前所述，这一情形并未对上海经济产生大的影响，但茅盾在小说中通过几个次要人物，将这一背景巧妙地融入上海经济界，并认为其引发了上海经济的巨大动荡。比如唐云山被作为汪、阎派系新的中央政府代表进入上海工商界；而中央军将领雷鸣，则作为蒋派力量的代表。此外还有尚仲礼等等。城乡之间的冲突是政治的另一个线索，这就是第四章所写的双桥镇农民暴动。这一情形直接表现了"帝国主义侵略所造成的中国农村破产"这一意图，但这种极端的比附，使这一章被公认为是游离于全书结构的败笔。第三条政治线索是劳资冲突，这也是茅盾一开始所设计的关于民族国家的出路。但茅盾显然无法完成这一任务。尽管他尽心将党内有关李立三、王明等党内斗争嫁接于工人运动之中，但综观《子夜》与茅盾后来的其他作品，他并未将产业工人经斗争而成为城市主人这一点反映出来。不仅罢工领袖几乎都是色情狂，为轧姘头而争风吃醋，更重要的是，产业工人的斗争在全书中并未与其所描写的主体内容浑然一体，以致成为全书最差的一部分。茅盾一生也没有写出像样的工人运动题材的作品，这便是国家想象的局限。

上海社会文化、道德、心理诸方面的振荡与浓重的世纪末情绪，被认为是经济状况引发的。茅盾在概括上海的现状时说："上海是发展了，但发展的不是工业的生产的上海，而是百货商店的跳舞场电影院咖啡馆的娱乐的消费的上海！"[1]一言以蔽之，"生产缩小，消费膨胀"。[2]换言之，茅盾认为，上海的消费膨胀仍是生产缩小的结果，是经济中心性的附属产物。暗淡的经济前景使人们不再有希望，而把过剩的精力与资金投掷在消费娱乐场所。茅盾一方面批判海派小说专事描写上海人的享乐生活，倡导对上海作全面的表现，对"缩

---

① 茅盾：《"现代化"的话》，载《申报月刊》第2卷第7期。
② 茅盾：《都市文学》，载《申报月刊》第2卷第5期。

小的生产也不应该遗落",① 但同时，也将消费与享乐视为与"生产缩小"互为因果的重大现象之一。也就是说，茅盾没有将生活上的颓废作为"私性"处理，而是作为了上海经济的公共性状况。这是文化、伦理从属于经济中心性的典型写照。白先勇曾说："我相信旧社会的上海确实罪恶重重，但像上海那样一个复杂的城市，各色人等，鱼龙混杂，必也有它多姿多彩的一面。茅盾并未能深入探讨，抓住上海的灵魂"（白先勇：《社会意识与小说艺术》）。《子夜》中的王和甫，本为民族工业家，却无事可做，只好天天看跑狗、泡堂子。聚集在吴府的吊客们，面对不妙的经济、金融情势面面相觑，很自然地大谈"轮盘赌，咸肉庄，跑狗场，必诺浴，舞女明星"。恋情享乐的不仅是赵伯韬这种金融巨头，那些寄生于吴府、杜府的文人们，由于感到"上海此时已是危机四伏"、"电车、公共汽车、纱厂工人罢工接连不断"、"共产党暴动"、陇海、平汉线上"越打越厉害"，因此把全部精力孤注一掷在及时行乐上，各自闹恋爱的把戏。杜竹斋的侄儿杜新箨甚至宣称：上海不行了，还有汉口、天津、广州；国内不行了，还有美国、法国、英国，自有优游行乐的地方。当吴荪甫因工业的困境如同生活于地雷区之时，吴公馆上上下下，却总有男女的嬉戏笑声与不停歇的推牌喊和声点缀着世纪末的升平，裕华丝厂的工头们也为轧姘妇而争风吃醋。甚至于像吴荪甫这样为人谨严、生活刻板的"君子"，也在四面楚歌之中，偕友人与交际花泛舟浦江、夜访艳窟。

茅盾笔下的上海，确如麻雀解剖图般明晰，那就是一个由畸形经济连带混乱的政治杠杆转动起来的近代中国社会。这使茅盾的都市小说，最具有历史学、社会学的清晰含义，这种清晰，来自他对于国家的认识。然而，明显的理性斫痕，有时妨碍了文学上的参悟。他笔下的是在国家意义上统一起来的，没有差异的，高度逻辑化的"上海"，但很难是个体的、经验的上海。我们无意以此诟病作者，而只是说，以上海无所不包的复杂性而言，任何作家的任何表现，都只是某个方面的，而决非全部。

---

① 茅盾：《都市文学》，载《申报月刊》第 2 卷第 5 期。

二、人物属性的现代性想象

由于茅盾的现实主义理论要求对中国社会整体结构的动态进行把握，强调塑造典型环境中的典型人物，因此，基于人物"成长"与性格"发展"而设置的典型环境成为一种目的论意义上的"发展环节"。也就是说，环境所体现者，是民族资产阶级从发展到衰落这一动态过程，它完全不能脱离民族资产阶级的历史逻辑性。由此，茅盾确立了人物描写的典型化方法，也即通过人物存在的典型环境——社会关系、阶段关系来表现人物。同时，按照茅盾关于时代性的理论要求，人物的命运又必须体现出整个社会的动向。因此，茅盾将人物置于最能体现中国社会结构与发展动向的上海都市社会，并安排在较典型的上海资本主义中心性社会关系之中。《子夜》中的人物，大都是资本主义特性的人格体现。

《子夜》中的所有人物，都被界定其阶级归属，并据此分为资产阶级与中共领导下的无产阶级两大阵营。而在整个资产者阵营中，赵伯韬、尚仲礼是官僚、买办的代表，而吴荪甫、孙吉人、王和甫乃至朱吟秋、杜竹斋、周仲伟则被划入民族资产阶级的归属之中。由于人物的阶级属性，每类人与他人之间的关系便成为典型的社会关系。以吴荪甫为例，他与裕华丝厂的工人构成对立的阶级关系；与赵伯韬构成民族资本家与买办资本家之间既合作又斗争的关系；与杜竹斋则不仅构成民族工业资本家与金融资本家之间脆弱的合作关系，又构成民族资产阶级之间虚伪的亲属关系；与陈君宜、朱吟秋等中小民族资产者构成资本主义企业间的兼并关系；与吴老太爷的亲子关系，则是中国近代资产阶级与封建地主之间的血缘关系；与双桥镇，构成资本主义的城乡经济关系；与妻子林佩瑶及弟妹，构成具有浓厚封建色彩的资产阶级家庭关系；与李玉亭、秋隼构成资本主义企业主与资本主义法律、学术的依存关系；与屠维岳、莫干丞构成资产阶级主子与走狗、帮凶的关系。除吴荪甫这一线索外，《子夜》中的其他人物也构成许多社会关系。如赵伯韬与尚仲礼，可视为封建政治势力与大买办资产者的联盟关系；屠维岳与莫干丞，虽同属走狗，却有干将与脓包的区别；工头之间的倾轧与拆台，是上海反动阵营中狗咬狗的关系，等等。

人与人的关系既然已成为典型的社会关系，则必不断地爆发矛盾与冲突。显而易见，《子夜》所有的情节基本框架，便是上述各种关系纠结的结果。茅盾有关《子夜》准备情况的自述说明了这一点。他所确定的三个方面，便是这些基本矛盾的写照：一是民族资本家在经济恐慌之下加紧对工人剥削，而引起工人阶级的罢工；二是帝国主义与买办资产阶级势力对中国经济的控制，引发民族资本家的百般挣扎；三是农民暴动，使吴荪甫暴露出反动的狰狞面目。《子夜》的主要内容，就是围绕这些主要关系展开的，小说的情节发展与人物命运也无可置疑地取决于国家命运与各阶级命运的必然规律。事实上，茅盾在准备创作之时，就指出了吴荪甫的命运："中国并没有走向资本主义发展的道路，中国在帝国主义的压迫下，是更加殖民地化了。中国民族资产阶级中虽有些如法兰西资产阶级性格的人，但是因为1930年半殖民地的中国不同于18世纪的法国，因此中国资产阶级的前途是非常暗淡的。"因此，人物的阶级属性决定了吴荪甫的出路只能是两条："一是投降帝国主义，走向买办化；二是与封建势力相妥协。"①

稍加注意就会发现，《子夜》中的种种社会关系，乃由经济利益所决定，是以利益为中心的。美国芝加哥学派的帕克在论及城市社会时曾说："在个人竞争的条件下，社会各个组成部分不断增强其相互依赖的关系，最终结果，便是在整个产业组织之中产出了某种稳固的社会组织，这种稳固性不是建立于感情与习俗的基础上，而是建立在利益的一致性上。"② 不同的人们由于不同经济利益而结为集团，并由于不同的经济利益而具有不同的政治立场，因而产生社会矛盾。因此，在各种社会关系作用下的城市人，首先是经济人，其次也是政治人。这是城市政治、经济主导的明证，并且，两者都以

---

① 茅盾：《〈子夜〉是怎样写成的》，载《新疆日报·绿洲》1939年6月1日。
② 帕克等：《城市社会学》，宋俊岭等译，华夏出版社1987年版，第16页。

集团的面目出现。《子夜》中吴荪甫与赵伯韬的斗争，就是由民族资产阶级代表的民族利益与买办官僚代表的帝国主义经济利益冲突所致，其最初的起因与他们共同参与公债投机而未能在利益上达到谅解有关。茅盾其后描写乡镇资本家的《霜叶红似二月花》中，主人公赵守义与王伯申的斗争，也是由争夺公款所引发。最终双方势力的妥协，也因各自共同的经济利益而致。各阶级为要获取经济利益，势必在政权中寻找自己的代理人，而国家的政治、法律便是为保护某一集团的经济利益而设置的，因此，每一个经济人同时又是政治人，由不同的经济利益而形成其政治态度。吴荪甫与赵伯韬在维护资产者利益这一点上，是相同的，因此导致他们对待无产阶级的共同态度。当吴荪甫的家乡双桥镇被农民占领时，他咬牙切齿地咒骂军队为什么"不开杀戒"。每当自己的事业受窘之时，便减少工人薪水，延长劳动时间，企图在工人身上榨取油水以求自保。在对待工人的态度上，吴的资产阶级政治面目非常明晰。虽然吴府的律师秋隼一再引用西方资本主义新经济理论："劳资双方是契约关系，谁也不能强迫谁"，但吴荪甫所采取的手段显然是非契约意义上的。他不断地恫吓、威胁、分化、欺骗工人，甚至动用巡捕房的帝国主义警政力量以镇压工潮。

最典型的体现，当属吴荪甫与他的妹夫杜竹斋之间的关系。这一关系的设定，源于茅盾对于宗法制的血亲姻亲让位于利益关系的看法。事实上，当吴、赵斗争白热化之时，正是由于杜竹斋的叛变，才使得原本势均力敌的双方力量发生变化。这一细节，显然已经成为资产阶级社会中心性的利益关系的铁证。

茅盾为人物关系的设定，完全符合西方理论家对现代社会人物属性与关系的描述。显而易见，由个人利益而带来的人们的集团性，是近代上海区别于其他传统城市社群的重要标志。在作品中，资产阶级的宗族属性与宗族关系这些传统社会网络不仅不能成为"资源"，仅存的东方伦理属性（如吴荪甫对于杜竹斋的信任）反而成为利益牺牲的原因。但，很显然，上海与上海人际的东方属性是无法被省略的。正如法国学者白吉尔在《中国资产阶级的黄金时代》中所说："这种解释即与 19 世纪欧洲（特别是法国）工业资产阶级的经历不相符合，也与 20 世纪海外华侨资产阶级的成就相悖。"① 中国资产阶级，即使是在生产与经济利益方面，也更多地借助并得益于东方性的家族、宗族、伦理关系，在资金筹措、企业管理上都是如此。② 因此，家族、宗族的关系"并不一定会是企业衰败的原因，而且正是这样一种管理方式，为中国企业家提供了可以不必打破社会传统就能够真正地适应现代经济环境的可能性"，资产阶级"通过经久不衰的同乡和家族观念，以及通过与他们曾侧身其间的那个社会集团（包括官僚、乡绅、商人和手工业者）的联系，仍旧依附于传统社会之中"。③ 也就是说，经济利益与传统的人际关系网络的混杂构成了人物属性的奇观异境，而不像茅盾所认为的那样斩钉截铁。

"在城市中，……人类联系较之在其他任何环境中都更不重人性，而重理性，人际关系趋向以利益和金钱为转移"。④ 在《子夜》中，几乎所有人物，都是"理性"的人，采用"因果式的、理性方式"⑤ 的思维。因各自的经济利益具有某种政治立场，成为一定阶级的经济人与政治人。不消说那些被划入吴、赵两派的资本家、经纪人如孙吉人、王和甫、杜竹斋、韩孟翔了，就连以寄生方式出入吴府、杜府的资产阶级男女，也无一不属于特定的经济政治集团。他们中间有标榜清脱高蹈的反对都市文明的诗人范博文，有国家主义派的杜学诗。虽然他们可以对代表国民党基层独裁统治的曾家驹大加嘲讽，但仍属资产阶级的一员。还有若干以色相为手段，奔走于吴、赵之间的交际花。虽然

---

① 白吉尔：《中国资产阶级的黄金时代》，张富强、许世芬译，上海人民出版社 1994 年版，第 15 页。

② 据 1928 年调查显示，在上海荣氏企业副经理（副厂长）以上的 54 个职位中，荣敬宗兄弟和他们的儿子与其他家族成员共占了 31 个，其女婿等姻亲占了 14 个职位，共控制了 80% 以上的高级职位。在 957 名职员中，来自无锡（荣家为无锡人）的职员有 617 名。英美烟草公司买办郑伯昭的永泰和烟行在上海及其他口岸城市的各行中的 200 名雇员，全部来自广东老家。见熊月之、周武主编《海外上海学》，上海世纪出版集团、上海古籍出版社 2004 年版，第 208、209 页。

③ 白吉尔：《中国资产阶级的黄金时代》，张富强、许世芬译，上海人民出版社 1994 年版，第 179—200 页。

④ 帕克等：《城市社会学》，宋俊岭等译，华夏出版社 1987 年版，第 21 页。

⑤ 同上。

她们不一定对某种势力与集团从一而终，但其依附性质是显而易见的。一旦吴家三老爷面临破产了，便熙熙攘攘地投奔新主子赵伯韬去了，丝毫没有古代食客的古典节操。

《子夜》中有两位人物较为典型。一位是大学经济系教授李玉亭，一位是吴府律师秋隼。按一般的社会学解释，他们与范博文一样，是典型的资本主义社会的自由职业者，无需参与某一政治、经济集团。而在茅盾的理解中则恰恰相反。在小说第二章，吴芝生与范博文有一个赌赛：一个资本家又要顾及民族利益，又要顾全自己阶级的利益时怎么办？李玉亭先是闪烁其词，说工人"饿肚子也是一件大事"，但旋即补充说："资本家非有利润不可！不赚钱的生意根本就不能成立。"而秋隼在回答工人要求加薪的要求时，为资方辩护说："劳资双方是契约关系，谁也不能勉强谁的。"可是当吴荪甫残酷地镇压工人时，他却不加阻止。尤其是李玉亭，在小说中，他是一个以学者身份参与经济活动的中间人。他的身上，还有若干自由派知识分子的影子，但这一切不过是他有意表现出来的表象，实际上他是一个首尾两端的依附者与代言人。他明着追求张素素，暗里却觊觎张父的巨万资产。他在吴、赵之间两头讨巧，但却希望大家视他为中立者。因而小说中常常出现讽刺性的场面：在谈话中，他的态度常常"已经超过了第三者所应有"，因而半掩半遮地顾左右而言他。由于自命自由派，他谈话特别小心、敏感、多疑，如果别人说一句稍不中听的话，便会汗流浃背。在吴府受了一次冷遇之后，他便疑心吴府"把他看成老赵的走狗和侦探"。事实上，越是标榜中立，越是走狗味十足。其内心真实的遗憾，并不在于能不能中立，而是："我以老赵的走狗自待，而老赵未必以走狗待我。"在《子夜》中，真正的自由派是不存在的。这正印证了马克思的一段话："资产阶级抹去了一切向来受人尊崇和令人敬畏的职业的灵光。它把医生、律师、教士、诗人和学者变成了它出钱招雇的雇佣劳动者。"①

按照茅盾现实主义文学理论的要求，人物的行为与命运由其阶级中心属

---

① 马克思：《共产党宣言》，见《马克思恩格斯选集》第1卷，人民出版社1972年版，第253页。

性决定，其丰富的个人性格、情感、道德都是从属于其阶级性的。《子夜》中的资产者，虽个性迥异，但都体现了阶级性的一面。比如吴荪甫的雄才大略，屠维岳的果敢刚毅与杜竹斋的谨小慎微，无疑是民族资本家两面性的表现。甚至于连吴荪甫的坐车由原计划的福特牌而改为雪铁龙，也是听从了瞿秋白的建议，以使之和吴荪甫的身份相匹配。周仲伟式的"一擦就着"的红头火柴牌性，也是滩上买办常见的作风。而刘玉英、徐曼丽、冯眉卿等视贞操为草芥的道德虚无态度，则是作者为补充说明资本家生活方式的腐朽而设置的。资产者的生活必然腐朽。从这一概念出发，赵伯韬被写成为"一手扒进公债，一手扒进各式各样的女人"的道德堕落者。他出入的场所，也尽量安排在华安大厦淫乱的房间里。吴荪甫也不例外，他"向来不是见美色而颠倒的人"，生活较为严肃，刻板。大概作者以此说明他出身乡绅家庭，故而有此道学遗传。可是当他收买了交际花刘玉英之后，睡梦中也忘不了她的媚态。这一先验性原则是很有意思的。当《子夜》底稿完成时，瞿秋白曾向茅盾建议："大资本家到愤怒极顶而又绝望时，就要破坏什么，乃至兽性发作。"[1] 于是，一个表现资产者疯狂状态的场面被制造出来：当在裕华丝厂和益中公司的混乱经营中弄得焦头烂额的吴荪甫回到家中，一种破坏欲望化为野兽冲动，奸污了府中女仆王妈。这是个体性格、行为从属于阶级中心性的典型写照。不难看出，茅盾的理论与创作方法，对人物的属性把握极为刻板。其人物塑造，更接近阶级论铁律，而忽略了其中心属性之外的复杂状态。

第三节　《子夜》中的另一个上海

我们有足够的理由说，《子夜》对上海社会政治、经济的描绘，完全表现了作者创作的国家想象特质："我所要回答的，只是一个问题，即是回答了托

---

[1]　茅盾：《回忆瞿秋白烈士》，载《红旗》1980 年第 6 期。

派；中国并没有走向资本主义发展的道路，中国在帝国主义的压迫下，是更加殖民地化了"①。作为一个畸形的殖民城市，上海，在茅盾的笔下，呈现出一种失败的，并未走上资本主义化的国家混乱形态。然而，从深层角度来看，在《子夜》中，茅盾是把上海当作典型的资本主义社会去理解的，甚至于还有几分崇拜。当然，这种潜在心理并不表现于情节的结局与人物的命运上，而是体现于创作背后的情绪色调上，作家潜在的创作心理与理性的创作动机发生了偏离。

在这里，发生了一种明显的悖论。按照现实主义的中心/边缘观念，茅盾完成了他对于上海在世界背景下的国家想象，即上海相对于西方的边缘性、殖民地性；而在进行上海国内背景的叙述的时候，他又以上海的城市性为中心，表现出工业经济现代性以及相伴随的社会组织对城市的主导。这种主导性包括城市经济、政治对于乡村中国的主导（比如双桥镇的农民暴动以及吴老太爷逃难到上海，四小姐阿蕙与七少爷阿萱的都市化过程，冯云卿由乡绅转成为城市投机商），人物经济中心属性对人物伦理属性的主导（利益关系超越血缘姻亲）等等。这种极端中心性的编码只能使他把上海想象成为完全现代化的资本主义城市，否则，他无法完成关于城市（中心）/乡村（边缘）的现代性图景。这样一来，《子夜》中的上海便分裂为两个，一个是世界意义的，一个是国内意义上的。由于忽略上海城市多元性，茅盾基本上无法摆脱这一悖论。

在《机械的颂赞》一文中，茅盾指出：

> 现代人是时时处处和机械发生关系的，都市里的人们生活在机械的"速"和"力"的漩涡中，一旦机械突然停止，都市人的生活便简直没有法子继续……

换句话说，机械是现代社会、现代城市文化的代表。没有机械所带来的现代社

---

① 茅盾：《〈子夜〉是怎样写成的》，载《新疆日报·绿洲》1939年6月1日。

会关系,就没有现代城市。茅盾一再批评某些城市作家在作品中忽视机械与都市人的关系,很少表现参加现代大工业运作的生产者。即便有,"这些劳动者的出现,并不在他的机器旁边,甚至不在他所工作的工场,却写成为一个和生产组织游离的单独的劳动者了",① 或者是出现于各种享乐场所的劳动者。由此看出,以茅盾的理解,作品中缺少"都市大动脉的机械",便不成为城市文学。同时,茅盾又把城市人视为现代的集团性大工业机械文明的产物,没有这一点,就不成其为城市人。

《子夜》所写的,便是典型的资本主义机械文明下国际风格的社会生活。占据城市生活中心的,是普遍的"机械"意义——现代大工业生产以及由此而来的现代生活。在《子夜》洋洋30余万字中,处处可以领略到茅盾对大工业生气勃勃的活力与快节奏、高速度的一种欣喜。那裕华丝厂隆隆的机器轰鸣,产业工人集团的伟大力量,工业托拉斯的成立,企业间大规模的合作与兼并,金融业对工业的渗透与影响,华商证券交易所瞬息万变的微妙情势以及幕后工业、金融巨头雄心勃勃的"多头"、"空头"计划,经纪人灵活的头脑与钢铁般的手腕等等,给人相当强的都市现代生活感受,人物也无一不与经济生活相联系。在《子夜》中,占据上海社会生活核心的是经济活动,在这个总的背景之下,占据主导方面的是现代大工业以及由此而来的现代生活。人物之间的关系,又无一不与现代经济利益相关。不消说企业的利润、金融的增值是左右吴荪甫、赵伯韬、杜竹斋、王和甫、韩孟翔等人生命行为的唯一力量,就是那些"诗礼传家"的海上寓公、吴府上下的宾客——各式各样的中等资产者,甚至于进步的工人阶级,也无一不被经济利益所支配。由现代经济生活所决定的人际关系,也是充分现代化的,即人与人的利益交换原则。如资本家与被雇佣的工人之间的劳资合作对抗,经济领域的组合与倾轧,银行的借贷与物品抵押,乃至知识者出售知识与智能等等。《子夜》中的人物,已很少有宗法制中国跨阶级、跨物质的伦理文化心理,宗法制亲情一律被利益关系所取代。撇开《子

---

① 茅盾:《机械的颂歌》,载《申报月刊》第2卷第4号。

夜》所在回答托派的问题，我们看到，茅盾把上海生活已经等同于所谓"现代性"了。

依据茅盾城市（中心）/乡村（边缘）的观念，他将中国城乡的空间结构归之于传统与现代的时间的结构，即：过去/现在的历时性构成，两者呈现出彼此代替的关系。既然上海已是现代化了的现代社会，那么相应的，在《子夜》中，古老中国的封建文化，已不再构成上海社会生活的重要部分。

在《子夜》开场中，吴老太爷这具古尸在上海现代生活刺激下迅速风化，其喻义格外明确。显然，作者认为，面对强大的城市文明，封建中国的种种僵化与保守，简直不堪与之对阵。在上海，封建文化不是迅速风化，便是如冯云卿一样，迅速被改造成资本主义人，而将其世代所传的诗书礼仪悉数丢弃。由吴老太爷精心培育的封建文化苗子——七少爷阿萱和四小姐蕙芳，甚至包括乡下恶绅曾家驹，一进上海，便纷纷向都市文明输诚认同。在《子夜》里，坚执封建文化，绝不向上海低头的只有吴老太爷，而他偏偏一进上海，便被击得粉碎。《子夜》中的人物，几乎都被割弃了乡土中国的那条封建尾巴，即使有，也特别短小。比如对吴荪甫，虽然茅盾理性地认为，作为中国资产阶级，他与封建地主有着血缘关系，吴老太爷为其父便是一种有意的安排。但吴荪甫所表现的行为与特征，除家庭专制一面外，很少有从封建阶级那里承续下来的历史积淀，倒是法兰西味十足。父子之间，只有冲突，而无共同的血脉。难怪在《子夜》出版之初，就有人认为吴荪甫完全是一个西化的人。种种情形表明，茅盾已不把乡土中国文化作为上海社会的重要组成部分了。由此不难理解，小说开头所描述的那一段上海风貌，不啻显示了作者对城市文明极强的信心。一方面封建文化好像是坐在"子不语"的新式汽车上的吴老太爷，被折磨得痛苦不堪，几乎昏死；另一方面，城市文明就如同吴荪甫的雪铁龙轿车一样，在平坦宽阔的南京路上，以"1930年的新记录，每分钟十英里"的速度足力驰骋，勇往直前，仿佛一个关于现代化的寓言。

对此，我们还可以用《虹》中上海革命者的意识状态来做印证。在《虹》中，茅盾通过梁刚夫之口，批评刚到上海的梅女士，说她在四川接受的

"五四"新文化思想已经落后。在梁刚夫看来，那些有关自由与幸福的个性解放思想已经不堪再提。而梅在四川时的友人——一个具有"五四"新思想的教师，一到上海，便显得十分灰色。其实，对当时仍处在封建状态的乡土中国来说，个性解放思想怎么会是落伍的思潮呢？显然，在茅盾的潜意识中，上海已经相当现代化了，因此，具有反封建意义的西方人文主义思想已不再对上海社会具有多少批判作用，要批判上海，也只能以更为先进的无产阶级思想意识为武器。

茅盾对上海社会更加殖民地化与上海城市现代性的两种认识，都是很明显的。前者来自于世界主义的西方（中心）/中国（边缘）格局观念，后者来自于城市（中心）/乡村（边缘）的国内格局观念。然而，两者之中，后者让他激动，并引发了在潜意识中对上海现代生活的崇拜。这使茅盾这个理性极强的作家，一直对上海一往情深，表现出一种热烈的情绪与不可遏制的创作冲动。在其小说与散文中，我们可以读到其崇拜城市、认同城市的情绪色调与审美倾向，似乎并不亚于海派的某些作家。茅盾一再强调机械文明给社会带来的进步，言之凿凿地说："机械这东西是强的，创造的，美的……把机械本身当作吸血的魔鬼而加以诅咒或排斥，是一种义和团的思想"[1]。"机械"，在茅盾的理论含义中，与城市和现代性同义。曾有论者把《虹》中梅女士走出封闭的四川内地时所乘的隆茂轮理解为中国传统社会走向新的城市文明的产物，还有在《春蚕》中出现的著名的小火轮，也是城市文明的产物。崇拜机械，实际上是崇拜现代、崇拜城市。因为机械代表的新文明表明"人类正开始了亘古未有的"大创造，因而茅盾期许"机械将以主角的身势闯上我们这文坛"，[2] 由机械所带来的城市节奏，"紧张也必须成为现代文艺的重要色调"，即使是左翼的创作，"也叫做紧张"——也是"速"、是"力"。[3]《子夜》的创作潜在意图，便是"速"与"力"的城市美的形象化、具体化。

---

[1] 茅盾：《机械的颂赞》，载《申报月刊》第2卷第4号。
[2] 同上。
[3] 茅盾：《现代的》，载《东方杂志》第3卷第3号。

这里不妨引一段经常被人引用的《子夜》的开头：

> 太阳刚刚下了地平线，轻风一阵一阵地吹上人面，怪痒痒的，苏州河的浊水幻成了绿色，轻轻的，悄悄地，向西流去。黄浦江的夕潮不知怎的已经涨上了，现在沿这苏州两岸的各色船只都浮得高高的，舱面比码头还高了约莫半尺。风吹来外滩公园里的音乐，却只有那炒豆似的铜鼓声最分明，也最叫人兴奋。暮霭挟着薄雾笼罩了外白渡桥的高耸的钢架，电车驶过时，这钢架下横空架挂的电车线时时爆发出的几朵碧绿的火花。从桥上向东望，可以看见浦东的洋栈像巨大的怪兽，蹲在暝色中，闪着千百只小眼睛似的灯火。向西望，叫人猛一惊的，是高高地装在一所洋房顶上而且异常庞大的霓虹①电管广告，射出火一样的赤光和青鳞似的绿焰：light, heat, power！

这一处描写被称之为表现出物质文明"充满活力"，"一个金碧辉煌的时代和场景"，还有"一种感官放逐的糜烂"。②在我看来，这段描写浸渍着极强烈的城市性，其最显著的特点是用城市物质来表达时间与空间。作者表现时间进入夜幕，空间上的浦江两岸与水的涨潮，都不完全是纯粹自然景观的表达。夜的来临先是用"轻风"一词，以夜生活的奢靡来暗喻，同时使用"电车线爆出几朵碧绿的火花"与霓虹灯"射出火一样的赤光和青鳞似的绿焰"表明夜的深入；而浦东洋栈"闪着千百只小眼睛似的灯火"，则是夜来临中的状况。同时，对空间与自然状况的丈量也以物质来表达："黄浦江的夕潮"因一句"各色船只浮得高高的，舱面比码头还高了约莫半尺"而得到确切的表现，浦东与外滩之间的空间距离也被"千百只小眼睛似的灯火"准确地描

---

① 初版中"霓虹"一词使用的是英文"Neon"，见开明书店 1933 年版、上海文艺出版社 1984 年版《中国新文学大系 1927—1937 小说集（六）》。

② 分别见李欧梵：《未完成的现代性》，北京大学出版社 2005 年版，128 页；陈思和：《中国现当代文学名篇十五讲》，北京大学出版社 2003 年版，第 325 页。

▲ 1930 年代的外滩。拍摄角度为外滩十六铺码头向北。《子夜》中吴老太爷由此下船进入上海。图片可见汇丰银行、江海关大楼、沙逊大楼、百老汇大厦、礼查饭店等外滩主体建筑。此时，沙逊大楼旁的中国银行大楼尚未建成，其址上还是上海德国总会。右侧为十六铺码头与"一战"上海死难外侨纪念塔。该塔在上海为日军沦陷后被日军拆除。两处皆被经常写进文学中。图片选用老明信片。

述出来。

　　茅盾对于城市的态度，在中国作家中，尤其是在左翼作家中是不多见的。在茅盾的气质中，城市精神更多一些。当然这并不意味着他有着刘呐鸥、穆时英那样的出身与行为上的城市特征，城市气质是他经过理性审视而溶于情感层次的追求。他曾自剖说："生长在农村，但在都市里长大，并且在城市里饱尝了'人间味'，我自信我染着若干都市人的气质；我每每感到都市人的气质是一个弱点，总想摆脱，却怎么也摆脱不了。"① 1936 年，鲁迅的日本友人增田

---

　　① 茅盾：《乡村杂景》，载《申报月刊》第 2 卷第 8 号

涉前往鲁迅住处，探视病中的鲁迅。在那里，"一位不戴帽子，头发梳得整齐，乍看只有三十左右年纪青年走进屋来，蛋黄色裤子配着棕色上衣，打着蝴蝶结，一身轻装，这是上海一带常见的摩登青年形象"。这就是茅盾。对他，增田涉的第一印象就是"一见就给人一种潇洒、瘦弱、神经过敏，而又麻利爽快的现代青年的印象"，"初看倒像个银行职员"；深谈之下，才看出思想家深沉的内质，见出"他过去的经验，那人民的，时代的艰苦奋斗的痕迹"；但作为一个普通人，倒是位城市中的"理智的、克己的绅士"。[①] 茅盾的气质与对城市的理解，使他在面对许多左翼作家出于对工人的同情而指斥机械的压迫时，说："该诅咒的仇视的，不是机械本身，而是那操纵机械造成失业的制度。"[②] 换句话说，城市本身不是罪恶，罪恶的是造成城市畸形的制度，城市本身如同机械一样，是美的，应当赞颂的。

在这里，我们接触到了一个难题。从茅盾写作目的上看，上海是更加殖民地化了，而在其作品潜在结构中，又为什么包含有对上海巨大的激情成分呢？照理说，混乱畸形的上海，还不足以使茅盾对之投入过量的感情。上海作为东方城市的乡土特征是明显的事实，但从《子夜》开场一部分来看，茅盾却把封建势力写得没有任何还手能力，不堪一击，实在是有些漫画化。朱自清就曾指出："书中以'父与子'的冲突开始，便是封建道德与资本主义道德的冲突。但作者将吴荪甫的老太爷写得那么不经事，一到上海，便让上海给气死了，未免干脆得不近情理"。[③] 显然，这种安排是有意显示上海的勃勃生机与铁流般的力量。这种城市崇拜是对中国现代化、工业化的憧憬。因此，《子夜》中的上海，不仅是现实主义理论中的上海，还是一个浪漫主义者理想中的上海。对此，日本学者是永骏指出："他心里本来带有这样的憧憬，所以才写出来大都市工业化的宏伟情景。对于作家来说，不能吸引他的事物，他决不会

---

① 松井博光：《黎明的文学——中国现实主义作家茅盾》，高鹏译，浙江文艺出版社 1984 年版，第 170 页。

② 茅盾：《机械的颂赞》，载《申报月刊》第 2 卷第 4 号。

③ 朱自清：《子夜》，见《朱自清序跋书评集》，生活·读书·新知三联书店 1983 年版，第 198 页。

把它屡次写在作品里。按简明的看法来说，我们应该指出茅盾是把自己的憧憬化为了作品。"① 茅盾一再以上海生活为题材，除了其现实主义理论要求外，实在是对现代文明怀着不可遏制的向往。这种憧憬与热情，使他有时竟然突破了左翼理论对人物与社会生活进行把握的理性框架。比如，按茅盾事先安排人物命运的理性框架，吴荪甫作为民族资产阶级，他的出路一是投降帝国主义势力，走向买办化，二是与封建势力妥协，但吴荪甫并没有走两条路中的任何一条。他宁可把家产与性命搭上，甚至于想开枪自杀，也绝不屈服。这是软弱呢，还是坚强？是灭亡呢，还是再生？《子夜》结局并没有交代吴荪甫的此后行为，为什么不写呢？按照理论要求，他势必屈服于列强与封建势力，然而，茅盾实在不忍在情感上认可这一切。这里正隐含了茅盾对中国工业化的憧憬与梦想，一种强国梦，一种茅盾自幼从父亲那里承继下来的富国强兵的中国梦。吴荪甫的不屈服，就是中国民族工业的不屈服；吴荪甫的不死，就是中国民族工业的不死。茅盾对于吴荪甫，或者说对于中国民族资本家的偏爱，原因正在于此。

这里还涉及一个问题，即茅盾赋予吴荪甫什么特质？从背景来说，虽然吴荪甫出身乡绅家庭，但这在小说中几乎没有多少人格投射，倒是其留学欧洲的背景，在其性格与行为上不断得到印证。吴荪甫虽然是资本家，但并不唯利是图。他轻视金融投机，一心扩大其工业制造业。在兼并八个小工厂之后，把交通、纺织、电力等产业也掌握在手中。那些"没见识、没手段、没胆量的庸才"企业家被他"恨得什么似的"，然后一口吞并。对家人与友人，吴荪甫也没有任何温情，表现出斩钉截铁式的干脆。在这里，不仅吴荪甫本人身上的东方伦理缺陷被夸张地褒扬，既连吴荪甫对工潮的疯狂镇压，以及对军队"吃素"的咒骂这一被左翼目为"反动"的一面，也被极大地容忍了，甚至还具有了某种性格上的"现代性"美感。有人认为这源于茅盾在塑造人物时所希望展现的"人格魅力"，此话不错，但更重要的在于吴荪甫才干、野心、胆识背后

---

① 是永骏:《茅盾小说文体与二十世纪现实主义》，载《文学评论》1989 年第 4 期。

的"国家现代性想象"。吴荪甫的一切宏伟蓝图都与国家现代化有关，其落脚点都在国家意义上："只要国家像个国家，政府像个政府，中国工业一定有希望的。"在作品中，汪派政客唐云山跟大家谈论孙中山的《建国方略》，"只有吴荪甫的眼睛里却闪出了兴奋的光彩"。因此，当吴荪甫准备按兼并企业的草案实施对八个小厂的吞并时，小说出现这种描写：

> 吴荪甫拿着那"草案"，一面去看，一面就从那纸上耸起了伟大憧憬的机构来：高大的烟囱如林，在吐着黑烟；轮船在乘风破浪；汽车在驶过原野。他不由得微微笑了。

吴荪甫的产业原本与轮船汽车无干，他想象的不是个人事业，而是一幅国家工业的图景。当然，这也是茅盾的国家现代化想象的图景。正是在这个意义上，吴荪甫不是作为资产阶级被赋予了人格美感，而是被茅盾当作了中国工业化、现代化的人格体现。

朱自清在20世纪30年代谈到对《子夜》的感受时说："吴、屠两人写得太英雄气概了，吴尤其如此，因此引起了一部分读者对于他的同情和偏爱，这怕是作者始料不及的罢"。[1]"始料不及"一语意味着一种潜在的感情成分越过了理性范围。夏济安也谈到这一点，说作者"对自己笔下的男主角的赞赏几乎不加掩饰，这个工业资本家吴荪甫即使倒台崩溃，也落得像个巨人"[2]。由此，我们可以理解：为什么在《子夜》初版的扉页上用英文赫然印着"一九三〇，现代中国的罗曼史"，吴荪甫其实"就是二十世纪机械工业时代的英雄骑士和'王子'"；为什么茅盾把吴荪甫这个在左翼文坛看来极为反动的资本家，写得如同巨人一般高大，甚至于他的失败也如同一座大山的倾颓，而那些屈从于赵伯韬势力的懦夫则显得那样灰暗，至于那个以城市文明批判者自居的浪漫诗人范博文更如一个小丑。吴荪甫的失败是现实的，而吴荪甫的野心、才干、

---

① 朱自清：《子夜》，见《朱自清序跋书评集》，生活·读书·新知三联书店1983年版，第199页。
② 夏济安：《黑暗的闸门》，引自《茅盾研究在国外》，湖南人民出版社1984年版，第559页。

胆略，与其说是现实的，毋宁说是理想的。因为他不再是老中国的儿女，而代表了中国工业化的顽强决心，代表了一种城市现代美。按照詹明信第三世界的文本总是以民族寓言的形式来投射一种政治的著名论断，[①] 可以认为，吴荪甫"个人命运的故事"，实际上也是一部民族寓言。它不仅是关于中国国家半殖民地的，也是关于中国国家现代性的寓言。也许，正是感情的激动，使《子夜》除了理性之外，还有极富色彩的感情成分，使《子夜》这个讲述资本家破产的故事具有了悲剧感。

第四节　城市视角中的乡村想象

茅盾在写作《子夜》之初，雄心颇大，打算使《子夜》成为"一部农村与都市的交响曲"。但结果呢，如他所说，由于酷热的天气，使创作暂时停顿。之后，兴趣减低，改变了写作之初的计划，《子夜》成为"偏重于都市生活的描写"。[②] 其实，我们不必遗憾茅盾未完成关于农村生活的那一部分，因为按茅盾现实主义文学理论要求，他似乎不太可能把中国乡村生活的全景融入《子夜》。若考察一下 20 世纪 30 年代中国的农村生活，就会发现，处于宗法制度下的中世纪乡村在全国社会结构中仍占绝对比重，而符合茅盾有关时代性理论要求的，大概只有沿海处于上海经济圈中的江浙乡村，换句话说，只有处于与上海交汇的农村才能入选。这一点，从《子夜》中仅存的有关描述吴荪甫家乡双桥镇的一章可以看出。茅盾所计划的是"数年来农村经济的破产掀起了农民暴动的浪潮。因为农村的不安宁，农村资金便向都市集中"。实际上，这只是涉及上海与乡村经济共振的那一部分，而且这共振还是由上海引发的。恐怕在他的计划中，只有这一部分农村生活勉强能够与上海题材形成交响。因此，茅

---

① 詹明信：《处于跨国资本主义时代中的第三世界文学》，见《晚期资本主义的文化逻辑》，张旭东编、陈清侨等译，生活·读书·新知三联书店 1997 年版，第 523 页。

② 茅盾：《〈子夜〉是怎样写成的》，载《新疆日报·绿洲》1939 年 6 月 1 日。

盾所说的兴趣减低，勇气变小，"写下的东西越看越不好，照原来的计划范围太大，感受到自己的能力不够"，[①] 似乎也并非是自谦之词。因为中国大多数农村生活，以其陈旧、保守，不是由其"时代性"理论所能涵容的。即使硬性纳入"都市交响曲"，也难免发生游离。从这一点上可以看出，茅盾"时代性"文学理论以及城乡想象面对农村生活的局限，他的表现领域越来越小了。

茅盾对于乡村的审视完全着眼于城市视角，发现的是与现代城市有着政治、经济联系，并在上海生活牵动下发生现代性痉挛的城镇与乡村。换句话说，其乡村题材，也仍然在表达着城市意义上的上海想象。在《故乡杂记》中所记叙的故乡，是上海战事、内地小火轮以及上海丝业破产导致的蚕业凋零、丰收成灾的乡村。《子夜》中的农村生活，也大致局限于农民暴动破坏了吴荪甫的双桥王朝，农村的暴动使乡绅们（如冯云卿、曾家驹、吴老太爷）纷纷携款逃至上海租界等。确切地说，这只是上海生活的补充。尽管在这以后，茅盾开始以浙东蚕农生活为题材，创作了《春蚕》、《秋收》、《残冬》，并以浙江小镇商业活动为线索写下《林家铺子》，甚至于在 20 世纪 40 年代写下以"五四"时期乡镇经济生活为题材的《霜叶红似二月花》，但其视角与《子夜》大抵相同。

乡村与城市最先发生共振关系的，就在经济领域。这再一次与茅盾文学理论相吻合。其散文中的乡村景色绝不同于旧时文人田园牧歌式的描写，而是田野中的小火轮、火车轨道、空中的"铁鸟"、小河中的"洋油轮船"等等。他曾回顾其家乡乌镇一带的生活，主要是经济生活，而且是相当摩登的经济生活。比如镇上的"叶市"，"这是一种投机市场，多头空头"，类似期货，与上海的公债生意相差无几。他的亲属中，就有许多人是"叶市"的主角，悲欢哀乐，皆从中来。而蚕行"资金雄厚、组织严密，比'叶市'更可怕些。"太湖区域的农民，"文化水准相当高"，其"觉悟也颇惊人"，造成这种情况的最根本原因即在于"这一带的工业能吸收他们"。[②] 所有这些，都与城市经济的渗

---

① 茅盾：《〈子夜〉是怎样写成的》，载《新疆日报 · 绿洲》1939 年 6 月 1 日。
② 茅盾：《我怎样写〈春蚕〉》，载《青年知识》第 1 卷第 3 期，1945 年 10 月。

透有关，不管是"叶市"，还是蚕业，最终都依赖于上海工业对它的吸收。

随着上海经济的侵入，城市的机械物质、经济组织、经营形式甚至文化心理，都引发了乡村生活的振荡。从茅盾作品中看，《春蚕》中经常出现的小火轮，便是城市物质文明的象征。它在暴涨的河面上行驶，冲毁了附近的农田，也打破了乡民们保守心理的平衡，因此，数千年不变的人与自然的关系，转而成为人与机械的关系。恰如作者所说，"内地的小乡镇也在一天一天的和机械关系密切起来。"在《霜叶红似二月花》中，王伯申开设的惠利轮船公司，已使"上海市面上一种新巧的东西出来才一礼拜，我们县里也有了"。随着商业文明的开启，王伯申开始动用地主赵守义的积普堂公款，招募无业游民，开发地方工业。这是近代工业由封建状况蜕变而生的现实写照。《林家铺子》中的乡镇企业，也学会了上海市面常见的经营手段——大做廉价广告。虽然其经营仍有靠亲族维持的成分，但已经存在有资本主义式的激烈竞争关系。《多角关系》则涉及乡镇资本家债务上的多边纠缠，一面是失业工人索取欠薪，一面是当铺存户逼还欠款。所有这些，都与 20 世纪 30 年代乡土文学，尤其与京派乡土文学中的乡村不同，带上了资本主义经济特征。

《春蚕》所写，是 20 世纪 30 年代中国社会常见的"丰收成灾"主题。"丰收成灾"，其本身已说明了这不仅仅是农业自身的问题。本来，未受城市文明冲击的农业，处于自足自给的自然经济之下，丰收本身意味着富裕、繁荣与安定，但由于近代江浙农村靠近上海，其农业耕作已被纳入上海经济之中。《春蚕》中的江南蚕业，本是上海丝业的原料提供地，因此必然受到城市工业破产带来的灾难而趋于破败。茅盾曾自序其创作《春蚕》的动机说：

　　　　先是看到了帝国主义的经济侵略以及国内政治的混乱造成了那时的
　　农村的破产，而在这中间的浙江蚕丝业的破产和以养蚕业为主要生产的
　　农民的贫困，则又有其特殊原因——就是中国"厂"丝在纽约和里昂受
　　了日本丝的压迫，而陷于破产（日本丝的外销是受本国政府扶助津贴的，
　　中国丝不但没有受扶助津贴，且受苛捐杂税之困），丝厂主和蚕商（二

者是一体的）为要苟延残喘，便加倍剥削蚕农，以为补偿。事实上，春蚕上蔟的时候，茧商们的托拉斯组织已定下茧价，注定了蚕农们的亏本，而在中间有"叶行"（它和茧行也常常是一体）操纵叶价，加重剥削，结果是春蚕愈熟，蚕农愈困顿。[1]

可以看出，《春蚕》创作的构想与《子夜》如出一辙，而且正是《子夜》已经涉及而未展开的一部分。这倒印证了茅盾的一句话，"……生活环境上的限制，使我不敢写农村，而只敢试试写《春蚕》，——这只是太湖流域农村生活的一部分，只是农村中的一个季节"。[2]

《林家铺子》与《子夜》的主题更相似，其意在于说明，在半封建半殖民地的中国内陆社会，民族商业（哪怕是小商业）与上海工业一样前途黯淡。作品中的小镇商号，联系着上海与内地乡村，它的货源、经营作风，乃至特定时期（战乱）的顾客（上海难民）都离不开上海。覆巢之下，岂有完卵？上海战事，使各钱庄银号为求自保，紧缩银根，不仅不再借贷，反而逼迫还其旧欠。同时，货源因交通停顿而丧失，上海货主东升号的收账客人又力逼货款。林老板原以为他的商业与国家无关，以为在花钱输通关节、将东洋货充当国货出售后便完事大吉，而现在才明白，"原来在上海的打仗，也要影响到他的小铺子"。城市与乡村的共振可见一斑。

茅盾描写乡村生活的作品，其视角与《子夜》也基本一致，仍然属于政治、经济学中心性的剖析。从人物来说，乡土小说中艰苦劳作的农民与惨淡经营的小商人，亦处于多重中心性的政治、经济关系中。正如《子夜》中的吴荪甫联系着城市与乡村、工人与资本家、买办资产阶级与民族企业家一样，林老板与他的商号也联系着中国最底层的农民与最发达的上海城市，联系着带有资本主义性质的市镇各种经济与政治成分。其中有商业竞争的同行，贷款的钱庄，底层存款的小散户，国民党基层官僚与上海难民。作者力图展示的，仍是

---

① 茅盾：《我怎样写〈春蚕〉》，载《青年知识》第 1 卷第 3 期，1945 年 10 月。

② 同上。

在资本主义时代所遭受的种种困厄。正因为作者关心的那些社会关系大都是现代性的，所以他不去注意中国商人身上常常具有的乡土血缘关系，不去注意义利之辩在商人身上的痕迹。在镇上的党老爷卜局长乘人之危而逼娶林老板之女为妾时，作者没有从人物的伦理与利益冲突的道德层去充分挖掘其意义，以致这个可以闪光的细节被平淡地悄悄处理掉了。在茅盾乡土小说中，只有老通宝稍显例外。他对家业的执迷，他的迷信与禁忌，他与镇上陈老爷的友谊，似乎显示了一种超阶级性的心理与人际情感，但即便是这一点，也与其家世曾有的阔绰这一历史原因有关。其人物关系的主导面，仍是中心性的阶级关系。

通览茅盾的乡土题材作品，可以发现他的一个基础性的理解，即沿海乡村，不管是发达也好，还是破产也罢，都与上海有关；换言之，都与由上海中转而来的西方经济有关。在其记叙性的散文中，茅盾通常对乌镇等乡镇具有现代性的成分进行描述，而在叙事性作品中，茅盾又大量涉及西方经济入侵而导致的破产。两者恰成某种比照，即：越是虚构性的作品，越能激发关于中国经济破产的"半殖民地"国家想象。如果再联结起他的《子夜》来考察，可以说，西方（中心）/东方（边缘）与城市（中心）/乡村（边缘）仍是其思考乡村的核心。

前文曾谈到，柯文指出，对于近代中国历史，包括东西方思想界都存在三种认知模式。第三种是帝国主义模式（imperialistic model），认为帝国主义的军事、经济入侵是中国近代各种变化的动因。对于这种模式，柯文认为其与"冲击-回应"和"传统-近代"模式一样，都同属于"西方中心模式"。因为这种观点认为："19、20世纪中国所可能经历的一切有历史意义的变化只能是西方式的变化，而且只有在西方冲击下才能引起这些变化"。① 柯文曾引述侯建明对这种模式的归纳：

第一：它强调外国经济侵略——即外国在中国的贸易投资——毁灭了

① 柯文：《在中国发现历史——中国中心论在美国的兴起》，中华书局2002年版，第8页。

手工业，破坏了农业，从而打乱了经济。第二，据说由于长期的外贸逆差加上西方企业将所得大量收入汇回本国，因此外国的贸易与投资使中国财富不断外流。第三它强调外国在中国的企业由于竞争力太强，或者由于各自的政府为它取得的优越条件太多，致使中国人拥有的企业惨遭打击排挤，很难得到发展。①

这种对中国近代史的理解固然不错，但是它所造成的是对历史逻辑的中心性单一解释，忽略了中国历史自身的历史逻辑性。我们看到，在茅盾《子夜》以及《春蚕》等小说中，基本上呈现出"帝国主义模式"。上海城市的破产自不必说，类似《春蚕》"丰收成灾"式的写作模式，也基本上把中国农村的面貌悉数归之于西方入侵所导致的结果。其所带来的问题是，茅盾不仅丧失了对城市、乡村的多样叙述，而且将乡村逻辑也并归于上海城市逻辑。柯文曾指出，避免对中国近代史西方中心论的作法是，不要把某种模式"作为一把足以打开中国百年来全部历史的总钥匙"，而是"把它看成各种各样具体的历史环境中发生作用的几种力量之一"，②而这在茅盾是难以做到的。因此，茅盾是采用不断缩小表现范围来解决这一问题的，从城市题材对上海社会表现面的缩减，再到舍弃乡村，再到乡村题材在表现地域上不断把表现面缩小至上海周边，再到表现内容上缩小至经济与政治层面，即是这种原因所造成。如此，这也使他以上海（包括上海周边）来进行国家想象的构想越来越难以为继。

---

① 柯文：《在中国发现历史——中国中心论在美国的兴起》，中华书局 2002 年版，第 134—135 页。

② 柯文：《在中国发现历史——中国中心论在美国的兴起》，中华书局 2002 年版，第 128 页。

第四章

物质与消费意义的国际风格
——早期海派的上海想象

第一节　空间与空间呈现中的城市

　　在上海城市形象的另一谱系中，上海一直被看作是世界性经济中心，并被置于一种现代化的逻辑之中。上海似乎被赋予了类似巴黎、伦敦、纽约等国际都会的意义，而很少被当作纯然的中国城市去看待。这一对上海身份的认定，当然并不完全错误，但是，在文学层面的表述中，这往往是以取消上海作为东方城市的特性来获得的，从而以一种单一性、整体性的面目出现。

　　早期海派，特别是新感觉派表达上海经验的全部基础，是力图突出上海在物质与消费意义上趋近欧美的最新动态，所以，它采用的是一种巨大的全能的都市生活自身呈现的审美方式。由于其叙事策略取决于对上海巨大的物质与消费生活的想象力，它必须把上海城市中的中国式成分，如乡土性、传统性、地域性等特定的时间（历史感）与空间（东方性）内容统统取消。它抛弃了传统／现代的时间线索，而是在共时性的空间结构中架构起西方／中国图影，因此，唯有以"去"城市历史的作法才有可能使巨大的现代性物质与消费场得以呈现，才能突出上海在这一层面上的国际性、西方性意义。

事实上，这一情形具有普遍意义。在第三世界后发国家当中，通常都会有一两个口岸城市，作为飞地，其经济与消费生活的发展远远超过本国的其他城市。在亚洲，有越南的西贡、河内，中国的上海与后来的香港，印度的孟买与加尔各答，还包括新加坡城、吉隆坡等等。由于其辉煌物质文明的迅速建立与繁荣，其自身作为后发国家的特质与历史逻辑难以为人体察，而横向的"移植"逻辑明显跃居纵向的"承继"逻辑之上。① 新感觉派创作的情况就是这样。总体上说，它与茅盾《子夜》在横向"移植"西方现代性方面没有大的差别，区别在于，一是，茅盾的横向"移植"逻辑是在经济制度与政治组织、劳资冲突等政治层面上，而新感觉派则仅仅指涉其消费生活的一面；第二个不同在于，茅盾在国家性的意义上，曾怀疑中国进入世界之后能否能够进入中心性的世界格局当中，而新感觉派则在消费这一层面上，没有任何困惑与不安。从这一角度来看，新感觉派关于上海国际化、世界性的想象更加明显。

一、异域想象

弗朗西斯 · 纽斯特曾说："最广义的异国情调来源于种种心理感受，它通常表达人们想要躲避文明的桎梏，寻找另一个外国的和奇异的自然社会环境的愿望。它有助于滋养一个人最美好的梦想，这个梦想是遥远的、陌生的和神秘的。另一类出于某种行动需要的异国情调，具体表现在对探索、冒险和发现的嗜好。"② 纽斯特所说，是一般意义上的异国想象，而且包含了明显的"欧洲中心"倾向。近世以来，欧洲人关于中国与东方的异域想象数不胜数，在绘画、建筑、文学中大都以可视的形象性满足一种"东方想象"，而这种"东方

---

① 比如香港城市的东方性与建立于东西方结合情境中的"香港"特点，一开始总是为"英国"特性所遮蔽。参见赵稀方《小说香港》，生活 · 读书 · 新知三联书店 2003 年版。

② 弗朗西斯 · 纽斯特：《比较文学导论》，廖鸿钧等译，湖南文艺出版社 1988 年版，第 138—139 页。

想象"是服从于其欧洲中心意识的，以此构成欧洲与殖民地国家在文化等级方面的权力关系。而后发达国家对于西方异域色彩的想象，则包含了一种焦虑，即摆脱第三世界身份，获得西方性的一种努力。其深刻的含义之处在于：在对西方异域情调的满足中得到新的假想中的西方身份，这一身份的获取，其最便捷的方法即是移植具有浓重西方色彩的物质场景与生活方式。

曾朴早在 1927 年创办"真善美"书店，其位置在法租界马斯南路。这一情形，引发了他对法国的热烈向往：

> 马斯南① 是法国一个现代作曲家的名字，一旦我步入这条街，他的歌剧 Le roide Lahore 和 Werther 就马上在我心里响起。黄昏的时候，当我漫步在浓阴下的人行道，Le cid 和 Horace 的悲剧故事就会在我的左边，朝着皋乃依路上演。而我的右侧，在莫里哀路的方向上，Tartuffe 或 Misanthrope 那嘲讽的笑声就会传入我的耳朵。辣斐德路在我的前方展开……法国公园② 是我的卢森堡公园，霞飞路③ 是我的香榭丽舍大街。我一直愿意住在这里就是因为她们赐我这古怪美好的异域感。④

在早期海派，特别是新感觉派的小说、散文中，扑面而来的欧洲情调比比皆是：亚历山大鞋店、约翰生酒铺、拉萨罗酒店、德茜音乐铺、汉密尔登旅馆、白马牌威士忌、瑠玛希拉式的头发、爵士乐、法国味、美国味等等。在穆时英《被当作消遣品的男子》中，男主人公伴着女伴向"一个俄罗斯人开的花园走"，"在柳影下慢慢地划着船，低低地唱着 Rio Rita，也是件消磨光阴的好法子。岸上站着那个管村的俄国人，悠然地喝着 Vodka，抽着强烈的俄国烟"，

---

① 今译马斯涅，法国音乐家，谱有《泰绮丝》等歌剧。该剧根据法朗士同名小说改编。

② 法国公园，最初名为顾家宅公园，地处法租界。为上海最早开放的洋人公园，汪伪政权 1943 年改名为"大兴公园"，1945 年改名为复兴公园。1909 年开设，1928 年对华人开放。一说"华人与狗不得入内"牌子在此处而不在外滩。

③ 霞飞路，初名宝昌路或法大马路，为纪念一战时法军统帅霞飞取得索姆河、马恩河大捷而名之。为上海法租界最大的马路。

④ 转引自李欧梵：《上海摩登——一种新都市文化在中国》，北京大学出版社 2001 年版，第 24 页。

"有可爱的歌声来了，用女子的最高音哼着 Minuet in G 的调子"，一位叫蓉子的女子对着男主人公叫着："ALexy"。这种情形如时人所说论："上海文豪，下笔却为'神秘的厅'、'兆丰花园'、'霓虹灯'、'考而夫'、'甘地诺珊'诸如此类带译名、带绰号的'海景'……青年作家所投寄的小说，却十之七八是在海景中翻筋斗。"①

一个有趣的现象是，早期海派的异域情调，大多建立于其对法国的热情当中。这一情形，当然有作家们对法国文学的热爱及其学习法语经历的原因，如刘呐鸥、施蛰存、张若谷、邵洵美、徐霞村等。②张若谷在其散文《俄商复兴馆》中记叙了其对一家咖啡店法国氛围的欣赏："LA RENA——SSANCE，几个斗大的用霓虹灯装成的法国字"，漂亮女郎的"华尔纱巴黎长女袍"，勾起"此地有些像香赛丽色（今译香榭丽舍——引者）路边个露天咖啡摊"的感叹，以及对巴黎的怅然追忆。徐霞村的《L 君的话》则直接以巴黎为背景。其他一些作品则大量夹杂着法语，至于像黑婴《当春天到来的时候》中"少女用着流利的法国语跟一个青年在说着话"等涉及法国的异域想象则比比皆是。其浓厚色彩，不时超过美国。刘呐鸥《热情之骨》叙写法国人比也尔的思乡之情，《礼仪与卫生》中一位人物是法国古董商，另一位则有留法学生背景。以霞飞路为中心的法租界，是此派创作异域想象的核心区域："霞飞路，从欧洲移植过来的街道"，"从欧洲大陆移植过来的巴黎风的街道"（分别见穆时英《夜总会里的五个人》、黑婴《当春天到来的时候》）。至于作品中出现的各式法国店铺、法式消费品则更不可计数。另据吴福辉先生的说法："早期海派小说家都十分热爱法国公园这个地方，纷纷把它写进书里，如章克标《银蛇》、林微音《春似的秋》、《秋似的春》，曾今可的一个短篇集即径直题为《法公园之夜》"。③除了作者中许多具有留法或学习法语的背景外，法租界的消费性

---

① 龙居：《评〈珊瑚〉小说》，载《珊瑚》第 27 期，1933 年 8 月。

② 这一时期热恋法国文化的作家很多。除列出的几位外，还有李青崖、戴望舒、田汉、徐蔚南、张道藩、崔万秋、曾虚白、朱应鹏等人。刘呐鸥、施蛰存、戴望舒与杜衡在震旦大学学习法语，同在一班。见施蛰存《我们经营过的三个书店》，载《新文学史料》1984 年第 3 期。

③ 吴福辉：《洋泾浜文化·吴越文化·新兴文化》，载《中州学刊》1994 年第 3 期。

▲ 1930 年代的霞飞路。霞飞路原名宝昌路，因一战时法军统帅霞飞取得对德战争的功勋，法租界将路名改为"霞飞路"。霞飞路是法租界核心街道，充满法、俄情调。霞飞路及周边地区是新感觉派等海派作家最喜欢表现的上海空间。图中左侧为国泰大戏院，建于 1932 年，其装潢、设备在当时堪称一流。图片选用老明信片。

特征是主要原因。法租界的建设相对严格于公共租界，一直保持着高尚住宅与娱乐消费特征。所以，物质层面的消费意义比之其他区域更容易得到以消费为主的世界性含义。因此，在一般人对上海的异域想象当中，巴黎首当其冲，其中"东方巴黎"的指喻所隐含的即是消费意义上的。[①] 也由此可以看出，在消费意义上，上海与其欧洲母体的描摹关系。

有意思的是，在穆时英与刘呐鸥的小说中，有几篇是直接取材于欧洲人在上海的情感经历的。这一情形显然并不是来自于作者的经验。我们注意到，

① 除"东方巴黎"外，上海的另一空间喻体是"西方纽约"。参见《上海指南》，上海国光书局1935 年英文版。但这一指称始终未获得广泛认同而流布不广。

在近现代小说中，直接出现于作品当中的西方人形象大都在关涉国家民族的意义上得到殖民者含义的表述，一向被排斥在中国文学主体意义之外。这也许也是一种民族性的表达权力因素。至于彭家煌的《Dismeryer 先生》在"全世界无产者"意义上将德国工人视为与中国工人同类的跨国含义是罕见的。但新感觉派对此类题材的处理却决然不同，其意义指向在于欧洲人在上海所产生的乡思。穆时英的《夜》叙写一个水手，在上海，他想到的是"古巴的椰子林里听过少女的叫卖椰子的歌声，在马德里的狭街上瞧披绣巾的卡门黑鬓上的红花，在神户的矮屋子里喝着菊子夫人手里的茶"，表明的是一种"无家园"感，以及始终找不到"梦里的姑娘"的幻灭感。《街景》中的欧洲修女则于"已经度过七个春秋"的"古铜色的冷中国"的生活中忆念着故国的弟弟。刘呐鸥《热情之骨》里由"两个白帽蓝衣的女尼"，勾起法国人比也尔"故国家乡的幻影"。他曾"弃掉了那灰雾里的都市，到这西欧人理想中的黄金国，浪漫的巢穴的东洋来了"，但所心仪的上海女子不料却是一个以性爱索金的娼妓式的人物，比也尔如"吞了铁钉般地忧郁起来"。还有黑婴《五月的支那》中的英国水手由眼前现代的上海激起了对英格兰的怀念，等等。

我们注意到，这种以中国作者想象西方人在东方的经历的情形相当复杂。一方面，它将上海直接与其西方母体在题材上获得对接，欧洲人的情感与履历使作者在"西方想象"中，得到了某种西方人士的身份投影；但同时，假设为欧洲作者的心理状态又无法避免其虚拟欧洲身份时的中国想象——即东方的混乱、不堪与"阴暗"的色调，最终显示出新感觉派在写作时的"欧洲在场"，其对异域情调的追求是虚拟的，它无法完成。也就是说，在直接以欧洲人的上海经历为题材的小说中，新感觉派无法不注意到东方西方的差异性，表现出一种追求西方身份中的悖论。这恰恰印证了霍米·巴巴的一段话。霍米·巴巴认为，在身份确认中："作为认同原则，他者给予某种程度的客观性，但它的再现——无论是法律的社会秩序的还是俄狄浦斯的心理过程——都是矛盾的，暴露一种缺乏……这是一个替代和交换的过程，为主体镌刻一个标准、规范化的地点。但是，那种向身份的隐喻的接近恰恰又是禁止和压抑的地点，恰恰是一个冲突的权威"。① 这便是新感觉派，也可能是第三世界民族文学在寻找西方身份时的矛盾之处：新感觉派直接以西方人东方旅历为题的作品，本来要获取最大限度的西方性，但是却又最大限度地压抑了这种努力，其最终所造成的，是不可能得到西方身份的真正的客观现实。

二、弥合种族、阶级、历史差异的共有空间

在早期海派特别是新感觉派小说的取景框里，故事较多地被置于社会公共性与流动性极强的场景中，如街头、赛马场、跑狗场、夜总会、大戏院、大旅馆、特别快车、游乐场、花园、舞厅、新式跑车等等。这些通常被认为是"消费"含义，在当时已经受到茅盾的讥评："生产缩小，消费膨胀"，"这畸形的现象也反映在那些以上海人为对象的都市文学"。② 茅盾的批评显然不得要领。他认定这些场所的含义是"消费"，遵循的是左翼视点：将消费场所理解为与工厂、办公室等生产性空间相对立的某种阶级性体现，出入于消费场所的城市人被赋予了阶级性的符号。所以他又说："上海是发展了，但发展的不是工业的生产的上海，而是百货商店的跳舞场电影院咖啡馆娱乐的消费的上海"。③ 其实，新感觉派及其同好所要进行的是一种空间意义上的现代性想象，其深意在于以此获得某种普遍的西方性，而不仅仅是"消费性"。

西方性之一是这些场景的公共性。因为这些城市的娱乐与消费设施不仅为外国人开设，也为中国人开放。自第二次鸦片战争"华洋杂居"之后，西侨与中国人开始混居。1928 年，上海所有公园对中国人开放。从民族的政治角度来说，这是一种关乎国体的胜利，同时，也让作家们直接获取了西方想象在表达上的便利。在这些地方，海派作家完全无意让此地消费人物的种族、历史

---

① 霍米·巴巴：《纪念法依：自我、心理和殖民条件》，见罗钢、刘象愚主编《后殖民主义文化理论》，中国社会科学出版社 1999 年版，第 211 页。
② 茅盾：《都市文学》，载《申报月刊》第 2 卷第 5 期。
③ 同上。

与阶级属性来束缚人物的行为。在他们看来，所有聚集于消费、享乐场所的人物，都具有同样的消费性质，所以都承受着西方式的生活。这里不仅有大亨、巨商、经理、职员、姨太太、舞女、娼妇、嫖客、流氓，还有乞丐、流浪人、车夫，也有外国水手、传教士、商人等等。刘易斯·科塞曾经谈及酒吧与咖啡店的开放性问题。他认为，与贵夫人的沙龙不同，酒吧与咖啡屋不需要有特殊关系的人引荐便可进入，代替沙龙贵族意义的是它的广泛参与性，这导致一种对人群全新的整合，并弥合了人群的原有的等级关系。① 其二是"异质性"。芝加哥学派的帕克曾说："个人的流动——交通和通讯发展，除带来各种不明显而却十分深刻的文化以外，还带来一种我称之为'个人的流动'。这种流动使得人物互相接触的机会大大增加，但却又使这种接触能变得更短促，更肤浅。大城市人口之相当大一部分，包括那些在公寓、楼房或住宅中安了家的人，都好像进入了一个大旅馆，彼此相见而不相识。这实际上就是以偶然的、临时的接触关系，代替了小型社区较亲密的、稳定的人际关系"。② 以流动身份介入夜总会、大旅馆这种流动性的活动场所，完全不同于乡村社会靠血缘、邻里关系造成的人群际合，它泯去了人的各种传统关系。人际接触的表面性、短暂性、局限性与匿名性，使每一个个体在人群中最终失去了历史感，从而凸现出其平均性的意义。而消费性场景中的平均性意义是由其消费的西方物品与西式环境决定的，换言之，消费最终的指向仍是普泛的西方特征。

比如：叶灵凤的小说《第七号女性》与《流行性感冒》中的男女主人公相遇在电车与南京路书店的橱窗前；穆时英《骆驼、尼采主义者与女人》、《穿墨绿衫的小姐》、《上海的狐步舞》、《Pierrot》、《某夫人》、《街景》中的中外男女相遇在旅馆、街头；《夜总会里的五个人》中不相识的五个人会集于夜总会；《黑牡丹》、《夜》的情节发生于舞厅；《五月》中蔡佩佩与三个男子的多重恋爱，则几乎发生于任何流动性的场所。在刘呐鸥的小说中，《两个时间的

---

① 刘易斯·科塞：《理念人：一项社会学的考察》，郭方等译，中央编译出版社 2001 年版，第 21—27 页。
② 帕克：《城市社会学》，宋俊岭等译，华夏出版社 1987 年版，第 42 页。

不感症者》场景设在跑马场与餐厅、舞厅；《流》的场景设在大戏院；《游戏》场景设在公园、咖啡店与旅馆；《方程式》则在旅馆；《风景》一篇则取了火车上的男女相遇的经历。《残留》的故事发生于港口。即便像施蛰存这样较多关注城市人历史性因素的作家，在其《梅雨之夕》集中的小说里，也都把故事背景设定于街头（《春阳》、《梅雨之夕》、《鸥》）、火车（《雾》、《魔道》）、舞厅（《薄暮的舞女》）等等。叶灵凤《未完的忏悔录》中的前四章，径直用了三处商店、酒楼与咖啡店的名字为题（"别发书店"、"新新酒楼"、"沙利文"）。黑婴则首次采用城市漫游的手法，写出了"二十四层的摩天楼"、"沙利文"、"街头"、"电车"、"巴黎大戏院"、"沪杭特别快"、"国泰大戏院"等场景，如《五月的支那》、《都市 Sonata》、《帝国的女儿》、《春光曲》等等。此外，还有旅游地、公园，如刘呐鸥的《赤道下》、黑婴的《南岛怀恋曲》等等。直到 40 年代，尽管在后期海派小说中，城市外在场景的描述减少，但这一写作传统依然在丁谛、东方蝃蛛笔下出现。一般而言，早期海派小说较少涉及具有稳定性人际关系的场所，如办公室、家庭与工厂。因为在稳定性场所中，人物属性的历史性内容将不可避免地出现，而这对于海派写作的国际化风格追求来说，是一个极大的障碍。在海派作家中，只有施蛰存、杜衡、张爱玲、苏青等人较多地将场景置放于家庭与稳定性的交际场合之中，且多为后期海派成员。恰恰是在这一类作品中，基于空间想象中的上海城市的国际性世界意义，开始让位于对上海城市自身逻辑中东方意义的寻找。

我们注意到，对于消费娱乐场所，新感觉派给予了想象中与西方同调的意义，其抹平消费人群东西方文化差别与阶级差异的目的是非常明确的。但是，类似酒吧、舞厅、跑马场、跑狗场一类公共娱乐设施的建立，固然有着刘易斯·科塞说的"开放性"，可最初，恰恰是一种"娱乐民主化"的产物，仍带有明显的阶级性。爱德华·傅克斯在《欧洲风化史：资本主义时代》中认为，工人阶级被吸引到小酒馆里，是"因为无产阶级中许多人都不具备享受家庭生活的基本条件、时间与体面的住房。……小酒馆对于他们来说就是休息和娱乐，而且在一定程度上是好的、提高的意义上所说的娱乐，因为群体解放

▶ 上海沙逊大楼，又名"华懋饭店"，建于1928年。由于是犹太人沙逊出资所建，故名。在施蛰存等的作品中或称"沙逊房子"，位于外滩、南京路口，是外滩最高建筑，也是上海文学最常见的洋房建筑。其左下方是巴夏礼铜像。

斗争的相当一部分是在小酒馆里进行的"。[①] 在世界工人运动史上，由小酒馆引起的革命或"革命"名义上的暴动不在少数。这是公共性娱乐的阶级性的明证。除阶级差异外，上海人在消费享乐上的东方性完全不能忽视。在旧上海，娱乐形式里带有西方色彩的电影排在首位，而中国色彩的越剧则排名第二。此外名列前茅的娱乐形式中，还有麻将等东方器物。这是消费性生活中地域性的特征。但是，在早期海派那里，这些都被忽视了。

在这里，我们也要看到海派自身的差异，可以对前后期海派作一番比较。张爱玲小说所指涉的空间，即使是流动性的空间，也往往会涉及其超越消费的意义之外的文化内容。在张爱玲小说中，饭店一类公共空间大都与订婚、结婚这些稳定的人际关系的缔结有关。在《金锁记》中，长安的订婚过程先由人介绍在饭店见面，然后两方相亲，"女家也回了礼，文房四宝虽然免了，却用新式的丝绒文具盒来代替，又添了一只手表"。《琉璃瓦》中姚源甫去饭店为女儿办婚事，事后却精心撰写一篇四六骈文以补充。同时，在涉及空间描写时，张爱玲往往对空间内部进行详细的描述。比如《沉香屑·第一炉香》梁太太所办的园会中，"福"字灯笼与海滩洋伞并置一处，拖着松油大辫子的丫头老妈子代替了穿着燕尾服的男侍。在《倾城之恋》中，那个建筑、灯光、乐队都属老英国式的香港饭店，居然有怪模怪样的西崽门童，大热天仿着北方人穿扎脚裤，以表现欧美人眼中的东方情调。张爱玲所要表现的城市空间意义，是中西杂糅，"新旧文化种种畸形产物的交流"[②] 的城市东方意义，而非国际风格。这倒贴近了上海作为东方城市的特质，不再是一种单纯的西方想象。张爱玲的小说也有想象，却是针对香港的。正如李欧梵先生说的，"在上海的现实中不可能发生的事情，特别是关于性和欲望方面的事都可以在香港发生。"[③] 比如，《倾城之恋》、《沉香屑·第一炉香》中，张爱玲发现了香港文化是经由宗主

---

① 爱德华·傅克斯：《欧洲风化史：资产阶级时代》，赵永穆、许宏治译，辽宁教育出版社2006年版，第411页。

② 张爱玲：《到底是上海人》，见《流言》，五洲书报社1944年版，第58页。

③ 转引自赵稀方：《小说香港》，生活·读书·新知三联书店2003年版，第124页。

国转手而来的猎奇的东方文化，即她所说的"香港没有上海有涵养"，也即处在一种无根的状态。

　　同属新感觉派，施蛰存又表现出与刘呐鸥、穆时英的不同。施蛰存小说的背景，特别是在《梅雨之夕》小说集中，故事背景也多在街头、火车等公共空间之中。但在空间处理中，施蛰存经常采用显性空间（城市的）的与隐性空间（乡村的）之间对比，而隐性空间大多数被他定性为苏州、昆山、松江或有着浓厚传统文化气息的乡村。比如《雾》与《春阳》、《鸥》、《在巴黎大戏院》的昆山等乡下，《梅雨之夕》中的苏州。后者在施蛰存的小说中具有家园性。因此，在施蛰存的小说里，空间意义上所产生的物质（现时）与精神（历史）发生冲突，并归结为具有乡土文化背景的城市人对城市生活的不适感。在施蛰存小说中，故乡的事物统统是以诗意出现的，如白鸥鸟、美丽的村姑、苏州记忆等等，因而使空间具有了东方内容。与之不同的是，张爱玲将空间的东方意义直接放在上海，并具体体现为上海城市自身的逻辑中，而施蛰存则归之于上海之外。这表现出两人的差别，或者说，施蛰存仍然有空间上的对上海的西方性认同，但比之刘呐鸥等人，当然要有深度得多。

三、瞬间中的空间呈现方式

　　传统的小说叙事被认为有两个系统，即叙事的逻辑系统与叙事的时间系统。通常，两者是统一的，以此完成意义表达。尽管叙事的时间系统并不是一个显在的存在，但由于叙事本身的因果逻辑，能够表现出时间在自然状态下的延续，因而传统叙事呈线性线索。

　　同样表现上海，茅盾采用了时间状态，即与国家发展过程相对应的线形时间，民族资本家的命运成为中国近代史时间逻辑的一种，它也是上海城市的时间逻辑，有助于完成关于中国近代工业历史的宏伟叙事。相比之下，早期海派则回避关于时间的问题，因为时间状态所带来的历史感问题恰恰是他们要避开的。甚至可以这样说，早期海派的上海想象是基于空间的，也就是说，它存在一个在叙述上对时间的空间化过程。

小说的"空间形式"是由美国学者约瑟夫·弗兰克提出的。通常，将事物的时间线索转换为空间形式，其技巧是"破碎"，在情节上表现出"生活的片断"性，也就是说，情节不再由叙事的历史顺序性组成，而是由"破碎"的画面组成，场景与场景之间不存在情节的时间连贯性。这种情况下，时间几乎被凝固化了。所以，米克·巴尔在《叙述学：叙事理论导论》中说："事件如依据空间或其他准则来结构的话，那么这一文本就不再适合本书导言中所提出的叙述界说"。[①] 换句话说，空间形式的小说不再能以时间形式的小说理论去分析。

早在 20 世纪 80 年代，严家炎先生就敏锐地提出了新感觉派关于借鉴电影手法的问题，并将其视为与新感觉手法、意识流等同等重要的小说手段。[②] 电影蒙太奇中的短镜头结合、场景组切、时空颠倒交叉、场景并置等手法在新感觉派小说中都得到出色运用。这一点，在李今的《海派小说与现代都市文化》中有详细而精致的论述，不再赘述。但是，我注意到，新感觉派小说其实并非完全忽视时间状态，在后文中，我将提出新感觉派特有的时间概念，即现时性的时间观念。因此，新感觉派小说的空间形式虽然是以打破时间逻辑来获得的，但在时间意识上，空间性的表述倒是以时间为基础的，这就是以瞬间性时间造成无限扩大的空间性。

在论述新感觉派时，20 世纪 90 年代以来的学者越来越注意到电影手段的问题，但对于新感觉派的最突出的艺术手段——"新感觉"手法反而大都略过。其实，新感觉手法所意味的"将人的主观感觉、主观印象渗透、融合到客观的描写之中"，"通过视觉、听觉、嗅觉、味觉、触觉的客体化、对象化，使艺术描写具备更强的可感性"这一情形，[③] 与电影手段中的场景组切、并置可谓孪生兄弟。他们努力将人的主观感觉、印象融合到客体之中，这就决定了

---

① 米克·巴尔：《叙述学：叙述理论导论》，谭君强译，中国社会科学出版社 1995 年版，第 76 页。

② 严家炎：《新感觉派小说选》前言，人民文学出版社 1985 年版，第 21 页。

③ 同上。

其描述场景空间的过程，也即是描述人物内心感觉的过程，或者说心理过程。因而，空间也就变成了一种心理上的空间。对时间"当下性"、"现时性"的瞬间理解，不可避免地作用于空间。所以，新感觉派的空间是一种瞬间中的空间，或者说空间的瞬间呈现。

空间感受方式在视觉上的呈现有俯视、仰视、平视等等。用这一说法来套用新感觉派的创作当然也有道理。先说俯视。比如穆时英在《红色的女猎神》中的一段描写："街上接连着从戏院和舞场里面回来的，哈士蟆似的东西，在那条两座面对着勃灵登大厦和刘易士公寓造成的狭巷似的街上爬行。街上稀落的行人，全像倒竖在地上的，没有人性的傀儡似的，古怪地移动着。"还有像刘呐鸥《两个时间的不感症者》对于南京路跑马场附近高楼俯视之下的情景描写等等。也有人借用本雅明《发达资本主义时代的抒情诗人》中以城市"游手好闲者"的眼光对城市窥视的理论诠释去分析新感觉派，[①] 或者以保尔·穆杭关于大都市"目击者"、"旅游者"身体对于城市的感受出发，突出眼睛与视觉在空间呈现中的作用。[②] 这些说法究竟是否贴近新感觉派的创作呢？我们不妨辨析一下。

俯视城市，正如同德赛都在《走在城市里》所描绘的：

> 眼前展开的这幅巨大粗质地图难道仅仅是一种再现、一件光学制造物吗？它类似于空间规划专家、城建专家或制图员的摹本，在规划中保持超然。全景城市是一个"理论的"（亦即视觉的）拟像，简言之即图画，它之所以可能，是因为对实践的忘却和误解。[③]

也就是说，城市在居高临下者眼中，成了一个凝固的文本。登高而望的全景城市其实是一个"理论的"拟像，正像穆时英所说的，"倒竖在地上的人"，"没

---

① 李欧梵：《上海摩登——一种新都市文化在中国》，北京大学出版社 2001 年版。
② 李今：《海派小说与现代都市文化》，安徽教育出版社 2000 年版，第 172 页。
③ 米歇尔·德赛都：《走在城市里》，见罗钢、刘象愚主编《文化研究读本》，中国社会科学出版社 2000 年版，第 316 页。

有人性的傀儡"似的。德赛都的潜台词是，也许在街上行走的人，才能了解到城市。再看"游手好闲者"和"窥视"。"游手好闲者"确实是在街上行走，但在本雅明对波德莱尔诗歌的分析中，"游手好闲者"是浪漫、自由的文人形象的隐喻。本雅明将"游手好闲者"与"波西米亚人"、"流浪汉"、"职业密谋家"、"拾垃圾者"放在一起，是为了赋予其游离于社会之外的边缘性格。作为文人，它与"大众"处于紧张关系中。本雅明发现了波德莱尔论题中的"游手好闲者"视角，他虽然离不开大众，但"他如此之深地卷进他们中间，却只为了在轻蔑一瞥里把

▲ 1940 年代的外滩，自爱多亚路至百老汇大厦，蜿蜒而北。

他们湮没在忘却中。"① 因此，他实际上是一个批判者。他在人群中，但并不属于他们。他游走于巴黎拱门街等大众穿行之地，却在于发现人所感受到的城市物质与经验的关联。因此本雅明引入一个名词："震惊"，即在人群拥挤与车辆奔驰中造成的恐慌经验。对波德莱尔来说，"这种震惊连同他用来躲避它的千百个意念都被重新制作成他的诗体的虚张声势的攻击。"② 因此，"震惊"使"游手好闲者"与"大众"之间发生了距离。由此看来，"巡游"、"游手好闲"等等，并非完全突出"眼睛"的视觉功能，正像在摩天大楼向下俯视无法获取有深度的城市文本一样。

假如我们把时间的概念引进新感觉派的空间呈现，问题就容易解释。空间呈现同时也是共时性时间呈现，它发生于瞬间，是被人物心理瞬间感受到的心理空间。这是一种巡礼式的空间表现手段。因此，它无定形、易改变，不能为持久的注意力所关注。比如穆时英这样描写街头：

> 街有着无数都市的风魔的眼：舞场的色情的眼，百货公司的饕餮的蝇眼，"啤酒园"的乐天的醉眼，美容室的欺诈的俗眼，旅邸的亲昵的荡眼，教堂的伪善的法眼，电影院的奸睿的三角眼，饭店的蒙眬的睡眼……

这一段描述也许是一种空间描写，但它不仅与常规的描写大不相同，而且也不同于一般意义上的电影手段，因为电影手法是无法表现出关于"眼"的意象的。而事实上，这一情形来自于作者迷乱的主观情绪，对于街头各种场景的感受以"眼"的感觉获得瞬间性，从而呈现出心理上的空间感。再如穆时英在《上海的狐步舞》中的一段："上了白漆的街树的腿，电杆木的腿，一切静物似的……revue 似的。把擦满了粉的大腿交叉地伸出来的姑娘们……白漆树的行列。"很明显，这是一位坐在汽车中的人物对车窗外空间的感受。由于汽车快速驰过，窗外的事物在视线中都是"腿"的意象。由于窗外事物纷至沓来，人

---

① 本雅明：《发达资本主义时代的抒情诗人》，张旭东、魏文生译，生活·读书·新知三联书店1992年版，第143页。

② 本雅明：《发达资本主义时代的抒情诗人》，张旭东、魏文生译，生活·读书·新知三联书店1992年版，第88页。

物的感受便缺少了专注的焦点。它被那些迅速到来的新景物压迫得混乱不堪，连那种惯常被海派作家用来引申发掘性含义的"姑娘交叉伸出大腿"的场景，也来不及被人物展开联想。因此，这一描述，既是新感觉手法，也是心理瞬间流动，同时也是空间展示。它是一种"巡礼"，但并没有"震惊"。

再如穆时英一段对舞厅的场景表现：

> 椅子是凌乱的，可是整齐的圆桌的队伍。翡翠坠子拖到肩上，伸着的胳膊。女子的笑脸和男子的衬衫的白领，男子的脸和蓬松的头发。精致的鞋跟，鞋跟，鞋跟，鞋跟，鞋跟。飘扬的裙角，飘荡的裙子。当中是一片光滑的地板。

这一处场景描写的最大特征是不完整性。因为人物的视线由于舞场的拥挤和凌乱而被频繁阻隔，于是男子被肢解为雪白衬衫、脸与头发，女子则被肢解为鞋跟、裙角与翡翠坠子，完整的人形是不存在的。这同样是瞬间感受中的空间状况。

新的空间呈现事实上也是由非历史状态出发的。这种由现时性瞬间造成的空间呈现，正如同穆时英用汽车飞驶来浏览城市街景一样，它只浮于城市外在场景，而不企图进入马路背后有着沧桑历史的小巷。对于这种城市现时性的捕捉，电影镜头式的时空剪切、并置以及瞬间心理中的场景呈现是最好的方法。在空间上取消城市深度，如同在时间上取消城市深度一样，都是为了避免造成对上海与欧美都市的差异性理解。这就是早期海派在空间呈现上的深意。

第二节　海派文学的法国想象

"近百年的上海，乃是城外的历史，而不是城内的历史，真是附庸蔚为大国，一部租界史，就把上海变成了世界的城市。"[1] 租界在上海的现代化过程

---

[1]　曹聚仁：《上海春秋》，上海人民出版社1996年版，第9页。

中起着举足轻重的作用，电影、电话、汽车、咖啡馆、跳舞场等西方现代物质文明和精神文化都是以租界为中介推广到华界和内地城市的。作为西方文化的集散地，租界以其现代的都市图景、生活方式和文化空间，为"现代性"提供了最好的"实物"注解。

租界可分为专管租界和公共租界两种形式。公共租界是通过永租的形式租与多个租赁国，由多国管理。专管租界是通过永租的形式租与一个租赁国，由一国管理，如1849年划定的法租界。相对于公共租界而言，专管租界具有浓郁的国别特征。法租界便保持着单一的法国风情。它的建设相对严格于公共租界，一直保持着高尚住宅与娱乐消费特征。李欧梵对此曾有所描述："当英国统治的公共租界造着摩天大楼、豪华公寓和百货公司的时候，法租界的风光却完全不同。沿主干道，跟电车进入法租界，霞飞路显得越来越宁静而有气氛。道路两侧种了法国梧桐，你还会看到各种风格的精致的'市郊'住宅。据当时的一本英文指南说，这里的和平安宁是法国政府要求的：'法国当局比公共租界强硬多了，他们拒绝商人在住宅区做生意开工厂。'相反，你在这里可以看到教堂、墓地、学校、法国公园，还有电影院和咖啡馆。"[1] 因此，尽管法租界当时只有寥寥几家出口生丝的商行，却是上海最为繁华、最具异域风情的市区。与杂糅了多国元素的公共租界相比，它带给人们的是更为纯正、更为强烈的异国体验。这种体验融汇在30年代海派的创作中，通过文本表述完成了对现代法国的浪漫想象。

一、"法式"的消费性表述

生活性、消费性的表述最容易使人获得以消费为主的世界性含义。法国是消费性最强的西方国家之一，而最能体现这种消费性的是一系列现代的消费空间。20世纪30年代海派作家在文本中构造出众多现代生活的消费场景，通

---

① 李欧梵：《上海摩登——一种新都市文化在中国》，北京大学出版社2001年版，第23—24页。

过对消费品、消费空间、消费行为的描述来凸显消费性意义上的法国情调，在这种消费性表述的身上集中承载了海派作家对于现代生活的想象。有学者认为："在这些场所，自我沉溺的文化想象便不仅仅以创造社式的对主观性的极度夸大为特色，而且与从布尔乔亚的工薪生活中所产生的消费主义相勾结。在这里，作为幻觉及欲望栖息处的空间颠覆了仅仅作为物质存在的空间。隐藏在消费活动之下的是一个国际化的时空压缩机制：消费的实质不是其本身，而是成为了个人身体与国际时尚潮流进行交换的一个意指符号。"① 20世纪30年代海派作家笔下频频出现咖啡馆、酒店、公园、夜总会等带有法国咖啡文化、酒文化、休闲娱乐文化特色的消费场景，它们在文本中培育出了一个巨大的幻象消费空间。这种消费行为以体验法国情调为目的，使消费主体完成了对法国现代都会生活的想象。"而所有对他者的想象都是一次自我想象的话语冒险，从而完成对自己的身份想象，使想象者自身散发出西方式的物性光辉。"② 在张若谷的《巴黎一昼夜》中，从和平咖啡馆、和平街的珠宝店、女衣装店，亚加雪亚大道，到拉吕（Larue）饮料店、餐馆、跳舞场，作者对法国国家的现代消费生活做了最详细的诠释。

在海派小说中，满目皆是的咖啡馆是法国独特的人文景观，尤其是那些大众化的露天咖啡座，几乎是法国人生活的写照。有人说，咖啡馆是法国的骨架，拆了它们，法国就会散架。西班牙导演、超现实主义大师路易斯·布纽尔年轻时就常在巴黎的咖啡馆消磨时光。回忆起在巴黎的日子，他在自传里写道："如果没有了咖啡馆，没有了烟草店，没有了露天阳台，巴黎就不再是巴黎。"因此，咖啡馆具有与生俱来的法国风情。正如张若谷所说，除了满街的黄包车和报贩外，坐在上海的一家咖啡馆中就会令人想到巴黎。比如"屋顶上有着几个斗大的用霓虹灯装成的法国字'LARENA–SSANGE'"的俄商复兴馆，散发着浓郁的法国情调，使从法国归来的钟小姐也不禁产生了错觉，"坐

---

① 杜心源：《感官、商品与世界主义：都市"当下性"与现代性的"美学"转移》，载《天津社会科学》2006年第4期。

② 朱大可：《西方想象运动中的身份书写》，载《南方文坛》2003年第6期。

在此地，我又想起从前在法国巴黎的情形来了，此地有些像是香赛丽色路边个露天咖啡摊"①。咖啡在法国代表着一种生活方式，一杯咖啡配上一个下午的阳光和时间，是典型的法式生活。重要的不是味道而是悠闲散淡的态度，体现出法国人独特的生活艺术观念。这种法式咖啡文化在穆时英的《贫士日记》中得到了充分体现：尽管贫士的荷包里只剩两元钱了，也不能忍受没有咖啡的早晨；即使只是喝着"淡味的陈咖啡"，也终于可以"怡然地读着康德的纯粹理性批判了"。咖啡对于他而言，早已超越了一般饮品的意义，而成为一种理想生活方式的寄托。"面对着一杯咖啡，一支纸烟，坐在窗前，浴着阳光捧起书来——还能有比这更崇高更朴素的快乐吗？"②

在张若谷的短篇小说《俄商复兴馆》中，详细描述了咖啡店里四名顾客的谈话。在三名男青年的簇拥下，穿着"华尔纱巴黎长女袍"的钟小姐夸谈她在法国巴黎的经历，尤其是她的咖啡馆见闻。三名男青年认为，"坐在咖啡馆里的确是都会摩登的一种象征"③。在这里，作为女性的钟小姐，承载着性的欲望。而出行法国的经历，特别是她与咖啡文化的联系又为她附加了现代西方文明的"假想身份"。在三名男青年眼中，似乎通过"坐咖啡馆"与"征服钟小姐"就能获得西方身份认同和现代认同。"显然，咖啡馆以自己特有的异域文化特征，成为中国知识分子描绘现代民族国家蓝图时的符号化象征空间。这一空间和新的社会关系也许生成过互动的图景，但是，在以咖啡馆为凭借之一的现代规划中，过于强大的消费文化用一种看不见的权力之手把一切都编织进了自己的逻辑网络。"④穆时英在《骆驼·尼采主义者与女人》中对咖啡馆有一段细致的描写："在那块大玻璃后面，透过那重朦胧的黄沙帷，绿桌布上的白瓷杯里面，茫然地冒着太息似的雾气，和一些隽永的谈笑，一些欢然的

① 张若谷：《俄商复兴馆》，见杨斌华主编《上海味道》，时代文艺出版社 2001 年版，第116—117 页。
② 穆时英：《贫士日记》，见贾植芳、钱谷融主编《穆时英小说全编》，学林出版社 1997 年版，第488 页。
③ 张若谷：《俄商复兴馆》，见杨斌华主编《上海味道》，时代文艺出版社 2001 年版，第117 页。
④ 王琼、王军珂：《咖啡馆：上海 20 世纪初的现代性想象空间》，载《粤海风》2006 年第 4 期。

脸……"① 沉溺于物质享乐的女人连续五天出现在其中，无疑确认了咖啡馆的消费本质。并且，作者极力渲染这种现代消费理念的强大感染力，它使背负着沉重灵魂的男主角抛弃了本来的生活信仰，而顺从于原始的欲望。咖啡馆背后隐含的是现代消费理念，其消费本质在其他作品中也时有体现。为招揽顾客，咖啡馆内常设有各种新事物，如按摩电椅、抽奖机等，甚至女性也被包含于其中。张若谷将咖啡店的侍女作为去咖啡馆的乐趣之一，认为她们可以使城市的人们得到异性方面的情感满足。女招待在消费社会中被"物化"，成为情感消费的对象，被动地接受着来自流动人群的观看、审视与安排。咖啡馆里的女性承载着欲望的消费，而"小巴黎人咖啡座画着裸女的玻璃门"② 更是昭彰了这种消费文化的本质。在咖啡馆中，人们消费的是物质咖啡的刺激作用，享受的是咖啡馆作为交流场所的现代消费文化，渴望的是视觉以及性的想象性满足。

"外国酒店多在法租界。礼拜六午后、礼拜日，西人沽饮，名目贵贱不一。或洋银三枚一瓶，或洋银一枚三瓶。店中如波斯藏，陈设晶莹，洋妇当炉，仿佛文君嗣响，亦西人取乐之一端矣。"③ 法国酒文化源远流长，尤以葡萄酒闻名。法国是葡萄酒文化的发祥地，全世界有五分之一的葡萄酒产于此，最顶级的葡萄酒也多产自于法国的波尔多和勃艮第两个地区。法国人一直以此引以为傲，葡萄酒也成了法国最具代表性的风物。在法国，不但对葡萄酒的品质、酒杯有所规定，而且对品酒的步骤、饮酒的次序以及与餐食的搭配均有限定，体现出法国优雅、精致的文化品位。在《骆驼·尼采主义者与女人》中，以现代消费理念出现的女人教了禁欲的尼采主义者"三百七十三种烟的牌子，二十八种咖啡的名目，五千种混合酒的成分配列方式"④。其中特别提到

① 穆时英：《骆驼·尼采主义者与女人》，见贾植芳、钱谷融主编《穆时英小说全编》，学林出版社1997年版，第484页。
② 穆时英：《G NO. Ⅷ》，见贾植芳、钱谷融主编《穆时英小说全编》，学林出版社1997年版，第603页。
③ 姜龙飞：《上海租界百年》，文汇出版社2008年版，第165页。
④ 穆时英：《骆驼·尼采主义者与女人》，见贾植芳、钱谷融主编《穆时英小说全编》，学林出版社1997年版，第486页。

了"用一种秘制的方法酿造的"、有着"烂熟的葡萄味"的葡萄酒和"拿破仑进圣彼得堡时，法国民众送去劳军"的白兰地。由此，在海派小说中，葡萄酒从众多现代消费品中脱颖而出，传达出异域高贵优雅而又神秘的气息。

鲍德里亚指出："消费社会的逻辑根本不是对商品的使用价值的占有，而是满足于对社会能指的生产和操纵；它的结果并非在消费产品，而是在消费产品的能指系统。"① 也就是说，人们所消费的不只是商品和服务的使用价值，还有它们的符号象征意义。消费的目的不是为了满足实际的需求，而是在满足被制造出来、被刺激起来的欲望。它为主体建立起一种心理暗示，使对葡萄酒的消费与享受高雅的法国现代生活联系在一起，从而满足了消费主体对法国的想象。不但如此，葡萄酒和葡萄还被30年代海派作家赋予幸福、浪漫和甜蜜的寓意，经常出现在描述恋人的语段中。恋人的吻总是令人陶醉的，在《被当作消遣品的男子》中，"我"与蓉子的亲吻就被描述为"喝葡萄酒似的，轻轻地轻轻地尝着醉人的酒味"。在叶灵凤1936年创作的长篇爱情小说《永久的女性》中，秦枫谷初见朱娴是在《中国画报》的封面上，"隐在一丛油碧的葡萄叶中，贴着一串新熟的紫色的葡萄，是一张长型的完全代表了少女纯洁的脸，松散的头发，映着透过葡萄叶的疏落的日影，脸上显出一种令人不敢逼视的娇艳和光辉。面对着新熟的透明的葡萄，她的眼睛从长长的睫毛下露出了水一样的明朗。握着葡萄藤的右手，完全是举世无双的莫娜丽沙型的右手"，葡萄与少女构成了一幅美丽的画面，深深地震撼了秦枫谷，使他不禁心生爱慕，"脸色变了，心里不由得跳了起来"。② 而在穆时英的《五月》中，蔡珮珮也被恋人比作"果子里边的葡萄"。葡萄酒与葡萄作为美好事物的喻象，在30年代海派作家笔下如恋人般具有诱惑力和吸引力，唯美浪漫的笔调极力传达出对法国的爱慕与向往之情。

法国是一个具有波西米亚精神特质的国家，注重休闲娱乐，懂得如何享受生活。公园与夜总会是法国人最具代表性的休闲、娱乐方式。20世纪30年

---

① 鲍德里亚：《消费社会》，刘成富、全志钢译，南京大学出版社2001年版，第153页。
② 叶灵凤著，李庆西、陈子善主编：《永久的女性》，新世界出版社2003年版，第18页。

代，在上海法租界内，建有法国公园（建于 1908—1909 年）、凡尔登公园（霞飞路和迈而西爱路转角处）、宝昌公园（1920 年建于今淮海西路、复兴西路、乌鲁木齐中路三角地）和贝当公园（1935 年建于今衡山路、宛平路间）。其中建造最早而又最有影响的公园，当属法国公园，位于今南昌路和雁荡路交叉处。在当时吸引了不少游人，有洋人，也有穿长袍的中国人，"男男女女都很愉快的样子在缓缓地走，或悠然地坐在休憩的椅子上。西洋人的小孩子一大群聚了几堆在嬉戏，保姆阿妈们在旁闲白，看着他们"①。据吴福辉说："早期海派小说家都十分热爱'法国公园'这个地方，纷纷把它写进书里。章克标的《银蛇》男女约会在法国公园，尽管公园里的巡捕要对中国游人查'派司'（身份证），仍然是男女如织。林微音《春似的秋》、《秋似的春》连续性短篇借女主人公白露仙的信，叙述在法国公园如何拾到男主人公居斯滨的手抄稿，引起感情波纹，而曾今可的一个短篇集即径直题为《法公园之夜》。②

　　法国人通常晚睡晚起，这种作息习惯使得法国人的夜生活极其丰富，夜总会便是法国娱乐生活方式的典型体现。法式"夜总会"泛指一种有歌舞助兴的餐馆，观众们大多围坐在舞台周围，一边进餐，一边欣赏表演。它大概起源于 19 世纪 80 年代的法国，又在英国风行一时，后又传入德国。具有"腿的色情"之称的康康舞便夜夜在这里上演。金碧辉煌的舞台，令人眼花缭乱的灯光，华丽而整齐的演出阵容体现出法国文化浓重的奢侈风和世俗气。在 30 年代海派作家笔下，"夜总会"以其特有的情色文化和颓废情调成为表现现代娱乐生活方式的最佳场所。比如在穆时英的《夜总会里的五个人》中，就有对"皇后夜总会"的场景描述："白的台布，白的台布，白的台布，白的台布……白的——白的台布上面放着：黑的啤酒，黑的咖啡，……黑的，黑的……白的台布旁边坐着的穿晚礼服的男子……白的台布后边站着侍者……非洲黑人吃人典礼的音乐，那大雷和小雷似的鼓声，一只大号角呜呀呜的，中间那片地板上，一排没落的斯拉夫公主们在跳着黑人的蹀跶舞，一条黑白的腿在黑缎裹着

---

①　章克标：《银蛇》，见于润琦编《银蛇》，黑龙江人民出版社 1998 年版，第 114 页。
②　吴福辉：《都市漩流中的海派小说》，湖南教育出版社 1995 年版，第 45 页。

▲ 希夫绘《上海霞飞路的各色行人》。弗里德里希·希夫，奥地利画家，1908 年生，曾于 1930 年代来上海，绘制了许多上海题材的绘画作品。图中有法国军官、西洋特征明显的外国美女、身着裘皮大衣的中国贵妇、商人、拆白党人、老妈子与小贩等。中国人的表情多有暧昧之色，见出欧洲人对于中国"神秘国度"的某种理解。

的身子下面弹着……"① 这种极尽声色的现代娱乐消费体现出西方国家先进的物质文明，它一方面放大了由东西方差距而产生的"中国渴望"，而另一方面又以极具异域情调的场景为消费主体制造一种幻象，帮助其获得享受西方文明的权力，从而弥合现实中巨大的缺憾和自卑。

鲍德里亚曾在《消费社会》中提出"形式自主化"的理论，即"人们从来不消费物的本身（使用价值）——人们总是把物（从广义的角度）用来当作能够突出你你的符号，或让你加入视为理想的团体，或参考一个地位更高的团体来

---

① 穆时英：《夜总会里的五个人》，见贾植芳、钱谷融主编《穆时英小说全编》，学林出版社1997 年版，第 251 页。

摆脱本团体"①。30年代海派作家创作中频频出现的极具法国色彩的消费性表述是其获得西方身份、表达现代性诉求的一种途径。他们认为，这种表述使他们与法国人拥有并分享着同样的消费符码，并且这些编码标示了他们与其他中国人的不同。"在想象性的占有中，他们提前消费了资本主义的生活方式，也就提前从西方社会夺取了尊贵的身份。"②

二、"自我"与"他者"的共塑

　　30年代海派作家往往在其创作中表现出对代表第三世界性的传统上海的摒弃和对代表现代文明、带有法国色彩的上海现代空间的认同。东方形象的阴暗、不堪与法国形象的明朗、健康形成鲜明的对比，反映出30年代海派作家急于摆脱第三世界身份、获得现代性的一种愿望。这种愿望是如此强烈，以至于使他们决绝地拒绝传统上海的存在，而即使在少量的文本中出现了传统空间的身影，也一般是作为法国想象的对照物出现，形成一种西尊东卑的不平等格局。

　　这种对比首先表现在空间塑造上。在30年代海派作家笔下，涉及法国意象的空间场所总是明朗健康的，充满了浪漫的情调。作为法租界标志性空间的霞飞路是作家们最为钟情的空间意象。"霞飞路，从欧洲移植过来的街道……浸透了金黄色的太阳光和铺满了阔叶影子的街道"③，明媚的阳光与繁茂的梧桐是法国的典型风物，霞飞路是上海最具异国情调、最摩登的城市空间。如果说外滩的雄伟空间展现的是西方的权力意志，那么霞飞路给出的就是被审美化的日常浪漫空间。林微音在长篇系列散文《上海百景》中写道："那里的衣、食与住都比较精致。一开头有一个阿派门和一个咖啡间……更适于坐坐的咖啡间有克来孟和小朱古力店。克来孟的观瞻很堂皇，而且时常有国籍不一的

---

① 鲍德里亚：《消费社会》，刘成富、全志钢译，南京大学出版社2000年版，第48页。

② 朱大可：《西方想象运动中的身份书写》，载《南方文坛》2003年第6期。

③ 穆时英：《夜总会里的五个人》，见贾植芳、钱谷融主编《穆时英小说全编》，学林出版社1997年版，第247页。

很懂得侍候的侍女在出现。要是想两个人小谈的，最好到小朱古力店去，那里很幽静，而且位子又少。"郑伯奇笔下的霞飞路更是风情万种、魅力非凡："霞飞路是摩登的，摩登小姐和摩登少爷高兴地说。霞飞路是神秘的，肉感的，异国趣味的，自命为摩登派的诗人文士也这样附和着说。是的，霞飞路有'佳妃座'，有吃茶店，有酒厂，有电影院，有跳舞场，有按摩室，有德法俄各式的大菜馆，还有'非摩登'人们所万万梦想不到的秘戏窟。每到晚上，平直的铺道上，踱过一队队的摩登女士；街道树底，笼罩着脂粉的香气。强色彩的霓虹灯下，跳出了爵士的舞曲。这'不夜城'，这音乐世界，这异国情调，这一切，都是摩登小姐和摩登少爷乃至摩登派的诗人文士所赏赞不止的。"①

对于其他的法式空间意象，20世纪30年代海派作家也是一派赞誉之词。11世纪下半叶起源于法国的哥特式建筑是法国最具代表性的建筑风格，在《五月》中，穆时英就盛赞哥特式教堂建筑的圣洁肃穆，"太阳光从红的，蓝的，绿的玻璃透进来，大风琴把宗教的感情染上了她的眼珠子，纯洁的小手捧着本金装的厚《圣经》，心脏形的小嘴里泛溢赞美上帝的话……塔顶上飞着白鸽和钟韵……"②。由于盛产葡萄酒，葡萄园、葡萄架在法国是一道独特的景观，在《黑牡丹》中，"雅致的绅士"圣五的乡间别墅就搭满了葡萄架，四处弥散着果园的香味，宛如身临法国南部的河谷地带，令"我"羡慕不已。

但在现实中，上海并非只存在繁华、现代的一面。租界以外的生活，那些生活在弄堂里、亭子间、阁楼上的小市民也是为数不少的一种真实存在。传统空间是上海第三世界身份的标示，也是现代化过程中的一块绊脚石。所以，20世纪30年代海派作家总是尽量避免将笔触伸向这些空间，如果有所涉及，也时常是与现代化的图景形成对比，以凸显现代空间的文明和传统空间的落后。面对传统空间，30年代海派作家的笔调总是阴郁、恐怖的，并表现出厌恶、鄙弃的情绪。《礼仪与卫生》中，作为传统空间的"中国人的商业区"出现在"被洋夫人们占了去的近黄浦滩的街上"之后，尽管二者只隔两三条的街

---

① 郑伯奇：《深夜的霞飞路》，载《申报·自由谈》1933年2月15日。

② 穆时英：《五月》，见贾植芳、钱谷融主编《穆时英小说全编》，学林出版社1997年版，第336页。

路，但在刘呐鸥的笔下，"便好像跨过了一个大洋一样风景都变换了"。在代表现代空间的"近黄浦滩的街上"，洋夫人们的高跟鞋踏着柔软的阳光，发出轻快的声音，四处弥漫着花香、草香和大菜的芳香。而"中国人的商业区"却是阴森潮湿、非健康的，"从店铺突出来的五光八色的招牌使头上成为危险地带。不曾受过日光的恩惠的店门内又吐出一种令人发冷抖的阴森森的气味。油脂，汗汁和尘埃的混合液由鼻腔直通人们的肺腑，健康是远逃了的，就连招买春宫的簌簌的口音都含着弄堂里的阿摩尼亚的奇臭。好像沸腾了的一家茶馆长着一个巨大的虎口把那卖笑妇和一切阴谋，商略，骗技都吸了进去。启明离开了那班游泳着的人群弯入了一条小巷时，忙把一口厌恶的痰吐了出来"[①]。

　　这种尊卑对峙的格局不仅在空间意象的构建中存在，在 20 世纪 30 年代海派作家对人物的塑造上也清晰可见。上海尽管已经获得了国际性的都市风貌，却无法摆脱东方性，不能等同于西方。当将上海与法国并置，法国便表现出了先天的优越性。因此，在 30 年代海派的创作中，人作为城市与国家形象的一部分，也表现出优劣之别。在刘呐鸥的《礼仪与卫生》中便存在诸多对比，白种女人是繁华都市文明的消费者，在她们身上集中体现了作者对现代都市人的形象定位："还不到 Rush hour 的黄浦滩的街上好像是被买东西的洋夫人们占了去。她们的高跟鞋，踏着柔软的阳光，使那木砖的铺道上响出一种轻快的声音，一个 Blonde 满胸抱着郁金香从花店出来了。疾走来停止在街道旁的汽车吐出一个披着有青草的气味的轻大衣的妇人和她的小女儿来"[②]。相比之下，中国妓女"绿弟"不但居住在肮脏、危险的中国商业区内，而且缺乏"时下的轻快简明性"，非要从头改造不可，"拿她同那个在药房里碰到的斯拉夫去相比，真是两个时代的产物"[③]。而即使在同为"文明人"的"我"与法国商

---

　　① 刘呐鸥：《礼仪与卫生》，见贾植芳、钱谷融主编《刘呐鸥小说全编》，学林出版社 1997 年版，第 50 页。

　　② 刘呐鸥：《礼仪与卫生》，见贾植芳、钱谷融主编《刘呐鸥小说全编》，学林出版社 1997 年版，第 49 页。

　　③ 刘呐鸥：《礼仪与卫生》，见贾植芳、钱谷融主编《刘呐鸥小说全编》，学林出版社 1997 年版，第 51 页。

人之间，中国男人与法国男人也存在着对比。法国商人最终以他的钱财主动参与到现代游戏中，并赢得了对东方女性追逐的胜利，而中国男子启明却在游戏中惨遭失败。

前文谈到，在穆时英与刘呐鸥的小说中，有几篇是直接取材于欧洲人在上海的情感经历的。比如在刘呐鸥的《热情之骨》中，由"两个白帽蓝衣的女尼"，唤起法国人比也尔"故国家乡的幻影"——"常年受着阳光的恩惠"、橙香四溢的法国南部。美好的回忆映衬出故乡——法国的可爱，更反衬出与异地——上海的疏离。而当他找到心爱的人，觉得"世间的一切都消沉了。橙树的香风也吹不到他的身边，巴黎的雾景也唤不起他心弦的波纹"之时，他的热情却被一句"给我五百元好吗"全部驱散。在经历了短暂的幻象之后，上海终究摆脱不了阴暗不堪的形象，而这种形象集中体现在比也尔心仪的娼妓式的上海女子身上。尽管"居住在上海的许多外国人都是不法分子或是游手好闲之徒，其中包括鸦片贩子，赌徒，妓女，犯有偷窃、恐吓、谋杀、诈骗和思想不定之罪的江湖传教士"[①]，但出现在 20 世纪 30 年代海派作家文本中的法国人形象却总是现代的、文明的、优雅的。比如在穆时英的《公墓》中，写有一个法国姑娘，"戴着白的法兰西帽，骑在马上踱着过来，她的笑劲儿里边有地中海旁葡萄园的香味……她是亲热的"[②]。这样一个可爱烂漫的法国姑娘与娼妓式的上海女子形成反差，强烈地表现出作者的好恶。即便同是中国女子，作者对她们的描述也不尽相同。美好的女子总是带着些许法国风的，比如《Craven "A"》中"那个有一张巴黎风的小方脸，想把每个男子的灵魂全偷了去"[③]的姑娘；《五月》中江均幻想的"在白绒的法兰西帽底下，在郊外的太阳光里边，在马背上笑着的，在苹果饼上笑着的，在水面，在船舷上笑着的"[④]恋人形象

---

①　罗杰姆·陈：《中国与西方：1815 年至 1937 年的社会与文化》，转引自史书美《现代的诱惑——书写半殖民地中国的现代主义（1917—1937）》，何恬译，江苏人民出版社 2007 年版，第 320 页。

②　穆时英：《公墓》，见贾植芳、钱谷融主编《穆时英小说全编》，学林出版社 1997 年版，第 159 页。

③　穆时英：《Craven "A"》，见贾植芳、钱谷融主编《穆时英小说全编》，学林出版社 1997 年版，第 138 页。

④　穆时英：《五月》，见贾植芳、钱谷融主编《穆时英小说全编》，学林出版社 1997 年版，第 337 页。

等。尤其是刘呐鸥《两个时间的不感症者》中"sportive 的近代型女性，透亮的法国绸下，有弹力的肌肉好像跟着轻微运动一块儿颤动着"①，"sportive 的女性"指向现代性，作者特意强调是"法国绸"而不是"中国绸"，从而将法国与现代性暧昧地联系在一起，最终完成了法国的现代性指向。

李永东在他的《租界文化与 30 年代文学》一书中写道："在洋场故事的叙事中，偶尔闪烁出'东方主义'的眼光"。②"东方主义"是萨义德在他的名著《东方学》中提出的观点，它是"一种支配、重构东方并对之行使权力的西方文体"。在这套话语系统中，东方完全丧失了其主体权利，而被置于西方文化的权力话语之下，成为被言说、被评判、被描写的对象，以确立西方自我。其基本操作方式是一整套二元对立模式：东方主义视野中的东方总是落后原始、神秘奇诡、病态委琐的，而西方则总是以现代理性、科学进步、文明强健的面目出现。20 世纪 30 年代海派的法国想象书写即体现出此套模式。这是一场奇妙的"置换"，作为"东方人"的 20 世纪 30 年代海派文人极力压抑、甚至掩盖"东方性"，并站在"西方"的立场上为其代言，以确认"自我"的假想身份。"东方"反而被"他者化了"。

章克标的《做不成的小说》是一部很值得玩味的作品，"我"在一位"老上海"的带领下，穿越北京路、南京路、汉口路、爱多亚路等最为繁华的街道寻找"女人海中的蜃楼"。"我"辗转于灯红酒绿的大马路，渐渐对现代都市风景产生了审美疲劳，"每个女子的面孔，都像隔着一重迷雾，眼睛，眉毛，鼻头，嘴巴，耳朵的位置都看得到，却总不明了不清楚……我只看见衣裳的颜色是红的、青的、黑的或是别的更适合更漂亮的颜色"③。随后，"我"与"老上海"在一个女人的带领下进入一条里弄，"电灯光并不大亮，因而里面什么也看不清楚，而且连是什么路我也不分明"。此时，本来"像是很漂亮的样

---

①　刘呐鸥：《两个时间的不感症者》，见贾植芳、钱谷融主编《刘呐鸥小说全编》，学林出版社 1997 年版，第 41 页。

②　李永东：《租界文化与 30 年代文学》，上海三联书店 2006 年版，第 10 页。

③　章克标：《做不成的小说》，见陈福康、蒋山青编《章克标文集》，上海社会科学院出版社 2003 年版，第 281 页。

子，就是那衣裳的边缘也在电灯光底下闪闪"的女人突然变得丑陋起来，"那眼梢向上微斜，含有一股杀气，眸子也不澄明像一缸死水。蹋鼻梁的大鼻子，把那小方脸压得生气全无，耳朵又小得可怜，偏装着一对大耳环，更显得粗俗。那口嘴也奇怪地大，唇上涂的血红的胭脂已经闹得一块黑一块紫了，就是面上搽的粉也干剥下来，像长久不修的败壁，把她粗糙黄黑的皮肤本来面目愈加衬出来了"①。接着"我"和"老上海"又来到一条阴暗的小巷中，那里只有一盏路灯，"长长的弄道满浴着路灯幽邃的青光"。一胖一瘦的两个女人"像到屠场上去的羔羊，正是放在俎上任人宰割的咸肉"，她们使"我"感到恐惧甚至危险，"这些病毒的培养者，传布者，媒介者啊"。② 很显然，在章克标的笔下，现代都市繁华是上海的常态，代表上海传统空间的里弄则是异质的存在，它是如此不真实，甚至与"蜃楼相像了"。在现实中占据上海大部分空间的里弄，最终却被塑造成了"他者"的形象。古老的建筑物、阴暗的巷道、颓败的女性，作者的游历竟如"探险"般充满了奇遇，这充分印证了其写作时对自己"西方身份"的设定。

在 20 世纪 30 年代海派作家的书写中，对于"自我"与"他者"的定位是模糊的、混乱的。假想身份的获得并不能打消他们对"自我定位"的疑惑。邵洵美带着项美丽以情人的公开身份出入他的交际圈，项美丽是他在朋友面前骄傲的资本。而他却似乎很少走进项美丽的人际圈。尽管家境富裕，然而当他与外国人相对时，"中国身份"才是横亘在他们之间的鸿沟，作为一个政治与经济都极度落后的国家的子民，其在心理上有着无法克服的自卑感。因此，即便是邵洵美这样一位时髦的洋场阔少，当他从年少逐渐走向成熟之后，也总是选择以传统的中式长袍出现在公众场合，或许这正是源于其对"假想身份"的担忧。这种疑惑与忧虑在 20 世纪 30 年代海派作家笔下的"摩登女郎"身上多有体现。她们大多拥有西方化的外形特征——"瘦小而隆直的希腊式的鼻子"、

---

① 章克标：《做不成的小说》，见陈福康、蒋山青编《章克标文集》，上海社会科学院出版社2003 年版，第 283 页。

② 章克标：《做不成的小说》，见陈福康、蒋山青编《章克标文集》，上海社会科学院出版社2003 年版，第 284 页。

"理智的前额"、"巴黎风的小方脸"、"浅黑肤色"等，标示出其代表西方现代性的符码身份。她们是"近代的产物"，一方面被呈现为欲望的注视对象，另一方面又永远无法被得到，表现出 20 世纪 30 年代海派作家在追求现代性与西方身份过程中所陷入的悖论。这种情形在施蛰存的《四喜子的生意》中得到了更为精妙的展示。作者先验地将西方女人与东方男人置于尊与卑的身份定位中。而最具讽刺意味的是，东方男人对西方女人的性幻想与性侵犯，最后却被当作抢劫手镯而被捕。即使是在人类共同的本能层面，东西方仍然是不对等的。在西方女人面前，东方男人是卑微而委琐的，甚至不配对她产生性幻想，卑对尊的僭越最终成为笑谈，字里行间流露出作者微妙的心理失落情绪。

三、"法国想象"与无法跨越的"第三世界性"

20 世纪 30 年代，海派文人的法国想象作为一种独特的文学现象，寄寓了作家对于现代性的诉求与向往。在某种程度上，30 年代海派的法国想象也是他们对法国文化模仿与学习的过程。但是由于时代环境、社会条件的局限以及对现代性诉求的急躁心理，使得这种学习仅满足于表面符号结构的变化，只能称之为"装模作样"或"装腔作势"，并不能跨越"第三世界"的身份属性。但在这看似浮泛的现象背后，却隐含着文人文化身份的转变与"脆弱"的民族国家话语表达。

有学者认为，在对一种新文化的学习与内化中，往往要经历一定阶段的"装模作样"或"装腔作势"的过程。"装模作样或装腔作势是教会、国家、帝国和王朝等大制度或大机构，为了中产阶级的国内实际利益而生产出来的精心设计的美学化的商品。装模作样或装腔作势是一种短程的克理斯玛。"[1] 从某一方面来说，20 世纪 30 年代海派的法国想象也是对法国文化的学习。新文化的传播常常需要整个文化共同体长时期的精心酝酿、生产和不断的完善，但是由于时代环境、社会条件的局限以及对现代性诉求的急躁心理，使得 30 年

---

[1] 高宣扬:《流行文化社会学》，中国人民大学出版社 2006 年版，第 147 页。

代海派文人对法国文化的学习不可能深入内里，而只满足于表面符号结构的变化，往往缺乏文化本身的内涵和深度。它只能作为越来越表象化的象征符号，短暂地满足人们的好奇心。

在法国，咖啡与文化、历史颇有渊源。咖啡馆曾作为文化的发源地而被称为"知识办公室"和"启蒙哲学家的神殿"，很多咖啡馆都是因为文人的光顾而闻名于世，诸如花神咖啡馆、双偶咖啡馆，充满了历史文化气息，也透露出法国人浪漫闲适的生活情调。而 20 世纪 30 年代海派笔下的咖啡馆，也许与其拥有近似的外观，却仅仅只能作为一个纯粹的消费场所，来慰藉对西方世界的过度渴望。"她在白瓷杯里放下了五块方糖，大口地，喝着甜酒似的喝着咖啡；在她，咖啡正是蜜味的、滋润的饮料"。咖啡的原味被遮蔽，只是作为一种舶来品承载着人们想象中的法国体验，颓废、杂乱、躁动的气息充斥在字里行间。这些咖啡馆缺少历史与文化的根基，既没有法国咖啡文化的支撑，也被刻意隐去了"东方文化"的印记。公园是法国人打发零散休闲时间的理想场所，散步、聊天、呼吸新鲜空气，以获得身心的放松。海派作家也时常在作品中涉及公园，但他们笔下的公园"是兼有下列功能的：舞厅、咖啡馆、饭馆和花园。由此可见，对中国人来说，去公园和花园并不仅仅是为了放松——就像外国人那样，在星期天和节假日去散散步——倒更像是为了娱乐"[①]。公园的休闲功能被娱乐功能所取代，而娱乐体现的是一种消费性。因此，公园只是西方现代性的一个表征符号。无论它本来的功用是什么，只要它来自西方，就集中负载了西方消费性的一切功能，但这种"画蛇添足"的行为却更加凸显了它的东方性。朱大可指出："这场想象西方的运动的结果，就是把针对西方的想象性碎片直接贴上主体，使想象者自身散发出西方式的物性光辉，犹如鸡在身上乱插孔雀翎毛，它把现代化进程涂改成了一场文化喜剧。国际资本逻辑操控着这场想象运动，令身份的庄严转换变得滑稽可笑起来。主体在想象中膨胀和失控了，变成了一堆本质可疑的消费符码。"[②] 不可否认，他们的这

① 李欧梵：《上海摩登——一种新都市文化在中国》，北京大学出版社 2001 年版，第 38 页。
② 朱大可：《西方想象运动中的身份书写》，载《南方文坛》2003 年第 6 期。

种叙事策略为文本营造了浓郁的法国情调,凸显了上海国际性、西方性的城市特质。但是,作家固有的"东方"身份属性以及对于法国文化囫囵吞枣式的学习过程,使在看似国际化的文本表述中不时显露出"第三世界性"的印迹。

德国社会学家齐美尔认为:"流行是某一个特定模式的模仿,因而满足了社会适应的需求。它将个人引向人人经历的路途,它提供了最一般的条件,使每个个体的行为都有可能成为一种榜样。"[①] 在某种程度上,20世纪30年代海派作家的创作代表着一种流行的集体的文化想象:"所有对他者的想象最终都是一次自我想象的话语冒险,这无非就是利用名片话语进行文化记忆的全面'洗白',从而完成对自己的身份想象。"[②] 无论是法国风情的咖啡馆、葡萄酒,还是具有"梦工厂"之称的美国电影,它们被赋予的诗意的白日梦价值远远大于物品本身的材料价值。王尔德曾说过:"享乐主义也并不是单讲官能的享乐,它是对于一种幻象的享乐。"与其说他们消费的是商品,毋宁说消费的是自我想象——西方身份带来的沉溺与快感。在这个层面上,法国想象、美国想象、俄国想象已经被抹杀了国别的不同、文化的差异,作为能指符号交织在一起,共同指向现代性的"终极"意义。朱大可认为:"在西方想象运动中,个人名片的拼接赋予强大的国家民族('国族')图景,个人主体凝结成了民族主体,个体的自我想象转换成民族想象。"[③] 不可否认,20世纪30年代海派文人在书写自我身份的同时,或多或少也在构筑着民族国家的"强盛"文本。李欧梵认为,张若谷把法国和西方的异国风味结合进了民族主义者的论述:"他们认为上海的特殊情形将最终提高整个民族的美学修养。因为上海是那样的充满异国情调,与中国的其他地方是那么不同,它完全可以成为一个文化的实验室,以试验一个崭新的中国文明是否可能。"[④] 但这种双重书写在海派作家那里只

---

① 转引自高宣扬:《流行文化社会学》,中国人民大学出版社2006年版,第9页。
② 朱大可:《西方想象运动中的身份书写》,载《南方文坛》2003年第6期。
③ 同上。
④ 海恩里奇·弗鲁豪夫:《中国现当代文学中的城市异国风》,转引自李欧梵《上海摩登——一种新都市文化在中国》,北京大学出版社2001年版,第25页。

是一种脆弱的联合。穆时英的创作轨迹便鲜明地昭示出这种脆弱性。"如果仅把社会主义思潮视为令人眼花缭乱的国际'现代主义'之一味,而罔顾其坚硬的意识形态指令,那么海派文人的普遍'左'倾便不成问题,甚至可以说'左'倾的态度为他们激进的国际身份增添了一个'政治前卫'的有力砝码。"[1] 穆时英是以"普罗作家"的姿态出现于文坛的,在创作前期曾写出《咱们的世界》、《黑旋风》、《南北极》、《手指》等契合革命需要的文学作品,以充满破坏欲望的复仇情绪投合了大革命失败后普遍郁结的不满心理,构筑了一幅充满浪漫色彩的梁山泊般的底层世界,也因此受到普罗文学批评家们的推崇,一时声名鹊起。可一旦社会主义当真以"主义"的面目出现时,海派文人白日梦般的自我沉溺就显得格格不入了。《南北极》之后,穆时英的眼光就更多地流转于夜总会、酒吧、电影院、跑马场等都市娱乐场所。对于这种变化,施蛰存认为:"他连倾向马克思主义的思想基础也没有,更不用说无产阶级生活体验。他之所以能写出那几篇较好的描写上海工人的小说,只是依靠他一点灵敏的模仿能力。他的小说从内容到创作方法都是模仿,不过他能做到模仿得没有痕迹。"[2]

旷新年认为,在民族国家的想象与构建中,"西方"和"中国"共同参与了中国现代民族国家同一性的创造。"每一个'民族国家'图景都是在其获得主权的斗争中出现并逐渐清晰的,它是为'主体性'的确立而建构的一种集体的'自我身份'。因此,民族国家想象必然伴随着想象者'主体意识'的构筑,创造出一种既是个人的、也是民族的自我。"[3] 而 20 世纪 30 年代海派对法国的文化想象却与此并不吻合,不但没有民族"主体性"的确立,甚至还不时闪现出"东方主义"色彩的叙事话语。他们缺乏对于西方现代文明真正的批判能力,也缺乏对于现代民族国家构建的正确体认。他们只是沉溺于现代商业文明

---

① 杜心源:《感官、商品与世界主义:都市"当下性"与现代性的"美学"转移》,载《天津社会科学》2006 年第 4 期。

② 施蛰存:《我们经营过的三个书店》,载《新文学史料》1985 年第 1 期。

③ 王晓路:《文化批评关键词研究》,北京大学出版社 2007 年版,第 351 页。

所带来的消费体验，"在物质凝视或交换的瞬间体味国际化的身份快感，而民族－国家文学预设的时间框架——个人必须与历史意识紧密整合——已先天否定了任何个人心理沉醉的合理性。"①

第三节　人物想象中的符码特征

不止一本论著谈及新感觉派在人物描写上的符码特征，比如李欧梵的《上海摩登》与李今的《海派小说与现代都市文化》。李欧梵在《上海摩登》第三章以"脸、身体和城市：刘呐鸥和穆时英的小说"为题展开。在李欧梵看来，"脸与身体"描写在刘呐鸥与穆时英创作之重要，几乎可以得到某些定性。李今在其论著第二章《唯美——颓废和对于新的生活方式的探求》中，论及"颓废女人的形象和意象"。不同于李欧梵的是，李今还为女人形象设定了"意象"之味，并谈及女性身体与动物意象（蛇与猫）、传统意象（花和月亮）、吸血鬼意象（木乃伊）之间的关系。另外，张英进谈到黑婴小说中"女性常常被表现为谜一般的符号性文本"② 等等，颇有见地。在我看来，前述研究都隐含了对新感觉派上海特别是上海女性现代属性的认定。特别是李今，其对新感觉派人物物质属性的研究颇含卓见。这些结论是不可推翻的。不过，人物的符码特征似乎还更应扩大一些认识范围。事实上，符码式的表现在新感觉派那里最终是一种程式化、流行化、表面化的写作，它不仅包括了人物体貌方面的特征，还包括了生活方式的，诸如消费生活与男女交往。而在男女交往方面，场所（空间）、器物、过程（如竞技冒险）等等也应该纳入研究范围。那么，其最终表达的含义又是什么呢？

---

① 杜心源：《感官、商品与世界主义：都市"当下性"与现代性的"美学"转移》，载《天津社会科学》2006 年第 4 期。

② 张英进：《都市的线条：二三十年代中国现代作家笔下的上海》，冯洁音译，载《中国现代文学研究丛刊》1997 年第 3 期。

一、人物体貌的西方特征

对于身体的叙述，历来与种族、文化、政治相连接，[1] 但新感觉派所描写的人物体貌，如同其场景表现一样，恰恰是要弥平各种差异，甚至是种族差异，以达到在种族意义上对于上海的西方想象。我们不妨抽取几例，排列一下：

穆时英《五月》中的蔡佩佩：

> 画面上没有眉毛，没有嘴，没有耳朵，只有一对半闭的大眼睛，像半夜里在清澈的池塘里开放的睡莲似的，和一条直鼻子，那么纯洁的直鼻子。

穆时英《夜》：

> 她有个高的鼻子，精致的嘴角。

《白金的女体塑像》中到医院就诊的第七号女客：

> 窄肩膀，丰满的胸脯，脆弱的腰肢，纤细的手腕和脚踝。

《某夫人》中的女间谍：

> 少妇型的妖冶而飘逸的风姿。

《骆驼·尼采主义者与女人》中的某少女：

---

[1]　在茅盾小说中，性感的身体与"革命"有关。性感成为这个时代女性政治属性的一个隐喻。

她绘着嘉宝型的眉，有着天鹅绒那么温柔的黑眼珠子和红腻的嘴唇。

《红色的女猎神》中的女匪首：

天真的纤眉和一条希腊型的高鼻准。……她有着不搽粉，只搽了胭脂的，娇憨的脸色，因为她的嘴上刻画着明确的弧线，意志的弧线。

……

遒劲地扭动着腰肢，一位有着丰腴的胴体和褐色的肌肤的小姐浴着一身潇洒的风姿……

《黑牡丹》：

她鬓角上有一朵白的康纳馨，回过脑袋来时，我看见一张高鼻子的长脸，大眼珠子，斜眉毛，眉尖躲在康纳馨底下，长睫毛，嘴唇软得发腻，耳朵下挂着两串宝塔形的耳坠子，直垂到肩上——西班牙风呢？

刘呐鸥小说《游戏》中的女子：

他直挺起身上玩看着她，这一对很容易受惊的明眸，这个理智的前额，和在它上面随风飘动的短发，这个瘦小而隆直的希腊式鼻子，这一个圆形的嘴型和它上下若离若合的丰腻的嘴唇，这不是近代的产物是什么？

《流》中的一位女革命者：

她可以说是一个近代的男性化了的女子。肌肤是浅黑的，发育了的四肢像是母兽的一样地粗大而有弹力。当然断了发……

《风景》中的近代女性：

看了那男孩式的断发和那欧化的痕迹显明的短裙的衣衫，谁也知道她是近代都会的所产，然而她那个理智的直线的鼻子和那对敏活而不容易受惊的眼睛就是都会里也是不易找到的。肢体虽是娇小，但是胸前和腰边处处的丰腻的曲线是令人想起肌肉的弹力的。

《两个时间的不感症者》中的近代型女性：

一位 sportive 的近代型女性，漂亮的法国绸下，有弹力的肌肉好像跟着轻微运动一块地颤动着。

叶灵凤《第七号女性》中的第七号女性：

烫发，Reynokeds 型圆脸，大眼睛，不加修饰的眉毛和嘴唇。有时，两颊有胭脂的晕痕，削肩……

章克标《银蛇》：

在她身后高耸的臀部，紧张了绫华绢的裤子，分明显露出一个椭圆的曲面，和绿绸棉袄所堆起的肩头以下的圆柱体，恰好是一幅很调和的立体几何的曲面体模型。

不用引述下去，我们已经确切得到了一幅关于都市女郎的面貌（由于新感觉派创作明显的模式化特征，这种描写是重复的，至多是互为补充）：这位女郎身材娇小，胸部丰满，腰与肩较为瘦削，四肢显得较有力量，肤色不是特白，头部的明显特征是短发、高鼻子。这样的女郎当然是性感的，但绝不止于性感，或者说性感并不是其所要凸现的。我们看到，除了腰与肩部的瘦削为东方女子的特征之外，其所要突出的是脸部轮廓线，特别是高直的鼻子，是明显的欧洲人体貌特征，作者甚至不断用"希腊式"一语来明确表达。除此之外，作者们还有一些带有时代痕迹的细节描述，如肤色呈浅褐色、短发，以及身体的几何直线感。短发与浅褐色皮肤都表现出喜欢运动与户外活动的特征，也即是作者所说的"近代型"；而"短发"则更有深意。刘呐鸥在一篇文章中认为，"短发男装的 sport 女子便是这一群之代表。她们是真正的 go-getter。要，就去拿。而男子们也喜欢终日被她们包围在身边而受 digging"。这种女子在刘呐鸥看来，就是法国人之所谓 garsonne（法语，具有男子气的女人）。所以"短发"所表现出的不仅是运动的近代特征，还是女性对性采用主动的开放态度。相似之下，新感觉派并不在意对服饰的描写。衣服的颜色倒是经常被提到，如"穿墨绿衫的女子"、"红缎带"、"堇色的衫"等等，但对服装样式却兴趣不大。即便是在《Craven "A"》中写道：男子解了"五十多颗扣子"，感叹"近代的服装裁制可真是复杂啊"！但除了交代"高跟儿鞋，黑漆皮的腰带"外，也没有特别介绍服装样式；或者，有时简化为"一身时髦的西欧风味"（穆时英《某夫人》）等表述。不知这是否与上海女性多半穿着旗袍而不宜展开西方性想象有关，"似乎脸比身体带着更多的色情"[1]。

我们还可以辅之以新感觉派对男性人物体貌描写的分析。比之女性，虽然新感觉派性较少叙写男人的相貌，但偶尔露出的几笔反而非常集中于一点：《被当作消遣品的男子》中可爱的一副男子的脸是"直线的、近代味的"；刘呐鸥《游戏》中女子对男人身体的评价是"你真瘦哪！"；穆时英《Craven "A"》中的男子"有一张巴黎风的小方脸"；刘呐鸥《杀人未遂》中则形容一位男子"长形的面貌、隆直的希腊的鼻子和两道劲健的眉毛"。男人身体的近代型被作者称为"瘦"，因为"瘦，瘦身体才能直线的；直线的又是现代生活的重要的因素哪！"[2]

---

[1] 李欧梵：《上海摩登——一种新都市文化在中国》，北京大学出版社 2001 年版，第 208 页。

[2] 刘呐鸥：《风景》，见贾植芳、钱谷融主编《刘呐鸥小说全编》，学林出版社 1997 年版，第 12 页。

叶灵凤《禁地》中有一长段对都市男子的描写：

> 眼睛似乎有点近视，戴了一副玳瑁黑边的眼镜，但是从镜中射出的两道目光，依然还奕奕有神。眉峰很浓整，狭长的两道沿着眼角渐渐弯下，很有点近代美的色彩，似是曾经加过人工的修饰似的……嘴唇不十分厚，薄薄的两片……头发被一个呢帽遮住，但是从后部露出一个部分，还可看出是时代流行的 Comb back 式。

显然这里是作者的自况，除了"眼睛近视"与个体特征外，作者强调的是"近代美"等时尚流行的外在面貌。

新感觉派对女性面貌的描写，相当程度上来自对当时欧美当红电影女星的临摹。李欧梵甚至认为"女主人公的眼睛和嘴唇，或张或合，都可能有现代渊源——袭自好莱坞影星，尤其是刘呐鸥最钟爱的琼·克劳馥（Joan Crawford）和葛丽泰·嘉宝（Greta Carbo）。"[①] 刘呐鸥曾在《现代表情美造型》一文中谈到，"女子在男子的心目中现出最美、最摩登"的样子，"可以拿电影明星嘉宝、克劳馥或谈英[②]做代表"，"她们的行动及感情的内动方式是大胆、直接无羁束，但是在未发的当儿却自动地把它抑制着。克劳馥的张大眼睛，紧闭着嘴唇，向男子凝视的一个表情型恰好是说明着这般心理。"[③] 穆时英在《魅力的解剖学》一文中，将现代女星分为两类。一类是以嘉宝（Greta Cabo）、黛德丽（Marlene Dietrich）、朗白（Caole Lambrol）、克劳馥（Joan Crawfora）为代表，一类是以梅惠丝（Mae West）、简哈罗（Jean Harlow）、克莱拉宝（Clara Bow）等为代表。前者是"隐秘地，禁欲地"，后者则是"赤裸裸地、放纵地"。李今认为："穆时英笔下的某些女性也正是按照这两类模式塑造出来的"，并认为"《Craven "A"》中的女主角余慧娴属于后一种模式"，

---

① 李欧梵：《上海摩登——一种新都市文化在中国》，北京大学出版社 2001 年版，第 208 页。
② 30 年代中国女电影明星。
③ 刘呐鸥：《现代表情美造型》，载《妇人画报》1934 年 5 月。

《白金的女体塑像》中的女客属于前一类"。[1] 进而，穆时英在一篇文章中把
欧美电影女星的体貌作了一番综合：

> 5×3 型的脸。羽样的长睫毛下像半夜在清澈的池塘里开放的睡莲似
> 的半闭的大眼眸子是永远织着看朦胧的五月的梦的！而是永远望着辽远
> 的地方在等待着什么似的。空虚的，为了欲而消瘦的腮颊。嘴唇微微地
> 张开着，一张松弛的，饥渴的嘴。[2]

新感觉派小说描写人物的西方性想象还从身体扩大到了与身体有关的其他部
分：如发型、嗓音。《Pierrot》中一位现代主义作家荣哲人对于都市现代女性有一
番高论："现代女子的可爱，多半在她们的沙嗓子上面。沙嗓子暗示着性欲的过
分亢进，而性欲又是现代生活最发展、最重要的部门，所以，沙嗓子的嘉宝被广
大的群众崇拜着吧。"同样，黑婴的小说《Shadow Waliz》中也有一位有着嘉宝沙
嗓子的舞女。此外，还有一些如"瑠玛希拉式的头发"、"响亮的金属声音"（刘
呐鸥《风景》）、"琼·克劳馥式的答应了一声"（叶灵凤《流行性感冒》）等描述。

新感觉派小说中的女性体貌，呈现出一种抽象意义上的"近代型"。事实
上，刘呐鸥与穆时英也是在按照欧美电影女星的容貌特征套进了笔下人物。因
此，其笔下的女性特征并非全部是"性感"，或者说"性感"是从属于体貌的
西方特征的。刘呐鸥《礼仪与卫生》中的法国商人说：

> 西洋女人的体格多半是实感的多。这当然是牛油的作用。然而一方
> 面也是应着西洋的积极生活和男性的要求使其然的。从事实说，她们实
> 是近似动物。眼圈是要画得像洞穴，唇是要滴着血液，衣服是要袒露肉
> 体，强调曲线用的。她们动不动便要拿雌的螳螂的本性来把异性当食用。
> 美丽简直是用不着的，她们只是欲的对象。

---

① 李今：《海派小说与现代都市文化》，安徽教育出版社 2000 年版，第 151 页。
② 穆时英：《电影的散步·性感与神秘主义》，载《晨报》1935 年 7 月 17 日。

▲ 新感觉派画家查建英所绘的好莱坞明星克劳馥、嘉宝、克拉拉·宝（克莱拉宝）（下页）头像。三位女星皆为新感觉派所喜爱，其身体特征经常被新感觉派作为小说人物的形貌来源。穆时英在《魅力的解剖学》一文中，将现代女星分为两类。一类是以嘉宝（Greta Cabo）、黛德丽（Marlene Dietrich）、朗白（Caole Lambrol）、克劳馥（Joah Crawfora）为代表，一类是以梅惠丝（Mae West）、简哈罗（Jean Harlow）、克莱拉宝（Clara Bow）等为代表。前者是"隐秘地，禁欲地"，后者则是"赤裸裸地、放纵地"。在文字说明中，画家分别将两人以"悍马"、"蛇"、"赤色大山猫"喻之。查建英（1907—1979），福建同安人，上海圣约翰大学毕业，画家兼作家，与施蛰存、戴望舒等创办《新文艺》，后接编《妇人画报》。曾任中国驻长崎总领事、台湾第一银行总经理等职。

　　事实上，这也是刘呐鸥本人对于女性身体的描述，即女性在身体方面显示出西洋式的开放主动的姿态。这才是问题的根本。刘呐鸥在另一处文字中谈到男子对嘉宝式女性的感受："这孩子似乎恨不得一口儿吞下去一般地爱着我"。[1] "螳螂一样的女郎"一语在刘呐鸥的小说中经常使用。穆时英也有类

————————————

　　① 刘呐鸥：《现代表情美造型》，载《妇人画报》1934 年 5 月。

似写法,《被当作消遣品的男子》这一题目便显出这一意思。相形之下,男子则成为女性消费的"朱古力糖、Sunkist、上海啤酒、糖炒栗子、花生米",被吃或被排泄,成为"被狮子爱着的羔羊",而越来越类似于穆时英《五月》中所写的窝囊废:"他是鸟里的鸽子,兽里的兔子,家具里的矮坐登,食物里的嫩朵鸡。"

这种基于西方崇拜而来的想象性的身体描写,其脆弱性一望便知。沈从文便消解过这种想象:在《阿丽斯中国漫游记》里,上海洋场里的女性身体面貌完全是虚假的"西洋景","她足登高跟皮鞋,套着肉色丝袜,满头的烫发。只可惜她的胸脯不丰,头发不金黄,鼻子也不挺直。"

关于身体的叙事,历来与种族、文化、政治相连。在茅盾小说中,"性感"首先与"革命"政治有关,这反映在其《蚀》、《虹》、《子夜》等篇中。《虹》中的梅女士在"五卅"运动中,直接到街头参加游行,遭高压水龙头冲击。当她回到指挥部时,"单旗袍已淋湿,紧粘于身上,掬出尖耸的胸部,聚集在指挥部的大堆青年看见梅女士像一座裸体模型闯进来,不由得发出一声怪叫";《虹》中的梅以及《蚀》中的方舞阳、章秋柳、赵赤珠以及蒋光慈《冲出云围的月亮》中的王曼英都属此类人物。至少在身体方面,"性感"获得了时代性的身体属性,"表现出女性身体+时代精神新模式"。[①] 至 20 世纪 30 年代,丁玲的《一九三〇年春上海》与茅盾的《子夜》都用"荡佚的媚态"、

①　赵毅衡:《在小说与传记的重合处:梅女士出洋》,见朱大可、张闳主编《21 世纪中国文化地图》(第一卷),广西师大出版社 2003 年版,第 151 页。

▲ 希夫绘"上海小姐"。其绘的上海小姐宽脸塌鼻，呈东方人身体特征，带有西方人视觉习惯，与新感觉派所写的上海女郎的西方化身体特征完全不同，类似沈从文对新感觉派"上海西洋镜"所解构的："她足登高跟皮鞋，套着肉色丝袜，满头的烫发。只可惜她的胸脯不丰，头发不金黄，鼻子也不挺直。"

"高耸的乳峰"、"雪白的半只肩膀"等性感特征来指喻资产阶级的腐烂生活，体现出某种阶级性。而新感觉派则抹平了关于身体的这一差异，甚至在想象的意义上达到了一种关于种族上的西方性。

二、女性身体的新喻体

新感觉派对于上海"近代型"女性身体的描绘，使之产生了一些新的、并有明显工业时代气息的喻体。有学者认为，刘呐鸥与穆时英常常以动物来喻上海女性，比如猫与蛇、蝶、花，甚至罂粟与木乃伊，从而为"那些传统的象征女性美的意象""增添了恶的寓意"。[①] 新感觉派最大限度地阐发了关于女性"螳螂"的说法，这在近代西方文学中亦不少见。但是，新感觉派对人身体比喻的更大特点，在于摄取现代城市最具代表性的现代器物，来表现女性的所谓"近代型"。

比较典型的喻体是汽车、石膏像与金属。

叶灵凤《流行性感冒》开始劈头一句：

> 流线式车身
> V 形水箱
> 浮力座子
> 水压灭震器
> 五挡变速机
> 她像一辆 1933 型的新车，在五月橙色的空气里，沥青的街道上，鳗一样的在人丛中滑动着。

接下来又是一段：

---

① 李今：《海派小说与现代都市文化》，安徽教育出版社 2000 年版，第 113—123 页。

从第四挡换到第五挡的变速机。迎着风，雕出了 1933 型的健美姿态：V 型冰箱，半球形的两只车灯，爱莎多娜邓肯式的向后飞扬的短发。

这一比喻是中国文学从来没有过的。之所以引述叶灵凤的这一段文字，是因为以汽车喻都市女人的快节奏生活，并非作者一时的妙想。事实上，新感觉派中经常会出现女性与汽车的潜在对应关系，这显然已经超出了比喻的层面，更深入地说明了新感觉派对女性的某种现代想象。刘呐鸥《游戏》当中的女郎被作者与"飞扑"并置一处："六汽缸，意国制的一九二八年式的野游车。真正美丽，身体全部绿的，正和初夏的郊原调和。它昨天驰了一大半天，连一点点吁喘的样子都没有"；而《两个时间的不感症者》中的女郎则宣称"love-making 是应该在汽车上风里干的吗？"在这些文字中，汽车所隐含的是速度、力量与性爱意义，这倒正与城市女郎的特性相一致。

另两种独特的喻体是石膏像与金属，其所包含的喻义是线条感与质感："石膏模型到了晚上也是裸体的……这是从画上移植过来的一些流动的线条，一堆 cream，在我的被罩上绘着人体画。"穆时英的《白金的女体塑像》有一个著名的喻体——金属："每一块肌肤全是那么白金似的"。其实，肤色之白不是作者要强调的，作者要强调的是"直线型"："把消瘦的脚踝做底盘，一条腿垂直着，一条腿倾斜着，站着一个白金的人体塑像，一个没有羞惭，没有道德观念，也没有人类的欲望似的，无机的人体塑像。金属性的，流线感的，视线在那躯体的线条上面就滑了过去似的。"在这里，"白金"与"塑像"构成这一喻体的关键。"白金"一词所要强调的是人体的金属感，而"塑像"一词则与女性人体的质感无关，它表明的是作者的崇拜。以塑像来表达女性美在艺术与文学中都是一个传统。在近代，戈蒂耶、波德莱尔和王尔德都有类似的描写。波德莱尔在《恶之花》中就有"把美比成大理石像那样无表情，无感觉"的理念，"大理石像是永恒的，不动的，无言的"。[①] 因而，雕像是"最高傲

---

① 见波德莱尔《恶之花·巴黎的忧郁》中钱春绮的译注，人民文学出版社 1991 年版，第 46 页。

的""堂堂的姿态","像石头的梦一样",①表明了一种永恒性。如果将两种因素合在一起,可以看出,这一喻体表达的是对金属般胴体的崇拜之意。李欧梵先生曾对小说中主人公谢医师在面对女人身体而迷乱时的祷告做过分析:"主救我白金的女体塑像"这一句在没有任何标点的情况下重复了六次,他认为:"这里,标点的省略轻易地建立了一条平等置换链,使上帝和白金塑像在主人公激动的'意识'流里变得可以互换,仿佛那医生就是在向白金塑像祈祷一般。因此,这错置的向上帝的祈祷成了对白金女神的迷乱的膜拜。"②联系到作品中的谢医师在为"白金塑像"般的女病人诊病之后立即改变独身生活而娶妻这一情节,可以理解到这一喻体的含义。作者崇拜"近代型"人体之意毕现。

最为特别的是穆时英在《Craven "A"》对女性身体的一连串比喻。这段文字长达一千多字,不便引述。文中基本上以自然形胜来比喻城市女性的身体,其间,头发、眼睛、嘴、胸脯与下身,分别以"黑松林地带"、"湖泊"、"火山,中间颤动着一条火焰"、"两座孪生的小山"和"更丰腴的土地"来指喻。这种纯自然景物的指喻并不少见。但接下来的一段比喻则使人瞠目结舌:

> 在那两条海堤的中间的,照地势推测起来,应该是一个三角形的冲积平原,近海的地方一定是个重要港口,一个大商埠。要不然,为什么造了两条那么精致的海堤呢?大都市的夜景是可爱的——想一想那堤上的晚霞,码头上的波声,大汽船入港时的雄姿,船头上的浪花,夹岸的高建筑吧!

这是一处对性爱充满赤裸裸色情幻想的描述。但是色情并不是重要的,关键在于作者用了一连串与港口这种近代设施有关的喻体,如"商埠"、"海堤"(以上为女阴之喻)、"大汽船"、"高建筑"(以上为男根之喻)等等,实是

---

① 见波德莱尔《恶之花·巴黎的忧郁》中的钱春绮译注,人民文学出版社1991年版,第46页。
② 李欧梵:《上海摩登——一种新都市文化在中国》,北京大学出版社2001年版,第228页。

一种现代性图景的憧憬。如果撇开这种比喻所指宽泛的港口描写的话，那么，它是不是上海呢？如果是的话，那么这个上海完全是一幅大工业的典型图景。

三、人物属性与关系的符号性、虚拟性

与人物体貌特征上的"近代型"相一致的，是人物在属性方面的近代型。正像新感觉派在空间意义上抹去的深刻的历史性、东方性内容一样，新感觉派在人物属性上也避免任何对人物东方性、历史性属性的深究。人物的阶级属性、家庭属性、伦理属性、乡村属性都被作者悄悄绕过去，以达到西方想象的目的。

这里涉及到一个问题，即新感觉派的人物有无其他属性。家庭、伦理、乡村属性的缺乏是显而易见的。那么，这里只剩下一个问题，即有无阶级性的问题。我们如何解释穆时英等人"左"倾小说中的人物的阶级性表现呢？刘呐鸥与穆时英乃至施蛰存、杜衡，早年都有"左"倾的历史背景。刘呐鸥早年创办的水沫书店，基本上是一家"左"倾的文学阵地。以商人又兼文学家的身份，他又开办《无轨列车》等杂志。穆时英早年的几篇作品，即《咱们的世界》、《黑旋风》、《南北极》、《生活在海上的人们》等使他赢得了"普罗文学的白眉"之誉，"仿佛左翼作品中出了尖子"，"几乎被推为无产阶级文学的优秀作品"。① 施蛰存早年也有《追》等左翼小说。以后，贫富对立的经济社会分析的创作在穆时英小说中亦有呈现。收入《南北极》集中的《偷面包的面包师》与《断了条胳膊的人》、《油布》同属此类。时人评论说：《偷面包的面包师》表明"一个生产者对于他生产出来的东西没有消费的能力"，② 而《油布》一篇则表达"人不如机器"这一事实。到《公墓》集中的《上海的狐步舞》，则怒呼："上海，造在地狱上的天堂"，达到了他对上海社会关于阶级性认识

---

① 施蛰存：《我们经营过的三个书店》，载《新文学史料》1985 年第 1 期。
② 苏汶：《理论之批评与实践》，载《现代》第 2 卷第 5 期。

的高度。应该说，这与同在上海的左翼阵营的影响有关。穆时英后来计划撰写长篇小说《中国一九三一》（后易名《中国行进》），虽未能面世，但从其卷首引子（即《上海的狐步舞》）与良友公司为其所做广告看，其内容涉及"民族资本主义与国际资本主义的斗争"等等。

　　理解的关键在于，虽然阶级性一度构成新感觉派描写的视角，但却并非是人物的主导属性，因为人的物质与暴力属性早已跃居其之上。《黑旋风》、《南北极》与《咱们的世界》等中，里面的人物通常是行无定迹而崇尚侠武的江湖人群。虽则行侠少年们把"不爱钱、不贪色、又有义气"并"替天行道，杀尽贪官污吏，赶走洋鬼子"的原则奉为圭臬，而事实上，在《黑旋风》、《生活在海上的人们》等篇中，"道"已不存在，其小说结局大体表明了这样两句话："这世界本是没理的"，"这世界是靠力气的"，金钱与女色成为其反抗的动机，成为一群杀人屠伯，其最后抢劫财物与奸污李委员夫人等都属这一情形。1927 年，亚灵（潘汉年）著文倡导"流氓精神"："新流氓主义，没有口号、没有信条，最重要的就是自己认为不满意的就奋力反抗"。[1]穆时英即类似这一情况。施蛰存曾评价穆时英说："他连倾向马克思主义的思想基础也没有，更不用说无产阶级生活体验。他之所以能写出那几篇较好的描写上海工人的小说，只是依靠他一点灵敏的摹仿能力。他的小说从内容到创作方法都是摹仿，不过他能做到摹仿得没有痕迹"[2]。穆时英普罗小说遵循的并非真正意义的左翼阶级学说，而是一种"新流氓主义"的反智主义倾向。事实上，在对人物属性的认定中，物质属性远远超过阶级属性。《南北极》中的众多女性，且不说上层社会的委员夫人、姨太太、明星，即便是出身低微贫贱的牛奶西施、工人之妻、甚至乡姑，都把生活目的定位为："穿丝袜、高跟鞋、住洋房、坐汽车、看电影、逛公园、吃大餐"。施蛰存小说《四喜子的生意》，也并非阶级分析，而是阐发弗洛伊德理论式的人欲压抑与释放学说。在其后来的作品当中，这一逻辑一直得到体现。刘呐鸥的情形更是如此，而且比之穆时英来说，

---

① 亚灵（潘汉年）：《新流氓主义》，载《幻洲》下部《十字街头》第 1 卷第 1 期。
② 施蛰存：《我们经营过的三个书店》，载《新文学史料》1985 年第 1 期。

他甚至没有经历过"普罗文学"的时代。

对此，我们可以将新感觉派与左翼创作进行一个比较。在左翼作家如茅盾、丁玲笔下，人物的物质属性也是一个明显的事实，但物质造成的是人的经济利益，并导致利益关系的集团性呈现，最终为阶级性的一个注脚。看一下丁玲《一九三〇年春上海》（二）中的玛丽。她"艳丽"，有"荡佚的媚态"，有一种极端享乐的玩世思想，喜欢丽服靓妆、逛街购物，看电影、读流行报刊，一切向流行消费标准看齐。她要到"顶阔气的影院，"从"雕饰得很讲究的扶梯上，和站有漂亮侍者的门边走到座位上去。"她要置身在有软椅垫、放亮的铜栏、天鹅绒的幔帐"这上海仅有的高贵的娱乐场所"，而"不必定影片合意"，因为"乡下人才是完全来看电影的"。玛丽的物质属性，极类似于鲍德里亚所说的"符码消费"①。她也许爱过革命者望微，但并不受制于他，甚至把冶荡的媚态送到革命者的会议上。篇末，当望微在马路上被捕之际，玛丽从商店"显然买了东西出来"，而且，"还有一个漂亮青年在揽着她。"在作品中，由于望微的出现，将玛丽的物质生活置于一种阶级意识的审视之中。由此，新感觉派与左翼在这一点上显示出差别。人的物质性不是造成人群的差异，而是造成个体无差异的普同性。

为了表现出城市人的物质属性，新感觉派不独在人物行为描述上进行表达，而且干脆使用大量判语。比如：

> 真是在刺激和速度上生存的姑娘哪！蓉子！jazz、机械、速度、都市文化、美国味、时代美……产物的集合体。我们这代人是胃的奴隶，肢体的奴隶……（穆时英《被当作消遣品的男子》）
>
> 譬如我，我是在奢侈里生活着的，脱离了爵士乐、狐步舞、混合酒、

---

① 鲍德里亚意欲以所谓"符码方式"（mode of codification）代替马克思的"生产方式"（mode of production）概念。他认为，在消费社会或资本第四期，消费行为是一种对商品符号的信仰，即消费的是商品的第三种价值——符号价值（前两种为使用与交换价值）。商品作为符码，能够表现出消费者的个性、地位、特征与修养，并据此构成社会分层。

秋季的流行色、八汽缸的跑车、埃及烟……我便成了没有灵魂的人。（穆
时英《黑牡丹》）

相应的，人物所置身的环境，恰如刘呐鸥在《无轨列车》中《保尔·穆杭论》
中所说的"这酒馆和跳舞场和飞机的现代"。人物正像是巨大的城市本身，其
神秘的物质性成为上海现代性的一个符码。

　　由人的物质属性所决定的，是人物间的关系。在新感觉派小说中，最大
的一种人物关系并非社会学意义上的，而是一种男女关系，这与茅盾等为人
物所设定的"利益"关系有很大不同。但是这又不是优美的爱情故事。我们
看到，新感觉派小说的潜在结构之一是都市男女的快速聚散。吴福辉在《都
市漩流中的海派小说》中使用了"邂逅型男女"这一说法。他说："这自然与
'捆绑式夫妻'大异，与一见钟情式的恋爱也未见相同。'一见钟情'所包含的
邂逅成分，仅限于男女情感建立之初，一见之下，便成两情缔结的永恒。'一
见'的境况之所以多，皆因男女相识的艰难……它的心理依据，是两性吸引天
然富有的那种直觉感，灵感性，顿悟性……到了三四十年代的海派小说，都市
临时型的男女交往，遂为定式，它同'一见钟情'的差异，是以'邂逅'始，
以'邂逅'终，邂逅贯穿了两性相识的全过程"。[①] 对于都市男女的"聚"与
"散"，其所包含的上海城市人的含义，当然有"性爱"上的（或者说是性欲
上的），即"愉快的相爱，愉快的分别"（刘呐鸥《游戏》），或者如吴福辉先
生所说："享乐主义、刹那主义的掺和，必导致'性'与'爱'的疏离"。[②]
不过，"男女聚散"中造成的"邂逅"不同于一般意义上的性爱。还是回到此
一部分开头的判语：不相识的男女聚散构成了小说潜在结构，换句话说，作品
的全篇都在为"男女聚散"（或"男女邂逅"）这一情节主干服务。那么，我们
就不能不考虑围绕着"男女聚散"这一情节在整个小说叙事中的各种细节。

　　首先是"男女聚散"所发生的空间。

---

　①　吴福辉：《都市漩流中的海派小说》，湖南教育出版社1995年版，第174—175页。
　②　吴福辉：《都市漩流中的海派小说》，湖南教育出版社1995年版，第176页。

一是街头：如叶灵凤的《流行性感冒》；穆时英《上海的狐步舞》、《夜》、《街景》、《五月》、《Pierrot》；施蛰存《春阳》、《梅雨之夕》；黑婴《上海的Sonata》；刘呐鸥《热情之骨》等等。

二是公园：如叶灵凤《忧郁解剖学》；穆时英《五月》、《墨绿衫的小姐》等。

三是街头、商店橱窗：如叶灵凤《第七号女性》、《未完的忏悔录》；穆时英《骆驼·尼采主义者与女人》等等。

四是舞厅、电影院、夜总会：如刘呐鸥《游戏》、《流》、《两个时间的不感症者》；穆时英《Craven "A"》、《上海的狐步舞》、《夜总会里的五个人》、《夜》、《黑牡丹》、《本埠新闻栏编辑室里的一扎废稿上的故事》、《五月》；叶灵凤《未完的忏悔录》等。

五是火车、轮船：如刘呐鸥《风景》；穆时英《某夫人》、《G NO. Ⅷ》、《五月》；施蛰存《雾》等等。

六是跑狗场、跑马场：如刘呐鸥《两个时间的不感症者》；穆时英《红色的女猎神》等等。

七是港口：有刘呐鸥《残雾》；穆时英《五月》等等。

八是饭店、餐馆：有刘呐鸥《方程式》、《两个时间的不感症者》；穆时英《上海的狐步舞》、《某夫人》；叶灵凤《未完的忏悔录》等等。

九是旅游地：有刘呐鸥《奔道下》；黑婴《南岛怀恋曲》等等。

都市男女聚散在空间的背景，即前文所述之公共性场所。这种流动性极强的场所，极易造成人物的表面性与匿名性。它所导致的不仅是男女人物面目的不明晰，而且也带来了关系的不明晰和不确定感，带有虚拟特征。沈从文曾谈到穆时英小说中的男女交往，无非是一种套路："男女凑巧相遇，各自说一点漂亮话。"[①] 我们注意到，男女或聚或散，就一般情形而言，都毫无结果。比如：叶灵凤《第七号女性》中的男女关系："她认识我，我也认识她，可是

---

① 沈从文：《论穆时英》，见《沈从文文集》第11卷，花城出版社、生活·读书·新知三联书店香港分店1982年版，第205页。

▲ 1920 年代的上海南京路、西藏路跑马场，经常被写进新感觉派的文学作品中。从图片可以看出，观看者多为西人。远处为金门饭店，此时的上海四行储蓄会大楼"国际饭店"尚未建造。

她并不认识我，我也并不认识她。"穆时英《被当作消遣品的男子》中的蓉子在与男子约会后再不见踪影，"也许她不在上海"，但据说"昨天晚上"又"和不是你的男子去跳舞"。《Craven "A"》中的女郎余慧娴甚至认为，男女交往时间越长，反而越不认识。这倒成了一句谶语。她的神秘失踪，使人不知其究竟是否存在。还有，《黑牡丹》中的舞娘黑牡丹与男子跳了一曲后便不见了。《五月》中的蔡佩佩分别与宋一萍、刘沧波等三个男子恋爱，都无果而终。至于《红色的女猎神》与《某夫人》，更是连女郎的身份也搞不清。还有刘呐鸥《两个时间的不感症者》、《热情之骨》、《风景》等等。比如《游戏》中"她走了，走着他不知的道路去了"的"都市诙谐"，更有《残雾》"天天床头发现一个新丈夫"式放浪的男女奇谭等等。

　　描写稳定性人际场所男女聚散的作品在新感觉派小说中只占少数，但稳定性人际场所并不一定意味着人际的稳定，同样有着男女无可捉摸的交往虚拟性。在穆时英《白金的女体塑像》中，谢医师与七号女病人的身份有着比一般作品较强的生活实感，从一般意义上说，是由于诊治疾病而来的医生——病人关系。但在小说中，谢医师却超出了医生的身份，其由女病人的"白金女体塑像"唤起了不可抑制的性欲，使人的关系变成了性的关系。有意思的是，海派文学研究者李今在《彗星》杂志上发现了《白金的女体塑像》的初版本，[①]当时名作《谢医师的疯症》。从题目可以看出，初版本在内容表达上不同于后来的版本。后者主要表现谢医师因面对女体产生性欲而改变了独身生活，而前者则主要表现谢医师面对女病人的胴体产出木乃伊的幻觉几至发狂。李今将它看作是男子"对现代都市中如鱼得水的现代女性既恐怖又受吸引和诱惑的矛盾心理"、"施虐和受虐正反映了现代男子双重的心理享受"，并强调早期海派"唯美－颓废派的另一主题：女性的颓废之美"。[②]这一观点是精辟的。鉴于此，本书不打算复述小说有关这一主题的描述。本书所关心的是，谢医师与病人确定的人物关系也呈现出虚拟特征。不妨引述一段。

谢医师回到家中，曾对女病人做过各种身份猜测：

> （他看见她穿了黑色软绸的衣服，微微地笑着，拿着一瓶扎了红缎带的香槟酒，在公安局的进行曲里，把酒瓶砰的扔到了新落水的XX号的船头上。）

> （他看见她穿了黑色软绸的衣服，在芝加哥博览会的会场里，亭亭地站着，胸前缀着一条招待员的红缎带，在名媛的新装凑成的图案里边，一朵名葩似的。）

> （他看见她穿了黑色软绸的衣服，站在百货商店文具部的柜子里边，在派克自来水笔上面摆着张扑克脸，用上海南京路的声调拒绝着一位纳

---

① 《彗星》杂志，1933年1卷6期，收入小说集时改现名。这个发现见李今《海派小说与现代都市文化》，安徽教育出版社2000年版。

② 李今：《海派小说与现代都市文化》，安徽教育出版社2000年版，第124—126页。

绔子弟的上逸园去茶园去跳舞的请求。）

（他看见她穿了黑纱衣服，胸前簪了一球白兰花，指尖那夹着大半截烟枝，坐在装了三盏电灯的包车上面，淡淡的眼光和灯光一同地往四面流着，彗星似的在挂满了写着"书寓"两字的方灯的云南路上扫了过去。）

在谢医生的幻想中，场景不断在街头、会场、商店等公共性场所流动。在幻想中女患者的身份不停变化，或是女招待，或是女店员，甚或是妓女（书寓为旧上海高级妓院①），女病人的身份仍旧不能确定。因此，稳定性的关系同样被打破，这已经不是稳定的医生与患者关系。谢医师对女病人身体既爱又怕的态度，不仅说明了这篇小说仍然属于"男女聚散"的关系模式，其对女人身份的假想，同样带有虚拟特征，而且被女病人所唤取的种种关于"木乃伊"的臆想，更加剧了这一特征。

那么新感觉派小说中人物关系依据什么获得定性呢？当然重要的一点是性爱，但是绝不止于此，因为还有一部分作品并没有描写因相遇而导致的性爱。在我看来，男女聚散故事发生的空间、时间和相关的细节性事物方是理解的关键。对于空间而言，公共场所所包含的西方性是一种表现；对于时间而言，则意味着男女相遇的同时伴随着在公共消费场所的消费过程。

西方性之一体现在公共性场所所堆积起来的西方事物，即消费性。比如禾金在《造型动力学》中对街头的一段描写：

空气中融化了冲淡的吉士烟草、汽油、水头、三花牌爽身粉和四七一一的混合味。

伙食店里的大玻璃门里流出一大批引起食欲亢进的烤咖啡的浓味，发光的广告灯："新鲜咖啡，当场烤研！"

---

① 也称"长三堂子"、"书寓"。其中妓女因说书而被称为"先生"。

　　年红灯（即霓虹灯——引者）下面给统治着的：小巧饰玩、假宝石指环、卷烟盒、打火机、粉盒、舞鞋长袜子、什锦朱古力、柏林的葡萄酒、王尔德杰作集、半夜惨杀案、泰山历险记、巴黎人杂志、新装月报、加当、腓尼尔避孕片、高泰克斯、山得儿亨利、柏林医院出品的 Sana、英国制造的 Everprotect。①

也就是说，男女关系的展开正在于物质消费过程之中。这方面例子很多，如刘呐鸥《游戏》中的购买汽车，《两个时间的不感症者》的喝咖啡，《上海的狐步舞》中的酒、烟、英腿蛋，《红色的女猎神》中的"红印威司忌，黑印威司忌，骆驼牌和水手牌，樱桃酒和薄荷酒，鸡尾酒"，以及种种"爵士乐、狐步舞、混合酒、秋季的流行色、八汽缸的跑车、埃及烟"等等。最著名的可能是《骆驼·尼采主义者与女人》中的"三百七十三种烟的牌子，二十八种咖啡的名目，五千种混合酒的成分配列方式"。男女橱窗相遇则把这种书写方式推向极致，如"橱窗里陈设的是堪察加的大蟹，鲑鱼，加利福尼亚的番茄，青豆，德国灌肠，英国火腿，青的、绿的、红的、紫的。橱窗的玻璃上弧形的写着：麦瑞伦伙食公司。"（叶灵凤《流行性感冒》）

　　二是匿名性。和纯粹与消费相关的男女相遇不同的，还有两种媒介，即书与竞技。有意思的是叶灵凤有两篇小说写的是以书籍为媒介的男女相遇。在《第七号女性》中，"第七号女性"在汽车里"读着薄薄的《谷崎润一郎集》，而此时男主人公"收起记事簿，摊开赫明卫（今译海明威——引者）的《太阳又起来》（通译《太阳照样升起》——引者）。"《流行性感冒》中的秦子也是在南京路洋书店橱窗边与男子邂逅。并不熟悉海明威作品的秦子读着海明威"Men without Women"的书名，而男子则将书名倒念起来。小说内容与两位外国作家的书籍没有任何关系，也不构成任何情节进展的因素，它仅仅是构成男女在汽车上相遇的西方媒介而已。这里，表明了作者的一种虚构指向：上海的

① 禾金：《造型动力学》，载《小说》第9期，1934年10月。

都市男女以共同面对西方事物的方式遇合。正如作者在小说中说的："认识荦子，是在电影一样的场合之下"，其虚构性不言而喻。属于以竞技为媒介的有刘呐鸥《两个时间的不感症者》与穆时英的《红色的女猎神》。两篇小说分别涉及赛马与赛狗，竞技所造成的不确定性更加重了故事的虚拟性。因此，我们可以说，男女聚散在作品中所获得的唯一定性是西方事物，它所表述的不是性爱主题，至少主要不是性爱。由于男女人物的快速聚合离散，带来的是男女人物交往的匿名性。唯一留存的，就是交往中作为媒介的西方事物。

三是现时性。男女交往的匿名性、模糊性与虚拟性决定了这是一种没有历史感的城市生活内容，其中所隐含的，是在物质与城市时尚多变情况下，人们丧失历史感，一切都在此时此地的实用感官与物质消费中证明价值所在的意义。"男女聚散"也折射出上海城市社会快节奏带来的时尚多变——那种心态与价值上的不稳定、无定形、易改变、快速地弃旧迎新的特点。在此情况下，人物的意义与人际的意义降到了如帕克所说的那样："在相当程度上取决于一些俗套表征——如仪表、时尚、'派头'——而且人生的谋略在很大程度上下降到谨慎地讲究时装与礼貌的境地"。[1] 从时间呈现来说，它带来的是"现时性"，即一切都是现在进行时。

刘呐鸥最长于从这样有关时间状态的"现时性"入手。其中最突出的例证是《两个时间的不感症者》。一位在赛马场中赢了一千元钱的绅士H，邀请素昧平生的近代时髦女郎进入餐馆。同赴舞会时，时髦女郎却又同另一位绅士T翩翩起舞。舞罢，女郎又去赶赴第三个绅士的宴会。女郎说："我还未曾跟一个gentleman一块过过三个钟头以上呢。"而这两位绅士呢，据说又有另外"很可爱的"女人可以消受。这种都市快节奏的两性遇合，使得两位绅士居然失去了对时间概念的感觉，成了"时间的不感症者"。此外像《游戏》中的女郎在两种交合中率意而为、朝三暮四，并声言"管他不着"；《风景》中同乘一列火车的都市男女，趁停车之便野合，也表现出了"暂时与方便"的"都市

① 帕克等：《城市社会学》，宋俊岭等译，华夏出版社1987年版，第43页。

谐谐"。《礼仪与卫生》则在家庭生活中找寻"时下的轻快简明性"。律师姚启明和妻子可琼三度结合，两度离婚，已够得上快节奏了。妻妹白然先与一富商之子同居，后又被转手给一位画家，充当裸体模特儿。这种商业性流通最后达到极致。一位法国商人看中可琼，以古董店的代价换取可琼陪他去安南，而可琼则以妹妹白然代替自己陪伴丈夫，一切都仿佛是城市商业性的等价交换与快速流通的产物。施蛰存的小说《薄暮的舞女》中的舞女素雯，由于相信情人的约会而回绝了舞场老板的合同。当得知情人在投机事业中破产后，又打电话表示愿意接受舞厅老板与舞客的邀请。这种变化仅仅发生于两次电话的间隙中。如果说，早期海派小说大都以都市男女遇合为外在结构的话，那么潜在结构与深层结构中便是都市社会时尚多变，人的心态价值不稳定而具有的现时性特征。

其实，所谓城市的上述特征，也仍然是一个包蕴很多内奥的历史性概念。并不为刘呐鸥等人所理解的一切都是"暂时与方便"。即便是西方城市，他们的描写也是不够的。现时性特征也只是一种表象。更何况他们还忽视了上海在世界大都市中独有的东方文化的历史内容。在当时，新感觉派理论家杜衡就曾说过：刘呐鸥的"作品还有着'非中国'即非现实的缺点"[1]。这话颇有见地，用之于徐霞村、叶灵凤、黑婴等人身上也同样合适。正如一位当代学者所说：

> 他（刘呐鸥——引者）似乎很注意"现代文化"，但他几乎忘记了上海人尽管有了新的环境和意识，都依然是中国人，而不是巴黎人、伦敦人或东京人。也就是说，他几乎不写中国传统在上海人心中的遗留，写不出根深蒂固的中国传统文化和扑面而来的西洋文化的强烈反差，以及这种反差所造成的灵魂的分裂与痛苦。[2]

男女聚散模式所包含的深义并不止于此。上述情形其实只是男女交往的

---

① 杜衡：《关于穆时英的创作》，载《现代出版界》第9期。
② 杨义：《中国现代小说史》第2卷，人民文学出版社1988年版，第681页。

特征而已，而其深意，还在于交往中男子的失败。在新感觉派悉数的作品中，男子基本上是失败者。而女性呢，由于女性身上被赋予了强烈的城市物质性，如爵士乐、狐步舞、混合酒、流行色、八汽缸的跑车、埃及烟等等，再加上男女聚散被放置在赛马场、竞技场、恐怖场景与高大建筑物等情景中，女性成为了巨大的城市物质符号，因而这种男女遇合便不是自然状态的。在多篇作品中，比如：《两个时间的不感症者》、《游戏》、《风景》、《礼仪与卫生》、《Craven "A"》、《被当作消遣品的男子》、《五月》、《上海的狐步舞》、《某夫人》、《红色的女猎神》中，女子除了物质属性外，皆有刘呐鸥所说的法语词汇"garsonne"（男子气的女人）的特质，这在刘呐鸥的表述中即是"螳螂"之喻。其与赛马、烈酒、竞技相伴，隐含着工业、物质、征服等暴力特征。因此女人对男人的诱惑便不完全是性意义上的，而成为物质性对人的诱惑。男人与女人的遇合成为一种冒险，一种类似欧洲人在热带的资本主义物质与欲望的经历。新感觉派将中国城市生活化为了一种西方殖民主义全球性拓殖的经验，一种"欧洲在场"，成为一种——如有学者所指出的"二毛子的双重'东方主义'的陈述"[1]。而男女遇合的物质性、匿名性、瞬间性、现时性则有助于将冒险故事中可能隐含的东方色彩、历史意义抹去，在虚拟的状态中，成为一种跨国式非西方的"西方经验"。

第四节　上海与乡土想象

一、虚拟的乡土

在关于上海城市的形象谱系中，乡土性是一个不被表述或者在表述等级上较弱的一个因素。对于上海历史逻辑中的"断裂性"理解与"飞地"意识，使其被置于对上海的主流知识之外。由于上海整个城市现代性意义的主导地

---

① 旷新年：《另一种"上海摩登"》，载《中国现代文学研究丛刊》2004 年第 1 期。

位，上海被看作了乡土中国的异己型存在，乡土成分之被排除是显而易见的事情。这从茅盾的《子夜》当中有关吴老太爷、冯云卿以及四小姐蕙芳、七少爷阿萱等人物的描写都可以看出。事实上，自晚清以来，文学作品便产生一个模式，即"一到上海就学坏"，茅盾《子夜》中阿萱与曾家驹便属此例。及至40年代，这个主题仍有大量沿袭。比如师陀《结婚》中的中学教师胡去恶，不仅自愿抛弃了知识者的"孤僻清高"，也抛弃了在乡下教书的女友。在师陀看来，上海生活一是疯狂的投机，二是有着"好莱坞的全部愚蠢的思想"。钱钟书甚至在世界性意义的角度，认为法国乡下青年到上海做法租界巡捕，"不到一年，脸就像块生牛肉"，"好好的人，一到上海就成了畜牲"。上海与乡土之间的关系基本上是"异质"与"敌对"的，乡土中国不被纳入到上海当中，也是可以想见的。

在刘呐鸥与穆时英小说的主题图景中，乡村是没有位置的。这倒不是说，他们的作品中没有写到乡村。刘呐鸥的小说《风景》几乎是唯一一篇涉及田园乡土背景的小说，但与其说是描写乡村，不如说是在乡村背景下仍然进行"上海想象"。小说有一处描写："傍路开着一朵向日葵。秋初的阳光是带黄的。骑在驴上的乡下的姑娘，顺着那驴子的小步的反动，把身腰向前后舒服的摇动着，走了过去。杂草里的成对的两只白羊，举着怪异的眼睛来望这两个不意的访客。下了斜坡，郊外的路就被一所错杂的绿林遮断了"。在这一处描述中，刘呐鸥给乡村作的定性是田园风光，并不触及中国乡村的内在现实。不能否认，这一处文字充满了作者的描述的喜悦。刘呐鸥笔下的中国乡村隐含了某种西洋景。因此，男女主人公明明是"近代都会的产物"，却大讲："一切都会的东西都是不健全的"，"用直线与角度构成的都市"怎么"机械"，而乡村又怎样使人"回到自然的家里来了"。这一套西方现代派的术语并不能排除在乡村风景中的异域情结，它同属于刘呐鸥表现上海空间上的异域想象的一种。另外，乡村背景并没有改变男女主人公遇合的上海或西洋的任何方式与细节。男女主人公在火车上相遇，其互相吸引对方的仍然是：女性"男孩式的短发和那欧化的痕迹显明的短裙的衣衫"，"肢体虽是娇小，但是胸前和腰边处处的丰腻的曲线是使人想起肌肉的弹力的。若是从那颈部，经过了两边的圆小的肩头，直伸到上臂的两条曲线判断，人们总知道她是从德兰的画布上跳出来的。但是最有特长的却是那像一颗小小的，过于成熟而破开的石榴一样的神经质的嘴唇"，以及"明亮的金属声音"；而男子的特征则是"直线"的"瘦"。此外，对女性嘉宝式的体貌描述以及两人遇合的模式也没有任何对上海背景的跃出。遇合之后的两性媾和，也仍然是老一套路。至此，《风景》一篇中关于中国乡村的异域想象已经完成。但刘呐鸥仍不满足："全车站里奏的是 jazz 的快调，站在煤的黑山的半腰，手里急忙动着铁铲的两个巨大的装煤夫，还构造着一幅表现派的德国画"；乡间旅舍则有着"NO.4711 的香味，白粉的、袜子的、汗汁的、潮湿了的脂油的、酸化铁的、药品的，这些许多的味混合起来造成了一种气体的 cocktail（鸡尾酒——引者）"。

　　笔者无意否定刘呐鸥批判都市性的现代派主题，这不是本书讨论的内容。关键在于，批判也好，欣喜也罢，刘呐鸥对于西方的异域想象，使他完全不可能了解中国乡间的事物：要么把中国乡村等同于西方田园，要么，在乡间加入都市现代性器物，以遮掩其乡村经验之缺乏。但一旦在文本中用城市经验去补充乡村，乡土中国无法不蜕变成"西洋景"。

　　穆时英笔下的乡土中国背景比刘呐鸥要复杂。大致说来，有两个情形。[1]一是他在《街景》、《上海的狐步舞》中写上海工人或乞丐对故乡的忆念，通常以幻觉形式出现。比如《街景》中城市乞丐临死前的意识幻觉："（女子的叫声、巡捕、轮子、跑着的人、天、火车、媳妇的脸，家……）。"还有《上海的狐步舞》中建筑工人因木架倒塌而受重伤以致死亡前的心理活动：

　　　　脊梁断了，嘴里的一口血……孤灯……碰！木桩顺着木架又溜了上去……光着身子在煤屑路上滚洞子的孩子……大木架上的孤灯在夜空中像月亮……捡煤渣的媳妇……月亮有两个……月亮叫天狗吞了——月亮没有了。

────────────

　　[1]　有一些乡土小说因没有上海背景，如《公墓》、《莲花落》、《田舍风景》、《旧宅》，所以不便论述。

从这两处文字来看，乡村经验通常较少，而且比较久远。只在"媳妇"、"家"这些字面上有少数表现，基本上还是城市经验。这使他小说的乡村背景几乎不可捉摸，基本上从属于阶级对立、贫富悬殊这一左翼主题的表达。另一种情形则是他在《黑牡丹》中展示的上海近郊。舞女黑牡丹备受舞客的摧残，穿过田野，一路奔跑，来到具有隐士风的圣五的乡舍，但这田园的乡舍具有明显的城市印痕。首先，这是一处城市富有者的遗产；其次是居住着一位城市的绅士，一位"被世间忘了的一个羊皮书那么雅致的绅士"。这明显是上海城市生活的延伸。在对田园的描述中，穆时英表现出与刘呐鸥共同的兴趣：

> 田原里充满了烂熟的果子香、麦的焦香，带着阿摩尼亚的轻风把我的脊梁上压着的生活的忧虑赶跑了。在那边坟山旁的大树底下，树荫里躺着个在抽纸烟的老人。树里的蝉声和太阳光一同地占领了郊外的空间，是在米勒的田园画里呢！

这一段文字中的"米勒（法国浪漫派画家）"等语，与刘呐鸥一样，表明了其对西方田园的临摹关系，西方美术的修养与从西方绘画作品中得到的田园印象是其描述来源。事实上，与黑牡丹"牡丹妖"的神秘性一致，穆时英使他小说中的乡土变成了不可捉摸的、虚拟的图景。一旦作者将此作为批判城市现代性的因素，便显出其虚假的一面。

二、外化于城市的乡土

新感觉派中施蛰存与杜衡的情况要复杂一些。施蛰存家"世代儒生，家道清贫"，① 杜衡也生长于士大夫家庭。他们属于带着乡土文化血统进入上海

---

① 应国靖：《施蛰存年表》，载《文教资料简报》1983 年第 7 期。

的第一代人，时时流露出对远离城市尘嚣的渴求。施蛰存曾说："自从踏入社会，为生活之故而小心翼翼捧住职业之后，人是变得那么机械，那么单调"，因而"只想到静穆的乡村中去生活，看一点书，种一点蔬菜，仰事俯育之资粗具，不必再在都市中为生活而挣扎"，[①] 有时甚至希望用生病来换取城市中不易得到的同情心与轻松的心境。[②] 施蛰存与杜衡在创作中都具有某种乡土立场，其创作也大体分为乡村与城市两种。特别是杜衡，其作品中城市与乡村的对立构成了基本框架。《怀乡集》旨在表述农村的破产与城市的灰色。其中《怀乡病》一篇较有代表性。作者冠名的"病"，意在暴露自我情感与理智的矛盾。小说"利用了一个感情上极端保守的青年梦想的破灭，来更有力的暗示出那村镇的动向"。[③] 照他的理解，所谓"现代"，就是新物质（如汽车）的出现与道德沦丧。施蛰存初入文坛，也是以"都市文明侵入后小城小镇毁灭为创作基础的"，[④] 他的许多作品都注意到乡村价值与生活形态在城市文化入侵后的式微。在《渔人何长庆》中，渔姑菊贞有一种对传统职业的怀疑，进而"有了一种新的智识——大都市里，一个女人是很容易找到职业的"，但这位姣好的渔姑一进上海便成了"四马路的野鸡"，作者藉此说明上海对于乡土文化极大的破坏性。最后，作者让青年渔人何长庆领她重返乡里成为贤内助，来暗示乡村对城市的反驳力量。

此后，乡土性一直构成了施蛰存上海小说的背景。这有两个表现，一是在《梅雨之夕》、《善女人行品》两部小说集中的作品，多数描绘了都市中落伍人物：失业者、失意者、患病的女人、家庭主妇等。比如：《花梦》中的桢韦感于"如何销度这孤寂时光"，《妻之生辰》中的妻"过着一种怎么阴郁的生活"，《雾》里的素贞小姐"很深的忧郁"，《港内小景》中主人公的"心之寂寞"。此外还有教授的"哀老之感"（《蝴蝶夫人》），女店

---

① 施蛰存：《新年的梦想笔谈》，载《东方杂志》第 30 卷第 1 号。
② 施蛰存：《赞病》，见《施蛰存散文选集》，百花文艺出版社 1986 年版。
③ 苏汶：《批评之理论与实践》，载《现代》杂志第 2 卷第 5 期。
④ 沈从文：《论施蛰存与罗黑芷》，见《沫沫集》，大东书店 1934 年版，第 40 页。

员"永远患着忧郁病似的"(《特吕姑娘》)等等。其小说集名曰《善女人》，意在表明人物角色的传统性，或为家庭妇女，或是寡妇，或是处女。《狮子座流星》中的卓佩珊的失落感源自未能生育，尽管厌恶丈夫，可还要到医院求子。卓佩珊全然没有穆时英、刘呐鸥小说中的女性的"近代型"特征，当她在电车上看到"座位差不多全给外国女人占去时"，感慨道："这些都是大公司的职员，好福气呀！她们身体这么好，耐得了整日辛苦，可是她们都没有孩子吗？"《李师师》虽是古事小说，表达的却是不能摆脱"美艳的商品地位"，受控于买卖关系的苦闷："为什么我不能拒绝一个客人呢？无论是谁，只要拿得出钱，就有在这儿宴饮歇宿的权利，我全没有半点挑拣的份儿"。《薄暮中的舞女》中的素雯是一位现代李师师，她同样摆脱不了商业关系。种种情形，与刘呐鸥、穆时英小说中立于时代潮头上的摩登女郎迥然不同。这一情形来自于施蛰存的个人体验。他的儒生心态和松江与苏州的文化背景，使他一直对上海有某种警觉，从而使他避免了对上海的一种西洋异域想象。

但是情形稍有些微妙。《梅雨之夕》集中的大量作品似乎隐含了一条线索，即主人公对于上海的每种不适，都会出现一种乡土情景的对应。在空间处理上，施蛰存经常采用显性空间（城市）与隐性空间（乡村）相对立的模式。显性空间当然就是上海，而隐性空间则大多被定位为苏州、松江、昆山等小城或者乡镇。后者具有家园性。因此，在他的小说文本之中，空间意义上的物质（现时）与精神（历史）发生冲突，并被归结为具有乡土背景的城市人对于城市生活的不适感。一种情形如《雾》与《春阳》，与上海对应的是人物的乡土经历。《雾》里的乡下牧师女儿素贞坐火车去上海，遇到一位英俊男子，两下话语颇为契洽，以致牧师女儿对绅士一见倾心，但下车后知道了绅士原为一个"戏子"（电影明星）。这个故事从外在形态上看也属于"男女聚散"一类，但施蛰存不同于刘呐鸥、穆时英的是，他始终注意着男女聚散背后的历史性内容，即人的出生、文化背景，特别是牧师女儿的东方性：她怒斥这位绅士是"一个下贱的戏子"。这个遇合故事包含了人物浓厚的乡土意识，即"万般皆下品，唯有读书高"。《春阳》中的昆山婵阿姨对上海银行职员有了朦胧的好感，但当她再次回到银行，企图接近这位男子时，其原有的生活痕迹阻止了她：一种在乡下抱着丈夫牌位结婚的禁欲经历，使她最终退缩。在这里，乡村背景被当作了外化于上海的一种存在，两者尖锐的对立关系，使之不能构成城市自身形态之一种。

另一种情形以《梅雨之夕》和《鸥》为代表，对应的是乡土情景的某种诗意。《梅雨之夕》中的男职员在下班后，"沿着人行路用暂时安逸的心情去看都市风景"，当作"自己的娱乐"。大雨滂沱之际，他遇到一位女子，并产生莫名的亲近，一直为她撑着伞，并送行很远。使男子产生对于女子诗意联想的，施蛰存提到了日本画伯铃木春信的《夜雨宫诣美人图》与古人"担簦亲送倚罗人"的诗画意境。这意境并不完全来自书本，更重要的是来自苏州：男子把陌路少女看作了在苏州时的女友。在这里，苏州成为乡土诗意的一个代称，与少女、诗意一起构成某种古典意境。另一篇小说《鸥》则将这种诗意理解为自由状态。小说的乡土情景是大海、白鸥和少女，与诗意情景对立的是职员小陆在上海生活的枯燥与贫困："无穷无尽的数字，无穷无尽的'$$$$$'啊！"还有"他还没有进去看过一次电影"的乏味生活。两篇小说都落脚于上海城市中诗意的幻灭。《梅雨之夕》中职员失魂落魄地回家去面对妻子颇似街头店铺无聊老板娘嫉妒的眼光；① 而《鸥》中小陆在海边故乡的女友却已经是"在完全上海化的摩登妇女的服装店和美容术"里包裹着的时髦女郎了。"白鸥"也是家乡的意象，正迎合着海边美丽纯朴的少女，而今，"那唯一的白鸥已经飞舞在都市的阳光里和暮色中了"。

将乡土中国外化于上海这一"模式"，在施蛰存小说，一是如前所述，是城市情景中的乡村记忆、诗意的乡土生活情景对照着人物在都市中的各式苦闷。这是一条时间线索，表明了上海与乡土中国在传统、现代意义上的隔绝与对立；同时还存在一处空间线索，即小说人物在上海与乡间或乡土性城市（苏州、杭州）的旅行。后者在《魔道》、《旅舍》、《夜叉》篇什中出现。这三篇

---

① 在这里，施蛰存使用了一种"自譬的假饰"的心理分析方法，即性欲不能满足而造成的自居心理作用。

皆为恐怖故事，但在空间线索上，是上海都市恐怖情绪的展延，与乡土中国并无关联。其中，《魔道》中的主人公到某地（可能是杭州）朋友陈君家度周末，一路上，把火车上坐对面的奇丑老妇看成夜间飞行、夺人灵魂的妖女。到达乡间友人住宅，又把窗户黑点看成妖妇隐身，把朋友之妻也看作妖妇变的美女。回到上海，所见女性都有妖妇阴影。小说涉及了大量西学知识，如木乃伊、丽达天鹅、巫婆等等。《夜叉》中的主人公在一处古庵附近，遇到白衣女子，并月夜追踪到一个墓地，幻觉中将女子扼死，却不料该女不过是年轻的村姑而已。《魔道》中的主人公在见到黑衣老妇发生幻觉时，曾试图以看书来平静下来。他带的书"有 Le Fanu[①] 的《奇异故事集》，有《波斯宗教诗歌》、《性欲犯罪档案》、《英诗残珍》"，还有 *The Romance of Sorcery* 等等。有趣的是，这些书不但作者拥有，似乎还是一次旅行中所带的书。[②] 还有《旅舍》中的丁先生，把乡间旅舍当作杀人越货的黑店，产生种种怪异心理，如床下死尸、窗外歹人、柜中地道等等。在妖妇与夜叉这种中外迷信中，"妖妇"来自于西学，相伴随的是一些西方的恐怖典故，如埃及木乃伊、巫婆、丽达与天鹅等等。这些恐怖经验是来自城市的，各种西学典故显示作者的西方知识背景。因此，旅行中的乡间，并不是作者要表现出来的另一种乡村空间，它不过是上海西方气氛、西方事物、西方感觉的另类延伸而已。

施蛰存曾说："《在巴黎大戏院》与《魔道》等篇是继承了《梅雨之夕》而写的"，其后，"我的创作兴趣是一面承袭了《魔道》而写着各种几乎是变态的怪异的心理小说，一方面又追溯到初版《上元灯》里那篇《妻之生辰》而完成了许多简短的篇幅，写接触于人的生活琐事及女子心理的分析的短篇"。[③] 这一段自述可以看成是对其一生小说创作的脉络梳理。一类是乡镇故事，一类是都市情绪。上海城市与周边乡镇各自的文化意蕴构成了对比性。即便是在上海题材的小说中，城乡的文化分野也会以隐形的形式呈现出来。应该

---

① 中译勒·发努（1814—1873），爱尔兰作家，长于幽灵小说（也被称为心理小说）。
② 李欧梵：《上海摩登——一种新都市文化在中国》，北京大学出版社 2001 年版，第 192 页。
③ 施蛰存：《我的创作之历程》，见《施蛰存散文选集》，百花文艺出版社 1986 年版，第 102—103 页。

说，施蛰存的小说在新感觉派中是想象意味最少的。他关于上海城市的乡土性描写，无疑为新感觉派整体的上海形象作了重要扭转。然而，乡土中国外在于上海的痕迹依稀仍可以辨出。或者，这也是一种潜在状态下的上海想象？它从另外一个角度说明了上海对于乡土中国完全是异质性的存在，其潜台词仍是：上海不属于中国。

三、张爱玲等人：乡土作为城市史逻辑的一种

抗战爆发直至 20 世纪 40 年代，上海原有的文化力量，包括西方的与中国左翼、中间派文化都纷纷撤至海外或大后方，[①] 工业企业内迁至西南各地。1941 年太平洋战争爆发后，日本军队即进入租界。1942 年汪伪"收回"公共租界，1943 年"收回"法租界，1944 年汪伪"青少年团"发动"除三害"运动，闻名世界的"不夜城"从此结束。种种情形，使上海在国家的重要位置大大减弱，关于上海体现的国家大叙事的基础已有所动摇。特别是因战争而造成的国统区、解放区、沦陷区三处格局，使 20 世纪 30 年代较统一的意识形态格局很难铁板一块。而沦陷区文化力量，又需要在汉奸文学与抗战文学的夹缝中走出生存的道路，而切近"五四"为人生传统的"人生的现实、发掘和创造"。[②] 沦陷区数次文艺界争鸣，都和"为人生"传统的恢复有关。比如 1939 年东北文坛围绕《明明》杂志"写与印"口号的论争，1941 年北平文坛对于公孙燕作品的批判等等。其中，对于公孙燕作品的讨论可以看作是对穆时英式的城市文学的一种强烈反应。公孙燕在 1940 年左右出现在北平文坛，其受穆时英等新感觉派影响很大，并熟读《变态心理浅谈》一类的性心理书籍，曾连续发表《海和口哨》、《真珠鸟》、《红樱桃》、《北海渲染的梦》、《流线型的嘴》等小

---

① 新感觉派中，刘呐鸥于 1932 年水沫书店被毁于"一二八"战火后，便远赴日本；穆时英 1933 年参加政府的图书审查委员会，1937 年去了香港。左翼作家大量内迁。茅盾辗转重庆、桂林、香港，吴组缃则担任了冯玉祥的秘书，蒋牧良担任李宗仁部三十一师秘书，丁玲则去了延安。

② 《一封公开信》，载《大同报》（长春）1933 年 7 月 3 日。

说，可以认为是对穆时英创作的沿袭。文坛对他的批判，尽管是关于写作趣味的，但是同时也意味着对于这类作品有关城市想象的一种遏止。看来，由于中国整体社会情况的变化，新感觉派式的上海书写也到了尽头。

美国学者墨子刻的著作《摆脱困境》被认为是开启了"中国中心观"的著作。他认为，由于中国社会的巨大变化，儒家的普遍主义遇到挑战，并产生了"新儒学"。"新儒学"不特别关注法律、国家、伦理等普遍秩序，而是把思考重心放在"地方主义利益"，即世俗日常生活。[①] 韩毓海在对 20 世纪 40 年代的研究中指出，40 年代的传统研究者，如陈寅恪、冯友兰、钱穆，"他们研究的很可能也不是真正的儒学和儒学中的王阳明，而是借用这类研究来表述他们个人对当时社会的看法以及现代通商口岸城市文化的现实状态"，扩而大之，"在 40 年代以前，中国人倾向于把西方现代性理解为与追求不可见的意义秩序相关的文化叙事，而在政治、经济上，法国的'公民精神'和德国的'国民经济'被当作现代之核心。而在 40 年代的短暂时期里，追求直接满足的有限价值的世俗化英国经验主义传统，才在通商口岸被表述……'历史'和'真理'这些不可见的意义秩序不再被强调，在政治经济上，生活情趣代替了公民精神，民间社会代替了国家经济"。[②] 这正像夏志清在《中国现代小说史》中说的：20 世纪 40 年代的中国，"为了保持我们生活的正常，我们常常不得不牺牲理想，迁就现实"。[③] 从这一角度来说，20 世纪 40 年代在沦陷区，特别是沦陷区口岸城市兴起的对于都市社会"私性"的描述，开始成为可能。

其实，关于口岸城市中的公民"私人生活领域"，并不一定是 20 世纪 40 年代的产物。确切地说，它只是到了 40 年代得到极大的恢复而已。瓦特（Lan Watt）曾指出，西方现代小说的兴起，和"个人具体的生活"成为社会中心并得到承认有关。[④] "私性"被认为是合理的，"私性"所包含的"直接的有限价

---

① 墨子刻：《摆脱困境——新儒学与中国政治文化的演进》，江苏人民出版社 1996 年版。
② 韩毓海：《从"红玫瑰"到"红旗"》，上海远东出版社 1998 年版，第 96 页。
③ 夏志清：《中国现代小说史》，复旦大学出版社 2005 年版，第 271 页。
④ 瓦特：《小说的兴起》，生活·读书·新知三联书店 1992 年版。

值"成为小市民日常生活的一种主要状态，这在晚清小说中就已形成传统，并且"它的意识与叙事与中国第一轮现代化高潮"形成关系①。韩毓海甚至认为："鸳鸯蝴蝶派小说正提供了早期社会合理化进程中的叙事样式"，其中一点就是，"作为言情小说，它反对爱情至上的非理性，而将爱情客观化为一夫一妻制小家庭和严厉的市民伦理"，"现代合理主义渗透到生活领域，带来的就是对一夫一妻制的现代小家庭的严格合理化要求。"②20世纪40年代以后，由于上海城市经济的萧条与西方文化大规模退出上海，上海外在形态的繁荣已远远不及30年代。对于这一时期沦陷区的文学来说，表现城市外在形态开始大量减少，而对城市内在形态（比如家庭、邻里）的描绘增加，这构成了20世纪30、40年代上海文学的一个重要区别。我们看到，自周天籁以下，至张爱玲、苏青、予且等人，大都描写小市民性，而且是日常私人领域中的小市民性。

　　小市民性属于上海文化中的基础部分，其存在基本上是在社会的中底层，其存在的方式是民间形式与民间形态。换句话说，它并非显性的外在主导形态，但却构成了上海城市的基础，最真实地反映出了上海城市的东西方调和状态。陈思和有一个说法："民间的本来含义是指一种与国家权力中心相对立的概念，是指在民族发展过程中，下层人民在长期劳动生活中形成的生活风俗与心理习惯，民间的文化形态反映了下层人民自发产生，并且自然形成的一种文化现象"。③陈思和旋即给予了都市民间一个特征描述，即"虚拟"。按陈思和的说法，乡村民间文化进入都市，在改变了原来自生自灭的乡村背景之后，一切都以记忆形式存在，从而表现出"虚拟"特征。事实上，所谓"民间"有两个含义，这里谈的"民间"并非"民间文化"，确切地说，是"民间形式"，即某一种社群形态的存在方式，换一种表述是"民间性"。在上海这样的大都市，在城市现代性主导之下，来自于内陆各地的民间文化，只能是以"民间"的形式表现出来的，相当程度上，它也被都市化了，并参与了都市化的某种进

---

① 韩毓海：《从"红玫瑰"到"红旗"》，上海远东出版社1998年版，第47页。
② 韩毓海：《从"红玫瑰"到"红旗"》，上海远东出版社1998年版，第51页。
③ 陈思和：《中国现当代文学名篇十五讲》，北京大学出版社2003年版，第347页。

程。在城市中，其与都市资本主义结合而产生出来，即"小市民性"。它不再是内陆的民间文化，但又包含了原本就有的乡村特征，这即是张爱玲所说的"上海人是传统的中国人加上近代高压生活的磨炼"。这样，"民间"便不再构成与城市的决然对立，而是构成了现代城市自身逻辑的一种，并以非主导性的"民间"形式广泛存在于资本主义城市之中。在文学谱系中，从晚清时代的《海上花列传》到20世纪40年代的周天籁的《亭子间阿嫂》，再到张爱玲、予且等人，构成了一条线索。张爱玲不仅承认乡土性在上海城市中的存在，而且作为了城

市自身逻辑的一种，甚至于还是基础逻辑，这构成了一部上海的地方知识。

张爱玲首先注意到了中西交汇、新旧杂糅的文化形态构成的上海城市的基本逻辑。在《传奇》中，市民生活形式上的西化，并未改变原有的价值观。两者的生硬结合，导致一种"奇异的智慧"式的奇观。《茉莉花片》中的网球场被用来烧大烟；《留情》中的杨宅，虽有全套的西洋风格的铁制家具，诸如写字台、圈椅、文件柜，甚至冰箱、电话，却仍然搭了个烟铺。而在楼下充溢着法国沙龙味道的客厅里，人们搓麻将，放肆的调情。更有甚者，洋派的先生在外颇具绅士风度，回家却殴打妻子（《红玫瑰与白玫瑰》）；住了高层公寓，却一心迷信风水（《心经》）等等。以婚姻生活为例，姚源甫为女儿办婚事，"一切都按最新式的方法"，然而新式礼仪之后仍是一整套传统文化，不过是为了避免讥为落伍而糊上时髦外观而已。所以新式婚礼之后，又不得不撰写一篇四六骈文。《倾城之恋》中的白流苏，虽与丈夫离婚多年，其兄嫂却逼她为刚死的前夫顶孝出丧，因为决定男女婚姻的不是"糊鬼"的法律，而是"天理人情，三纲五常"。

◀ 以里弄石库门建筑为主的旧上海宝昌路。

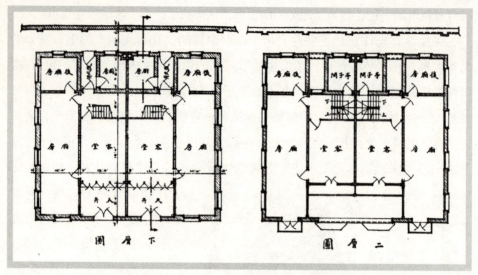

▲ 里弄石库门楼层内部区隔图。石库门的布局，有中国传统建筑的伦理性，天井则带有江南民居的特征。里弄是上海市民最主要的民居形式，由此可见上海人生活的东方性。

　　女性生存的东西方文化杂糅的特点，表现在其既有性爱上的选择性，同时又有依附男人的不能选择性。海外学人曾指出，张爱玲小说中的女性，代表了女性由本能而经历的最基本的几种生存形态，如未婚阶段的，婚姻阶段的，婚后阶段的，姘居阶段的。可以看出，其生存都与性爱，或者说是对男性的依附性关系有关。因此，男性的性爱价值就成了对女性生存的规定。佟振保与女性的关系表现出典型的东西方混融的性爱观。他对女性的要求是双重的，即所谓"红玫瑰与白玫瑰"——一为热烈的情妇，一为圣洁的妻子。前者满足情欲，后者则出于家族名誉的考虑。因此，他把"正经女人与娼妓分得很清楚"，虽然很喜欢"放浪一点的娶不得的女人"，但作为婚姻对象，却选中善良、保守、鲁钝的旧式淑女孟烟鹂。范柳原也是如此。他接近白流苏，是出于她身上的旧派情调，同时又亲狎香港社交界的尤物——冒充印度公主，实为妓女——萨黑依妮公主。在大多数时候，柳原把两种男性需求作用于流苏一人身上，时而疯狂热烈，时而躲躲闪闪。所以，张爱玲笔下的女性，大都全身心投入到与男子的关系当中，或为妻子，或为情妇。在《花凋》中"为了门第所限，郑家的女儿不能当店员，女打字员，做女结婚员是她们的唯一出路"。淳于敦凤嫁给她讨厌的近60岁的金融家米晶尧，也"完全为了生活"。白流苏在港沪之间上下求索，无非是以未老的容颜再披嫁衣，其与柳原的来往，终极目的是"经济上的安全"，因此柳原一语道破其中奥秘："婚姻就是长期的卖淫"。所谓有"择偶"自由，无非是利用这个前买卖阶段，待价而沽，没有离开男性而独立的自由。像《红玫瑰与白玫瑰》中的王娇蕊，早年父母送她去英国读书，"无非是为了嫁人，好挑个好的"；葛薇龙在香港，"趁交际的机会，放出眼光来拣一个合适的"（《沉香屑·第一炉香》）。我们看到，上海城市日益资本主义化，在婚姻方面的主导价值由门第观念逐渐转向利益原则，但这没有改变婚姻中女性依附性的民间形态的基本逻辑。《倾城之恋》中的白家，虽则轻视范柳原这个南洋富商的私生子，但当婚后的流苏回到上海时，俨然成为白家的英雄，连一向以旧式淑女自居的白四嫂也决心学习流苏的榜样，同丈夫离婚。在《传奇》中，许多上海的名媛闺秀，纷纷去下原有的清高与矜持，投身到原本受她们轻视的资产阶级富豪怀中。

　　张爱玲小说中的都市男子呢？海外学者曾指出，其男性形象的基本特征是"不会做事"、"架子十足"、"坐吃山空"、"尴尬窘迫"。也即是说，他们并非上海洋场的弄潮儿，而恰恰是一群落伍人物。这倒不是说其身份地位，而是指其精神状态。从身份上看，他们高居要津、囊中饱满、戴眼镜、执手杖、衣着考究、风致文雅，一副海上绅士的精致模样，但其精神核心，则是无法紧随时代的窘相。因此，一方面贴近都市现代生活，一方面又以传统文化为护身，唯恐被现代都市的高速运转抛得太远。米晶尧便是新派与旧派都来得的金融家；许仪峰按照对风水的研究改造自己白宫公寓的屋子（《心经》）。《等》中还有一位未出场的朱先生，在午后一个钟头研究声光化电，一个钟头手捧四书五经。也如同《花凋》中的郑先生："长得像广告画上喝乐口福，抽香烟的标准上海青年绅士……穿上短裤，就变成了吃婴儿药片的小男孩，加上两撇八字须就代表了即时进补的老太爷，胡子一白就可以权充圣诞老人"。这是一幅上海男子的活广告，深层意义上，表明了都市男子不能适应新生活的被迫性。这种被迫，在佟振保身上更加典型。他在社交场合摆出照顾妻子的英国绅士派头，但"他自己也不是生成的绅士派，也是很吃力地学来的"，而妻子也"不能够自然地接受这些分内的权利"。在《红玫瑰与白玫瑰》中，佟振保这个"最合理想的中国现代人物"，其人生逻辑仍是一种中国男人特征：敬奉母亲、提携兄弟、义气、克己，这是他被公认为"好人"的核心。

对于家庭形式，张爱玲也发现了其在过渡状态中的未完成性。《金锁记》、《倾城之恋》与《留情》，都描述一个传统意义上的大家庭，也都有一个类似贾母式的老太太，拥有着至高的权力。而其他成员，大都各据辈分名分，一般不逾出礼制，消费生活中仍保留着合财共爨的制度，没有过多属于个人的财产享用。曹七巧大闹公堂与白流苏为人情妇，可视为传统家庭伦理紊乱的征象。但张爱玲小说中家庭形态仍属于过渡式。七巧分家之后的家庭与聂传庆（《茉莉花片》）的家庭，虽然或是从大家分离而出，或是人员组成上略具核心家庭形式，但基本上仍呈现出隐性的父子纵向结构（七巧可视为父权的替代物）。由父权对子女人身占有，衍生出家长的专制。而有些家庭，如佟振保家，则较复杂。佟振保有高堂老母，但其仅仅作为振保赡养的对象，并不能履行父权。因此，这一家庭已经并非传统型家庭，在结构上有夫妻横向家庭之相。但是，振保与妻子并没有平等关系，妻子缺少任何独立自由可言，因此并无夫妻核心家庭之实，从总体来看，属于传统与现代因素皆有而又以传统为主的家庭形态。《心经》、《花凋》、《琉璃瓦》所描述的，大都切近《红玫瑰与白玫瑰》，呈现出一种东方的真实家庭面目。

在读到上海人时，张爱玲认为："上海人是传统的中国人加上近代高压生活的磨炼，新旧文化种种畸形产物的交流，结果也许是不甚健康的，但是这里有一种奇异的智慧"[1]。这种"奇异的智慧"便是包容了东方性与西方性，同时又化为都市自身内在逻辑的上海人特性。就像她所说的，上海人之"通"表

---

① 张爱玲：《到底是上海人》，见《流言》，五洲书报社 1944 年版，第 58 页。

现为"文理清顺，世故练达"，上海人之"坏"表现为"趋炎附势"、"浑水摸鱼"，① 都是一种杂糅了中西文化的生存艺术，又以东方性格为主的人格类型。所以，在谈到香港与上海两个城市时，她直言不讳地说："我喜欢上海人"，"香港没有上海有涵养"② 。在张爱玲看来，香港即使有东方文化，也没有建之于自身逻辑之上，更多的是经宗主国殖民猎奇心理转手而来的，不像上海那样土生土长。张爱玲所谓"涵养"，指的是一种文化根，而上海的"涵养"正在于此。

20 世纪 40 年代表现上海的文学，几乎都表现出与 30 年代左翼与海派的不同。钱钟书《围城》所写，不管是情人间的关系，还是客厅里朋友的倾轧，或是小家庭里的争吵，几乎都被东方关系所支配。东方式伦理人际，是使方鸿渐无法摆脱的"围城"，至于挂名"岳父"与挂名"女婿"，教授之间的争斗和报馆里关系的微妙，更是东方上海逻辑的显现。苏青《结婚十年》里，苏怀青一生的内容，都在是在夫权阴影之下，她那些貌似"独立"的行为，始终不能冲破这层罗网。在灰暗无光的夫妻生活中，一系列的争执、和解都源于一种无法离开男子的隐私心态。因此，对苏怀青的丈夫——徐崇贤的自私、无聊甚至刻毒，都有一种中国女人的平静。予且则以东方市民的活命哲学来解析上海人生，其《命理新义》其实就是一种在都市高压生活下的东方生活技巧。其小说集《两间房》大都围绕着东方市井夫妻生活展示市井"智者"的日常推解，所谓"机敏地表达人的妥协与任信的必要性"与"当两个必须互相信赖的人产生敌意时，如何进行化解"。③ 予且并不阐发爱情意义，也并非一般的表现家庭冲突，而是通过家庭生活表述中国人的生活技巧和经验。在他看来，"恋爱不过就是那么回事。"在《两间房·序》中他说，对男人来说，婚姻不啻一种"男子快乐而又带点苦痛的生活史。"④《辞职》在夫妇争执中展开情节，争执

---

① 张爱玲：《到底是上海人》，见《流言》，五洲书报社 1944 年版，第 58 页。
② 张爱玲：《烬余录》，见《流言》，五洲书报社 1944 年版，第 50 页。
③ 李嵘明：《浮世代代传》，华文出版社 1997 年版，第 223 页。
④ 予且：《利群集》，德润书局 1946 年版，第 41 页。

原因是丈夫忙于事务而忽略了妻子，可最终解决的方法则是丈夫辞职来满足妻子要求，这其实就是东方的人情与"退让"、"隐忍"原则。这是一种常识性的经验写作。苏青曾说，理想的人物应当是爽直、坦白、朴质、大方，而其接触的人物，则扭捏作态。这就是苏青的逻辑：一切都建之于东方生活的平静之中，而与现代性无涉。由此看来，上海城市日常性表达出的，主要是在现代性压迫下传统文化为主的城市精神，与新感觉派的现代性想象叙述大大不同。

第五章

新中国形象与国家工业化
——50—70年代文学中的
上海想象

第一节　新上海城市形象的国家意义

1949 年，中国共产党的军队占领上海。这一情形，一方面使上海城市原有的历史逻辑复杂起来，同时又使其某一种城市史逻辑开始清晰。从城市史的一个角度来说，一个由马克思主义思想武装起来，并依照马克思主义政治思想创立的现代工人阶级政党，其本身就是现代城市的产物。在中国，它特别表现为口岸城市的一种现代性结果。中共领导的革命运动，虽则其过程表现出某种农民运动的特质，但作为一场现代性运动——谋求民族独立——的现代化力量，其根本目的在于推动中国社会由前现代形态向现代性过渡，因此，夺取城市是其必然的目标。这也是上海这座口岸城市逻辑当中的应有之意，而且，这种逻辑早在 20 世纪 30 年代已经表现得非常清晰。但是，对上海的军事占领，绝不意味着对口岸城市所有历史逻辑与城市特性的继承，它延续的其实只是城市的左翼政治特性。

不过，对于上海这个口岸城市来说，其资本主义特征并不完全与新中国建立之初的国家使命相违背，而且其间可能还有某种逻辑上的衔接关系。在毛泽东的思想中，中国的新民主主义革命是社会主义革命的初始阶段，由无产阶级及其同盟军完成。现代民族国家与社会的建立这一目标，恰恰是旧的资产阶级民主革命没有完成的任务。其原因是，中国资产阶级这一由封建地主乡绅转化而来的社会群体，在这一场运动中始终以暧昧的面目保持着与封建主义的联系。这一使命当然要由无产阶级来完成。卢卡契在《历史与阶级意识》中曾指出，无产阶级比之资产阶级更具有"现代性"，原因是资产阶级由于获取了较多的社会利益，不能够把经济变革转换扩大至改造社会关系的激进的社会革命和文化革命。事实上，毛泽东认为，中国新民主主义革命体现出双重使命，即在完成资产阶级没有完成的反封建主义斗争之后，进行社会主义革命。在《论人民民主专政》中，他把中国革命的任务看作"分两步走"：一方面，建立现代国家，完成工业化："我们现在的任务是要强化人民的警察和人民的法庭，借以巩固国防和保卫人民利益"，而且"严重的经济建设摆在我们面前"；另一方面是这以后的社会主义任务。毛泽东本人也承认，社会主义革命是对孙中山的旧民主主义革命的继承与发展。所谓"继承"，当然是完成民族国家建立与工业化；而"发展"，则是有关社会主义的部分。在毛泽东看来，他所要完成的是关于中国现代化的一揽子计划。从毛泽东最初的理论看，它是要分两步走，但从 20 世纪 50 年代以后的实际情形看，"两步走"中的第一步是大大缩短了，甚至被当成了某一阶段的"两步"。所以学者汪晖曾说："毛泽东的社会主义一方面是一种现代化的意识形态，另一方面是对欧洲与美国的资本主义现代化的批判；但是这个批判不是对现代化本身的批判，恰恰相反，它是基于革命的意识形态和民族主义的立场而产生的对于现代化的资本主义形式或阶段的批判。因此，从价值观和历史观的层面说，毛泽东的社会主义思想是一种反资本主义现代性的现代性理论。"[1]

---

① 汪晖：《当代中国的思想状态与现代性问题》，载《天涯》1997 年第 3 期。

这种情形使得中共对于国家现代化的理想与口岸城市的自身逻辑，不仅并不相悖，反而有某种内在的契合。只不过，这种契合被限定在了某一层面，而非全部。莫里斯·梅斯纳在《毛泽东的中国及其发展——中华人民共和国史》中认为毛泽东本人的领导并非一无是处，相反，在推动国家工业化方面是贡献巨大的：

> 毛泽东作为一位推进经济现代化的人物，终于比他作为一位社会主义的建设者成功得多。当然，这种情况并不与一些人对毛泽东时代的通常认识相一致。有些人说毛泽东为了"意识形态"而拒绝了"现代化"，并且宣称，当这位已故主席为了建立一个社会主义的精神乌托邦而着手进行一种无效的追求时，经济的发展被忽略了。但是实际的历史记录却表明了一个相当不同的进程，而且这一进程实质上是一个迅速工业化的过程。

另据莫里斯·梅斯纳在书中列举的数字：1952年，中国工业占国民生产总值为30%，而到1975年，这个比例变成了现代工业占国家经济生产的72%，而农业仅占28%。从20世纪50年代到70年代，全国工业产值增长了38倍，重工业总产值则增长90倍。"从1950年到1977年工业产量以年平均13.5%的速度增长；如果从1952年以来算起那就是11.3%。这是全世界所有发展中国家和主要发达国家在同一时期取得的最高增长率；而且中国工业产量在此期间增长的步伐，比现在世界历史上任何国家在迅速工业化的任何可比期间所取得的工业增长步伐都快"。[①] 梅斯纳甚至认为，至20世纪70年代，中国已经是世界第六大工业国；而在50年代初，中国的工业产值尚不及比利时这个欧洲小国。当然，上述数字并不能代表50—70年代中国社会的全面进步，但仅就工业化这一角度来说，中国仍然沿循了近代以来追求现代化的路线。这一时期的工业发展，几乎可以和20世纪20—30年代资本主义"黄金时期"的发展速

---

① 莫里斯·梅斯纳：《毛泽东的中国及其发展——中华人民共和国史》，社会科学文献出版社1992年版，第482—483页。

度相比。有史家称，1920—1936 年为中国工业化增长较快的时期，工矿业产值从 1920 年占全国工农业总产值的 24.6%，上升到 35%，而近代大工业已占工业总值的 58%，中国的资本主义工业发展水平已较过去提高了 20%。[①] 两个时期在发展的速度上有相近之处，只不过 20 世纪 20—30 年代的迅速发展完全建立于口岸城市自由资本主义的繁荣之上，而 50—70 年代则是国家工业化的结果。一定程度上，原有的口岸城市经济力量被整体的国家工业化拉平。

这是一个突出的关于上海等口岸城市的地位问题。在我们充分认可了中国 50—70 年代国家工业化的水平，以及其所承续的近代中国以口岸城市为依托的现代化工业化进程之后，我们不得不看到另一个问题：即原有口岸城市经济在全国工业化浪潮之后的衰落地位。

纯粹从数字看来，上海在新中国成立后"一五"、"二五"中的工业增长速度极其惊人。1952 年，上海工业总值已达到了 1949 年的 193.7%，至"一五"后期，已达到 368.5%。也就是说，增长了两倍半还要多。至"二五"后期，更高达 553.5%。仅仅 1958 年的增加工业产值，竟比 1949 年全年产值还要多。新中国成立前为"国脉所系"的纺织业，也增长了近两倍，钢产量竟难以置信地增长了 1953%。但同时，另一个数字却在下降，即上海工业在全国工业总产值中的比例。1949 年上海工业占全国三分之一，以后逐年下降。至 1957 年，降至 15.8%；至 1958 年更降至 14.3%；[②] 至 1979 年，上海工业产值只有全国工业总值的 1/8。[③] 还有几组数字更说明问题。1978 年，上海口岸出口额仅占全国总额的 30%，而在 20 世纪 30 年代，这个数字却是 80%。第三产业的萎缩更是明显。"一五"期间，上海第三产业占全市国民生产总值的 40%，1960 年下降为 19.4%，1961、1962 年回升至 26%，此后又长期萎缩。[④]

———————————

① 石柏林：《凄风苦雨中的民国经济》，河南人民出版社 1993 年版，第 261 页。

② 以上数字见《上海解放十年》，上海文艺出版社 1960 年版，第 3 页。

③ 杨东平：《城市季风》，东方出版社 1994 年版，第 328 页。

④ 见《解放日报》1990 年 12 月 24 日，转引自杨东平《城市季风》，东方出版社 1994 年版，第 329 页。

在《上海解放十年》中，作者引述 20 世纪 50 年代上海工业产值在全国工业总产值中比例下降的情况，表明了从另一角度看问题的喜悦之情：

> 看样子，还要降下去。我同很多同志一样，看到我们生产图表上产值下降的数字，心里总是很难过的。独独看到这个数字，心里不但一点儿也不难过，相反的，感觉到极大的快乐。这个变化着的数字，不恰巧是我们祖国强大起来的标志吗？……大大小小的新的上海在祖国大地上生长起来。我想，总有那么一天，当我们祖国的工业总产值不是象现在这样以千亿元计算，而是以万亿元计算的时候，上海的产值虽然也在逐年迅速地上升，却不过只占全国几十分之一，百分之一，千分之一。那时，我们祖国的面貌不是根本改变了吗？[①]

由此可以看出，20 世纪 50 年代以后的现代化是以国家工业化形式推动的。它虽然承续了近代以来的现代化进程，却并不建立于口岸城市经济的基础上。相反，上海城市除工业化一项之外，它自身的外贸转运、金融贸易与服务性行业功能，都由于日渐脱离西方世界而趋于减弱。罗兹·墨菲一直强调："从长远的观点来看，上海经济的成长发展，将视它跟整个东南亚和世界各地经由海道自由通航的恢复原状而定。上海的贸易和商业功能，对它的成长发展和市场繁荣，甚至比对它的工业更重要；该项功能，不仅取决于它在中国的位置，而且还取决于它在整个商业世界中所处的地理方位。"[②] 而同一时期，中国官方在《人民中国》杂志的文章则这样认为："新上海是通过商业的物资交流而跟国内其他各地密切联系的。由于面向国内，而不是面向海外，它在政治上经济上和文化上跟国家合成一体。它为国家的需要竭诚效劳。今天，上海已从中国经济生活中传染病扩散的病源，变成了一个新中国力量的源泉。"[③] 这篇文章总的

---

① 见《上海解放十年》，上海文艺出版社 1960 年版，第 5 页。
② 罗兹·墨菲：《上海：现代中国的钥匙》，上海人民出版社 1986 年版，第 246 页。
③ 转引自杨东平：《城市季风》，东方出版社 1994 年版，第 328 页。

观点在于强调上海经济的国家性，它首先体现在其与国内的联系而非海外，其中隐含的意义更多，即旧上海在本质上根本不能算作中国国家的城市。这一时期，"总体来说，上海价值是以全国利益为目标，由一种工具理性和社会工程而规定。毫无疑问，站在计划经济的宏观视域中，上海的定位是政府（北京）根据全国总体利益而形成的，是外部因素为前提强加的。"①

时人欣喜的预言并不虚妄。在上海经济文化比重在国内地位不断降低的同时，成百个"小上海"在成长。1958年至1960年，是城镇化超速发展的阶段。由于经济建设上的急于求成和主观臆断，中国工业和城镇化在脱离经济发展水平的基础上超高速发展，城镇人口在总人口中所占比重上升到19.7%，而建国时的数字仅为10.6%②。上海经济重要性的减退与国内各中小城市因工业化而崛起恰成比照，它说明了一个意思：经由口岸城市而来的工业化进程波及到全国，成为一种普及的国家意义。在这个逻辑上，上海不再一枝独秀，而成为平均化了的中国城市之一，甚至在20世纪70—80年代渐至衰落为在国内也不是最有经济活力的城市了。这无疑是近代上海自开埠以来最大的一个悖论，但也是上海口岸城市中工业化谱系推广、扩大的必然。

这恰恰印证了柯文的一个说法，即中国的现代化是"沿岸或沿海（香港、上海、天津）与内陆或内地——之间互动的结果"，"启动变革的重任主要依赖于沿海亚文化，而内陆则起着使之合法化的作用"，③换言之，源于殖民过程的上海现代性，只有普及到全国，才具有国家的合理性，否则，它仍旧不过是殖民形态而已。因此，上海现代性价值的推广与上海地位的下降，都是中国国家需要的，由此看来，在社会主义中国，上海的价值已不在其本身，而在于它的国家普及意义。

上述情形，不啻说明了上海在新中国国家工业化当中的微妙情状：一方面

---

① 杜维明：《全球化与上海价值》，载《史林》2004年第2期。

② 杨云彦：《中国人口迁移与城市化问题研究》，载中国人口信息研究中心官方网站：http://www.cpirc.org.cn.

③ 柯文：《在传统与现代性之间：王韬与晚清改革》，雷颐、罗检秋译，江苏人民出版社2003年版，第2页。

其原有的工业化逻辑被毛泽东时代的国家工业化所继承；另一方面，其不符合国家工业化的特性，如商业贸易、世界性与娱乐消费等服务性内容，却要予以消除。这使上海在新中国成立之后的城市形象，面临极大的尴尬。

事实上，毛泽东本人的国家工业化愿望不是淡漠，而是过于强烈。他所设定的目标是，一方面要建立富强的民族国家，一方面又要实现在全民工业化层面上的以消除工农差别、城乡差别和脑力劳动与体力劳动差别为内容的平均主义理想，因此，"社会主义现代化概念不仅指明了中国现代化的制度形式与资本主义现代化的差别，而且也提供了一整套的价值观。中国语境中的现代化概念与现代化理论中的现代化概念有所区别，这是因为中国的现代化概念包含了以社会主义意识形态为内容的价值取向"。① 这容易导致农业社会背景以"大跃进"、"人民公社"、"上山下乡"为标志的社会动员形式，以及"反现代的社会实践的乌托邦主义：对于官僚制国家的恐惧、对于形式化的法律的轻视、对于绝对平等的推重"② 等一系列对欧美与旧中国城市现代性的批判。因此，在社会主义现代化、工业化的概念中，口岸城市的自由经济成分、浮华享乐生活与丰富多彩的消费日常性生活内容，都在某种程度上被视为阻碍国家工业化的障碍。这种情形在 20 世纪 80 年代通常被看作是前现代农民阶层对于现代性的恐惧，但事实上，它包含了特定的"反现代性"的社会主义现代化内容。这样一来，口岸城市复杂特性中只有其符合工业化的一面才被许可，而其资本主义社会组织与私人性消费性日常生活，则必须被改造成军事的伦理的社会组织与纯粹的公共性空间，才能保障高速的社会主义工业化进程。这便是20 世纪 50—70 年代国家工业化的逻辑对城市现代性的框定。

在此情形下，口岸城市，特别是上海城市的新形象开始在文学中被想象出来。概括起来说，就是对上海形象的想象，基于一种社会主义国家工业化图景；而在这个总体图景之下，上海又被从各个方面设定了它的形象：首先，是它的左翼历史逻辑，即中国无产阶级反对帝国主义、封建主义与买办资产阶级

---

① 汪晖：《当代中国的思想状况与现代性问题》，载《天涯》1997 年第 3 期。
② 同上。

的历史线索。这当然也是旧上海逻辑的一种，但却被夸大为历史逻辑中的唯一价值，并作为一个统一的"上海历史"脉络出现。这种脉络的必然结果，是产生一个崭新的社会主义"新上海"。对此，我们不妨把它称为上海知识的"血统论"与"断裂论"。其次，新上海是一个生产的而非消费的城市，它将现代化意义中的关于工业生产的含义无限扩大，从而将其他意义缩小。通常，按现代化理论的理解，现代化包含了以下要素："第一，工业化；第二，民主政治；第三，市场经济；第四，先进的科学技术；第五，合理化、世俗化与都市化。"① "但是，由于现代化理论的设论框架……是以欧美的资本主义现代历史演化经验为前提的，中国现代化的未确然状态就被引向现代化论的一个简化的推论：现代化等于西欧的工业化。"② 在 20 世纪 50—70 年代，"就国家社会而言，现代化即是工业化（industrialization）……工业化为其他一切的现代化的基础，如果中国工业化了，则教育、学术和其他社会制度，自然会跟着现代化"。③ 工业化是一幅宏伟的国家图景，也是上海这座城市形象谱系中最强大的现代性因素。但是，将"现代化与工业化等同，是现代化理论构造出的'文化神话'……是一个意识形态的传说"。④ 贝克甚至认为，工业化隐藏着反现代的形态，因为它可能把其他的社会现代性抹杀掉。因此，城市工业化是公共的关于国家现代化的集体想象，关于城市个体生活的日常性形态都要服从于宏伟的国家目标。国家动员形式不是建立于私人生活基础上，而是军事的伦理的政治层面，于是日常生活形态渐渐退出新中国城市，以突出其国家的公共意义。

可以认为，20 世纪 50—70 年代新中国文学中的上海想象是自上海开埠以来关于上海形象谱系的集大成者。它继承并发展了自晚清以来关于现代民族国家的想象，并将关于工业化、现代化的这一谱系嫁接于国家意识形态图景之上，

---

① 俞吾金：《现代性现象学：与西方马克思主义者的对话》，上海社会科学院出版社 2002 年版，第 30 页。

② 刘小枫：《现代性社会理论绪论》，上海三联书店 1998 年版，第 30 页。

③ 罗荣渠主编：《从"西化"到现代化》，北京大学出版社 1997 年版，第 229—230 页。

④ 刘小枫：《现代性社会理论绪论》，上海三联书店 1998 年版，第 45 页。

达到了空前的程度。上海价值被等同于国家价值。因此，一方面，上海的工业化逻辑扩大为国家逻辑，另一方面，上海地方性的价值取向与身份认同则遭到完全的削弱。从另一个角度来说，工业化是这一时期上海想象的核心，而它的左翼史逻辑与公共特性则保证了这一想象的社会主义政治性质。于是，一个巨大的关于"上海－中国"的乌托邦开始被制造出来。当然，这种情形绝非上海独有，但是，可以肯定的是，在这种想象中，以上海为最甚。

第二节 血统论：上海的左翼历史逻辑

一、红色的上海

1959年，在经历了"一五"、"二五"十年建设之后，对于上海城市社会主义中国特性的认识开始成为一个公共话题。在官方的影响下，上海全民都参与到这一关于上海新身份认同的讨论之中。先有《上海民歌选》、《上海大跃进的一日》与《上海民间故事选》、《上海故事选》等群众创作的文集出版，以及《上海文学》、《文艺月刊》、《收获》对于上海形象的表现。尔后，在1959年，出现了上海各界（包括文学界）对于上海认识与讨论的标志性事件：一是特写集《上海解放十年》的出版，二是上海文艺出版社大规模出版《上海十年文学选集》（1949—1959），其中包括话剧剧本、短篇小说、论文、特写报告、散文杂文、诗歌、儿童文学、戏曲剧本、电影剧本、曲艺等十种。这两种大型套书都带有"检阅"性质。其中，《上海解放十年》并非纯文学创作，大部分作者都是"上海解放以后，直接参与这场斗争或目睹这场斗争生活的"[①] 亲历者，全集共计40万字，近百篇文章。其中除卷首巴金等人带有序论特点的文章外，其内容大致包括："有解放上海的军事斗争和迎接解放

---

① 姚延人、周良才、杨秉岩：《欢呼〈上海解放十年〉的出版》，载《上海文学》总第7期，1960年4月。

的地下斗争，有经济恢复时期的经济斗争和政治斗争，有第一个五年计划时期的社会主义改造、社会主义建设和反对资产阶级右派斗争，有上海大跃进中的大规模工业建设和农村人民公社化运动，以及上海社会面貌变化和劳动人民精神生活物质生活上的变化"。① 按内容线索，可分为上海工人阶级与解放军的政治、军事斗争，上海社会主义经济建设与上海人民的新生活三类，大致体现了当时人们对上海认识的几个方面。我注意到，关于上海城市左翼视角的历史线索是全书的内容核心：旧上海不仅是"冒险家的乐园"，同时"又是我国工人阶级最集中的地方，是中国革命的摇篮，上海的工人阶级在党的领导下一直在进行着斗争。上海的工人群众是有光荣的革命传统的"。② 这明显包含了对于上海的血统分析，即谁是上海的主人，谁创造了上海。文集另一篇文章说："人们都说上海是我国最大的城市，是我国最重要的工业基地和文化中心。对不对呢？答案是肯定的，这是中国人民长时期艰苦劳动的成果"。③ 集中文章的题目也已经包含了这种意义，如："战歌"、"奔向胜利"、"战斗"、"怒吼"、"反击"等等。同时，该书又包含了新旧上海的区别，即"断裂论"："上海的工人阶级和劳动人民在党的英明领导下，如何以历史的主人的姿态继承并发扬了工人阶级的革命传统，把一个半封建、半殖民地的旧上海，从经济基础到上层建筑进行了一番彻底的改造"。④ 从文章题目看，"新的"、"第一次"、"春天"、"变迁"、"拥护"、"第一炉"、"翻身"、"第一家"、"诞生"、"冬去春来"、"成长"、"今昔"、"新村"、"笑声"、"奇迹"、"跨上"、"颂歌"等等词汇就包含了对于上海的"断裂论"的理解。其实，"血统论"与"断裂论"都表明了一种对于上海"历史的终结"式的理解，上海"由国际花花公子变成了中国的工人老大哥"。⑤ 在《上海民歌选》与《上海民间故事选》

---

① 姚延人、周良才、杨秉岩：《欢呼〈上海解放十年〉的出版》，载《上海文学》总第 7 期，1960 年 4 月。

② 同上。

③ 见《上海解放十年》，上海文艺出版社 1960 年版，第 2 页。

④ 同注①。

⑤ 旷新年：《另一种"上海摩登"》，载《中国现代文学研究丛刊》2004 年第 1 期。

中，左翼城市线索也被贯穿于对上海的民间生活的理解之中。《上海民间故事
选》① 共分三辑，其中第一辑为革命斗争故事，突出了"党的领导作用和
共产党员的先锋作用"；第二辑则突出了民族斗争的意义，选入了有关太
平天国运动、小刀会起义和辛亥革命的传统故事；第三辑为上海地区的传
统民间故事，突出反抗主题。像《张四姐和崔文才》这样源于他处的爱情
故事，在上海的流传中增加了反抗恶势力斗争的主题思想。② 这样一来，
多元的上海城市史线索再一次被中止，很大程度上，上海的城市史，被当
作了无产阶级革命历史的国家史，所谓"新旧上海"不过是这一逻辑的过
程与结果。

　　上海作为无产阶级血统的起点，是中国共产党的建立，因此，它的诞生
是上海左翼政治血统的开端。在《战上海》这一出剧中，先后出现了关于上海
血统的几处处理：在进攻上海之前，三连长望着远方的上海说："多好的城市，
我们党就诞生在这里。"之后，军长，这位北伐战争中在上海组织工人运动的
共产党人与工人出身的战士小罗以"回来"的心态回到上海。而军长早年在上
海从事工运的同事林枫，则以不曾离开上海的地下党身份说明着不曾中断的上
海左翼政治线索。事实上，《战上海》中的"上海血统"，是通过解放军攻城
与地下党内应两条线索构成的，并在最后合二为一。剧中，解放军因久攻苏州
河不下而产生焦虑，肖师长"嘴唇抖动着"质问军长："我请书记同志替我回
答王营长对我提出的一个问题（他一字一字地说着，声音有些抖动），我们，
是爱我们无产阶级的战士，还是爱那些官僚资产阶级的大楼？"而军长回答的
是："我都爱！因为那些官僚资产阶级的楼房、工厂是无产阶级弟兄用鲜血创
造出来的。今天，我们无产阶级的战士，是以主人的身份来到了上海……那些
被敌人占据着的官僚资产阶级的楼房、工厂，再过几小时，它就永远是我们无
产阶级和全国人民的财产，因此，我们必须尽最大的努力去保全它！"其实在

---

① 上海文艺出版社 1954 年版。
② 里冈：《民间文学的宝石——读〈上海民间故事选〉》，载《上海文学》总第 7 期，1960 年
4 月。

这里，师长对于上海"无产阶级"与"资产阶级的大楼"的两分法已经为军长的回答提供了一种逻辑可能，他只是没有让"无产阶级"的逻辑上升为新的上海一元性的认识而已。《霓虹灯下的哨兵》则将这一思考凝集于一个典型的空间——南京路上。老工人周德贵将南京路归之为"英国强盗、东洋鬼子、美国赤佬"，"国民党反动派"以及"革命同志和工人兄弟"三种线索，而其结论则是上海是"我们劳苦大众双手托起来的！是烈士们用鲜血铺起来的！"有意思的是周德贵话中使用的"赤佬"带有典型"上海滩"的味道，其民间色彩与典型的"革命政治"解析话语显示出不和谐音。

《战上海》一类描写上海解放题材的作品，其重点不仅在于对上海殖民主义、帝国主义特性的消除，更重要的是革命力量的"回归"。这使上海左翼政治史得到了体现。如果说《战上海》一剧兼有"占领"与"保全"两重含义的话，杜宣创作于1959年的话剧《上海战歌》①则在"军政全胜"的主题之下，特别强调了"保存上海"的意义，将叙述重点放在护厂的情节当中。同样是在攻打苏州河时，"究竟是资产阶级的楼房重要，还是我们革命战士的鲜血重要"这一问题，并没有像《战上海》一剧中引起过分的焦虑。在剧终，叶峰师长的剧终结语没有突出强调打倒资产阶级帝国主义一类"占领"意义，而是强调"瓷器店里捉老鼠的任务，我们是完成了，上海是全部解放了，又完整的保全了"。在剧中，关于"保全上海"的主题大大超过了关于"解放上海"的主题。事实上，"保全上海"即隐含着上海作为无产阶级城市的左翼逻辑，它不仅指向过去，而且指向未来——上海作为社会主义工业化城市的意义。此剧创作于1959年，从中我们也似乎可以窥见到大跃进时代对上海工业化特征的某种强调。

对于上海无产阶级血统的挖掘，造成了一大批直接以旧上海为背景的无产阶级斗争主题的作品出现，并引发大量描写工人阶级反抗帝国主义与国内反动势力压迫的国家叙事作品。如电影剧本《黄浦江故事》（艾明之、陈西禾）、《我的一家》（夏衍、水华）、《七月流火》（于伶）；话剧剧本《上海战歌》（杜

---

① 杜宣：《上海战歌》，见《上海十年文学选集·话剧剧本选》，上海文艺出版社1960年版。

烏政郵那支畔河州蘇（海上）
The Chiese post office, Shanghai.

▲ 上海邮电大楼，建于1924年，位于北四川路、苏州河桥边。右侧建筑是新亚饭店。在话剧和电影《战上海》中，这里是国共两军激战的地方，解放军在此一度受阻。选自老明信片。

宣）、《地下少先队》（奚里德）、《难忘的岁月》、《动荡的年代》与《无名英雄》（合称《青春三部曲》，杜宣著）以及小说《照片引起的记忆》（赵自）等等。即使是以描写资本家为主的作品，也通常辅之以左翼政治革命史线索。如电影《不夜城》（于伶）、话剧《上海滩的春天》（熊佛西）与《上海的早晨》（周而复）、《春风化雨》（徐昌霖、羽山）等小说。《上海的早晨》与《春风化雨》都有较详尽的关于工人斗争的表现篇幅，其中主要人物由旧日的工人而成为新上海企业的领导，是这种历史结构的必然结果。《春风化雨》更加突出。在对民族资产阶级从挣扎到破产的总体叙事中，硬性加入了无产阶级斗争线索，这一点与茅盾《子夜》有相似之处。虽然工人运动并未在叙述上与之构成一体，但作品中还是不厌其烦地写进了工人秘密建党、罢工等内容。

这些作品首先表现出时间性线索，以符合中国革命各个历史阶段的划分。陶承《我的一家》（后被夏衍、水华改编为电影）的叙述空间是长沙—汉口—上海，这恰是自北伐开始至 20 世纪 30 年代左翼政治史的时间转换线索。在以上海为背景的叙事作品中，无产阶级革命被完整地以几个历史阶段形式表现出来，并经常以人物代际的"事业继承"为叙事线索。《黄浦江故事》中叙述了造船工人一家两代的历史，而家族历史与政治史是完全迭合的：满清末年、民初、北伐、沦陷、解放战争、新中国成立后等等。在空间形式上，这类作品往往选取既有旧上海代表性，同时又具有左翼政治含义的场景。电影《我的一家》中，当陶珍带着孩子们来到上海的时候，出现这样的一幕："（溶入）音乐、汽笛声叠印"，"（溶入）上海的马路，大世界后面，杀牛公司附近……"、

▲ 电影《聂耳》剧照。聂耳（赵丹饰演）与郑雷电（张瑞芳饰演）在上海龙华古塔。由于国民党警备司令部设在龙华，许多共产党人牺牲于此，龙华也具有了上海革命史的空间意义。

"一个瘪三缠住陶珍乞讨"。这是一个惯常的空间形式，将上海作为有钱人的天堂与穷人的地狱出现，与20世纪30、40年代左翼电影《马路天使》、《万家灯火》等等极其相似。《霓虹灯下的哨兵》"全剧用一个衬景，全部是高楼大厦，好像在外滩，又像在日升楼一带"，[①] 语义并不明显指称某个特定空间，而只是代表了一个符号，它与场景中出现的《出水芙蓉》电影广告与爵士乐构成旧上海资产阶级色彩。但同时，童阿男的家作为旧上海无产阶级的空间符号出现："仍然是上海滩，仍然可见南京路的建筑群，但就在这些幽灵般的影子的后面，还有一个与解放后的景色极不协调的世界——苏州河畔的棚户区"。[②] 这一表现模式使剧中第七场竟采用电影式的"闪回"手法，即在周老伯讲述罢工故事时直接出现童阿大在罢工中与敌搏斗的场面。六场话剧《一家人》（胡万春、陈恭敏、费礼文、洪宝堃著）虽属大跃进时期的工业题材，但在第一场场景说明中，专意安排了一棵银杏树下的"本地老式房子——小工房"作为旧上海工人阶级受压迫的表述。剧中杨家第一代工人因研究发动机装置而遭英国人殴打，死于银杏树下。因此，它既是对上海左翼历史的重温，又是"为中国工人争一口气"的关于新上海工业化图景的起点。两者共同构成了新旧上海在社会主义逻辑下的历史衔接。杨家两代人，特别是杨国兴在技术落后的情形下，所进行的技术革新成功，恰是这种逻辑在后来的一个指向。同样，电影剧本《黄浦江故事》，分镜头剧本虽一直以外滩、黄浦江为旧上海的空间符号，但剧本前后有些微小变化：越到后来，外滩的场景越来越少，而关于黄浦江上轮船的说明却越来越被强调。可以认为，关于上海血统论的表现，虽以旧上海为叙述起点，但同时往往以上海未来工业图景为终点，表现出一种完整的政治历史逻辑：工人阶级不仅反抗旧社会，同时亦创造新社会。

在"文革"时期上海题材文学中，血统论有了进一步的深化。一方面是革命血统还具有了十七年"社会主义条件下继续革命"的内容，如赵四海有接

①　白文：《谈话剧〈霓虹灯下的哨兵〉》，见《谈〈霓虹灯下的哨兵〉》，上海文化出版社1964年版，第56页。

②　桂中生：《浅谈〈霓虹灯下的哨兵〉舞台美术设计》，见《谈〈霓虹灯下的哨兵〉》，上海文化出版社1964版，第155页。

▲ 建于1924年的汉口海关，名"江汉关"，是旧武汉的地标建筑，与上海的"江海关"、广州的"粤海关"在名称上有关联。江汉关以及其钟楼在文学、电影中经常出现。《我的一家》、《聂耳》等作品都涉及到它。电影《大浪淘沙》中，将收回英租界的场景放在此地。

受毛主席视察钢铁厂的亲历（《火红的年代》），卢朝晖小说《三进校门》① 中的赵平江新中国成立前因大闹校长室而退学，在"文革"前又因反对修正主义教育路线被开除，直至"文革"后又重新回到大学；段瑞夏的《特别观众》② 中季长春不仅有父亲在旧上海拉黄包车的无产阶级家族史，而且还有自己作为解放军海军的"十七年革命"的历史等等。此外还有清明《初春的早晨》③

① 卢朝晖：《三进校门》，载《解放日报》1971年1月24日。作者身份为卢湾区工人文化科技馆工人创作学习班学员。

② 段瑞夏：《特别观众》，见《上海文艺丛刊》第一辑《朝霞》，上海人民出版社1973年版。

③ 清明：《初春的早晨》，见《上海文艺丛刊》第一辑《朝霞》，上海人民出版社1973年版。

中的郭子坤，立夏《金钟长鸣》^① 中的巧姑，上海港工人业余写作组《迎风展翅》^② 中的方晓等等。由于"文革"时期这一类作品大都属于"社会主义历史条件下继续革命"反"走资派"的主题表述，人物大都被处理为中青年，其伦理色彩有所减弱，加之"造反"型的主题类型，使作品呈现出一种不稳定的主题结构。作品中的上海色彩，也已经非常之弱，只是通过诸如"浦江两岸"、"新沪中学"、"沪江医院"、"江浦路"、"沪光厂"等机构名称大略可以显示出上海地域背景，人物所体现的也不能算是上海作为地方的左翼历史逻辑了。另一类作品较多存在于知青题材，其革命史逻辑则几乎都直接与红色根据地地域有关，连接的是解放区政治传统。如华彤《延安的种子》^③ 的纪延风，史汉富《朝霞》^④ 中的叶红等等。主人公的红色背景（其父都是根据地延安的老战士），与其离开上海奔赴农村都表明了一种追寻红色传统的意味。因为"十七年"既然属于修正主义路线大行其道，因此"革命传统"只能从革命圣地直接获取。这一时期文学中的旧上海红色血统已渐渐消失，不再被纳入文学表现视域中。

二、革命的城市史与家族史

在关于上海血统的叙事中，广泛存在伦理结构的支撑，即革命者与其后代在革命意义上的阶级血统与身体血统的同构关系。它将关于革命的叙事变为一种伦理叙事，以不可抗拒的伦理关系巩固加强革命血统的稳定性。在此情形下，人物大体依伦理秩序而被分为老一代与年青一代。其间，对于革命传统的认同与教育，使两代人具有了伦理上的等级关系。当然，这种叙事文学模式在

---

① 立夏：《金钟长鸣》，见《上海文艺丛刊》第二辑《金钟长鸣》，收入《上海短篇小说选》（1971.1—1973.12），上海人民出版社 1974 年版。

② 上海港工人业余写作组：《迎风展翅》，收入《上海短篇小说选》（1971.1—1973.12），上海人民出版社 1974 年版。

③ 华彤：《延安的种子》，载《文汇报》1972 年 4 月 28 日。

④ 史汉富：《朝霞》，载《解放日报》1973 年 6 月 17 日，收入《上海文艺丛刊》第一辑《朝霞》，上海人民出版社 1973 年版。

整个 20 世纪 50—70 年代都广泛地存在，并不唯上海题材的文学所独有。但是有关上海工人运动、革命历史与资产阶级消费享乐的想象使这种模式被空前强化，显示出题材的巨大等级优势。①

在以新中国成立后新上海为题材的作品中，通常都会有一位或几位父辈（或祖辈）具有旧上海左翼政治经历。比如《战上海》中的军长、《霓虹灯下的哨兵》中的老工人周德贵、话剧《年青的一代》中的林坚与肖奶奶、《钢铁世家》中的孟广发、《一家人》中的杨老师傅、方言话剧《锻炼》中姚祖勤与马奶奶、《黄浦江故事》中的常信根与常桂山、现代京剧《海港》中的马洪亮、电影《我的一家》中的陶珍、《火红的年代》中的田老师傅等等。即使是《火红的年代》中以落伍人物出现的白显舟厂长，也有当年在敌后根据地建设兵工厂的经历（当然，这一经历并不在上海，但根据地与新上海构成的仍是一种革命史的逻辑对应）。这种人物经历有时在作品中直接出现，但大多数是一种背景，一种人物身份体现出的关于上海乃至整个中国革命的背景。《年青的一代》中的林坚非常典型，他兼有了各种革命史意义上的身份：既是旧上海学徒，又是工运干部，还参加过解放军。在剧中，他的身份被看作老干部，但实际职务是总工程师，具有了工人、工运、军事各种革命史上的一切优势，包括知识与文化上的优势；而在家庭中，他又是林育生的父亲。肖奶奶同样具有左翼政治史的身份。她作为旧上海时期的工运骨干，坐过牢，并且因丈夫的牺牲具有了更强化的政治身份，其经历在"讲打鬼子，打老蒋，三天三夜讲不完"的传说中得到传奇般的评价。同时，她的伦理身份也很明显，其职责似乎是专门教育青年。在作品中，父辈（祖辈）人物与作品中主要人物构成了血缘上的伦理关系。比如林坚是林育生的养父（《年青的一代》），马洪亮是韩小强的舅父（《海港》），周德贵虽非童阿男的直系亲属，但曾与其父共同参加罢工（《霓虹灯下的哨兵》），仍可视为父权人物。这种角色使其对青年的革命历史教育，成为一种伦理感化形式，从而构成一种基于父权组织原则的社会控制与动员力量，

① 在表现同类模式的作品中，取材于其他城市或地域的要少得多。有的则模糊不清，如《千万不要忘记》应取材于哈尔滨，但作品并未点明。

而革命历史也借助父权的伦理权威具有了天然的合法性。

伦理感化方式表现为"痛说革命家史"模式。学者黄擎在《废墟上的狂欢》中认为，"文革"期间的文学对历史记忆的时代阐释方式主要表现为"痛说革命家史"与"重温战斗故事"两种类型。其中"痛说革命家史"更是"样板戏"常规的概述性设置，大体可以分为"主动型"与"诱说型"两种情况。[①]对上海左翼历史记忆的回顾以家史回忆为形式，使之更加具有了伦理色彩。这种通行模式，在"文革"前的上海题材中，仍不失上海特征。比如林育生的父母在旧上海监牢里牺牲，林坚以教父身份行使着双重监护权力。林坚在斥责林育生时，使用了一连串"你对不起……，"在历数了"党"、"老师"之后，将重点放在了其生身父母上："更对不起……对不起你死去了的亲生父母"。《锻炼》中马奶奶斥责孙子马一龙时所使用的也仍然是关于背叛血统的谴责言辞："你忘了你爷爷和你爸爸受的苦。"《霓虹灯下的哨兵》中，童阿男与陈喜都被设置在一个接受教育的情境中，教育者与教育题材却各有不同。对于童阿男，其教育职责由老工人周德贵承担，受教题材是关于南京路上的罢工游行，"阿男的爹英勇地牺牲在南京路上"；而对陈喜来说，教育者是具有乡土背景的指导员、连长、伙夫洪满堂，教育题材则是关于解放区朴素的生活作风。也就是说，在对童阿男的伦理感化中，对上海革命史的记忆仍具有优势。《海港》则是通过阶级教育展览会中的一根"杠棒"以及种种"过山跳"、"皮鞭"、"镣铐"、"绝命桥"等旧上海海港码头的器物来进行，其与韩小强的"大红的工作证"形成鲜明比照。按当时人的看法："一根杠棒，铭刻着码头工人的阶级仇、民族恨，代表着工人阶级的革命传统；一张工作证，体现着'共产党毛主席恩比天高'，反映着翻了身、做了主人的码头工人的幸福生活"。[②]林坚、马洪亮、马奶奶等人，不仅是政权文化的人格化，同时也是伦理文化的人格角色。阶级血统的继承伴随着伦理控制，牢

①　黄擎：《废墟上的狂欢——文革文学的叙述研究》，作家出版社 2004 年版，第 91 页。

②　闻军：《无产阶级专政下继续革命的光辉典型——赞方海珍形象塑造》，载《红旗》杂志 1972年第 2 期。

不可破。

在政治革命与伦理双重结构当中，小字辈的从属依附角色得以确定。因为，一旦忘却"革命的家世"，则不仅意味着对左翼历史的背叛，同时也是对伦理的反动。在小字辈人物当中，大多存在两种类型，一类是自觉遵循革命逻辑的，如萧继业（《年青的一代》）、卫奋华（《锻炼》）。萧继业的红色身份似乎来自于对革命历史的亲历："当童工的时候怎样给塌鼻子工头吃苦头，快解放时候给护厂队传递消息，还把传单贴在国民党的岗亭上"。但，通常第二类人物更多一些，即需要教育才能继承革命事业的小字辈。如前所述，这一类人物被置于强大的伦理与政治双重结构之中。从其姓名的语义社会学分析来看，"育"（林育生）、"继"（萧继业）、"小"（韩小强）、"童"（童阿男）等，不仅暗喻了"革命后代"之意，同时也显示出伦理上的等级弱势。而"继业"与"育生"两个名字虽在伦理等级上并无差别，但在"革命接班人"这一政治逻辑上则显示出等级性。

第三节　断裂论：新旧上海的不同意义

对上海历史的认识，伴随着血统论的是对上海城市历史逻辑的"断裂"理解。本书第一章中谈到，这种断裂论理解，早在上海开埠时就已开始，并在与古代中国的断裂中给予"历史终结"式的判断。对国人来说，上海史是一部近代史，并依照不同时期现代性的获得而不断得到其新的历史起点。在近代以来的上海城市史中，总会伴随着重大的历史性事件而产生出所谓"新"的上海。换句话说，上海的历史总是依照现代性方案的转换而处于变化状态。正如杜维明所说："很明显，上海价值，不是静态结构，而是动态结构。上海的价值体系是在变动不居的时空中转化"。所以他认为，"既然是动态过程而非静态过程，就必须避免本质主义的描述。"[①] 从整个上海近代历史我们可以

---

① 杜维明：《全球化与上海价值》，载《史林》2004年第2期。

看到，从开埠到国民党的"大上海"计划，到沦陷时短命的"大道"政府，再到上海解放与浦东开放，都有所谓"新上海"之称，其间包含了数次基本价值的转移。比如开埠时期的上海被纳入世界（特别是西方）价值体系；国民党政府"大上海"计划所包含的民族国家建立的努力；沦陷时期在日伪统治之下，试图"摆脱欧美体系"的闹剧；[①] 解放上海所意味的"中国化"、"重回中国价值"的含义，以及浦东开放所意味的重新走向全球化的意义等等。所以，在讨论上海历史的价值时，杜维明认为应该包括三个时段来认识，"第一时段是 1949 年以前，第二个时段是 1949 年到 1992 年，第三个时段是 1992 年到现在。[②]"当然，这并不是说其他城市没有过断裂性现象的存在，比如改革开放便是改变中国所有城市逻辑的一个重大转折，而只是说，较之其他城市，上海所体现出的断裂性更加突出。它几乎包括了中国近代以来的任何历史阶段，因而，其在断裂性上所表现出的历史变迁又比任何一个城市更加深切而突出。

一、上海资本主义的终结

"解放"，对于上海来说，承续的是上海无产阶级革命史的结果，中止的是上海作为资本主义城市的历史逻辑。在文学中，周而复的《上海的早晨》，徐昌霖、羽山的《东风化雨》等小说，于伶的电影剧本《不夜城》以及熊佛西的话剧《上海滩的春天》便阐释了这一点。除《东风化雨》以外，三部作品都最终涉及到中国资本主义史的完结，即"资本主义工商业的社会主义改造"，并以"公私合营"的完成作为这一部历史的终结。《不夜城》的创作意义，带有《子夜》影响的痕迹，即民族资本家的走投无路。留英的张伯韩从父亲手中接过纱厂艰难经营，并不时与宗赅春代表的买办势力冲突，十几万美元期货投

---

① 汪伪政府在日本军方的"支持"下曾于 1943 年"收回"上海公共租界与法租界。法租界"收回"时间较晚，是由于当时法国维希政府已属轴心国阵营。这一行为在当时被汪伪认为是摆脱西方殖民体系以及民族解放胜利的标志。

② 杜维明：《全球化与上海价值》，载《史林》2004 年第 2 期。

机的失利，以至于最终彻底破产则宣告民族资产阶级在帝国主义重压之下的失败。同时，仲鸣夫妇错失香港航班与大年夫妇在香港经营失败，则说明民族资产阶级经济跨国背景的丧失。同属资本主义史中止的描述，《上海的早晨》要比《不夜城》意义更复杂。我们看到，资本主义经济体制及在新中国成立后的状态分别以徐义德、朱延年、冯永祥、马慕韩等人为代表。其中，朱延年属于顽抗到底的一种情形，冯永祥与马慕韩则代表了资产阶级在新中国红色政权下主动争取政治空间的类型，而徐义德则体现出上海资本主义史中止的"被迫性"。徐义德身上体现了中国资产阶级多重特征，即殖民性、封建性与反动性。他首先将六千锭黄金与巨额资金运往香港，又将儿子送往香港读书，另外还有存款在纽约。上海——香港——纽约这三条防线，其实包含了上海资本主义经济体制中的世界性。其次，他的二房太太朱瑞芳的娘家是无锡大地主，而朱瑞芳的堂兄朱暮堂则有日伪、国民党种种背景。以上两者都被认为是"资产阶级的特点—— 一方面不能不依赖帝国主义，另一方面又跟封建地主阶级有密切的关系①"。其三，他指使梅佐贤企图控制工会，并收买税局驻厂干部，这是他的反动性的写照。以上三者，其实是上海资本主义产生、发展的几种基本形式，在其他几部作品也有表述。与《子夜》不同的是，《上海的早晨》与《不夜城》在宣告上海资本主义历史终结的同时，也在说明"在这个阶级中的大多数个人却又可以获得光明这样一种特殊的历史际遇"。② 这种"际遇"说的理论外观是毛泽东关于民族资产阶级在民主革命时期与社会主义革命时期都具有"两面性"的论断，同时，也是对中国资本主义进行社会主义改造两个阶段——资本主义企业变成国家资本主义企业，再把国家资本主义企业变成社会主义企业——的图解。《上海的早晨》、《上海滩的春天》以及《不夜城》都"赠与"了上海资产阶级一个出路，但却是在社会主义新的政治空间里被消灭、转化的"际遇"。

---

① 王西彦：《读〈上海的早晨〉》，载《文艺报》1959年第13期。
② 张炯、邓绍基、樊骏主编：《中华文学通史》第12卷《当代文学编·小说戏剧》，华艺出版社1997年版，第109页。

与《子夜》另一个不同在于，以上几种作品同时也具有血统论的色彩。它们将上海左翼政治的逻辑作为结果表现出来，这与《子夜》描写工人运动毫无结果以致在结构上游离全书不同。《上海的早晨》中的汤阿英、《上海滩的春天》中的田英、孙达与《不夜城》中的银娣夫妇都意在说明无产阶级政治的成长，在上海解放后，成为宣告徐义德等资产阶级历史结束的新上海政治主人。马慕韩、冯永祥、王子澄与《不夜城》中张伯韩的女儿张文峥、《上海滩的春天》中王子明的妻子与儿女同时也归入新上海政治，无疑也在说明上海资产阶级在中止资本主义历史之后转向社会主义政治的巨大可能。①

表现上海资本主义被改造题材的作品，其实是以上海为文本，借以说明中国国家性质的变迁。其间关于徐义德、张伯韩等人在这种改造中的彷徨、抵触与被迫接受以致消亡，确属历史中应有的一幕，并非想象意义上的完全虚设，但是关于"在社会主义制度下资本家的命运和前途是光辉灿烂的"② 这种说法却未免夸张。这种情形并不在于作品结尾设定的情节结局是否构成真实的中国资本主义历史，而在于，这一结论完全被关于社会主义革命理论所预设，从而构成了一部想象性的文本。我们看到，几部作品中关于民族资本家的茫然、惶惑之情都较真切，但倒向社会主义政治的情节一般都是急转直下。这种情形在《东风化雨》中更加明显。作者虽然在小说中设置了工人在厂里建党、罢工等情节，但仅仅是作为上海左翼政治血统的一种说明，并没有显示出其能挽救长江厂的任何迹象。但在结尾处，长江厂关门和孙敬煊破产后，突然出现王少堂与马仲伯在走投无路之际路遇上海民众抵抗日货的游行队伍这一情节。作品在这时写道："诡计多端的王少堂费尽心机，无法挽救长江厂的危机，实力雄厚、老谋深算的孙敬煊绞尽脑汁，也无法挽救长江厂的危机，只有中国工人、学生与中国人民，只有共产党领导的轰轰烈烈的抵制日货的爱国运动，才

---

① 　在《上海滩的春天》中，王子明的妻子丁静芳参加了里弄工作，其子王长华参加海军干校学习、入党，女儿王秀珍大学毕业后到边疆工作。《不夜城》中的张文峥参加了边区矿勘队，成为地质工作者。

② 　虞留德：《他倾尽心血创造〈上海滩的春天〉》，见《现代戏剧家熊佛西》，中国戏剧出版社1985年版，第390页。

▲ 长篇小说《东风化雨》插图，徐甫堡绘。王少堂与云仙在霞飞路法国餐厅宴请日本人松山。包间有法式沙发和玻璃酒柜，整个布置具有法国风格。在当时文学中，过强的物质性是资产阶级生活的符码。

挽救了长江橡胶厂和其他无数正在死亡线上垂死挣扎的中国民族资本家和他们的工厂，使他们免于破产的命运。"这实在是一种想象，因为作品并未涉及长江厂被挽救。一方面是长江厂已经破产，一方面又是"被挽救"，两种关于上海想象构成的矛盾，显然是作者无法解决的。

"灭亡"也好，"挽救"也好，其实都是在借上海资本主义史的消亡，来说明《子夜》没有机会表述的新的国家意义。如同《子夜》回答托派关于中国社会性质问题一样，在海外左翼学者看来："《上海的早晨》这部书的成功所在，同样也是没有避开当时上海的里巷间人物所认为的'重庆是共产主义，武汉是社会主义，北京是新民主主义，上海是资本主义，香港是帝国主义'的现实"，"读者认真读过这本书后，就可以从上海这个窗口窥视整个中国革命面貌"。① 这种意义如果放在更大范围来看，则是国际性的世界社会主义问题，如同越南文译者所说："读到这部作品（指《上海的早晨》——引者）就不禁联想到越南的资产阶级，联想到河内、海防……"②

自"社会主义改造"主题之后，文学中所出现的旧上海资本主义史，通常被理解为一种"遗存"，并主要体现在反动人物或落后人物身上，成为某种人格化体现。细分之下又有几种类型：其一是上海史中的右翼成分与西方背景。比如《锻炼》中白步能，原名杨老七，是出卖卫奋华父亲的叛徒；《火红的年代》中的应家培，是国民党老牌特务；《海港》中的钱守维是"哪个朝代都干过的"账房先生；《钢铁世家》中的特务原是新中国成立前工厂里的职员。这种情形也包括《春满人间》（柯灵、桑弧等）、《枯木逢春》（王炼）中知识人物对西方医学文献的迷信等等。其消亡的结局，不啻说明帝国主义、封建主义、右翼政治在上海乃至全国的结束。其二是作为日常中生活原则的市侩主义，特别是作为上海资本主义经济关系中"等价交换"的市场原则，这在"文革"时期上海题材文学中颇为多见。比如《特别观众》中老技术员苏琪满口"活络生意"一类

---

① 冈本隆：《〈上海的早晨〉第一部日文译本前言》，见《中国当代文学研究资料·周而复研究专集》，上海师范大学中文系 1979 年版（内刊本），第 191—195 页。

② 张政、德超：《〈上海的早晨〉越南文译本序》，见《中国当代文学研究资料·周而复研究专集》，上海师范大学中文系 1979 年（内刊本），第 223 页。

旧上海商业语言；电影《无影灯下颂银针》① 中罗医生醉心于一百例成功的胸科手术，而将重病人赶出医院的名利思想；小说《号子嘹亮》② 中装卸工赵祥根自觉低人一等的旧上海等级观念；《新店员》（上海戏剧学院戏剧文学史编剧专业一年级集体创作）中坏分子梁德鑫的旧上海小业主背景与食堂负责人顾月英"怕赔本"的"等价"思维等。值得注意的是，"文革"时期的上海题材小说，不仅强调与旧上海的断裂，同时亦强调与"十七年"上海的断裂（这种情形，恰好也印证了本节开头所说的关于上海现代性不同时期多变的状况）。虽然在这一类作品中，旧上海资本主义政治、经济原则作为一种"遗存"，构成了与新上海社会主义政治经济空间的斗争冲突，但是千篇一律的"灭亡"模式所制造的，恰是一个旧上海已经完全"覆灭"的神话。此类作品的层出不穷，不能认为是资产阶级"遗存"继续大规模存在的依据，从另一个意义上说，不过是对于"灭亡"概念的重申罢了。在这一点上，它与《子夜》所写的封建势力在上海的"灭亡"具有异曲同工之妙。

二、空间意义上的新上海

对于旧上海精神遗存的"灭亡"式描写，相对来说，要比对旧上海物质的遗存描写容易得多。就对于上海"断裂"性的理解而言，如何借助旧上海物质空间（特别是建筑空间）来表达新上海恰是一个难题。其复杂性在于，上海历来以其建筑空间上的现代性而获得其"现代"意义，不借助于此，很难获得对于上海地域的指认。同时，上海高大的洋房又是一种跨越地域性的世界性现代化符号，在 20 世纪 50 年代以后，对国家工业化蓝图的憧憬，高大建筑还被作为一种工业化现代性符号而必须加以强化。但是，上海广泛存在的殖民时代的建筑又使人无法回避它的殖民记忆，一旦进入文学表现领域，可能无法获得其在断裂层面上作为社会主义新上海的政治身份。这一类建筑空间，也包括上海

---

① 上海市胸科医院业余文艺创作组创作，原为话剧，电影为桑弧导演。
② 边风豪、包裕成：《号子嘹亮》，载《朝霞》1974 年第 3 期。

作为现代经济中心符号的码头、厂房，还有作为旧上海主要居住形式的弄堂与棚户。上述种种情形决定了，在进行新上海社会主义的空间想象中，必须借助于旧上海建筑空间形式的表现，但同时又要赋予其崭新的社会主义城市意义。

在20世纪50—70年代，关于上海作为工业、商业、港口中心的身份指认已经符号化，在消泯了外滩大楼、国际饭店、百老汇大楼等建筑场景原有的西方建筑形式中殖民与消费的文化含义之后，成为典型的城市现代性的符号式表述。这使得这一时期文学，开头部分大都采用了"巡礼"式表现方式，其目的是突出上海城市的现代风貌，也是便于放弃对有关建筑场景所包含的殖民意义与市民消费意义的深究。这似乎同新感觉派使用"巡礼"手法描述高大洋房而回避其背后小巷一样，但意义又有不同。新感觉派要突出的是建筑空间中的西方性，回避小巷里弄中的东方性内容，而20世纪50—70年代文学则强调建筑空间的现代性，而回避其西方性。因此，这一时期文学虽大都以高大楼房作

▲ 上海码头的赫德铜像。赫德于1863年起任中国海关总税务司，1911年卸任，任期共48年。其附近码头被称为"铜人码头"，经常被写进文学中。话剧《聂耳》中，聂耳乘船到上海，首先到达的就是上海"铜人"码头。铜像于上海沦陷时被日军拆毁。

为背景出现，但又将空间迅速转移至他处，很少进入实写范围。比如《黄浦江故事》第一章"景渐显"说明中特意交代："这是解放后的上海，草木葱茏的外滩，车水马龙人来人往，海关大楼响起悠扬的钟声，黄浦江上洒散了阳光的金点。"在第十章中，外滩建筑成分减弱，而"烟囱林立"、"轮船穿梭"的黄浦江景象，在重要性上逐渐取代外滩。《霓虹灯下的哨兵》开头的场景是"火光中时而看到百老汇大楼的轮廓，时而看到江海关的剪影"，但结尾处，空间重点转移至军民联欢的公园。《不夜城》最后公私合营成功的狂欢，是在中苏友好大厦（在原哈同公园旧址）①，最后的镜头推至万家灯火的南京路永安公司、先施公司、大新公司处。通常来说，空间描写的热点仍是外滩与黄浦江一带，以至于海关大楼②、市委大楼③、外白渡桥、人民广场④等词汇出现频率极高，而黄浦江两岸与江中轮船则成为泛化的上海指代。但作为关于上海现代化的观念性意象，有时仅仅出现建筑名称。像《火红的年代》中外滩场景："宽阔的黄浦江正从晓雾中醒来。外滩，洒水车冲洗着宽阔平坦的马路"，类似这样的场景描写数不胜数。在电影中，新旧上海的空间标志虽仍是外滩大楼，但在旧上海场景体现上，通常用照片形式呈现出欧战和平纪念碑⑤角度的外滩，或者海关前的"赫德"铜像⑥，这似乎成了新旧上海不同外滩的标志，⑦因为纪念碑与铜像所包含的恰是旧上海殖民历史的符码意义。

---

① 中苏友好大厦是20世纪50年代以后新上海的标志性建筑。此类建筑在北京、武汉、沈阳等城市皆有，建筑样式为苏联时代的拟古典主义。中苏破裂后，各地此类建筑统一改称××展览馆。上海中苏友好大厦原址为犹太巨商哈同的私人花园，名为爱俪园，俗称哈同花园。

② 原名江海关，旧上海时期即为海关。

③ 原为英国汇丰银行大楼，属罗马复兴式建筑，建成后有"从苏伊士运河到白令海峡最漂亮建筑"之称。

④ 原址为跑马场。

⑤ 位于延安路外滩路口，为纪念"一战"时欧洲上海外侨回国参战而建，用于纪念战死者。上海沦陷后为日军拆毁。

⑥ 赫德：英人（1835—1911），担任中国海关总税务司长达40余年。铜像在上海沦陷后为日军拆毁。

⑦ 不过，市委大楼（原汇丰银行）前一对铜狮（今已不存）倒是被写进诸多作品，如肖岗《上海，英勇的城》与芦芒《东方升起玫瑰色的朝霞》，载《上海文学》1959年第10期。

▲ 汇丰银行大楼前的铜狮子，经常被作为殖民统治的象征而写进文学作品。

　　在工业题材的创作中，外滩一带地域空间的复杂含义，往往被作者们简化为工业化表述，而将欧式建筑的殖民符号减弱。它突出这一带的高大楼房——工厂——黄浦江。前两者是工业化的符码，后者则承载着轮船这一现代化机械的指代。费礼文《黄浦江的浪潮》开头结尾都有类似"巡礼"式的写法，由外滩高大建筑迅速过渡到黄浦江岸的工业化雄伟图景，这是一种很自然的衔接。关于上海的现代性逻辑被这样天衣无缝地展延。结尾一段：

　　　　美丽的黄浦江两岸呈现在他的眼前：巍峨、雄伟的建筑物像奇异的山峰矗立着，海关大楼洪亮钟声"叮叮当当"响着，绿化了的外滩，像一条翡翠的花边镶在江边花岗石上；在它们的后面，烟囱像森林似的竖立天空，浓烟混合在蓝天里变成万道彩霞；黄浦江里汽笛长鸣，无数的船

▲ 上海中苏友好大厦，完全苏式建筑，是典型的社会主义新中国的建筑符号。与此相似的还有北京、
武汉等地的中苏友好大厦。后一律改名"某某展览馆"。上海中苏友好大厦其址在原哈同花园。

只来回急驶着，突然，一条挂着五彩旗的崭新轮船，乘风破浪，高唱着凯歌向吴淞口开去，黄浦江给它掀起了浪潮，阳光照上去闪出万条金光。

这完全是在实际的城市空间中不可能实现的视觉效果！文中的描述，存有大量的视觉焦点的混乱：其中，"矗立"、"绿化的外滩"、"花岗岩"等描述，似乎表明视线来自于外滩东面；再结合"在它们的后面"等语句，按说应该指的是外滩以西，但这样的视角又绝不可能出现"烟囱"景象；而描述黄浦江上的轮船则又将视线移至外滩以东。这一处描写表明了空间本身的意义与其被赋予意义之间的意识形态争夺，以及由此而来的叙述焦虑。因此，可以说，这毋宁是一种关于工业化的心理空间，其描写功能在于集中关于工业化的物象，突出工业化的含义。

空间的描述形式还有另外两种，即一是抽象泛化意义上的码头、工厂（这在后文中还有论述），二是以标准化的"工人新村"式住宅形式代替老上海弄堂石库门。"工人新村"在区别新旧上海的断裂性意义上有重要作用。一方面，它与北京"龙须沟"有着同样的政治意义，其典型性的例子是肇家浜与曹杨新村；① 另一方面，它又避免了上海市中心传统民居石库门建筑所可能带来的旧上海市井生活内容。我注意到，这一时期文学中凡出现对居住形式的介绍时，多为近郊"工人新村"等非传统式样的新式开放建筑，如《钢铁世家》、《锻炼》、《家庭问题》等等。其特征是"整齐"。如《家庭问题》中"四层的新式楼房，整齐地排列在一条街上"。再如《钢铁世家》中一段："工人新村的环境非常美丽，到处是碧绿苍翠的树木，以及鲜艳的花草。住宅周围，有小河、木桥以及修剪得很好的花园。无数幢两层、三层、四层的楼房，都是红瓦黄墙，玻璃窗子闪闪发光。"这一段文字的含义在于"新村"式建筑的标准化，它遵循的是统一的新的国家生活对日常生活形态的规定。同时，近郊式

---

① 肇家浜为上海著名的"龙须沟"，1954年改造填平，即今肇家浜路，一向被视为新旧上海两重天的标志；曹杨新村是上海最早的工人新村，旧时为荒地泥潭，至1958年建成居住5万人口的工人城。新中国成立前建的福履新村（1934年）、上海新村（1939年）、永嘉新村（1947年）不过是花园里弄而已，并非工人居住区。

"新村"式工人住宅由于地处上海新兴工业区，不仅能较多地体现出关于工厂、烟囱等现代化空间标志，得到现代性的象征意义，而且也避免因地处市中心与建筑的传统样式而可能引起的关于旧上海的回忆。

将场景放在上海近郊工业区以及工业设置附属的居住形式（如工人新村）还有一种叙述动能，即居住形式并非展示上海工人的生活内容，而是作为一种工业生产形态的延伸。

几乎所有作品都将场景置于工业化背景中，其所显示的含义在于压制建筑的生活功能，最大限度地提升其生产功能。《一家人》开头点明地点是"上海市郊某工业卫星城"。尽管故事发生在工人居所，主人公杨家的居住环境带有农舍性质（有高大银杏树，窗前有花棚，房子为本地老宅样式），但屋后"一座巨大的金属结构车间正在兴起"，"远处可见上海动力机械厂的烟囱和高高的水塔，崭新的一条街横贯舞台，宽阔的马路向远方延伸。两旁种栽着树木，树荫夹道，枝叶扶疏。商店、剧场、运动场的跳伞塔以及排列整齐的五层楼工房，鳞次栉比，错落有致"。同样的情况还有电影剧本《家庭问题》："上海郊区，新建的工人住宅区"；《年青的一代》中"通过窗口可以看见上海近郊景色和远处的工厂"。即使是场景设置在车间等微观空间，也会在细节上对生产加以强调。如《幸福》中的办公室："从窗口隐约可以看见里面的机床、人"。这是上海题材文学在空间上表达新中国工业化逻辑的一种典型表现。

从建筑与空间上将上海视为社会主义公共性社区与工业化中心，原本也是新上海应当包含的城市意义，但夸大式的表现，特别是排除了50年代石库门民居占上海百分之八十以上的这种事实，可以视为一种国家想象。其用意当然在于凸现被意识形态认可的城市知识，当然也就忽略了一个真实的生活形态的上海，否则我们便无法解释到20世纪90年代仍有52%的上海市民居住在石库门中这一事实。① 即便到1973年，上海共建成76个新村，其面积也仅占

---

① 忻平：《从上海发现历史——现代化进程中的上海人及其社会生活》，上海人民出版社1996年版，第418页。

▲ 上海曹杨新村，是新中国成立后上海文学最常见的工人民居建筑。

上海全部民居中的四分之一。而上海周围在大跃进时期建设的七个卫星城市，其生活形态之弱也是显而易见的。据资料说，1958 年建设的闵行新区是当时新区中生活条件最好的，住房宽敞到人均 9 平方，但"尽管如此，在闵行上班的工人中只有四分之一的人同意迁来家属，其他的人仍然愿意住在上海，每天长距离跑通勤"，因为"卫星城地处偏远，生产单位特别专业化，"① 不能满足人们的生活需求。当然，对于意欲排除上海生活形态的工业题材文学来说，这反而提供了一种想象的便利。

———————————

① 白吉尔：《上海史：走向现代之路》，王菊、赵念国译，上海社会科学院出版社 2005 年版，第 332 页。

第四节 社会主义城市的公共性想象与
日常性的消失

一、城市私性生活形态的消亡

前文提到，在社会主义中国，国家工业化的前提之一是城市单一的公共性功能，包括政治上的、生产上的。私人生活领域表现出的市民生活的"有限合理性"，由于被视为只具有个体意义，而属被排除之列。因此，社会主义中国城市的公共性并非西方思想家如哈贝马斯理论原有的含义，而有着强烈的中国语境。

一般来说，"公共"与"私人"概念指的是机构化了的政治权力与外在于国家控制的私人经济活动与私人生活。事实上，哈贝马斯提出的"公共领域"更多的是一个对话性空间。它不仅在于资本主义兴起后产生的印刷媒体，更在于直接的口语对话交流的个体观念中。因此，传统公共性在古希腊城邦时就已产生，即在共享空间中以面对面交流为形式的"公共生活"。文艺复兴后以市镇为主要场所的各种公共领域（如沙龙、剧场、咖啡屋等），构成资本主义时代由私人领域产生的公共空间。在葛兰西的表述中，"公共空间"是从属于其市民社会理论的，因为市民社会的基础就是私人生活领域。他将上层建筑方向分为两种："现在我们固定两个主要的上层建筑方面——一个可以称为'市民社会'，即是通常称作'私人的'有机体的总称；另一个可以称作'政治社会'或'国家'。这两个方面中的一个方面符合于统治集团对整个社会行使的'领导权'功能，另一个则符合通过国家或'法律上的'政府行使的'直接统治'或指挥"。他又说："我所谓市民社会是指一个社会集团通过像社会、工会或者学校这样一些所谓的私人组织而行使的整个国家的领导权。① "

---

① 转引自李青宜：《"西方马克思主义"的当代资本主义理论》，重庆出版社 1990 年版，第137—139 页。

　　因此，所谓"公共领域"与"私人领域"，其实都是"市民社会"的产物。如前所述，以上海为中心的现代中国公共领域依然与哈贝马斯所说的以欧洲经验为底色的公共领域有诸多不同："其在发生形态上基本与市民社会无涉，而主要与民族国家的建构、社会的变革这些政治主题相关"。[①] 在解放后的中国，民族国家的建立与国家工业化的完成，并不依赖于此，而是恰恰相反。毛泽东关于国家建设的思想，尽管是关于工业化的部分，他所希望的是以强大的国家力量保障工业化的进行，并以避开资本主义性——包括经济金融体制、生活方式、消费逻辑与文化意识形态——或者说是反对资本主义性来获取，有明显的反资本主义倾向（包括后来的反对修正主义）。德里克曾指出社会主义中国这一情形，他认为，社会主义中国的问题在于全面与世界资本主义分离，因此群众运动是为了纠正精英主义的政治与官僚体制之弊，自力更生也不是"自绝于现代化"，而"文革"则是"解决了新兴后殖民社会既要发展经济又要兼顾凝聚社会的窘境，它似乎还解决了经济进步的资本主义社会与社会主义社会在发展中遇到的异化问题"。[②] 这个结论是否符合实际暂且不说，但德里克对社会主义阶段反抗资本主义这一说法应当说是有道理的。在谈到"政治挂帅"时，德里克认为这是"意味着公共价值优先于私人价值"的体现。[③] 刘小枫亦认为，中国民族国家的建构方向偏向卢梭的理念，即现代的民主社会主义，强调民族国家的至高无上的权力。[④] 由此，在社会主义中国，所谓"公共性"其实是一种国家性。这并非如一些人所说，社会主义中国完全属于乡村式社会形态，因为，国家性同样发生于乡村，"通过公有化运动，特别是'人民公社'的建立，毛泽东使自己的以农业为主的国家实现了社会动员，把整个社会组织到国家的主要目标之中。"[⑤]

　　在城市生活中，与国家政治的公共性相对应的是日常性原则。日常性也

① 许纪霖：《都市空间视野中的知识分子研究》，载《天津社会科学》2004年第3期。
② 德里克：《世界资本主义视野下的两个文化革命》，载《二十一世纪》1996年10月。
③ 同上。
④ 刘小枫：《现代性社会理论绪论》，上海三联书店1998年版，第100页。
⑤ 汪晖：《当代中国的思想状况与现代性问题》，载《天涯》1997年第3期。

是一种现代性，它产生于现代市民社会，与英国经验主义中追求"直接价值的有限合理性"的世俗化传统有关。在中国，从晚清小说开始，基于私人生活领域的日常生活叙事传统便在口岸城市的文学中出现，比如鸳鸯蝴蝶派文学中一夫一妻严格的市民伦理就体现出这一点。经由张爱玲、苏青等人，口岸城市中的日常性叙事已经成为一个小传统，具有抵制乌托邦意义系统的作用。这在李欧梵、王德威的论述中多有体现。

在解放后的左翼文学传统中，消除日常性叙事的标志性事件是对于萧也牧《我们夫妇之间》的批判。①《我们夫妇之间》明显具有两个系统：一是叙事系统，二是意义系统。后者是一番大道理：知识分子与工农结合，以及这种结合在解放后城市中的新状态；前者则是夫妻两人——具有乡村背景的张同志与城市出生的李克之间的冲突，以及张同志最后的改变。作为左翼作家，萧也牧是从"左翼"立场出发的。他试图写出左翼的主题——知识分子与工农的结合。这是一个属于"公共"的话题，但叙事系统却表现出日常性原则，从而，叙事系统成为意义系统的反抗因素，"公共性"的话题被日常私性叙事瓦解了。我们看到，张同志在相当程度上容忍、认同了城市日常生活，认同的内容是李克身上表现出的市民主义合理生活的"有限价值"，如消费欲望（上馆子吃饭不太计较价格），"公"与"私"的区分（稿费既然为自己所得，可以不用于公共事业），"组织化"观念（社会问题要借组织化形式解决，不依靠伦理方式），其核心是公共道德与个体私性的分离。小说写到张同志的改变，比如虽然从伦理的角度来说，她仍然反感那些"草鸡窝头"的城市妇女，厌恶打伙计的掌柜，也并不习惯衣着光鲜整洁，但是她将这些自己的私性与"新国民"和"新政府"管理者身份分开：工作时候，她与"草鸡窝头"的妇女们"很能亲近"；对待打人的掌柜，也不再自己"包办代替"；每逢集会游行这些要"代表大国家的精神"的时候，则穿皮鞋，"风衣扣要扣好。"张同志原本基于乡村背景的伦理观念没有被作者意义化，而是在日常的层面

---

① 关于这次事件对日常性叙事的消除，详见张鸿声《当代文学中日常性叙事的消亡——重读萧也牧〈我们夫妇之间〉》，载《中国现代文学研究丛刊》2005 年第 5 期。

被工具化了。更要命是，萧也牧最后写到了城市日常性原则的胜利：妻子在倾听李克暧昧不清的宣叙时不停地低头，之后完全缩回了妻子的日常性义务。她推开了想要吻她的丈夫，说："时间不早了，该回去喂孩子奶啊！"小说没有完成意义阐释，不管是公共的知识分子与工农相结合话题，还是爱情意义，而径直以日常性作结。

《我们夫妇之间》发表于《人民文学》第一卷三期。发表后先是获得好评、转载，并被拍成电影，[①] 但旋即遭到极其猛烈的批判，批判者中有冯雪峰、丁玲、陈涌这样的大家。[②] 丁玲认为："这篇小说正迎合了一群小市民的低级趣味"，这是一种什么趣味呢？"就是他们喜欢把一切严肃的问题都给它趣味化，一切严肃的、政治的思想的问题，都被他们在轻轻松松嬉皮笑脸中取消了"，它拥护的是"更多的原来留在小市民、留在小资产阶级中的一切不好的趣味。"[③] 作者"在这些地方是把知识分子与工农干部之间的两种思想斗争庸俗化了"，因为"写了她（指张同志——引者）经常为了日常的琐事而争吵，而且这一方面在这作品中也是占了主要地位。"[④] 以丁玲等人的敏锐，已经觉察出问题的核心是：对日常生活进行超验性意义表达（即所谓公共性意义），还是仅仅以日常性来处理题材。这篇小说之所以成为当代文学中的异数，原因即在于，它第一次在当代文坛上显示出日常性的"私性表现"与左翼关于"革命道理"的公共性表达的分离，表明了在解放后文坛进行"个人私性"表达的一种企图。故而，作品中的城市生活并没有完全与对城市的资产阶级想象合拍，并以"不能要求城市完全和农村一样的"暧昧词句对城市作了非阶级、非伦理的评断，而且，甚至将城市中产阶级

① 如白村：《谈"生活平淡"与追求"轰轰烈烈"的故事创作态度》，载《光明日报》1951 年 4 月 7 日。同名电影为上海昆仑影片公司拍摄。

② 批判文章有陈涌：《萧也牧创作的一些倾向》，载《人民日报》1951 年 6 月 10 日；李定中（冯雪峰）：《反对玩弄人民的态度，反对新的低级趣味》，载《文艺报》第 4 卷第 5 期；叶秀夫：《萧也牧作品怎样违反生活的真实》，载《文艺报》第 4 卷第 8 期；丁玲：《作为一种倾向来看》，载《文艺报》第 4 卷第 8 期，等等。

③ 丁玲：《作为一种倾向来看》，载《文艺报》第 4 卷第 8 期。

④ 陈涌：《萧也牧创作的一些倾向》，载《人民日报》1951 年 6 月 10 日。

传统与"大国家"的国民精神统一起来，①这无疑构成了对新中国文学公共性表达的抵制。

在批判《我们夫妇之间》的同时，《人民日报》大力举荐马烽的短篇小说《结婚》。该作品虽属寻常的农村故事，但《编者按语》认为其"表现了新中国的农村青年，在中国共产党的领导和教育之下，怎样积极参加社会活动，怎样正确处理个人与集体和生活与政治的关系"。《结婚》表现出的是以日常生活展示重大政治意义的模式，因此《我们夫妇之间》的问题并不是在城乡题材等级上的，而是在日常私性题材中承不承认"私性"合理性的问题。连同早此一年关于"可不可以写小资产阶级"的讨论，以及此后对"人性论"、"写中间人物论"的批判，城市日常性被杜绝。此后的城市文学一方面将笔触仅仅涉及关于工业化的厂矿题材，一方面将日常性的私人生活领域归之于社会公共性的敌人。《我们夫妇之间》虽然是以北京而非上海为背景，但上海作为繁荣的口岸城市，在私性生活空间上要比北京明显得多。我们看到，在此后以批判资产阶级私人生活为题的作品中，上海绝对占据了头筹。②

二、私人生活的资产阶级想象

1962 年至 1965 年，新中国话剧创作出现高峰，并由官方组织了大规模的地区性与全国性剧目的演出与评奖，并以单册形式出版，其中以上海城市为背景的有《霓虹灯下的哨兵》、《年青的一代》。有人认为两出剧提出了"新人新事新主题"。之所以"新"，是由于"能从常见的生活现象中发现和观察到阶级斗争"。这一情形被认为具有突出的时代意义："在阶级斗争激烈存在的今天，资产阶级思想无时无刻不在影响和腐蚀我们的年青一代。即使是血统工人

---

① 如张同志在民族国家精神上找到了城市的日常性基础："组织上号召过我们：现在我们新国家成立了！我们的行动、态度，要代表大国家的精神；风衣扣要扣好，走路不要东张西望，不要一面走一面吃东西，在可能条件下要讲究整洁朴素，不腐化不浪费就行。"

② 丛深的《千万不要忘记》背景似乎是哈尔滨，虽非上海，但也有口岸城市形态。

的后代或者是革命烈士的子女，也免不了会受到资产阶级思想的影响。"①

事实上，这两出剧之"新"，在于成功解决了萧也牧《我们夫妇之间》的"问题"。在《我们夫妇之间》中，日常生活因没有归入超验性意义而备受指摘。而在《年青的一代》中，这一情形则得到克服。《千万不要忘记》的作者丛深最初构想写出一种"批判习惯势力"的主题，因此初稿定名为"祝你健康"。但经过 1963 年北京汇报演出，特别是通过学习列宁《共产主义运动中的"左派"幼稚病》和中共八届十中全会公报，找到了以"阶级和阶级斗争的显微镜来分析工厂的日常生活"。② 作者将年青人受到腐蚀而贪恋浮华生活归于阶级斗争内容，"这种阶级斗争，没有枪声，没有炮声，常常在说说笑笑之间进行着。"③ 这两个剧本，都将日常生活超验化为涉及"阶级"、"阶级斗争"等重大的公共性意义，像唐小兵所说的："在于剧本隐约地透露出一种深刻的焦虑，关于革命阶段的日常生活焦虑"，④ 也即是说，如何用超验意义解析日常生活中的私性。

首先，日常性生活内容被认定为与"物质"、"欲望"、"身体"和"享乐"相关的人性基本属性。在《霓虹灯下的哨兵》中，这一特性主要体现为资产阶级"物欲"。童阿男携女友林媛媛闲逛马路、上国际饭店，这在他看来，具有消费上的民主与平等意义："为什么国际饭店去不得？解放了，平等……"。但作品显然并不肯定"物质"具有的超越差异的普遍性意义，而将消费场所看作资产阶级生活符号，这与 20 世纪 30 年代左翼传统是一致的。在连长鲁大成看来，跳舞厅、咖啡馆都属此列。而陈喜丢掉春妮织的布袜子，改穿尼龙袜这一著名细节，使"物质生活"与身体及其表达具有了政治公共意义，不再是纯粹的私人生活。再如，洪满堂使用旱烟管，春妮用手绢包"鸡子"（鸡蛋）并用针线包缝袜子，以及赵大大"黑不溜秋"的身体特征，都表明了物质与身体具有的农耕文化色彩，在解放区传统这一点上，获得了社会主义时代的合

---

① 贾霁：《新人新事新主题——谈一九六三年话剧创作的几点收获》，载《戏剧》1964 年第 2 期。
② 丛深：《〈千万不要忘记〉主题的形成》，载《戏剧》1964 年第 4 期。
③ 丛深：《千万不要忘记》，中国戏剧出版社 1964 年版，第 128 页。
④ 唐小兵：《英雄与凡人的时代——解读 20 世纪》，上海文艺出版社 2001 年版，第 140 页。

法性。《霓虹灯下的哨兵》所表现出的焦虑在于对"革命队伍"进入上海后接受资产阶级生活的恐惧感。当童阿男携林媛媛去国际饭店时，排长陈喜不仅批准，还按照上海规矩对童阿男叮嘱一番："帽子戴正，风衣扣扣好，你是解放军了，别叫上海人笑话！要钱用吗？"在这里，陈喜已经表现出对上海人身份的某种认同：风衣扣与帽子是军人形象，而"要钱用"则是上海的生活方式。更可怕的是陈喜在接受上海生活时显得平静，没有一丝挣扎。在这里，"钱"、"物"、"消费"以及身体特征（比如罗克文与林乃娴"一个戴眼镜，一个穿高跟鞋，都不是好东西"），都具有阶级符号性。在这个队伍中，陈喜、童阿男与赵大大在剧本结尾时又要赴朝参战，对于赵大大来说，是将革命传统带入新的战斗的叙事需要，而对陈喜与童阿男来说，则是需要继续改造的叙事延伸。文中点明这一点：陈喜缝制了一双棉手套交给童阿男，这一细节表明了作者对两人赴朝的某种处理动机，即在生活层面需要不断地被改造。类似的模式还大量存在，比如胡万春小说以及被改编成电影的《家庭问题》，① 其中福民在生活、语言与身体方面的特征，如"留着青年式的头发，身穿着长毛绒翻领夹克"，看不上"罗宋帽"，满口"爱克司"、"未知数"，吃饭时不珍惜食物等，都属此类。日常性还被等同于与公共性相背离的个人理想生活。艾明之的《幸福》明显把"幸福"理解为公共的与私人的。其中，王家有体现出完全属于个体的生活幸福观：金钱、漂亮女人与生活自由。《家庭问题》、《海港》则表现为与知识相关联的职业，如技术员、海员。《年青的一代》则泛化为"上海"：林育生谋求留在上海。这里的"上海"是一个泛化指代，即和上海相关的一切工作、生活方式等。

其次，私性生活被视为弥漫于旧上海的"等价交换"资本主义式的价值信仰，其中又包括知识与财富地位的等价性，劳动与报酬的等价性。这原是一种现代社会最基本的市场准则：劳动商品化。林育生、福民与韩小强表现出前者：有了知识必须有相应的社会位置。《家庭问题》中大姨妈对福民中专毕业

---

① 小说为胡万春原著，电影为胡万春、傅超武编剧，张伐、张良主演。剧本由上海文化出版社1964年出版。

当工人颇为不满："念了十几年书，出来当工人！要当工人何必下那么大本钱读书？你呀，尽做些赔本的生意！"属于后者的情况有王家有、韩小强，即劳动与报酬的等价性。王家有把请假看成在等价前提下可以被允许的行为："反正请假可以明扣工钱，厂里又没有吃亏！"韩小强的台词"八小时以外是我的自由"也含有此类意思。至"文革"期间，这一写作模式更广泛地表现在知青题材以及众多"社会主义、资本主义争夺接班人"的主题形态中。在包括上山下乡、艰苦的工作等题材里，都大量出现对"等价交换"市场原则的批判。作品强调的是以消除劳动力与劳动成为社会交换的对社会主义公共性的认同。这是一种将生活整体化与有机化的超验方法，它不允许人的生活被城市各种形态分割，而必经确保人们以单一的公共性完全被融入国家生活之中。

因此，个人私性生活之所以不能获得肯定，源于其资产阶级的符码指代，在国家公共生活中，它并不完全是私人问题。[①] 这在作品中有两点说明，其一是私性生活被理解为旧上海的资本主义生活方式遗存，因此在剧中，每一个"受腐蚀"的青年背后皆有一个或几个反面、落后人物，后者带有明显的旧上海痕迹。在《幸福》中，引诱王家有堕落的，是一个绰号"六加一"的医生[②]，以及一个私营工厂的小老板。在《年青的一代》中则是一个叫小吴的不良青年，其游手好闲之状暗示出"家中有钱"；在《家庭问题》中则是具有市侩味道的外婆与大姨妈。在《海港》中，由于"文革"文学模式的影响，是被处理为"阶级敌人"且具有旧上海账房先生背景的特务钱守维，其旧上海遗存是旧上海码头上的等级制度，如他所说："靠我们这些人还能管好码头"，以及他作过"外国大班"的背景。

事实上，上述作品所涉及的落后人物，其行为由于符合日常逻辑而显得较为生活化，因而比之正面形象更容易显出性格的丰满与塑造上的成功。比如曹禺就对《千万不要忘记》中的丁少纯这一形象表示出赞赏。他说："大约一

---

① 比如《幸福》中的车间主任因为不干涉王家有等人的私人生活而被斥为"官僚主义"。

② "六加一"代表了在公共性之外个人生活的自由状态，但这被看成是"主义"之区别：星期一到星期六，他穿制服，看病，他认为这是过社会主义；星期天，他换了西装，逛跳舞场，找女朋友，就是过资本主义，所以叫"六加一"。

个人物写活了，他就仿佛可以离开作者的笔下，有了独立的生命"。① 其原因在于，丁少纯这一人物多少还符合生活的经验性，而正面人物则完全超越经验成为一种公共性原则想象的产物。

日常性生活的意义化、超验化过程就在这里：它必经被引向一个进入公共性的路途，将生活细节整合成关于意义本源的元叙事，而克服现代社会应有的"公"与"私"的分离状态，否则就被批评为"狭小的角度取材，片面追求对人物的细节描写，片面追求人物性格的复杂性和情节的曲折离奇，舍弃或忽略了重要的方面，而将琐细的东西加以腐俗的渲染，流露了不健康的思想和感情，或是将我们的生活加以庸俗化"。② 超验的过程表现为对个体性的全面否定，包括身体、情感与物质生活。这在《幸福》当中已有显示。《幸福》中的正面人物刘传豪也有某种属于私性的生活，比如对收藏邮票有极大兴趣，但又被严格地控制在规则之内。事实上，作品强调的是他"克制欲望"的含义，而非欲望本身。刘传豪也深爱着师傅的女儿胡淑芬，但他压抑自己。③《年青的一代》中林岚声称"不找爱人"，原因是"怕找了爱人丢了事业"。而萧继业，则以否定身体来获取对公共事业的投入，④ 他在私人生活与公共性社会之间建立了一条必然性的关联线索，从而保证了私人生活的"被意义化"。他斥责育生说：

> 使谁的生活变得更幸福？是仅仅使你个人的生活变得更幸福，还是使千百万人因为你和大家的劳动变得幸福？你要使日子过得丰富、多彩。对的，我们今天的生活是有史以来最丰富、最多彩的了，但决不是在你的小房间里，而是在广大人民群众火热的斗争里！

---

① 曹禺：《话剧的新收获——〈千万不要忘记〉观后感》，载《文学评论》1964年第3期。

② 张玘、曾文渊、孙雪吟、吴长华：《一九五九年上海短篇小说创作简评》，载《上海文学》1960年第2期（总第5期）。

③ 胡淑芬送票给刘传豪去看自己的演出，王家有为捧胡淑芬却讨票不得，但刘传豪居然将票让予王家有。这在戏剧结构上造成"误会"的喜剧性，在意义呈现上则显示出刘传豪压抑个人欲望的对"私性"的否定。

④ 萧继业起初被诊断可能残废。

换言之，刘传豪与萧继业都架起一条由私性过渡到公共性的逻辑之桥，因为私性的获得本身被看作源于公共性保障的一种结果。就像萧继业说的："如果全国没有解放，像你我这样的工人的儿子，别说大学毕业了，连命都难保，哪里谈得上你想的那一套个人幸福？"

电影剧本《万紫千红总是春》(沈浮、瞿白音、田念萱著)以一种较平易的方式，完成了整体社群形态从私人生活到公共意义上的过渡。作品的主题是叙述上海一个里弄日常形态被工业化组织改造为公共生产，在日常性（私性）与公共性（超验意义）之间表达替代的逻辑关系。在里弄中，徐大妈是有名的烹调高手，擅长配菜，并精通广东菜、湖南菜、宁波菜的烧制；阿凤会裁剪、针线。这原本属于私性生活技能，只构成人物的家庭属性。作品中专门交代蔡桂贞——一位淑贤能干的女性，其全部生活内容是相夫教子。但随着里弄日常形态向工业化组织的过渡，生活技能逐渐变成公共意义上的生产技能。里弄成立刺绣组、编织组、缝纫组、纸盒组，徐大妈成为公共食堂的负责人，阿凤则成为缝纫组的骨干。当蔡桂贞参加了里弄生产后，其身份由主妇转向生产能手，儿子云生高兴地投入母亲怀中说："我知道，妈妈是工人。"有论者认为该剧反映的是"为争取妇女解放和家庭制、与大男子主义思想作斗争"的主题，[①] 实际情形却复杂得多。同样，茹志鹃的《如愿》尽管也涉及到街道生活，但其着眼的是生产小组、食堂、托儿所、扫盲班等等公共事物，并作为"大跃进"的一种写照。[②] 作品着眼的是其公共性社会角色，"工人"的含义不在于其经济与人格上的"独立"，而在于生产——公共性的劳动。

三、公共性意义上的空间与时间

如同人物属性上要消除私性而突出公共性意义一样，在空间处理上，这类作品也是同样的状况。首先，在场景安排上多为车间与办公室，既使是私人

---

① 瞿白音：《略谈上海十年来的电影文学创作》，载《上海文学》1959 年第 12 期。
② 茹志鹃：《如愿》，载《文艺月报》1959 年 5 月。

居室，也多处理为客厅。这样既可以突出公共性事务，同时也可避免因生活琐事而导致的日常性生活内容的纠葛。《年青的一代》中三幕场景都设在林坚家，其中两幕在林家客厅，一幕在林家门前。试看第一幕中林家客厅的布置：

> 林坚家里的小客厅。有楼梯通往楼上。有窗。透过窗口可以看见上海近郊景色和远处的工厂……整个环境给人一种朴素的整洁的感觉。

在这里，场景的公共性首先是体现在远处的"工厂"与"近郊的景色"，使私人居室处于公共场景的包围之下。同时，这一处描写最大限度地压抑了居室的私人性：楼梯是通向居室的隐秘空间的，但由于剧中情节没有发生于内室，所以，这里楼梯所隐含的空间私密性只是客厅一个不为人注意的延伸，而几乎被人忽略，其脆弱性一目了然。在第二幕中，作品以"附近学校传来广播体操的音乐声"构成对门前"休息"、"乘凉"等生活内容的侵犯。空间的公共性与私性在大多数时间会成为"公"、"私"对照的一种暗示。在《锻炼》中，位于工人新村的姚家客厅"布置简单，但颇精致，有木橱，舒适的小沙发，立灯，小茶几上还有漂亮的收音机"，暗示出居室主人对生活格调的讲求。由于姚父经常不在家，因此，这其实是对姚母与慧英狭窄生活的一种对应："可惜窗户被厚厚的窗帘遮住，看不见外面的景色"。但当卫奋华进入客厅后，拉开窗帘，"明朗的天空和雄伟的工厂建筑，立即展现在眼前"，这一处交代构成了对卫奋华公共性人格的一种写照。

客厅的功能并非日常生活的。这里几乎不发生生活起居的情节，其最大意义其实是会议功能。这是在空间意义上将"公"与"私"整合统一的描写策略。曼海姆曾说：在现代社会，"城市家庭与工厂办公室之间的分离首先强化了私人领域之间的区分"，[①] 但在这一时期文学中我们看到的是相反的情形。《年青的一代》、《锻炼》等剧涉及对青年人的阶级教育的情节都发生在客厅。

---

① 曼海姆：《卡尔·曼海姆精粹》，徐彬译，南京大学出版社 2002 年版，第 224 页。

《年青的一代》中的结尾，由于众青年涌入，而使"台上立刻变得活泼而有生气"，"几辆满载支援边疆建设的青年卡车队驶过，传来了阵阵的歌声，台上青年热情地对他们挥手"。在这里，叙述的重心由于台上青年的"挥手"而转移至室外。室内室外，构成对"知识青年到农村去"这一叙述的呼应性空间。客厅的另一功能则是通过室中设施，整体展现空间的社会主义特征。比如《不夜城》中的瞿海生一家，其突出的视觉焦点是正中的毛主席像。虽有瞿海生与银娣的"并肩双影"像，但不仅被置于旁侧，而且被另一边的沈银娣"当选劳动模范的锦旗"所挤压。同样，《年青的一代》中第一幕，林育生要在客厅里挂画，而林坚却令他把画放在自己卧室，在客厅则换成四战友的照片，以突出革命家庭的意识形态教育功能。这一情形果然在教育林育生的场景中得到呼应。看来，客厅的公共性是不能够被任何私性的因素所侵扰的。

其二是社区建筑的公共性问题。前文已述，此期上海题材文学大都以"工人新村"等标准化新社区为空间的展示。此处不再赘述。

《万紫千红总是春》是一部为数极少的描写里弄生活的剧作，但是它突出了里弄日常生活形态向公共性形态的过渡，公共生活意义取代私性生活的过程。于是这种转换颇具有代表性。开头一段：

> 秋天早晨的上海小菜场。每个摊头、店铺的周围都聚集着或流动着许多挎篮提袋的妇女。有的选购菜蔬、虾蟹、家禽、肉类或蛋类；有的在挑选枕花、鞋面布、绸带或钢针；有的在选购糕点、水果或鲜花；有的为小孩买玩具；有的在买铅笔、练习簿、小笔记本这类的东西。

这是关于里弄私人生活空间的描述。但马上，社会公共性内容便将其瓦解：

> 在建筑物的墙上，到处挂着红布横幅并帖有许多张大字报、服务公约和清洁卫生公约等等。

值得注意的还有，里弄居然有一个广场，甚至于还出现了礼堂这种建筑，许多公共性的社会动员在这里发生。因此，剧本不是为了表现里弄生活，而是恰恰相反，是为了表现里弄以个体为主的私性市民生活的消亡。

建筑的乌托邦含义并不只是发生于文学文本中，事实上，空间的意识形态性也是上海作为新中国象征的一种政治经济学标本的题中应有之意。据有学者的研究，20世纪50年代的曹杨新村，60年代的彭浦新村，70年代的曲阳新村和80年代的田林新村，都属于工人阶级的"花园洋房"。曹杨新村甚至还是上海的涉外旅游景点。"作为革命样板房，工人新村是新中国的客厅，这使得工人新村的任何部位包括卧室都全面客厅化——至于卫浴之类的私人空间，要么被彻底删除，要么被公共化。与此相对照的是，合作社、卫生所、银行、邮局、学校这些公共设施一应俱全，同时还预留文化馆、运动场和电影院的建筑位置。"① 由此看来，社会主义新中国的上海并不缺少空间的现代性，缺少的只是个体"私性"范畴的现代性。这是公共性现代性被强调的结果，它可能发生在任何一个强调国家意义的时候。无独有偶，在20世纪30年代国民政府"大上海"计划中，杨浦、卢湾与闸北分别建成三所平民住宅区，也没有独立的卫生设备，但大礼堂、运动场和花圃等设施则被优先考虑。

公共性对私性的瓦解还包括时间叙述。与空间处理相一致的是，公共性时间的建立将私人时间与公共时间在意义阐释上也构成联结。我们看到，除了工作时间外，私人时间如何被利用是许多作品的焦点，关于"革命"、"阶级教育"、"阶级争夺"等主题恰恰发生于"八小时外"的私人时间中。《幸福》中的王家有、"六加一"，《海港》中的韩小强等青年，其堕落的可能性都与"八小钟以外"有关，以致韩小强"八小时以外是我的自由"被斥为"这种话像咱们工人阶级说的吗？"韩小强"错误"之处在于没有在"公共性时间"与"私性时间"以"革命"或"集体"的意义建立联结。丛深谈到创作《千万不要忘记》时，曾指出该剧"还提出了如何安排和组织社会生活的问题，一天有

---

① 王晓渔：《霓虹光圈之外：工人新村的建筑政治学》，载《上海文化》2005年第2期。

二十四个小时怎么安排？戏里让我们看到把八小时工作安排好，还不能保证不出问题。除了八小时工作，八小时睡觉，最后八小时怎样安排？安排得不好，就会出去打野鸭子（打野鸭子不要紧，不要陷入泥坑！），就会受到姚母的影响。"①正面人物的公共性显现是把"八小时以外"中的私性取消。《年青的一代》中的林坚与萧继业都是由于开会或出差才偶尔回一次上海，但来到上海后也并不先回家。《锻炼》里的卫奋华是由于农田出现枯苗病虫害，在县农业站解决不了时才回上海。到大跃进时期，这一写作模式又衍化为为工作而加班，取消作息时间等等。

四、公共性建立的伦理学意义

我们看到，在对于城市青年私性日常生活的批判中，公共性的胜利是通过对年轻人的"教育"来完成的。公共性有很强的乌托邦色彩，而"教育"便成为通向乌托邦理想的一种控制力量。作品中的人物，事实上都是围绕着"教育"、"感化"这一核心情节而设置的，或者是纵向的祖父、父亲，或者是横向的兄妹、朋友、同事。众多人群围绕着"教育"、"感化"而存在着等级差别。比如最终完成"教化"任务的，通常为"年青人"的父辈与祖辈。在《年青的一代》中是林育生的养父与牺牲了的父母；在《锻炼》中感化马一龙的是马奶奶；在《霓虹灯下的哨兵》中说服童阿男的是周德贵，即阿男的父执辈；《海港》当中则是马洪亮——韩小强的舅舅。通常，这种现象被理解为"父权"的社会组织基础，比如唐小兵便认为《千万不要忘记》中的丁海宽与丁爷爷的出现表现了"以父权为基本组织原则"。② 这种看法无疑是正确的，但问题并不止于此。事实上，在"堕落的年青人"身旁，还有相当多的同辈，比如：萧继业、刘传豪、林岚，卫奋华、福新等等。虽然他（她们）并不构成"感化"、"教育"情节的核心力量，但无疑，其设置不可能没有考虑。这至少

---

① 丛深：《〈千万不要忘记〉主题的形成》，载《戏剧》1964年第4期。
② 唐小兵：《〈千万不要忘记〉的历史意义：关于日常生活的焦虑及其现代性》，见《英雄与凡人的时代——解读20世纪》，上海文艺出版社2001年版，第147页。

说明，"感化"、"教育"本身是一种社会控制力量，并因此导出有关"控制"的组织化形式，父辈与同辈都只构成"控制"组织化形式中的一员，而非全部。

关于"控制"的组织化形式并非有形的社会力量，它并没有产生于现代组织社会中。关于社会组织，韦伯认为，现代社会是组织社会，"经济的生产借助合理核算的企业家而成为资本主义式的，官方的管理借助于有法律教养的专业官员而成为官僚主义化的，这样，这两样活动就按企业形式或机关形式组织起来"①。韩毓海对此解释说："人的社会成为一个客观化的自我控制的系统，它像机器一样自行运转，因而人类普遍价值和主观情感很难对它进行干涉。当然它也不是将人类普遍价值完全排斥掉，而是对其筛选后，将它消解为一系列的客观化的社会功能。这样人类普遍价值就被客观化、工具化、功能化，或者说是形式化"。② 很显然，价值的"客观化，工具化，功能化，与伦理化的意义是相反的，也即是说，源于消除城市日常性消除的"意义化"并不来源于现代社会的社会组织原则，而源于一种"非组织"的原则。

在这一时期文学中，个体权益的法律制度保障在"控制"的组织化形式当中完全被排除掉，比如韩小强，王家有等人的行为并不触及任何制度，但仍然成为"意义"的敌人。最明显的是《年青的一代》，当萧继业指责林育生时，林育生对他一连串的反问，如有无个人幸福？个人欲望是否违法？国家利益是否只有到边疆一途？这三者皆涉及到个人权益及其国家、法律的保障问题，但萧继业无任何正面回答。当林育生质问萧继业"按照自己的愿望自己的理想过生活，这又有什么不合法的呢？"萧继业顾左右而言他："又是自己、自己！开口自己，闭口合法，你究竟把国家和集体利益放在哪儿去了呢？"很显然，在萧继业看来，"合法"的东西不一定都有"意义"，"意义"并不在法律的概念上，也不在制度化的社会组织上。因而，萧继业一套关于国家的说教根本无

① 哈贝马斯：《交往行动理论》第 2 卷，洪佩郁、蔺青译，重庆出版社 1995 年版，第 398 页。
② 韩毓海：《从"红玫瑰"到"红旗"》，上海远东出版社 1998 年版，第 49 页。

法说服林育生，能够感化林育生等人的是父辈的英勇牺牲的事迹与祖父辈的伦理性意义。"国家"在这里已经被虚化，伦理特征上升为实体。也就是说，作为社会"控制"，其遵循的仍旧是伦理化原则。

从"教化堕落的年青人"的人群当中，我们依稀可辨识出父祖辈与同辈的伦理背景，这样一来，乡村文化的面貌便渐渐呈现出来，而关于"父权"控制的说法也有了依托，因此，乡村－伦理构成稳定的价值体系上的关联。

我们看到，具有伦理权威的人物都有明晰的乡村背景。比如《霓虹灯下的哨兵》中的洪满堂（其体现的文化符号是不具有太多智力因素的伙夫职业与低物质符号"烟袋筒"）与春妮，在《海港》、《火红的年代》中是具有工人与农民双重身份的马洪亮与田师傅，《锻炼》中是马奶奶（其虽在工厂工作，但没有职业化色彩，突出特征是"管闲事"）。居次等的父辈伦理权威人物，不是来自乡村，但也有一种"非城市"或"非上海"的特征。如《年青的一代》中的林坚与《锻炼》中的姚祖勤，虽然家住上海，但工作地点都在外地，因此，"控制"的权力基础仍是乡村文化的伦理性。萧继业等正面青年形象也仍然是乡村伦理文化控制的产物，其与林育生的不同点在于，一者被迫接受教化，一者自觉认同。通过以上乡村背景人物，在其公共性超验意义之上，作品与乡村之间建立了联结关系。这在作品中有两种模式呈现：一者是马洪亮等人进城，将乡村伦理文化带入上海，构成伦理结构与"控制"力量的完整性；一者是上海青年到乡村去，进入一种乡村文化。后者，已经成为某种理念化产物，以至于"乡村"本身便成为某种意义所在。比如《家庭问题》中，与贪图享乐的福民相对应的厂长女儿小玲，一出场就在宿舍前空地上刨地，一把锄头总在身边；尔后又主动要求去农村，特别是北方农村去锻炼。在《年青的一代》中，对公共性的认定存在着地域与职业上的等级因素，对于林岚来说，她关于理想的等级因素明显地表现为电影学院——农学院——农村——井冈山农村，对萧继业来说则是上海——"山沟"——边疆的"山沟"。类似的情况还有《锻炼》中的卫奋华、姚慧英与《不夜城》中的张文铮。

在以国家公共性抵抗城市日常性主题的作品中，上海是一个反复在文学中出现的城市，这无疑强化了人们对于上海的资本主义想象性理解。特别是《年青的一代》、《锻炼》等篇，生活在上海本身就构成一种罪恶，在内在含义中，已经把"上海"简化为享乐、消费等私性日常生活的符码。而乡村，在公共性方面，又被赋予想象性的意义。之所以说是"乡村想象"，在于这一类作品也存在着对乡村在公共性意义上的普遍性化、统一化原则。不同于自"五四"时期刘半农等人及后来乡土小说派与京派文人笔下的乡村，它一开始就被排除了乡村美学的宗族的意义，其突出的一面是对于上海等城市的改造力量，而并非乡村本身。①

第五节　工业题材与国家工业化的想象

一、巨型规模的工业题材文学生产

如前所述，当代文学中对于上海城市"血统"与"断裂"理解的深义，在社会主义性质的工业中心性这一概念中，是消除城市历史由多元而引起的差异与不统一。事实上，这一时期的文学并非人们一般认为的单纯的政治原则。政治性是存在的，但其目的是为了在以否定性形式表现上海资本主义与消费性日常性生活形态之后，确定关于工业化的社会主义国家性质，突出国家工业化逻辑。这一事实是极其重要的，因为，它不仅与20世纪50年代中期以后的国家工业化题材相连，而且还构成了其表现基础。这一时期文学中的斗争题材与生产题材是两大模式，而事实上，"斗争"题材自一开始也显示出上海作为新中国城市的单一性生产功能。从《战上海》中的关于保护"大楼"的细节到《上海战歌》中"瓷器店里捉老鼠"的"军政全胜，保存上海"主题，便已显示出这一迹象。《钢铁世家》一剧更突出了从"斗争"转向"生产"的城市功能过渡。从

---

① 《锻炼》中姚慧英对农村的美学幻想显然是被否定的。剧本开始时，姚对马一龙说："我喜欢农村。（幻想地）在那可以呼吸新鲜空气，周围的景色多美呀，清晨可以看日出，饭后可以在田野里散步，真是'和风轻拂，鸟语花香'"。这在当时被认为是一种典型的小资产阶级情调。

军代表马援民就任工厂厂长始，他便以"工厂是属于我们工人阶级的家"为号召，动员工人们的现代效率与节俭观念（这在马克斯·韦伯看来是典型的资本主义精神）为新中国工业服务。剧中按惯常模式设置了特务破坏这一情节，但它没有像"文革"时期的文学中将"斗争"作为全剧主线，特务在剧本开始不久便被抓获，阶级斗争没有成为全剧主要内容，当然也不构成工人阶级现代性的主体。工人阶级的工业生产恰是作者表现的主要意图。《一家人》中关于老工人惨遭殖民者迫害，以及杨家"为工人争气"的血统分析，成为最后完成五万发电机制造任务完成的精神支撑。城市的社会主义国家性与单一的公共性成为国家工业化的有力保障，这是毛泽东时代中国式现代化的基本特点，也是这一时期文学中上海想象性叙述的中心，上海（也包括其他大城市）成为国家大工业的单一象征符号。从上海城市形象的两大谱系来说，可谓是集大成者。

上海在 20 世纪 50 年代，特别是大跃进时代，工业题材文学达到了相当丰富的程度，以致成为上海与其他地域创作的重要区别。魏金枝在谈到上海解放十年来短篇小说的成就时，首先提到的就是工业题材："这几年来，描写到工业生产的，也已有了相当大的分量，再从描写的题材的范围来说，虽然不如我们想象的那样广阔而多样，却比解放初期无人敢写工厂的那样的情形，已经好得不知多少了"。[①] 魏金枝认为，始于第一个五年计划初期的工厂文学，到大跃进时代，已经进入成熟期。到 1959 年，这一类小说作品数量多得惊人。有人在谈到 1959 年小说创作时，将这一类作品放在首位："在 1959 年，上海作家，业余作者和在上海文学刊物上发表的短篇小说中，取材于工业题材的占有很大比重"。[②] 论者将其分为"反映大炼钢铁的"、"反映大跃进以后工业的重大变化的"、"反映热火朝天的劳动竞赛和技术革新的"、"反映铁路运输大跃进的"、"反映工厂里先进和保守斗争的"、"反映整风运动以后工人和工人关系的进一步融洽的"、"描写老工人在我们社会主义建设中的忘我劳动和退休

---

①　魏金枝：《上海十年来短篇小说的巨大收获》，载《上海文学》1959 年第 10 期。
②　张玺、曾文渊、孙雪吟、吴长华：《一九五九年上海短篇小说创作简评》，载《上海文学》1960 年第 2 期（总第 5 期）。

工人渴望继续参加劳动的"、"描写大跃进中师徒关系的"等等，都"强烈而真实地反映了上海工业战线上的生活面貌"①。在这位论者的述评当中，对工厂题材的论述已占所有题材的半数，总计评论了18篇小说，而对于城市其他题材的作品，评论者只选了茹志鹃的《如愿》（取材于街道）与庄新儒的《两代人》（取材于商业）之类的作品。电影文学方面的情形也基本一样，自大跃进开始，城市工业题材猛增，"而且绝大多数又是反映上海这一地区的"，"如果说，大跃进以前的几年间，电影文学反映这一地区的特点还深感不足，那么大跃进以来，这个不足得到了大大的弥补"，"大跃进以前的几年间，包括反映工人斗争历史的作品在内，仅仅有四个，而1958年一年间，就有了二十多个"。在工业题材中，钢铁题材又占据重要位置。该年以钢铁厂为内容的电影就有芦芒的《钢城虎将》、艾明之的《常青树》与胡万春的《钢铁世家》，而在1959年，则仅有艾明之的《伟大的起点》这一部电影作品。比较而言，上海方面的乡土题材与知识分子改造题材的作品却十分罕见。据瞿白音的说法，到1959年，"反映上海郊区农村的电影，则还一个都没有。"②这无疑说明了工业题材在上海文学中明显的等级优势地位。

值得注意的文学现象还有上海本地工人作家群的兴起，这似乎更说明了上海城市文化、文学关系中的权力因素，它说明，工业题材是一个被国家培养起来的门类。20世纪50年代初，上海创办了以培养青年工人（也包括农民，但很少）为主的文学刊物——《群众文艺》，还发起了"上海市工人红五月文学创作竞赛"等活动。同时，上海市委指示各文艺刊物在厂矿发展工人通讯员，《解放日报》、《劳动报》和电台先后举办多次通讯员讲习班，上海市文化局和市文联又合办了工人文艺创作组。这些通讯员起初是用口述向记者报道工厂生产情形，不久便开始练习创作。1956年在北京召开全国青年文学创作者会议以后，上海市团委和中国作协上海分会设立专门组织，创办《萌芽》，以

---

① 张玺、曾文渊、孙雪吟、吴长华：《一九五九年上海短篇小说创作简评》，载《上海文学》1960年第2期（总第5期）。

② 瞿白音：《略谈上海十年来的电影文学创作》，载《上海文学》1959年第12期。

刊载青年工人作家作品为主。至 1958 年大跃进，工人创作队伍更加扩大，各机关办刊物也陆续出现。如上海市工联的《工人习作》，上海市群众文艺工作委员会的《群众文艺》，还包括各区与各大型企业党委宣传部办的文艺刊物。中型以上的工业企业都建立了创作组。1958 年上海的《文艺月刊》、《萌芽》还编辑了工人创作专辑，并出版工农兵创作丛书（其中主要是工人创作）。1958 年，据说上海已形成七十万人的群众性创作队伍（也包括美术、音乐、曲艺等），群众创作达五百万篇。① 在这场工人创作运动中，出现的较知名的作家有胡万春，费礼文、唐克新、福庚、孟凡爱、张英、李根宝、郑成义、徐锦珊、郑松年、丘化顺、俞志辉、胡宝华、楼颂耀、谷亨利、高金荣、刘德铨、陈继光等等。

　　大跃进之后，工业题材与工人创作的势头有所减弱，但到"文革"期间，工业题材又再现兴盛，成为除知青题材之外最抢眼的文学题材。仅在 1971 年至 1973 年较知名的上海小说中，就有《船厂的早晨》（中华造船厂创作组）写万吨巨轮的建造，《特别观众》（段瑞夏）写对高品质播音设备的研制，《金钟长鸣》（立夏）写铁路运输，《迎风展翅》（上海工人业余创作组）写港区用先进设备满载货物，《号子嘹亮》（边风豪、包裕成）写装载区码头司机与装卸工的协作，《电视塔下》（段瑞夏）写彩色显像管的研制，《试航》（王金富、朱其昌、余彭中）写国产泵机在万吨船上试航，《初春的早晨》（清明）写工厂造反，《一篇揭矛盾的报告》、《典型发言》（崔洪瑞、段瑞夏）写显像管的研制，《第一线上》（庄大伟）写制造电力工业需要的拉伸机等等。

　　如此情形，一方面说明自 20 世纪 50 年代开始的中国国家工业化迅猛发展，②

---

　　①　以上情况参见罗苏：《上海十年工人创作的辉煌成就》，载《上海文学》1959 年第 10 期。

　　②　有资料表明，从 1952 年到 1976 年，全国工业年均增长速度为 10% 左右。1952 年至 1977 年，钢铁工业产量年均增长 16%。考虑到其中三个短暂的衰退期（1959—1962 年，1967—1968 年，1974—1977 年 1 月），其他年份的工业增长速度是惊人的。见赫伯特·罗兹曼主编《中国的现代化》，"比较现代化"课题组译，江苏人民出版社 1995 年版，第 426 页。

工业化逻辑开始全面进入城市生活，[①] 另一方面，也可看出人们对工业化的热烈期许。即便是"文革"时期的作品，也仍然呈现着对工业化的狂热崇拜。时人在评论《典型发言》中任树英的政治先进性时有这样的表述："她胸中装着一个使整个电视工业战线都'飞起来'的美好理想，这个美好理想已经超越了一个工厂，一个局部，一个狭隘的范围，……任树英想到的是整个阶级整个革命工业，所以才能有这样一个美好的理想，才能打破人与人，厂与厂之间的界限，积极支持'先锋一号'这一新生事物"。[②] 在以上的赞美语句中，抛弃政治上的说教不说，其实也隐含着某种工业逻辑，即工业属性对原有社会组织生产组织的扩张性与强大摧毁力量，并上升为一种政治意义对其加以保障。包括《海港》在内的工业文学，不仅阐释政治，也在阐释工业扩张的神话与内在逻辑。而且，之所以在大跃进年份中，上海工厂题材达到顶峰，自然与大跃进时代人们极端"赶英超美"的工业化宏伟想象有关。比如，陈恭敏《沸腾的一九五八》，全面充斥着关于工业化的狂想与迷信：农民土地被占，名曰"给钢帅让地"；小汽车一驶入，便引来一片欢呼声；钢铁厂党委书记丁浩充满了歇斯底里的夸张，几位外行副厂长被迫按指令全力以赴。整个生产过程漏洞百出，工人不断累倒，安全事故层出不穷，以致作品在潜在结构中成为对大跃进的控诉。在这种情形下，终于建成了年产60万吨合金钢厂的任务。即使是乡土题材，也同样表现出工业化逻辑。《上海文学》1959年12期发表的上海郊区歌谣中，14首歌谣中有6首属于物质进步主题，涉及机器生产、电力灌溉、河堤加筑、新式楼房、新式服装与城市化，还有2首属歌颂社会化程度的提高，如"食堂好"、"颂后勤四化"，[③] 表明了农村传统生活向以工业为主导的现代生产、现代社会组织的过渡。

应该说，关于工业化的想象与上海现代化进程的现代性普遍价值，与大

---

① 这不仅包括上海等原口岸城市，"以前的通商大埠，征调巨额利税以支持工业向内地扩展"。见赫伯特·罗兹曼主编《中国的现代化》，江苏人民出版社1995年版，第425页。

② 叶伟成、任寿城、华斌群（皆为杨浦图书馆工人业余评论组成员）：《努力揭示工人阶级英雄形象的思想深度——读几篇工业题材小说有感》，载《朝霞》1975年第1期。

③ 《上海马桥人民公社歌谣》，载《上海文学》1959年第12期。

工业的、技术主义的谱系密切相关，但它抽去了关于现代化的其他含义，而将工业逻辑夸大为整体的上海意义。这一种对上海国家工业化的憧憬，不仅远超茅盾等人，同时也可能后无来者。随之而来的问题，对国家工业现代化的想象，在这一时期上海题材文学中相当外在化。在这一点上，它和新感觉派的现代性谱系编码并无本质的差别，并不因城市政治属性的改变而变化。不过，新感觉派的起点是"消费"，而此时文学的起点是"生产"，根本上都是一种极端的现代化中心性的文化编码。

二、工业主义逻辑的全面建立

对于工业题材这一类文学，当下正面临着一种研究上的尴尬。首先是因为传统左翼文学史叙述所确立的"两条道路斗争"的政治／文本叙述线索遭到抛弃；其次，在20世纪80年代以后的"启蒙"文学史叙述与90年代的现代性文学史叙述中也没有位置。迄今为止，我们尚未发现对"厂矿题材"成熟的文学史阐释方式，对其的研究，也在很大程度上处于一种"被搁置"的状态。

假如我们遵循"社会主义现代性"的思想路径，也许会打开一些思路。事实上，20世纪90年代以来，学界先是出现关于文学"现代性"的讨论，到后来偏重于对"启蒙现代性"与"日常性现代性"的辨析。在这一语境当中，"资本主义现代性同时也就是西方现代性"[①]。按照莫里斯·梅斯纳、德里克以及汪晖等人的论断，社会主义尽管体现为反对西方资本主义的特性，但仍属一种现代性进程。事实上，现代性本身便具有批判性，并构成了现代性自我调节和平衡的手段。换句话说，批判现代性其本身也是一种现代性。按照列文森的理解，中国正是由于要进入西方才进行反对西方的革命的，因此，革命之后的中国不可能不处于某种西方资本主义现代性的基础之上。既然如此，社会主义现代性必然与资本主义现代性存在交叉重合的关系。恰如德里克所说，毛泽东的社会主义"能出乎意料地有助于我们解决当今资本主义的问题"，因为

---

① 陶东风：《文化研究：西方与中国》，北京大学出版社2002年版，第225页。

"我们所知的整部社会主义史，无非是第三世界史，必须透过它们与资本主义内在演变的关系来理解。"[①] 已经有相当多的论述谈及 20 世纪 50 年代以后文学中的现代性思维模式，如目的论历史观与世界观、线性时间观念、进化主义与两元对立模式等等。这一情形意味着在把社会主义视为现代性方案的同时，也注意到它所包含的资本主义因素，所以，有学者称之为"同根同源"。[②]

对于毛泽东时代来说，现代性作为一种现代国家建设方案，其突出的一点是关于国家工业化。相当多的中西学者（西方如帕森斯，中国如罗荣渠）都认定现代化也就意味着工业化的过程。事实上，我们今天所谈论的当代中国诸多经济社会问题，并不是工业化严重不足，而是其进程的强烈程度所造成的。比如庞大的工业结构。即便是政治体制问题，也与工业结构有关，某种意义上，与韦伯所认为的以国家科层官僚制度为标志的管理、监控和企业生产制度相连。

不管是资本主义，还是社会主义，在现代化这一核心思想体系当中，工业化逻辑都是一个显在的存在。有鉴于此，西方思想家如吉登斯等人提出了"工业主义"（Industrialism）概念。有西方学者对其作了如下定义："工业主义是一种抽象，它指的是工业化的历史所能达到的极限。工业主义的概念指向的是全面工业化的社会，工业化过程本身内在地蕴涵了产生这种社会的趋势"。[③] 这一看法，主要将工业主义理解为"从传统社会向工业主义社会转变的具体过程"中的一种程度。吉登斯则似乎是从制度上去理解"工业主义"。他认为"工业主义"应当包括：1."在生产或影响商品流通的流程中运用无生命的物质能源"；2."生产和其他经济过程的机械化"；3."生产方式"，"虽然工业主义意味着制造业的普遍推广……但它应该指生产方式而不仅仅是指这种产品的制造"；4."生产流程""同人们从事生产活动的集中化工作地点之间的关系"。因此，"工业主义不可能完全是一种'技术'现象"，也是"一种

---

① 德里克：《世界资本主义视野下的两个文化革命》，载《二十一世纪》1996 年 10 月。
② 陶东风：《文化研究：西方与中国》，北京师范大学出版社 2002 年版，第 225 页。
③ 克拉克·科尔、约翰·T.唐洛普、弗里德里克·H.哈比森、查尔斯·A.梅耶斯：《工业主义的逻辑》，见汪民安、陈永国等主编《现代性基本读本》（下），河南大学出版社 2005 年版，第 512 页。

人类社会关系组织"。①"工业主义"与"资本主义"密切相关,"如果说马克思和韦伯都赞成'资本主义社会'这一概念,那么如前所述,韦伯的著作却时常被引证以维护'工业社会'的理论"。②韦伯认为,虽然"资本主义"的诞生远远早于工业主义,但"工业主义的产生导源于资本主义所带来的压力",比如"特别是17世纪时,由于人们发现迫切需要降低生产成本,因而他们狂热地追求发明创新","正此时,技术创新和经济行动中对利润的追求开始合流"。③

但是,"工业主义"又不仅仅是资本主义带来的产物,作为一种"工业化过程的内在法则,工业化过程中的逻辑作为一个整体构成了工业主义","不管是高度工业化还是初步工业化"④,都可能遵循这一法则。因此,"工业社会是世界性的","所有的工业化社会都用自己的方式对工业主义的内在逻辑做出了回应",包括"每一个共产主义政权"。⑤正如英克尔斯指出的:"现代工业秩序似乎与民主的或极权的政治、社会形式都相容",⑥因此,汪民安认为:"尽管在历史上,工业主义首次和资本主义自然地结盟,但它并不先天性地依赖于某个意识形态政体。工业主义既可以创造出同资本主义相结合的逻辑,也可以创造出同社会主义相结合的逻辑——不同的社会制度,不同群体和不同的个人都可以利用工业主义的技术"。⑦对于摆脱殖民统治、谋求国家独立的后发国家来说,工业主义还促发了民族主义与民族国家的进程。作为现代

---

①　安东尼·吉登斯:《民族—国家与暴力》,胡宗泽、赵力涛译,生活·读书·新知三联书店1998年版,第174页。

②　同上。

③　安东尼·吉登斯:《民族—国家与暴力》,胡宗泽、赵力涛译,生活·读书·新知三联书店1998年版,第161页。

④　克拉克·科尔、约翰·T.唐洛普、弗里德里克·H.哈比森、查尔斯·A.梅耶斯:《工业主义的逻辑》,见汪民安、陈永国等主编《现代性基本读本》(下),河南大学出版社2005年版,第512页。

⑤　克拉克·科尔、约翰·T.唐洛普、弗里德里克·H.哈比森、查尔斯·A.梅耶斯:《工业主义的逻辑》,见汪民安、陈永国等主编《现代性基本读本》(下),河南大学出版社2005年版,第521—522页。

⑥　Inkeles and Bauer ,op.cit. 第340页,转引自约翰·H.古德索普《工业社会的社会分层》,见汪民安、陈永国等《现代性基本读本》(下),河南大学出版社2005年版,第487页。

⑦　汪民安:《步入现代性》,见汪民安、陈永国等编《现代性基本读本》(上),河南大学出版社2005年版,第52页。

性的一种，工业主义必然伴随着民族主义，"向工业过渡的时期，也必然是一个民族主义的时期"。①

工业主义不仅造成了复杂的劳动分工，也铸造了现代社会的秩序。也就是说，整个社会因工业的统治而遵循工业的技术——物质结构与社会组成的形式。贝尔认为："工业革命归根结底是一种用技术秩序取代自然秩序的努力，是一种用功能与理性与技术概念置换资源与气候的任意生态分布的努力"，"这是一个调度和编排程序的世界"，"这个世界变得技术化、理性化了"。② 因此，工业主义固然是指一种技术与生产，同时，也包括由此而来的社会形式与人格形态，置身其中的人，不可避免地在人的属性、人格状态上产生变化。卢卡契曾经谈到机器生产对于人的影响，人是"被结合到一个机械体系中的一个机械部分……无论他是否乐意，他都必须服从它的规律"，工业生产"存在着一种不断地向着高度理性发展，逐步地消除工人在特性、人性和个人性格上的倾向。"③

我们看到，在这一时期上海工业题材文学中，人的工业属性（生产属性）与社会的工业化逻辑被极大凸现，其间相伴随的政治意义与伦理意义，事实上都被"技术化"或"生产化"。此类题材大量充斥着极富于专业化色彩的工业技术术语，以至于普通读者难以理解。在多数情况下，技术进步成为核心情节。这个问题在当时就已经有人认识到。孔罗荪在一篇文章中将技术问题列为解放后十年工人创作的四大方面之一，并说"生产过程、技术问题同每个人的品质、思想感情是有紧密联系的"，④ 以至于没有生产技术方面的因素，许多作品根本无法叙述情节。

大多数的"先进"人物的"先进性"体现在私人生活与工业生产之间的连带关系上，即日常生活的工业逻辑化。《幸福》中的刘传豪家庭设置颇有意思："里屋门边，有一个水槽，水槽上有一个木架，上面安了一个面盆，木架边垂下一条绳子，这是刘传豪自己设计的自动冲凉的设备"。这是工业化逻辑

---

① 厄尔斯特·盖尔纳：《民族与民族主义》，韩江译，中央编译出版社 2002 年版，第 53 页。

② 丹尼尔·贝尔：《资本主义文化矛盾》，赵一凡译，生活·读书·新知三联书店 1989 年版，第 198—199 页。

③ 卢卡契：《历史和阶级意识》，张西平译，重庆出版社 1993 年版，第 97—99 页。

④ 孔罗荪：《上海十年工人创作的辉煌成就》，载《上海文学》1959 年第 10 期。

侵入个人生活的一个事实，它使私密性的个人生活变成了明朗的工业生产的公共性领域。人的尺度变成了工业尺度，包括人的身体与情感生活，都成为工业支配之下的俘虏。《家庭问题》中的福民具有两种缺点，一是伦理上的：即"白皙皙的脸，留着青年式的头发"，"完全是一个带点书生气的学生打扮"；另一缺点则是身体违反了工业生产要求："因头发太长，挡住了眼睛，以致将榔头打在手上"。而福民最终的成长，也有两方面的含义，即伦理上知识分子气质的修正，也包括身体上的："头发剪短了"。福民的成长其实是一个工业化人格生产的过程。唐克新的《种子》①属于一个关于工业型人格的超级乌托邦故事：一个有病的小脚老年女工王小妹，却要作挡车工，而且被分配了一台车间里有名的"老爷车"，可是其产量却比别人高。每当车子一停，她就知道线头断在哪里。原因是她让儿子每天记下她的生产成绩，只能每月增加，否则便吃不下饭。其技术之精，居然能在轰鸣的车间里听到落针的声音。对工业性人格极度夸张的典型的例子是胡万春《特殊性格的人》。这位被称为"合金钢"的科长，兼具所有工业人格的优势：既有知识人物的聪明，也有实际管理上调度、组织的能力。他以生铁换取运输科的机车，以使转炉车间恢复运输，居然用了三天时间就完成了半个月的工作。不仅如此，其暴躁的性格也被赋予了一种工业化人格想象。这种性格在作者20世纪60年代中篇小说《内部问题》，甚至80年代的中篇《位置》中，以同一形象得到持续性的展示。细节上的夸张描写更是常见。比如张英的《老年突击队》为表现唐老头为生产而不肯退休，居然写到他把胡子刮掉，在花白头发上擦上油，并吹成波浪式，打扮成年青人的模样，在厂里走来走去。这已近乎闹剧了。

　　协作式的工业机器生产，肯定会对传统的家庭模式构成冲击。由于传统家庭负载有生产功能，因此，家庭事务对传统时代来说，属于一种公共事务，而共同居住这种形式与共财合爨的分配、消费制度，会超越家庭成员之间不同的文化品格，稳定并强化家庭成员之间的情感。工业化之后，家庭不再是一个

---

　　① 唐克新：《种子》，载《上海文学》1960年第2期。

集体性的生产、经济单位，同时，传统家庭的人身依附关系也会松动，延续家族血缘的义务消失，血缘关系的认同心理降低，使家庭纯然成为一个私人领域的生活单元。家庭成员们在工业社会中被社会所认可的程度，一定程度上决定了其在家庭中的地位。其家庭中的身份与角色，都不再依据家庭角色，而带有了工业社会的公共性角色色彩。换句话说，公共性乃是由个体以社会成员的面目出现的，而家庭则愈发成为私人生活领域。

但在工业题材文学中，我们看到了相反意义的体现，即家庭反而作为一个生产单位出现。家庭成员都有工人的社会身份，这种身份侵入了家庭，使得生活形态不再"私有化"，而变成生产活动的一部分，人物关系也大体依据生产上的工作关系而展开。电影剧本《钢铁世家》后半部的主题是关于生产的。孟广发与孟大牛之间的父子关系几乎是工作关系的一种延伸。从两人争吵到作为领导的父亲处理儿子，再到后来两人的和解，具体的生活形态不再支撑家庭关系，家庭逻辑依托"钢铁生产"而确立。这倒不是说父子之间没有亲情，但这种亲情成为了"生产"关系的一种附属，或紧张或和缓都依随"生产"关系展开。在孟广发处分了孟大牛后，孟广发给儿子准备了饭盒。但这一情形仍是在"公共性"意义上展开的，并不属于人性范畴。孟大牛的婚事也与生产有关，并在"生产"的意义上得到肯定。正如厂长马振民说的："现在的青年人真幸福呀！一个是炉长，一个是技术员，这真是劳技结合呀……"。结尾在一片极端的工业化狂想中结束：原设计 80 吨的炉子，居然能够烧铸 460 吨的钢料。孟家在客厅里庆祝这一成功，同时，父子相承的伦理结构才能在生产胜利中得到合法化。

在这里，我们触及一个难题，即家庭传统伦理是否因工业化而遭到摧毁？如果是的话，那么我们可以将其视为工业化的结果；如果不是的话，我们又如何去解释这些作品关于工业主义的含义呢？

我们看到，这一类作品大都明显具有伦理"差序格局"的人物关系，如父子、师徒、夫妻等等，其中最突出的是父子关系。通常，父子关系在作品中依据了关于"生产"的工业关系给予确认，但同时，父子伦理关系也没有改变，它一般都以"子对于父"的最终认同为结局。个中情形，似乎说明了伦理关系与结构和生产关系与结构之间的同构。正如同公共性与私人性之间冲突的时候，"父权"控制与"子认同父"的情形一样。从某种意义上说，这与我们习惯的关于现代家庭以个体为单位的关系不同，相当程度上，也与"五四"以来的新的家庭文学的传统不符。由于这类作品大量存在，我们无法将其视为个例，应视为具有共同的时代基础。如果我们的论述仅仅依据工业主义逻辑而展开，那么它似乎体现了"一套以现代工厂对生产过程全面控制为基本原则的行为模式。这样一个以大规模工业生产为出发点的社会组织方案，与其说反映了意识形态的选择，不如说是由现代工业的基本逻辑所决定的。大规模、高效率的工厂工作必须依靠纪律化、组织化的劳动大军，因此现代工业生产的一个重要的环节便是确保劳动力的再生产"。① 家庭伦理保障是父子血缘的基础关系。如果依据一般的社会学原理，工业逻辑与家族伦理会呈现出相悖的状态，这对于 50—70 年代以凸现大工业逻辑为主导的作品来说，无疑是一种损害。但关键在于，一旦"生产"的关系与"父子"的血缘关系形成同构，父子血缘就变成了一种工业组织形式，甚至是"再生产"的组织手段。它强迫每一个子辈的家庭成员无条件接受，这不仅不损害工业主义的逻辑，反而使得其得到强化。

　　工业主义的逻辑全面扩大至伦理领域，或者说与伦理原则合谋，从而形成双重的社会组织力量。本书在本章第二节中已经谈到了伦理秩序对于社会公共领域的有力支持。在工业题材中，这一模式也未有改变。《钢铁世家》、《家庭问题》、《一家人》等等，都以父子冲突的情节展开，同时又都以"子认同父"为结。这是一种伦理"差序"式结构，与传统家庭的"主轴是在父子之间，在婆媳之间，是纵的，不是横的"② 家庭序列完全一致。即使没有出现父子关系，也仍然有一条隐性的父子纵向结构，如师与徒、领导与工人、老工人与青年工人、兄长与兄弟等等。在六场话剧《一家人》中，这一结构由三代人组成。父亲杨老师傅与长子杨国兴，其权威性一方面得之于伦理身份，一方面又得之于其身上体现的祖父"一定要为中国工人争一口气"的政治觉悟。同

① 唐小兵：《英雄与凡人的时代——解读 20 世纪》，上海文艺出版社 2001 年版，第 143 页。
② 费孝通：《乡土中国》，生活·读书·新知三联书店 1985 年版，第 40 页。

时，杨国兴在弟弟杨国良面前，还具有一种"忍让"的东方伦理上的高度。他曾担任过上海动力机械厂的车间主任，而后自动到落后的大新机器厂，这一职务后为弟弟杨国良所有。因此看来，技术与生产只有纳入到了伦理秩序，才能得到认可。反之亦然。唐克新《第一课》①表明了伦理组织、政治性与技术的结合。当有人提出改造车间要由厂长、总工等技术人员来负责时，党委书记储平说这是迷信思想："主要靠谁，靠我们全体七千多职工，……因为我们是解放了的中国人民，我们不仅是掌握了政权的主人，还将是文化、科学和一切技术的主人……。"其间，伦理、政治与技术逻辑的同构异常鲜明地体现出来，瓦解了纯粹规范化组织制度的"科层制"权力结构。同样，在费礼文《黄浦江的浪潮》中老工人吴守本用"节俭"的觉悟加上改造车轮的技术，解决了运料难的问题，实现了"大跃进"的速度，也体现了政治（节俭）、伦理（老工人）与技术进步三者的结合。同样的情况，还有陈恭敏、王炼的《共产主义凯歌》等。

反过来，伦理原则，已不仅是家庭组织形式。由于其负载着社会组织的义务，因此，它也必须服从于技术逻辑。费礼文的《一年》便描写了一位老工人在徒弟技术先进的情况下，改变矜持的态度，向徒弟学习。在《第一课》中，储平曾经作为六级师傅小吴的业余徒弟，马上又要做"职工红专大学"的业余学生，而小吴恰好被聘为"职工红专大学"的业余教师。在这一种人物关系里，书记做徒弟这一情形，便是政治关系的技术化。它虽然跳过了工业社会结构中厂长——总工——工人的技术性社会结构，直接将领导与底层工人在政治伦理的结构中获得合理性，但同时，"师徒"式的伦理关系，也因技术的"传、帮、带"的生产技术逻辑而得到认可，使两方面都得到加强。

《步高师傅所想到的……》②是一篇较有意味的作品，其中步高师傅与其徒弟杨小牛在伦理与技术两个层面上形成复杂的关系。两人都被任命为工段长并展开生产竞赛。杨小牛自认为与师傅同样担任领导，不愿再接受师傅的帮助，而步高师傅则执意要帮助他，杨小牛因而负气。但拒绝了师傅的帮助，便

---

① 唐克新：《第一课》，载《人民文学》1960 年第 4 期。
② 胡万春：《步高师傅所想到的……》，载《收获》1958 年第 4 期。

出了生产上的差错。因没有处理好"尖子"就要出钢，不得不接受师傅的教训。在这一篇里，杨小牛与师傅同处于领导这一科层含义非常脆弱。杨小牛遵行的是官僚行政关系，但完全不能阻止师傅在师徒伦理优势下的进逼。而师傅代表的不仅有伦理优势，还有"觉悟"与"道德"的政治特性，更有技术上的进步。由此看来，政治优势、伦理原则与工业技术进步的一致是理解此类文学的关键。

工业主义逻辑，使具有工业人格的人物，分别在伦理、政治等方面造成了强大优势；反过来，不具有工业人格的人物，也同时被剥夺了其伦理、政治优势，乃至伦理身份。这就是我们所说的落后人物。落后人物是作为与工业性人格——对应出现的，如王家有与刘传豪、林育生与萧继业、杨国良与杨国兴等。落后人物的落后之处在于其非生产性，典型者如王家有。王家有的行为特点是有过多的生活喜好而"妨碍"生产。其实，这不过是他的"等价"观念而已，即不愿意为无报酬的劳动而加班，也不愿在"生产性"与私人生活之间建立起意义联系，也就无法保证工业主义在充分意义上的劳动力的无限"再生产"。他有一段对工业主义逻辑侵犯私人生活的控诉："要按他（指刘传豪）的心意，我们最好也跟他们一样，把自己整个儿拴在机器上，一天到晚就是从家里到工厂，从工厂到家里。"王家有体现出的是工业生产不能控制的个体生活的零散化，显示出对工业逻辑控制的一切生活的反动。同时，王家有也是一个具有伦理缺陷的人。他先后有两个女朋友，而此时又在追求师傅的女儿。但在师傅面前，又没有行为上的伦理原则，不断地顶撞师傅。作品中对于落后人物的处置，类似于福柯所说的现代惩罚制度："肉体痛苦不再是惩罚一个构成因素，惩罚从一种制造无法忍受的感觉的技术转变为一种暂时剥夺权利的经济机制"，[①]"这种对肉体的政治干预，按照一种复杂的交互关系，与肉体的经济适用密切相连。肉体基本上作为一种生产力而受到权力和支配关系的干预"。[②]这种情形类似"一种兵营式的纪律，这种纪律发展成为完整的工厂

---

① 福柯：《规则与惩罚》，刘北成、杨远婴译，生活·读书·新知三联书店1999年版，第11页。
② 福柯：《规则与惩罚》，刘北成、杨远婴译，生活·读书·新知三联书店1999年版，第37页。

制度。"① 正如同《年青的一代》中的林育生被剥夺了在上海工作的权利一样，王家有也被剥夺了"请假"的权利，其作用在于确保其"生产性"的完成，因为"请假"意味着劳动力的无法再生产。同时被剥夺的还有情感的权利。剧本结尾，王家有追求女人失败的故事被编为歌谣，在庆祝"提前完成年生产任务联欢会"上被广为传唱，私人性的生活在工业神话中变得微不足道。

综上所述，在突出上海作为国家与工业化这一意义上的 20 世纪 50—70 年代作品，无疑是以牺牲上海特性中多元性、不统一性为代价的。它在工业化这一逻辑中再次将复杂的上海整体化，在空间、时间、生活形态上都与国家工业化的意义联结在一起。当然也有少数作品，在局部描写中，对工业主义逻辑和工业的人格化描写稍有突破。比如胡万春《内部问题》、② 任干的《心心相印》与唐克新的《沙桂英》。前两者写了工厂高层中的官僚气与复杂人际，颇有旧官场中的气息遗留；而后者将沙桂英的先进事迹化为个人性格逻辑，如意气之争、情绪状态不稳定，还有面对男女感情时的慌乱等等，甚至父亲罢工牺牲的形象也没有在她内心产生什么影响。③ 另一人物邵顺宝的柔弱与工于心计，更是被当时文坛当作"中间人物"的典型而加以分析。几部小说都对工业逻辑决定生活人性的模式有所突破，但总体而言，这一类作品毕竟少见。为了突出工业主义逻辑，人的情感形式，人格形态乃至伦理原则，都成为一种附属之物。而且，丧失了上海特性的工业文学，实际上也就丧失了城市性。作品中的人物与情节，放在任何一个地域，都无损于工业主题的表述。如果说新感觉派是将上海等同于西方城市的话，那么工业文学则将上海等同于正在迅猛工业化的中国。虽然一则是在消费意义上以"非中国化"达到"西方化"，一则在"生产"意义上以"非上海化"达到"国家化"，但其间消失的，都是作为多元性和地方性的上海。所谓"上海性"，仍是一种掺入了许多外在于上海城市特性的、多重的现代性诉求而已。

---

① 马克思：《资本论》第一卷，人民出版社 1999 年版，第 464 页。
② 曾被改编为话剧《激流勇进》。
③ 晓立撰文认为沙桂英有不自觉的成分，"只凭简单的是非标准"。见《新的探索，新的突破》，载《上海文学》1962 年第 4 期。但刘金与林志浩等人为这一形象辩护。

第六章

90 年代：“上海怀旧”与
新的全球化想象

　　20 世纪 90 年代，中国文学进入个体时代，一些本地作家开始在文学中挖掘“上海特性”。有趣的是，挖掘对象恰恰是以前上海文学中较为缺乏的东西，即中产阶级传统。最初的创作是程乃珊的《蓝屋》、《女儿经》，之后有大量上海作家加入，如王安忆、王晓玉、赵长天、沈善增、陈丹燕、孙颙、王周生、殷慧芬等。其中，王安忆的《“文革”轶事》，程乃珊的《蓝屋》、《女儿经》、《金融家》，王晓玉的《上海女性》系列（包括《阿花》、《阿贞》、《阿惠》等篇）、《紫藤花园》以及陈丹燕的《上海的风花雪月》、《上海的金枝玉叶》等等，是较重要的作品。其创作的动机是在经历了大的国家动荡之后，寻找与自己个体经验与记忆有关的老上海遗存，以抵制过去有关上海想象的宏大国家叙事。诸如虽然困顿但不失精致且有些许荣光的中等阶级的生活方式，旧日的显赫在资本家后裔的心理中唤起的微妙自尊等等。不管是现实题材还是历史题材，由于作者大都以旧上海中等阶级的生活与精神遗存为基础，因而构成文坛上“上海怀旧”热潮。这一情形甚至已经改变了以前关于上海文学以国家政治代替上海日常生活形态的状况，在叙事策略上与张爱玲创造的上海文学小传统接壤，“上海”获得了叙述上的独立性，因而王安忆等人被称为“张爱玲的传人”。

一般来说，这种创作来自于个体的经验与记忆，试图建立一种在中产阶级层面上的上海身份认同，倒是与旧上海市民社会的某些真实形态相吻合。在 20 世纪 30、40 年代上海，中等阶级已成为上海社会的主体。上海在 19 世纪与 20 世纪初形成后来所称的"上海势力"。这是一个脱离了原有中国社会"官－民"结构，不大从属于统治集团的新的工商业力量，也是一种新的上海"精英集团"。清末民初，这一群体还仅限于经济领域。至 30 年代，工商业的极度繁荣，使上海人在职业、财产、教育、声望等等各方面形成定型化趋势，并逐渐形成一个以公司职员为主体，包括中小商人、公职人员、医生、律师、记者、中小学教员在内的中等阶层。他们大都受到过良好的教育，拥有稳定的职业与收入，并分布于各种社会主导领域。而工人群体，也由于大工业的确立，改变了以往的传统手工业、个体劳动为主的非产业性。一些较多分布于电车、烟草、印刷、棉纺行业的技术工人，也在观念、趣味上较多地被吸纳到市民生活方式之中，使这个阶级更为庞大。一般而言，中等阶级在政治上较少有对现行体制的暴力反抗（比如当时复旦大学的学生，大都以"循序而不为国家生事"为学生运动的准则），社会行为带上了有益社会的实用理性与职业特征，日常生活则注重实用功利性与西方式的消费享乐等需求。邹韬奋接编《生活》杂志，其倡导的"以民众的福利为前提"、"有效率的乐观主义"、"肯切实的负责"、"有细密的精神"都属典型的中等阶级价值标准。应当说，旧上海中等阶级的文化已经构成上海城市人的"共享"空间与核心精神特质。程乃珊在比较老香港与老上海"双城"时认为：两座城市的最大区别即在于"上海已有相当完整的中产文化"，而"早年香港由英国贵族文化一统天下，中产文化远不及老上海坚实。"① 特别是在解放后，上海工商精英集团因没收、赎买、公私合营形式被剥夺了其原有的尊贵、优渥的政治经济地位，"上海城市人格与精神气质的塑造，由旧上海以商业精英为中坚，转变为以职员阶级为中坚"。"城市人格"的普同性、阶级对立和差别的消失、经济生活的平均性，使上海

---

① 程乃珊：《老香港》，江苏美术出版社 2000 年版，第 9 页。

城市社会呈现高度均质化。在一体化的社会生活中，干部、知识分子、职员、工人这些'非一致性中层'以职员阶层为基准发展共同的生活方式，构筑城市人的群体形象。干部阶层的世俗化或工人阶级层的'贵族化'，其含义相同，均意味着向职员为典型的生活方式靠拢的市民化。上海人由是形成了超越个体职业、教育、家庭背景的共同面貌。"① 正因此，不管是20世纪30、40年代，还是解放后，中等阶层的生活精神，已成为上海社会文化的主导方面。②

文学中的上海中产阶级传统书写，也许因作家而异，而呈现出一种个体特征。但它将城市的经验化为历史的，并以不被知晓的潜在状态的民间形式表现出来。写弄堂，而不是写洋房或棚户，构成了一部真正的城市精神。而且，即便是旧日显赫的大资产者的生活形态，经历解放后几十年的消磨，已不再是一种外在呈现，而显得极其内在化，反而构成了独特的城市民间逻辑。应当说，这也是20世纪50年代以来上海的城市史逻辑，类似王安忆笔下的"平安里"与程乃珊记忆中的"蓝屋"、王晓玉记忆中的"永安里"以及"教会学校女生"、"留法的少爷"、"上海小姐"等等构成了这种逻辑在精神与城市空间上的起点。上海的精神就存在于这些日常状态之中。恰如王安忆说的，《长恨歌》要寻找的是"城市的街道，城市的气氛，城市的思想和精神"。③ 这种书写，较大程度上克服了关于上海在国家意义与现代化意义想象上所造成的本地特性的缺乏。从某种意义上说，这也是当初张爱玲创作的路数。或许，只有脱离了宏大的现代性想象，作为"本地"的上海特性才被充分地表现出来。

但历史仍如宿命般不可抗拒。上海本地的中产阶级传统的书写，原本是要在国家意义与现代性意义的宏大想象性叙事之外寻找边缘的、个体的上海经

---

　　①　杨东平：《城市季风》，东方出版社1994年版，第349页。
　　②　有相当多的论述将上海定性为"石库门"文化，而非洋房或棚户文化，即是从中产阶级角度看待上海的结果。石库门为上海典型民居，建筑格式上融中西之长，总体布置采用欧洲连排式，单位平面则脱胎于传统院落。既有西方民居的现代生活功能，亦满足东方伦理性的居住要求，大多为中产阶级居住。据1950年的数字，上海新旧里弄石库门建筑与棚户区面积是上海所有居住面积的88%。见忻平《从上海发现历史——现代化进程中的上海人及其社会生活》，上海人民出版社1996年版，第418—419页。
　　③　王安忆：《寻找上海》，学林出版社2001年版，第22页。

验表达，但却在 90 年代宏大的旧上海集体"想象的共同体"中成为玩偶。罗兰·罗伯森在《全球化：社会理论与全球化》中认为："20 世纪的全球化，尤其是当代阶段，以各种方式加剧了怀旧的倾向"。[①] 由于 20 世纪 90 年代中国全球化的迅速推进，中国又一次被卷入一种关于世界主义的"世界化"、"全球化"的神话魔咒中。浦东开发与上海重新进入改革前沿地带之后，旧上海被不可思议地重新赋予了现代性发达的、充分"全球化"的想象，从各个角度讨论表现上海的全球化图景成为国际性的文化时尚。在这种情形中，浦东开发后，"新上海"被嫁接于 20 世纪 30 年代旧上海的"全球化逻辑之中"，成为一种"生产"和"创造"，"新旧上海在一个特殊的历史瞬间构成了一种奇妙的互文性关系，它们相互印证交相辉映，旧上海借助于新上海的身体而获得重生，新上海借助于旧上海的灵魂而获得历史"。[②] 1994 年，《上海文化》创刊，创刊号上题为《重建上海都市形象》等文章，将"怀旧"作为了"重塑"上海的最简洁的方式。之后，素素的《前世今生》与陈丹燕的旧上海系列作品风靡一时。2001 年《上海文化》推出"想象上海"栏目，《上海文学》则开辟"记忆·时间"与"上海辞典"栏目，通体以对旧上海的怀恋为内容。1998 年，《万象》杂志创办，它直接借用了 20 世纪 40 年代上海沦陷时的一份出版物刊名，"笼罩着一股对三四十年代上海奢靡文化的怀旧气息。"[③] 凡此种种，都力求塑造一个曾经似乎有过但又消失多年的旧上海身份。2003 年 11 月，时值上海开埠 160 周年，全城几乎处于"市庆"的狂欢中，各大媒体都相继出了专刊，甚至还有 160 版的特刊。与开埠相伴随的左翼史角度的"沦陷"、"不平等条约"等含义，早已不知所终。上海这个不断在不同层面上被转喻意义的城市，终于在 20 世纪 90 年代上海的全球化现代性当中重新获得意义。解放后不断赋予上海的社会主义工业化城市、"工人阶级的老大哥"、"文化大革命的中

---

① 罗兰·罗伯森：《全球化：社会理论和全球文化》，梁光严译，上海人民出版社 2000 年版，第 232 页。

② 旷新年：《另一种"上海摩登"》，载《中国现代文学研究丛刊》2004 年第 1 期。

③ 洪子诚：《问题与方法》，生活·读书·新知三联书店 2002 年版，第 42 页。

心"等等符码，又让位于"国际大都市"、"十里洋场"、"冒险家的乐园"等不同于中国国家的"世界"身份，凝聚着中国人渴望进入世界和与西方"接轨"的现代身份诉求。

在这种"上海怀旧"的国际性热浪当中，王家卫、侯孝贤等港台电影导演亦成为一种推动力量。在国内，旧上海题材的电影纷纷出笼，如陈逸飞《海上旧梦》、《人约黄昏》，谢晋《最后的贵族》，李少红的《红粉》，张艺谋的《摇啊摇，摇到外婆桥》（原名《上海故事》），陈凯歌的《风月》[①]以及第六代导演的商业电影，李俊的《上海往事》以及苏童、须兰等人的小说，还有种种不可计数的关于旧上海的记叙性跨文体写作及掌故类、介绍类文字。"在90年代的文化翻转中，上海，压抑并提示着帝国主义、半殖民地、民族创伤、金钱奇观与全球化图景"，[②]大量旧上海题材的文学影视作品亦是泛滥成灾。这样，原本健康的上海中产阶级传统的边缘性叙事再一次脱离个性层面，开始加入"上海怀旧"，成为上海"想象的共同体"当中的一种。其间只有王安忆等少数作家突围而出。她的《长恨歌》[③]、《富萍》、《上种红菱下种藕》等分别以里弄、"梅家桥"、"华舍镇"等上海民间的空间指喻替代"霞飞路"、"法租界"等上海怀旧的霸权性、全球化指称。但是，这一行为并未中止"上海怀旧"浪潮的持续蔓延。

有学者认为，"老上海怀旧本身就是历史片面性的生动体现，因为这是一种意识形态的产物，是一部没有社会冲突的历史，一个浮华四溢的富人历史，一部绝对消费性的历史。在这样的语境，革命似乎变得不合时宜，甚至不再可

---

① 谢晋：《最后的贵族》，改编自白先勇《谪仙人》，上海电影制片厂1994年；陈逸飞：《海上旧梦》，思远影业公司1990年，《人约黄昏》，上海电影制片厂1995年；张艺谋：《摇呀摇，摇到外婆桥》，上海电影制片厂1995年；李少红：《红粉》，北京电影制片厂1994年；陈凯歌：《风月》，香港汤臣公司1996年；李俊：《上海往事》，上海电影制片厂1995年。

② 戴锦华：《隐形书写——90年代中国文化研究》，江苏人民出版社1999年版，第125页。

③ 《长恨歌》出版于1993年，恰逢"上海怀旧"浪潮兴起之时，以致被不少人误读为"上海怀旧"类的作品，有的还称之为"推向高潮"。但是作者坚决反对这一看法。她认为《长恨歌》是现时的故事，表明了软弱的布尔乔亚覆灭在无产阶级的汪洋大海中。见王安忆、王雪瑛《〈长恨歌〉不是怀旧》，载《新民晚报》2000年10月8日。

能。"① 以"新上海"②为背景题材的文学，大多堕入一种时尚的制造品。它们承续了对上海怀旧所制造出的上海想象谱系，表述其对未来中国全球性想象的图景，如"上海摩登"、"国际大都市"、"欲望"、"消费文化"、"白领"、"小资"、"时尚"等等，并以城市外在物质场景与个体消费经验的核心式描述呈现出来，不仅高度弥合了上海城市文化自身的差异性，也弥合了上海与欧美城市的异质性。新感觉派刘呐鸥、穆时英等人的城市想象性叙事正在被发扬光大，如卫慧与棉棉等人的作品，也包括唐颖、殷慧芬、陈丹燕等"老作家"③。其中，像周励的《曼哈顿的中国女人》与陈丹燕的《慢船去中国》，把上海现代性逻辑嫁接到世界性的"美国逻辑"的想象当中，在所谓的"留学生"文学、"移民文学"中，以上海来表达对欧美的想象性叙事，获得了比之其他地方的等级优势。在 20 世纪 90 年代初、中期上海小剧场戏剧中，表现欧美跨国经验的剧目在剧目表中占压倒多数，如《留守女士》、《美国来的妻子》、《东京的月亮》、《喜福会》等剧长演不衰。上海的现代性逻辑为这些作品的欧美想象提供了最大的可能性。在这种逻辑中，上海的经验竟直接与欧美想象相通。在陈丹燕的《慢船去中国》中，主人公抓住了上海，成为了抓住"美国"的前奏。郜元宝认为：《慢船去中国》一类小说，既不曾触及多少此地的现实，也不曾触及多少彼地的文化，而只是将此地的现实和彼地的文化传统笼罩在作者所接受、所演绎的某种关于上海、关于美国、关于当代生活的制度性想象之中"。④

殷慧芬⑤与卫慧、棉棉等人的作品，主要以上海为背景。其间，大量关于"机场"、"酒吧"、"大饭店"、"跨国"等等高度全球化图景的拙劣描述表

---

① 包亚明、王宏图、朱生坚等：《上海酒吧：空间消费与想象》，江苏人民出版社 2001 年版，第 70 页。

② 此处的"新上海"之"新"，意即浦东开放后的上海，并非解放之"新上海"。

③ 如唐颖的《红颜》、《糜烂》、《丽人公寓》，殷慧芬的《纪念》，陈丹燕的《吧女琳达》、《慢船去中国》等。

④ 郜元宝：《一种新的上海文学的产生——以〈慢船去中国〉为例》，载《文艺争鸣》2004 年第 1 期。

⑤ 其作品《焱玉》，讲叙女主角都市化、白领化的过程，叙写"堕落也要讲品位，讲格调"的上海小资故事。

达了一种"世界居民"的身份想象。但上海城市的阶级、种族、殖民性等全球化图景中的应有之物统统被清除掉，更不必说上海城市的东方性以及解放后社会主义上海的政治性遗存了。以致有人这样概述卫慧等人上海书写的"现代性"乃至"后现代性"特征："酒吧、手机、同性恋、双性恋、吸毒、乱交、性超人、性无能、自慰、焦虑、摇滚乐、飙车、跨国恋、深市、沪市、奔腾电脑、上网、电子邮件、心理医生、施虐与受虐、自恋狂、恋母情结、母女冲突、忆旧、拼贴、颠覆、多元化"。①

有人这样评述《上海宝贝》：

> 《上海宝贝》是充满矫情的谎言，虚荣的嘲弄、浮华的炫耀、夸张的细节，对于上海都市摩登事物的狂热崇拜、浅薄的时间趣味，以及各种劣质的床帏噱头、道听途说的生命体验，加上每一章前面的那些西方客人的格言，如此众多的粉彩，拼贴成一个脆弱的脂粉话语格局。尽管卫慧在其后的几部小说中调整了这种大惊小怪的话语姿态，但仍旧不能消除它的内在的虚假气味。这情形就像衡山路上的欧洲情调的酒吧，所有的布景与道具都只是一堆文化代用品和幻想，或者说是没有灵魂的物体空壳，闪烁着意识形态赝品的光泽。②

从中我们可以看到，在企图接近全球性、世界性的图景中，上海想象所暴露出的虚假（诸如在高级宾馆里面煮方便面与馄饨），以致有人讥之为"在一切作秀后面，我们看到了一个江南女子的小聪明，势力与刻薄，没有颓废、甚至没有沉沦"。③ 在这部作品的人物关系设置上，也包含了东方民族追求全球

---

① 刘俊：《论二十世纪中国文学中的上海书写》，见南京大学中国现代文学研究中心编《中国现代文学传统》，人民文学出版社 2002 年版，第 326 页。

② 朱大可：《上海：情欲在尖叫》，见朱大可、张闳主编《21 世纪中国文化地图》（第一卷），广西师大出版社 2003 年版，第 176 页。

③ 陆兴华：《〈上海宝贝〉到西方及其他》，见朱大可、张闳主编《21 世纪中国文化地图》（第一卷），广西师大出版社 2003 年版，第 44 页。

化现代性的心态：也许精神上依恋东方男子，但肉体享乐上却离不开西方男人。这也许与王安忆《我爱比尔》中阿三在与美国人比尔、法国人马丁的性关系一样。阿三与其说是爱比尔与马丁，不如说是希望获得一种国际身份的幻想。但阿三最终被关进了中国农村的劳教所，并戏剧性地获得了一个绰号"白做"——中国娼妓制度的最低层——这无疑预示着这一幻想的破灭与真实的中国状况，而卫慧等人则索性将这一虚假幻想瞒骗到底。

由此，20 世纪 90 年代以来的一部分上海书写，再次出现了新感觉派文学在"上海—西方"、"中国—西方"想象中的情形。韩少功在《暗示·地图》中说："高速公路和喷气客机的出现，改变了时间与空间的原始关系。时间而不是空间成为距离的更重要内涵，因此需要一种新的地图。由于交通工具的不同，从上海到郊县的渔村，可能比从上海到香港更慢"[①]。我们可以想象，上海与欧美新的空间距离，实是建立在一种新的全球化财富权力的逻辑之上。它并没有遵循上海作为中国城市的常识，却再一次被放在了与巴黎、纽约、伦敦、法兰克福等国际都市的身份比较与认同之中。在这个意义上，"上海和伦敦以及巴黎的距离就比和中国内地的距离更近"[②]。而且，这种关于对中国大都市的想象性表达正在弥漫全国，关于中国的国际性身份与中国大都市在财富与消费享乐意义上与欧美都市的同步，正在形成全国性风潮。[③] 有人甚至认为：20 世纪 90 年代中期以后，"关于上海的制度性想象的介入，不仅改变了上海文学的素材与色彩，也改变了它的地位和性质，使得一种相对独立于整体的中国文学而又在某种程度上引领着整体的中国文学随它一起发生变革的新的上海文学成为可能"[④]。如果我们再把眼光上溯几十年，可以说，茅盾等人的上海叙述与 20 世纪 50—70 年代的上海题材文学，从属于整个的中国文学、国家文学。它在国家的意义上，在关于国家的想象中表达着上海，从而将上海

[①] 韩少功：《暗示》，人民文学出版社 2002 年版，第 375 页。

[②] 旷新年：《另一种"上海摩登"》，载《中国现代文学研究丛刊》2004 年第 1 期。

[③] 如邱华栋关于北京的小说，也完全没有了帝都、家园与新中国首都的身份叙述，变成了单一的国际都市的摹本。

[④] 郜元宝：《一种新的上海文学的产生——以〈慢船去中国〉为例》，载《文艺争鸣》2004 年第 1 期。

文学混同于整个中国文学，以致丧失了上海特征；而90年代，则上承新感觉派，在全球化、西方化的想象中，却脱离了中国文学与中国特性，再一次丧失了上海特征。不管哪一种文学，却都以丢掉"上海"为前提。

其实，不管是20世纪30年代还是90年代，"旧上海"也好，"新上海"也好，乃至包括今天的上海，其充分的"全球化"根本未曾完全实现，它不过表现了国人对全球化、现代性的迫切向往而已。而对于"上海怀旧"来说，其所寻找的"旧上海"，已如同"新天地"石库门一样，是一种想象中的赝品。正如王安忆在评论"上海怀旧"时说的："看见的是时尚，不是上海"，"又发现上海也不在这城市里"，"再要寻找上海，就只能到概念里去找了"①。

詹明信在谈到美国根据小说改编的电影时曾说：

> "怀旧"的模式，成为"现在"的殖民工具，它的效果是难以叫人信服，……换句话说，作为影片的观众，我们正身处"文本互涉"的架构之中。这个"互文性"（intertextuality）的特征，已经成为电影美感效果的固有成分，它赋予"过去特性"以新的内涵，新的"虚构历史"的深度。在这种崭新的美感构成之下，美感风格的历史也就轻易地取代了"真正"历史的地位了。②

詹明信认为后现代文化的一个主要特征就是怀旧，李欧梵对此进行了阐述。他认为：詹明信"用的词是'nostalgia'，可能不能译为'怀旧'，因为所谓的'旧'是相对于现在的旧，而不是真的旧。从他的理论上说，所谓怀旧并不是真的对过去有兴趣，而是想模拟表现现代人的某种心态，因而采用了怀旧的方式来满足这种心态。换言之，怀旧也是一种商品"。③ 在这一层面上，"上海

---

① 王安忆：《寻找上海》，学林出版社2001年版，第22页。
② 詹明信：《晚期资本主义的文化逻辑》，张旭东编，陈清侨等译，生活·读书·新知三联书店1997年版，第459页。
③ 李欧梵：《当代中国文化的现代性和后现代性》，见《中国现代文学十五讲》，复旦大学出版社2002年版，第93页。

怀旧"其实与卫慧、棉棉的创作殊途同归；一者是对过去的想象，一者是对未来的想象，但都在表达着上海公共的"世界性"神话。只是相对茅盾等人而言，这些创作悄悄地把"全球化"过程当中的殖民性抹掉了。上海城市的多元与复杂，又在这样一个层面被加以普遍化、中心化地推广，公共的、清晰的世界性意义再一次取代了复杂多元的本地意义。"上海性"再一次被等同于"世界性"了。

参考书目

一、理论类

1.（美）吉尔波特·罗兹曼：《中国的现代化》，"比较现代化"课题组译，江苏人民出版社 1995 年版。

2.（美）柯文：《在中国发现历史——中国中心观在美国的兴起》，林同奇译，中华书局 2002 年版。

3.（美）海登·怀特：《后现代历史叙事学》，陈永国、张万娟译，中国社会科学出版社 2003 年版。

4.（法）利奥塔德：《后现代状况——关于知识的报告》，车槿山译，生活·读书·新知三联书店 1997 年版。

5.（法）布罗代尔：《资本主义的动力》，杨起译，生活·读书·新知三联书店 1997 年版。

6.（法）让·鲍德里亚：《消费社会》，刘成富等译，南京大学出版社 2000 年版。

7.（法）福柯：《知识考古学》，生活·读书·新知三联书店 1998 年版。

8.（英）安东尼·吉登斯：《民族—国家与暴力》，胡宗泽、赵力涛译，生活·读书·新知三联书店 1998 年版。

9.（英）安东尼·吉登斯：《现代性的后果》，译林出版社 2000 年版。

10.（美）丹尼尔·贝尔：《资本主义文化矛盾》，赵一凡等译，生活·读书·新知三联书店 1989 年版。

11.（美）本尼迪克特·安德森：《想象的共同体——民族主义的起源与散布》，吴叡人译，上海世纪出版集团 2005 年版。

12.（美）艾恺：《世界范围内的反现代化思潮》，贵州人民出版社 1991 年版。

13.（美）刘易斯·科塞：《理念人——一项社会学的考察》，郭方等译，中央编译出版社 2001 年版。

14.（德）韦伯：《韦伯作品集》，广西师范大学出版社 2005 年版。

15.（德）韦伯：《文明的历史脚步》，上海三联书店 1988 年版。

16.（德）韦伯：《新教伦理与资本主义精神》，黄晓京等译，四川人民出版社 1986 年版。

17.（美）帕克等：《城市社会学》，宋俊岭等译，华夏出版社 1987 年版。

18.（比）亨利·皮雷纳：《中世纪的城市》，陈国樑译，商务印书馆 1985 年版。

19.（英）汤姆林森：《全球化与文化》，郭英剑译，南京大学出版社 2002 年版。

20.（英）恩格斯：《家庭、私有制和国家的起源》，见《马克思恩格斯选集》第四卷，人民出版社 1972 年版。

21.张京媛主编：《新历史主义与文学批评》，北京大学出版社 1993 版。

22.俞吾金：《现代性现象学——与西方马克思主义者的对话》，上海社会科学出版社 2002 年版。

23.罗钢、刘象愚主编：《文化研究读本》，中国社会科学出版社 2000 年版。

24.张世保：《从西化到全球化——20 世纪前 50 年西化思潮研究》，东方出版社 2004 年版。

25. 徐迅：《民族主义》，中国社会科学出版社 1998 年版。

26. 罗凤礼主编：《现代西方史学思潮评析》，中央编译出版社 1996 年版。

27. 周穗明等：《现代化：历史、理论与反思》，中国广播电视出版社 2002 年版。

28. 汪晖：《现代中国思想的兴起》（四卷），生活·读书·新知三联书店 2004 年版。

29. 刘小枫：《现代性社会理论绪论》，上海三联书店 1998 年版。

30. 陶东风：《文化研究：西方与中国》，北京师范大学出版社 2001 年版。

31. 汪民安等主编：《现代性基本读本》（上、下），河南大学出版社 2005 年版。

32. 罗钢、刘象愚主编：《后殖民主义文化理论》，中国社会科学出版社 1999 年版。

33.（美）罗伯森：《全球化：社会理论与全球文化》，梁光严译，上海人民出版社 2000 年版。

34.（美）詹明信：《后现代主义与文化理论》，北京大学出版社 1997 年版。

35. 陈嘉明：《现代性与后现代性》，人民出版社 2001 年版。

36. 余碧平：《现代性的意义与局限》，上海三联书店 2000 年版。

37. 罗荣渠：《从"西化"到现代化》，北京大学出版社 1997 年版。

38. 周宪：《审美现代性批判》，商务印书馆 2005 年版。

39.（英）冯客：《近代中国之种族观念》，杨立华译，江苏人民出版社 1999 年版。

40.（德）哈贝马斯：《交往行动理论》，洪佩郁等译，重庆出版社 1995 年版。

41. 费孝通：《乡土中国》，生活·读书·新知三联书店 1985 年版。

42. 王宁等主编：《全球化与后殖民批评》，中央编译出版社 1998 年版。

43. 李泽厚：《中国近代思想史论》，人民出版社 1979 年版。

44. 李泽厚：《中国现代思想史论》，东方出版社 1987 年版。

45. 吴亮：《思想的季节》，海天出版社 1992 年版。

二、历史类

1.（法）白吉尔：《上海史——走向现代之路》，王菊等译，上海社会科学院出版社 2005 年版。

2.（法）白吉尔：《中国资产阶级的黄金时代》，张富强等译，上海人民出版社 1994 年版。

3. 陈旭麓：《近代中国社会的新陈代谢》，上海人民出版社 1992 年版。

4.（美）裴宜理：《上海罢工》，刘平译，江苏人民出版社 2001 年版。

5.（美）韩起澜：《姐妹们与陌生人》，上海社会科学院出版社 2005 年版。

6.（日）刘建辉：《魔都上海——近代日本知识人的"近代"体验》，甘慧杰译，上海古籍出版社 2005 年版。

7.（美）罗兹·莫菲：《上海：现代中国的钥匙》，上海世纪出版集团、上海人民出版社 1986 年版。

8.（美）柯文：《在传统与现代性之间——王韬与晚清改革》，雷颐等译，江苏人民出版社 2003 年版。

9. 熊月之、周武主编：《海外上海学》，上海世纪出版集团、上海古籍出版社 2004 年版。

10. 费成康：《中国租界史》，上海社会科学院出版社 1991 年版。

11. 张洪祥：《近代中国通商口岸与租界》，天津人民出版社 1993 年版。

12. 唐振常：《近代上海探索录》，上海书店 1994 年版。

13. 上海通社编：《上海研究资料》，上海书店 1984 年影印版。

14. 杨东平：《城市季风》，东方出版社 1994 年版。

15. 郑祖安：《百年上海城》，学林出版社 1999 年版。

16. 于醒民、唐继无：《从闭锁到开放》，学林出版社 1991 年版。

17. 石柏林：《凄风苦雨中的民国经济》，河南人民出版社 1993 年版。

18.（美）莫里斯·梅斯纳：《毛泽东的中国及其发展——中华人民共和国史》，社会科学文献出版社 1992 年版。

19. 李天纲：《文化上海》，上海教育出版社 1998 年版。

20.（美）费正清、赖肖：《中国：传统与变革》，江苏人民出版社 1996 年版。

21.（奥）卡明斯基：《海上画梦录》，辽宁教育出版社 1998 年版。

22. 北京大学历史系编：《北京史》，北京出版社 1985 年版。

23. 忻平：《从上海发现历史——现代化进程中的上海人及其社会生活》，上海人民出版社 1996 年版。

24. 许纪霖编：《二十世纪中国思想史论》（上、下），东方出版中心 2002 年版。

25. 许纪霖：《中国知识分子十论》，复旦大学出版社 2004 年版。

26. 许纪霖：《20 世纪中国知识分子史论》，新星出版社 2005 年版。

三、文学类

1.（德）本雅明：《发达资本主义时期的抒情诗人》，张旭东等译，生活·读书·新知三联书店 1992 年版。

2.（美）王德威：《被压抑的现代性——晚清小说新论》，北京大学出版社 2005 年版。

3.（美）李欧梵：《上海摩登—— 一种新都市文化在中国》，北京大学出版社 2001 年版。

4.（美）李欧梵：《未完成的现代性》，北京大学出版社 2005 年版。

5.（美）李欧梵：《中国现代文学与现代性》，复旦大学出版社 2002 年版。

6.（美）詹明信：《晚期资本主义的文化逻辑》，生活·读书·新知三联书店 1997 年版。

7. 吴福辉：《都市漩流中的海派小说》，湖南教育出版社 1995 年版。

8. 李今：《海派小说与现代都市文化》，安徽教育出版社 2000 年版。

9. 许道明：《海派文学论》，复旦大学出版社 1999 年版。

10. 徐遒翔、黄万华：《中国抗战时期沦陷区文学史》，福建教育出版社

1995 年版。

11. 孟繁华：《传媒与文化领导权——当代中国的文化生产与文化认同》，山东教育出版社 2003 年版。

12. 韩毓海主编：《20 世纪的中国：学术与社会》，山东人民出版社 2001 年版。

13. 韩毓海：《从"红玫瑰"到"红旗"》，上海远东出版社 1998 年版。

14. 陈晓明主编：《现代性与中国当代文学转型》，云南人民出版社 2003 年版。

15. 唐小兵：《英雄与凡人的时代——解读 20 世纪》，上海文艺出版社 2001 年版。

16. 陈青生：《年轮——四十年代后半期的上海文学》，上海人民出版社 2002 年版。

17. 刘心皇：《抗战时期沦陷区文学史》，台湾成文出版有限公司 1970 年版。

18. 许秦蓁：《战后台北的上海记忆与上海经验》，台湾大安出版社 2005 年版。

19. 范伯群主编：《中国近现代通俗文学史》，江苏教育出版社 1999 年版。

20.（美）王德威：《想像中国的方法》，生活·读书·新知三联书店 2003 年版。

21. 赵稀方：《小说香港》，生活·读书·新知三联书店 2003 年版。

22. 陈思和：《中国现当代文学名篇十五讲》，北京大学出版社 2003 年版。

23. 陈平原、王德威主编：《北京：都市想像与文化记忆》，北京大学出版社 2005 年版。

24. 吴秀明：《二元结构的义学——世纪之交的当代文学思潮研究》，春风文艺出版社 1998 年版。

25. 吴秀明主编：《当代中国文学五十年》，浙江文艺出版社 2004 年版。

26. 吴秀明：《转型时期的中国当代文学思潮》，浙江大学出版社 2001

年版。

27. 董健、丁帆、王彬彬：《中国当代文学史新稿》，人民文学出版社 2005 年版。

28. （美）李欧梵：《中国现代文学与现代性十讲》，复旦大学出版社 2002 年版。

29. （美）夏志清：《人的文学》，辽宁教育出版社 1998 年版。

30. 陈平原：《文学史的形成与建构》，广西教育出版社 1999 年版。

31. 陈平原：《中国小说叙事模式的转变》，上海人民出版社 1988 年版。

32. 赵园：《北京：城与人》，上海人民出版社 1991 年版。

33. 夏晓虹：《觉世与传世——梁启超的文学道路》，上海人民出版社 1991 年版。

34. 陈平原：《20 世纪中国小说史稿》，北京大学出版社 1989 年版。

35. 戴锦华：《隐形书写——90 年代中国文化研究》，江苏人民出版社 1999 年版。

36. 戴锦华：《犹在镜中》，知识出版社 1999 年版。

37. 包亚明、王宏图、朱生坚：《上海酒吧》，江苏人民出版社 2001 年版。

38. 高瑞全、山口久和主编：《中国现代性与城市知识分子》，上海古籍出版社 2004 年版。

39. 邱明正主编：《上海文学通史》，复旦大学出版社 2005 年版。

40. 王文英主编：《上海现代文学史》，上海人民出版社 1999 年版。

41. 杨幼生、陈青生：《上海"孤岛"文学》，上海书店 1994 年版。

42. 黄擎：《废墟上的狂欢——文革文学的叙述研究》，作家出版社 2004 年版。

43. 姜德明编：《北京乎》，生活·读书·新知三联书店 1992 年版。

44. 汤哲生：《中国现代通俗小说流变史》，重庆出版社 1999 年版。

45. 洪子诚：《问题与方法》，生活·读书·新知三联书店 2002 年版。

后　记

本书是我在浙江大学攻读博士学位的博士论文。

在杭州西溪求学的经历，注定要成为我生命的一个开始。2002 年，小女张衣晴出生。次年 3 月，也就是在小女半岁多的时候，我来到浙大。求学的经历不寻常，几乎浓缩了人所有的情感历程。在这里，我有幸得到业师吴秀明先生悉心的指导，也与浙大现当代文学学科的许多教师与博士生成为好友。在这期间，我发表了十余篇论文，并出版一部书，其中一些被同道称为是"大有跃进"之作。为学业而消瘦下去的脸，恐怕也是这一段时间给我留下的纪念。

论文从构思到写作完成大约有一年时间，但对这一问题的思考，已有了二三年了。若论对于上海这个城市的兴趣，则应当从少年时代开始。母亲是从上海到内地的，一直有着对上海这个城市的喜爱。尔后，我对上海产生了一种莫名的感觉。起先，从百老汇大厦、礼查饭店、外白渡桥、老中国银行、沙逊大楼、江海关、汇丰银行到延安路外滩一带起伏的楼宇，还有资本家与拿摩温的皮鞭、育婴堂，构成了我从书本与图片上得到的上海知识（类似的情形还有天津，如渤海大楼、法国桥、三条石、万人坑等等）。后来谈起上海，我们似乎总是加上了一些特殊的含义，诸如高楼大厦、工业品的质量、生活上的讲究以及服装派头上的洋气，等等。若说某某人是典型的上海人，则意味着其性格与乡土中国不太相同，有点资本主义的味道；若说某某女性是典型的上海人，那就不仅指性格，还包括了时髦、洋气与漂亮。

上海似乎已经成为一种意象与概念。但当少年的我第一次来到上海，则目睹了高楼大厦之外许多弄堂与棚户区的形形色色。后来，因私因公频繁地去上海，我曾无数次在老上海古旧街道上漫步，察数着从书上看到的这些建筑的原驻机构、形制样式，并回味关于建筑、街区、风物的一些故事与传说，体会着这个城市过去、现在的深度精神。我逐渐感到，书本与图片这些文本中的上海与实际城市上海的差异。

我曾经做过很长时间对中国现代城市文学的研究，出过书，也有几十篇大大小小的文章。过去的研究是反映论式的，即以文本印证城市社会学的意义。近两年，我开始注意到城市文学的文本性，即"文学中的城市"与"城市文学"不同，它在于对同一个城市的不同表述。当然，落脚点还是上海。2005年，我将这一思考结合上海的文学，写成一篇文章，发表于《文学评论》第4期，题目就叫《文学中的上海想象》，后来《新华文摘》作了摘录；还有相关的思考发表在《中国现代文学研究丛刊》等刊物上。这篇博士论文，基本上是《文学评论》上那篇文章的展延与深入。

受教的三年，首先，我要感谢业师吴秀明先生。他的学问、操守乃至做人，都为我景仰；他的教海，包括对我个人生活上的指导，使我受益终身。我还要感谢在浙大赐予我许多帮助的老师，如李力女士、黄笑山先生、黄健先生、陈建新先生、吴晓先生等等。还有可称为同窗的一些好友，如赵卫东、陈力君、黄擎、洪治纲、刘起林、姚晓雷、张根柱等等。不管是老师的赐教，还是同窗的交流，都已成为记忆中难忘的一幕。因此，我要向上述先生、女士致谢。另外，本书第四章关于海派部分的第二节《海派文学的法国想象》，是我的研究生郝瑞芳在我的指导下撰写的，也在这里说明一下。

论文在写作和完成过程中，还得到了吴福辉、孔范今、朱栋霖、董学文、杨剑龙、张福贵、刘勇、张洁、王鸿生、胡星亮诸位先生的指教，在论义写作之前、之后，我曾向他们征询对论文构思与写作的看法，他们的意见使我受益匪浅。还要感谢我的母亲、我的太太与小女。我的母亲在我一生最艰难的时候，始终给我以支持；我的太太天悦承担了所有的家庭事务，使我得以完成学业；小女张衣晴很乖，不仅使我省去了许多牵挂，也给我写作论文时许多安慰。有一次，我从杭州回到家中，看到又长了些本领的女儿脸有怨意，我对她说：别烦，我的学业，还有你，都在成长，我们还是都高兴一些吧。

博士论文完成后，获得了浙江大学优秀博士论文，同时被推荐参评全国优秀博士论文评选。整合成书稿前，先后以单篇论文形式发表在《文学评论》、《新华文摘》、《中国现代文学研究丛刊》、《文艺理论与批评》、《文艺争鸣》、《上海文化》、《郑州大学学报》、《中国现代文学论丛》、《学术论坛》等刊物上，也感谢王保生、吴福辉、邢少涛、朱竞、陈飞龙、陈惠芬、胡星亮、戴庆萱诸位先生。感谢我的博士后合作导师陈思和先生，为这部书稿欣然作序。人民出版社的张文勇先生，是我的大学同学，也是我的好友。感谢他的厚意，也感谢人民出版社的张小平总编，将我的博士论文放在国内最权威的出版社出版。由于书中图版的关系，人民出版社的美术编辑肖辉女士也颇为辛劳。在此，一并谢谢帮助过我的人。

张鸿声记于北京定福庄

2009 年 10 月 28 日